KB213909

네가,
보여

네가, 보여

1판 1쇄 찍음 2015년 8월 19일
1판 1쇄 펴냄 2015년 8월 26일

지은이 | 서경 박신우
펴낸이 | 고운숙
펴낸곳 | 봄 미디어

기획·편집 | 정수경 박혜진

출판등록 | 2014년 08월 25일 (제387-2014-000040호)
주소 | 경기도 부천시 원미구 소향로17, 304(두성프라자) (우)420-864
영업부 | 070-5015-0818 편집부 | 070-5015-0817 팩스 | 032-712-2815
E-mail | bommedia@naver.com
소식창 | http://blog.naver.com/bommedia

값 9,000원

ISBN 979-11-5810-126-8 03810

※파본은 구입하신 서점에서 교환하여 드립니다.

서경 박신우
장편 소설

I

can

see

you

네가, 보여

{ CONTENTS }

누구보다 가벼운 발걸음으로 퇴근을 해야 할 시간에 여직원들은 회사 건물 지하에 있는 문화센터로 향했다.

정우식품 본사 지하 1~2층에는 문화센터가 들어와 있었는데 수영, 스쿼시, 헬스 총 세 가지 운동이 가능했다. 오전 9시부터 오후 7시까지는 문화센터 업무를 그대로 보고, 그 외의 시간에는 정우식품 본사 직원들이 이용할 수 있도록 되어 있었다.

여직원들은 헬스장으로 발걸음을 옮기는 척하며 실내 수영장 앞에 섰다. 투명한 유리벽 너머로 남직원들이 보였다. 삼각 수영복, 사각 수영복, 색깔도 알록달록 다양했다. 수영 모자와 물안경까지 착용한 그들 사이에서 여직원들은 한 사람을 찾았다.

"최진우 이사님만 계시네."

"대표님 해외로 출장 갔잖아."

"오늘 사람 진짜 많다."

여직원은 맞장구를 치며 고개를 끄덕였다. 평소엔 최진우 이사와 김현성 대표 두 사람만이 누리는 공간 같던 수영장이 오늘은 남직원들로 붐비고 있었다.

"아! 이번 워크숍에 수영 대회가 추가돼서 다들 연습하나 봐."

김현성 대표의 취미가 수영이라는 건, 정우식품 사원들은 모두 아는 이야기였다.

어쩜 대표는 취미마저도 직원들의 사기를 북돋아 주는지 여직원들은 퇴근 시간마다 눈이 호강하는 기분이었다. 탄탄한 몸에서 뚝뚝 떨어지는 물방울과 거칠게 오르내리는 가슴만으로도 노처녀들의 가슴에 불을 지폈다.

"최 이사님이 눈에 확 띄지?"

"대표님하고 있으면 최진우 이사님도 묻히던데."

이미 헬스장으로 갈 생각은 없는지 그녀들은 자판기에서 음료수를 뽑아 아예 자리를 잡고 앉았다. 그러던 중 여직원 한 명이 익숙한 얼굴을 발견하고 반갑게 인사했다.

"어? 서은주 팀장님, 아직 퇴근 안 하셨어요?"

품질관리 팀 서은주 팀장은 사내에서도 유명했다. 업무

상 다른 부서와 교류가 많지 않지만, 가끔 일을 부탁할 때마다 빠르게 처리해 주었기 때문에 다른 팀에서도 그 능력을 높이 샀다.

뿐만 아니라 시원시원한 몸매에 남자라면 한 번쯤 쳐다볼 법한 이기적인 얼굴의 소유자이기도 했다. 야근으로 인해 피부가 뒤집혀도 그 미모를 가릴 순 없었다.

"혜영 씨가 문화센터 밥이 맛있다고 해서, 저녁 먹으러 내려왔어요."

오늘도 야근이구나. 저 팀은 맨날 야근만 하네.

"이번 워크숍에 품질관리 팀도 전원 참석이죠?"

"네, 그래야죠."

"대표님도 참석한다는 소문이 있대요. 이렇게 투명한 벽너머로만 보던 그 바디 라인을 직접 볼 수 있다니!"

여직원의 호들갑에 혜영이 픽 웃으며 고개를 절레절레 흔들다가 수영장으로 고개를 돌렸다. 물속에서 나온 최진우 이사가 수영모를 벗은 후 고개를 탈탈 터는 모습에 절로 입이 벌어졌다.

최 이사가 저 정도면, 대표는. 어후, 생각만 해도 아찔하네.

은주는 여직원과 혜영의 대화를 들으며 잘게 웃었다. 남자들이 여자를 볼 때 자연스레 얼굴과 몸에 점수를 매긴다던데, 여자도 별반 다르지 않은 것 같았다.

직원들의 시선을 좇아 은주도 수영장을 돌아봤다. 수영장 한쪽 면에 설치된 큰 LCD 화면 속에서 에이프런을 두른 김현성 대표가 걸어 나왔다.

'정우식품 김현성 대표'.

정우식품은 배추김치 사업으로 시작해 갓김치, 무김치, 총각김치 등 갖가지 종류의 김치를 생산하고 유통하는 회사였다. 선대 회장은 개개인의 입맛에 맞게 여러 스타일의 김치를 만드는 게 목표였고 그에 따라 당도와 매움 정도, 주재료를 주문 시 선택할 수 있다는 장점으로 입소문을 타기 시작했다.

김 회장이 병환으로 위기를 맞이하자 그의 아들이 뒤를 이었다. TV 화면을 김현성 대표의 업적이 가득 메웠다.

정우식품 유성마트 입점.

홈쇼핑 출시마다 매진!

전유정 쉐프와 성공리에 한식 개발.

직접 김치 담그는 법을 설명한 그가 김치와 어울리는 한식을 만드는 장면이 이어졌다.

요리 프로그램에 나간 장면을 재조합해서 만든 영상 속에서 김현성 대표의 조각 같은 외모는 빛을 발했다. 수영장의 남직원을 보던 여직원들의 시선도 일제히 화면으로 집중되었다.

—앞으로 정우식품의 발전 방향은 어떻게 되나요?

—김치 회사로서 최고가 되는 것뿐만 아니라, 한식의 세계화가
목표입니다.

이제 정우식품은 특정한 소수 인원이 아닌 다수가 찾는
브랜드가 되어 있었다. 이만큼 이뤄 낸 것만으로도 대단한
데 그는 여전히 큰 꿈을 안고 있었다. 그의 음성은 꼭 그렇
게 될 거라 여겨질 정도로 단호하게 들렸다.

"이만 가죠, 혜영 씨."

여직원들 틈에서 현성의 인터뷰를 보고 있던 혜영은 문
득 들리는 은주의 음성에 고개를 절레절레 저었다. 지금 여
직원들 틈에 껴서 대표 얼굴이나 구경할 때가 아닌데.

이미 앞으로 걸어가고 있는 은주를 보며 혜영은 발걸음
을 서둘렀다. 저 일 중독자, 정말. 어쩜 김현성 대표를 보고
도 저리 냉정하게 등을 돌릴 수 있는지 혜영은 은주가 신기
했다.

안산 공장으로 향하던 은주는 목이 너무 말라 길 주변에

차를 멈춰 세웠다. 아직 서울도 못 빠져나간 상황이었다. 점심 식사를 거르고 출발할 걸 그랬나. 시계를 보던 은주는 시동을 끄고 내려 가까운 커피숍으로 걸어갔다.

확실하게 접쳐 드립니다! 500원!

엄청 싸네. 흘깃 광고 문구를 한 번 보고는 고개를 돌렸다. '다 맞아 타로'라는 촌스러운 간판과 광고 문구를 보고 픽 웃으면서도 은주의 걸음은 그곳으로 향하고 있었다.

"아메리카노 한 잔 주세요."

만 원을 낸 은주가 에어컨 바람에 살랑거리는 머리카락을 귀 뒤로 넘기며 카페를 쭉 둘러보았다. 원두 갈리는 소리가 카페 내부를 가득 채웠다.

"아메리카노 나왔습니다."

"감사합니다."

고개를 숙이고 나가려던 은주는 카페 주인이 하는 말에 걸음을 멈추고 뒤를 돌아보았다.

"오늘 짝사랑 상대를 만날 겁니다."

안산 공장에 들렀다가 본사로 복귀해 남은 일을 마무리하려면 시간이 촉박하다는 걸 깨닫고 서두르느라 거스름돈도 안 받고 나갈 뻔했다. 카페 주인이 짝사랑 상대를 언급하며 발길을 붙잡지 않았으면, 차를 타자마자 다시 돌아올 뻔했다.

뜬금없는 소리에 그녀는 고개를 갸웃거렸다. 짝사랑 상대는 해외에 있는데 오늘 만날 거라니. 카페를 한 번 더 휘둘러본 은주는 이곳에 사람이 없는 이유를 알 것 같다고 생각하며 멈췄던 발걸음을 다시 놀렸다.

차로 돌아와 돈을 지갑 속에 넣던 은주는 거스름돈으로 7,000원을 받았다는 사실을 깨달았다. 아메리카노는 2,500원이었는데.

"오늘 짝사랑 상대를 만날 겁니다."

그제야 카페 주인이 했던 말이 떠오른 은주는 속았다는 생각에 손바닥으로 머리를 짚었다. 사기라며 다시 찾아가 500원을 달라고 하기엔 시간이 촉박했다. 그녀는 아메리카노를 홀짝 마셨다.

3,000원짜리 아메리카노를 먹은 거라고 치자. 맛은 제법 괜찮으니.

내비게이션을 켠 후 그녀는 창문을 내렸다. 열린 틈으로 들어오는 바람결이 시원했다.

안산 제1공장에 도착한 은주는 채성표 공장장과 만나 인사를 나누었다. 특별한 연락을 하지 않고 찾아온 터라 그는 꽤 당황한 듯했지만 이내 공장으로 들어서며 그녀를 안내했다.

공장을 쭉 둘러본 뒤 고춧가루, 배추, 마늘 등 주재료의 원산지를 확인하던 은주는 문득 구석에 있는 포대기를 하나 발견하고 그곳으로 다가갔다. 포대기를 열자 다진 마늘이 무더기로 쏟아졌다.

"아, 서 팀장. 이게, 그러니까."

"채성표 공장장님."

싸늘한 은주의 목소리에 안산 제1공장의 실질적 책임자 성표가 흠칫 놀라며 재빨리 포대기 앞에 섰다. 이걸 왜 여기다 갖다 놓은 거야, 그의 얼굴엔 짜증스런 기색이 잠시 비쳤으나 서늘한 시선에 아무 말도 못 하고 쭈뼛거리며 발로 다진 마늘을 포대기 속으로 밀어 넣었다.

"정우식품 구매 팀에서 중국산은 안 쓰는 걸로 알고 있는데요."

원산지는 민감한 문제였다. 제대로 표기하지 않거나 표기와 다르게 유통시켰다가는 영업정지는 물론이고 회사의 신뢰도도 바닥으로 떨어진다. 특히 고춧가루, 마늘을 중국산으로 쓸 경우엔 정우식품만의 김치 맛이 변할 우려도 있었다.

"제가 9남매인데, 저희 집은 김치 담글 때 중국산을 씁니다. 제가 가져가려고 사 둔 겁니다."

"9남매라 하셔도 양이 좀 많은데요."

은주는 성표를 지나쳐 창고의 구석으로 더 들어갔다. 파
란색 비닐로 씌워져 있어 다른 직원들은 그냥 지나쳤는데
서은주 팀장은 넘어가는 법이 없었다. 이렇게 찾아올 줄 알
았다면 미리 치웠을 텐데. 성표는 초조하게 손톱을 물어뜯
으며 그녀의 뒤를 따랐다.

"이건, 설명해 주셔야겠는데요."

안산 제1공장은 제일 처음 지어진 곳이었고 종종 유치원
생들이 견학을 오기도 하는 장소였다. 얼마 전에는 김치 담
그기 체험 프로그램을 교육과정에 넣어 직원들의 사기를
북돋아 주자는 말이 나오기도 했었다. 그런데 그런 안산 제
1공장에서 중국산을 쓰려고 하다니.

"회사에 보고하겠습니다."

"아…… 안 돼!"

당황한 성표는 털썩 무릎을 꿇고 은주의 옷자락을 붙들
었다.

"안 됩니다, 서 팀장. 제발 한 번만 봐주세요. 다신 안 그
러겠습니다. 막내딸이 병원에 입원했습니다. 이번 주까지 수
술비랑 입원비를 내지 않으면 원무과에서 더 이상 봐줄 수
가 없다고 합니다. 제가 예전에 사업을 하다 망해서 신용 불
량 상태라 제1금융권, 2금융권에서 모두 대출이 불가합니다.
사채업자한테 빌리기엔 너무 무섭고. 제발, 한 번만."

숨을 쉬지도 않고 다급하게 이야기하는 성표를 보며 은주의 한쪽 눈썹이 꿈틀거렸다.

짝사랑 상대를 만나긴, 오히려 폭탄을 맞은 느낌이었다.

"오늘 들어온 겁니다, 이것 모두. 절대, 정우식품 이름을 달고 나가는 김치에는 사용하지 않았습니다."

거짓은 아닌 것 같았다. 포장이 하나도 벗겨져 있지 않았고 아까 공장을 둘러봤을 때 사용하던 것들은 국내산이었다. 쓰레기통에서 나온 고춧가루 봉지에도 국내산이라 표시되어 있었다.

"다 버리겠습니다."

"제가 보는 앞에서 지금 버리세요."

은주는 팔짱을 끼고 싸늘하게 내뱉었다. 이래선 안 되는 거지만, 마음이 쓰였다.

사실 채성표 공장장의 집안 사정은 얼마 전 제1공장을 다녀왔던 혜영에게서 들은 상태였다. 들어 둔 보험이 없어 수술비부터 입원비까지 전부 부담해야 하는데 과거에 진 빚을 갚는 것만으로도 빠듯하다고. 얼굴살이 쏙 빠지고 눈 밑이 퀭한 게 사람 같지 않다며 안됐다는 투로 말했었다.

그래도 불법은 아니지. FM대로라면 회사에 가서 보고를 하고 그에 합당한 처리를 해야 했다. 은주는 관자놀이를 꾹 누르며 곤란하다는 표정을 지어 보였다.

만약 그러면 이제 고등학생이라는 그 딸은 어떻게 되는

건가. 돈 때문에 목숨을 위협받는 것은 확실히 그 무엇보다 비참한 일이긴 했다.

고춧가루와 마늘을 전부 버리는 것을 확인한 은주는 주변을 둘러보다 직원 휴게소를 발견하고 그곳에서 쓰레기통을 들고 왔다. 성표가 버린 고춧가루와 마늘 위에 직원 휴게소에서 가져온 파란 쓰레기통을 반대로 뒤집어서 콸콸 쏟았다.

재료들 사이에 담뱃재와 휴지, 커피가 섞여 들어갔다. 성표가 경악스런 표정을 지었으나 은주의 얼굴엔 변화가 없었다. 휴게실에서 은주를 따라 나온 직원들도 입을 떡 벌리고 그녀가 하는 것을 지켜보았다.

"이 정도는 해야죠. 눈감아 드리는 대신 전부 폐기하세요. 설마 이걸 음식에 넣지는 않으시겠죠."

"감사합니다!"

"다시 올 겁니다. 제1공장은 앞으로 자주 오게 될 것 같네요."

은주가 위생복을 탈탈 털며 밖으로 나섰다. 성표는 쓰레기통을 힐끗 보고는 망연자실한 표정을 지으며 고개를 숙였다.

서울로 향하는 은주의 표정은 내려올 때보다 더욱 어두웠다. 부장에게 보고를 해야 하는 걸까, 이대로 눈을 감아야 하는 걸까.

"휴."

아버지도 그랬다. 공장에서 일하다 기계가 떨어져 한쪽 다리를 잃었고, 제때 수술을 받지 못해 지금까지도 쩔뚝거리며 걸어 다녔다.

요새는 회사에서 보험을 들어 주고 수술비를 내주기도 하지만 아버지가 일할 당시엔 아니었다.

법적으로 문외한이었던지라 그 당시엔 가족끼리 뭉쳐서 해결해야 한다고 생각했고, 은주도 고등학생 때부터 아르바이트를 했었다.

신호가 적색으로 바뀌었다. 과거를 떠올리며 멍하니 신호를 바라보던 은주는 갑자기 울리는 전화벨에 화들짝 놀랐다. 브레이크를 밟고 있던 발을 떼는 순간 갑자기 움직이는 차에 당황한 그녀는 다시 발을 움직였다. 그러나 밟은 것은 브레이크가 아닌 액셀이었다. 그대로 돌진한 차가 앞차의 뒤쪽 범퍼를 쾅 박았다. 차가 덜컹 흔들렸다.

잠시 얼떨떨하게 앞을 바라보던 은주는 황급히 차에서 내렸다. 앞차에 벤츠 로고가 달린 것을 보자 제1공장에서 있었던 일들을 까맣게 잊고 정신이 부산스러워지기 시작했다. 어떤 보험을 들었더라. 제일 싼 거 들었다고 했던 것 같은데.

회색 차량에서 남자가 내렸다. 멍하게 있던 자신을 탓하며 범퍼를 확인하던 은주의 위로 검은 그림자가 드리워졌다.

자신의 어깨를 톡톡 치는 손짓에 은주는 눈을 꼭 감았다가 떴다. 고개를 들자 한 남자가 보였다. 큰 키에 탄력 있는 몸뚱이를 가진 남자가 싸늘한 시선으로 그녀를 내려다보고 있었다. 은주의 눈동자가 흔들렸다.

김현성 대표,

그였다.

순간 머릿속이 아득해졌다.

울어야 하나, 빌어야 하나, 좋아해야 하나. 갈피를 잡지 못한 채 멍하니 벤츠의 상처 난 범퍼를 만지는 은주를 향해 현성의 입술이 열렸다.

길고 긴 손가락이 은주가 만지던 범퍼를 가리켰고 시선은 그녀의 얼굴에 닿았다.

"어떻게 할 겁니까, 이거?"

chapter 1

찾았네요,
도망자

타닥타닥 자판을 두드리는 소리가 사무실 안을 가득 채웠다. 아침부터 전체 회의가 있었고, 품질관리 팀의 변주섭 부장은 팀원들에게 보고서를 지시했다.

하청 업체에 요청해서 미생물 분석 시료를 얻고, 입점해 있는 마트를 돌아다니며 제품의 상태를 일일이 체크해 일목요연하게 정리하도록 시킨 것이다.

다들 업무를 처리하느라 정신없는 와중에 혜영이 문을 거칠게 열며 들어왔다. 휴게실에서 커피 한 잔 마시고 온다던 사람이 100미터 달리기를 한 것처럼 급하게 숨을 내뱉었다.

주섭에게 안산 제1공장에서 있었던 일에 대해 의논하고

있던 은주가 그런 혜영을 흘깃 보았다. 무슨 좋은 소식이라도 있는 건지, 그녀의 눈빛이 반짝거리고 있었다. 지금은 업무 시간이니 조용히 자리에 앉으라는 눈짓을 준 후 은주는 주섭에게로 다시 시선을 돌렸다.

"그러니까 채성표 공장장이 어렵다는 거지?"

"네, 부장님. 혜영 씨 말로는 이미 사원들 사이에 소문이 다 났다고 하더라고요. 공장 일용직부터 시작하신 분입니다. 그 방면으로는 눈감고도 할 정도로 업무를 잘 파악하고 계시죠. 그런 인재를 놓쳐서는 안 되는데……."

어쨌든 불법을 저지를 뻔했기에 그냥 눈감아 주기에는 찜찜했다. 그렇다고 회사에 그대로 보고를 하자니 마음이 좋지 않아 결국 은주는 일련의 일들을 설명하며 선처를 요구했다.

"내가 채성표 공장장을 잘 알지. 일단 서 팀장은 눈감도록 해. 최진우 이사와 복지 차원으로 지원할 수 있는 부분이 있는지 얘기해 볼 테니. 서 팀장은 최 이사의 심금을 울릴 수 있는 호소문 한 장만 써 줘."

"네? 제가요?"

"채성표 공장장을 돕고 싶어서 눈감아 줬고 나한테 상의까지 한 거 아닌가? 이왕 시작한 거, 경영지원실에서 눈물콧물 쏙 빼도록 한 장 써 줘."

김현성 대표가 취임하고 난 후 바뀐 것이 있다면 '직원

소리함'이 생긴 점이었다. 메일이나 수기로 불편한 점을 작성해서 경영지원실로 보내거나 소리함에 넣으면 확인 후 불편한 점을 개선해 주는 것이었다.

처음에는 아무도 사용을 하지 않다가 6개월째부터 한두 명씩 이용하더니 지금은 전 사원이 과감하게 이용하고 있었다. 물론 익명으로.

자리로 돌아가려던 은주는 혜영이 '꽃돌이'라 칭하는 신입 사원 준영에게 속삭이듯 하는 말을 듣고 잠시 멈춰 섰다.

"대표님께서 새로 뽑으신 벤츠를 누가 박았다고요? 남자로서 하는 말인데, 새 차에 흠집 내면 정말 죽이고 싶은데."

"내 말이. 더 문제는 연락처를 받았는데, 그 연락처가 가짜였대!"

"그 자리에서 보험 직원 불러서 바로 처리했어야죠."

"배송 업체 대표랑 약속이 잡혀 있었나 봐. 그것 때문에 일찍 귀국을 했다더라고."

"배송 업체요?"

"대표님 목표가 김치의 세계화잖아. 외국인들로부터 반응이 좋아서 유명 투어에서 따로 연락이 왔었대. 여행 스케줄에 쇼핑이 있는데 김치를 넣어 보려 한다고. 유명 투어 정도면 라인만 잘 타도 억대 매출이거든. 김치가 기내 반입은 안 되니 배송 문제 때문에 급하게 가는 길이었던 거지."

김치, 젓갈은 액체류이기 때문에 기내 반입이 불가했다. 아무리 꽁꽁 묶어도 냄새가 퍼지는 데다 기압에 못 이겨 봉지가 부풀면 터질 위험성도 있다. 봉지가 터져서 내용물들이 퍼진다면 그 참혹한 광경은 차마 말로 표현할 수 없을 것이다.

이 같은 문제로 김치의 세계화 프로젝트는 진행이 더딘 상태였다. 특히 일본에서 한국 김치를 많이 찾긴 하지만, 발효 식품인지라 배송을 하다 보면 맛이 변할 수가 있었다.

하루 안에 보내는 게 생명인데 그 배송비를 감당하면 회사 측에 남는 이윤이 거의 없고, 가격을 올리자니 주문이 떨어질 테고. 이래저래 문제가 있는 아이템이었지만 유명 투어에서 패키지 상품만 해 준다면 성사될 가능성이 높았다.

"우리 대표님은 무책임한 사람을 경멸한다던데. 전에 어떤 팀장이 프로젝트 진행 사항을 보고도 안 하고 나 몰라라 했는데, 대표가 직접 공장으로 발령 보내 버렸잖아. 그게 뭐야, 결국 자른 거지."

"그야 당연하죠. 그 정도로 무책임하면 대표님이 아니어도 누구나 그럴 겁니다."

"대표님은 처음에 그냥 넘어갈 생각이었나 봐. 사과만 받으려고 했는데 아예 휴대폰이 꺼져 있대."

당연했다. 은주가 건넨 그 휴대폰 번호는 은주의 것이 아니었다. 자리로 돌아가야 하는데 발걸음이 떨어지질 않았다.

"선배는 어디서 들었어요?"

"휴게실 갔다가 최진우 이사님이 하는 말 들었어. 그러니 신빙성이 있지."

"대표님이 가만히 안 있으시겠네요."

"벼르고 있다더라."

두 사람의 대화가 끝나자 은주는 황급히 자신의 자리로 돌아갔다. 어떻게 수습해야 하나. 그녀는 당시의 기억을 떠올리다가 책상에 이마를 박으며 엎드렸다.

은주에게 닿았던 김현성의 시선이 다시금 차 뒤쪽 범퍼로 향했다. 그는 시계를 흘깃 보고는 차 뒷좌석 문을 열고 그 안으로 상체의 반을 밀어 넣었다. 그리곤 무언가를 찾더니 은주에게 다가왔다.

"이름, 연락처 적어요. 보험 처리할 시간이 없으니 나중에 전화 드리겠습니다."

얼떨결에 메모지와 펜을 넘겨받은 은주는 이름을 적으려 손을 움직였다. 서, 한 글자를 쓰기도 전에 김현성이 그녀를 보며 물었다.

"혹시 명함 있으세요?"

이름과 연락처를 적는 그 시간조차 아까운 듯했다. 손목 시계를 손가락으로 톡톡 건드리며 인상을 찡그리는 모습에 은주는 고개를 푹 숙였다.

"아, 아뇨."

하필 박은 차의 주인이 김현성이라니. 그녀는 허둥거리 며 메모지에 슥슥 연락처를 적어 내려갔다.

사실 차의 소유주는 동생이었다. 회사 차는 부장이 쓰기 로 되어 있었고, 무더위에 대중교통을 이용해 안산까지 갈 여력이 없어 동생이 해외로 휴가를 간 사이 빌려 탄 것이었 다. 편하게 좀 가려다 이런 일이 터지다니.

"연락 드릴게요."

다행히도 김현성은 정말 바쁜지 은주의 손에서 메모지만 받아 들곤 몸을 돌렸다.

같은 회사에 근무하더라도 김현성 대표는 갑이고, 서은 주는 을이었다. 팀장이긴 하지만 작은 회사도 아니고 대표 가 함께하는 회의에 참석하기엔 낮은 직급이었다.

젊은 사장이라 사내 여직원들 사이에 인기가 많았지만 김현성 대표는 적당히 선을 긋는 편이었다. 회사 내에서 마 주쳐도 고개만 까딱하고 지나가거나, 아니, 마주치기도 거 의 어려운 존재였다.

너무 허둥지둥 제 발을 저린 것 같아 은주는 뒷머리를 긁적였다.

긴 다리를 움직여 제 차로 돌아가 앞좌석 문을 여는 그의 뒷모습에 태양 빛이 닿았다. 눈이 부셨다. 반짝임을 담은 시선으로 바라보았지만, 그는 돌아보지 않은 채 차에 올라탔다.

차는 금세 시동이 걸렸고 그곳을 벗어나 사라져 갔다.

잘생긴 얼굴에 말도 안 되는 황금 비율, 대표이사라는 직급까지. 태어날 때부터 금수저를 물고 태어난 사람이었다.

닿을 수 없는 태양을 보듯 잠시 은주의 눈에 흐린 빛이 감돌았다. 고백 한번 해 보지 못한 대상이 눈앞에서 사라지고 있었다.

그녀는 아랫입술을 꾹 누르며 조금 전 현성의 모습을 떠올렸다. 품질관리 팀 팀장으로 알아봐도, 과거의 서은주로 알아봐도 무엇 하나 좋을 것이 없는 상황이었지만 왠지 모르게 씁쓸했다.

혹시라도 김현성이 얼굴을 볼까 봐 고개를 한껏 숙여 놓고 못 알아봤다고 또 서운해하는 자신의 모습에 은주는 허탈한 웃음을 흘렸다.

김현성은 시간에 쫓기는 사람처럼 초조해 보였었다. 제대로 눈을 마주하고 오랫동안 서로를 응시했으면 알아봤을까 하는 궁금증이 들었지만, 이내 고개를 휘휘 저었다. 아마 모를 것이다.

은주는 아랫입술을 윗니로 꾹 눌렀다.

빵!

뒤에서 들리는 클랙슨 소리에 은주는 얼른 상념을 지우고 차에 올라탔다. 그리고 회사에 돌아오자마자 동생에게 메일을 보냈다.

아, 맞다. 메일.

은주는 숙이고 있던 고개를 들고 개인 메일을 열어 보았다. 회사로 돌아오는 동안 차 안에서 계속 전화를 걸었으나 동생 동석은 받지 않았다. 하는 수 없이 메일을 보냈었는데, 수신함에 들어가 보니 답장이 와 있었다. 은주의 얼굴이 환해졌다.

누나, 나 휴대폰을 바다에 빠뜨렸어. 이제야 호텔에 들어와서 메일 확인했네. 서울 가려면 며칠 더 남았는데. 근데 누나, 내 차 가족 보험이 아닌데 어쩌지? 그 사람이 누나가 운전한 거 봤어? 그럼 보험 처리 안 될 텐데. 차종이 뭔데? 얼마나 긁혔어? 뒤쪽 범퍼는 50만 원 선이면 합의될 것 같으니까 누나가 알아서 좀 해.

청천벽력 같은 소리였다. 그렇게 가족 보험을 들라고 했었는데, 제 것만 들었다고? 그럼 보험 처리는 불가능했다.

은주의 얼굴이 사색이 되었다. 보험 처리가 안 된다면 차 주인을 찾아가 직접 설명해야 했다. 그것도 싹싹 빌면서.

벤츠…… 외제차 범퍼 바꾸는 데에는 얼마가 들려나. 상상할 수도 없는 금액이겠지. 은주는 망연자실한 표정을 지었다.

"벼르고 있다더라."

혜영의 목소리가 메아리처럼 울려 퍼지는 듯했다.

은주는 현성의 연락처를 몰랐다. 차를 박았던 상황에 현성이 은주의 연락처를, 정확히 말하면 동석의 연락처를 받아 갔다.

사고가 난 상황에서 차라리 '정우식품 품질관리 팀 서은주 팀장입니다'라고 말할 걸 그랬다. 혹시 과거의 기억을 떠올리고 알아볼까 무서워 그 자리를 모면하는 데 급급하고 말았다.

"팀장님?"

똑똑, 파티션을 주먹으로 두어 번 두드리며 신입 사원인 준영이 은주를 불렀다.

"네, 준영 씨."

"공장별 미생물 검출 자료입니다. 이건 샘플이고요. 이번 주도 샘플링 직접 다 하시게요?"

"네. 지금은 하청을 주고 있지만 예전엔 부장님과 제가 다 했었거든요. 가끔 하청 업체가 잘하고 있는지 제 눈으로 확인할 필요성이 있어서요. HACCP* 관리는 잘되고 있죠?"

"네, 선배님께 잘 배우고 있습니다. 근데 팀장님, 요새 HACCP 말고 할랄 식품이 인기라던데요."

할랄 식품. 생활 전반에 걸쳐 이슬람 율법에서 사용이 허락된 것을 일컬었다. 전 세계에서 할랄 인증 마크를 받기 위해 고군분투한다고 TV에서 봤던 기억이 떠올랐다.

안 그래도 할랄 인증 마크를 받으면 이슬람 문화권 사람들에게 판매가 가능하지 않을까 하는 생각을 했었는데. 잊고 있던 기억을 끄집어낸 신입 사원을 은주는 흥미로운 시선으로 보았다.

"이준영 씨, 할랄 식품에 대한 보고서 만들 수 있겠어요? PPT 다섯 장 정도면 괜찮을 것 같은데."

"네? 제가요?"

"좋은 아이디어라고 생각합니다. 상부에 보고해 보려고요."

은주의 말에 준영의 얼굴이 붉어졌다. 쭈뼛거리던 그가 은주의 책상 위로 큰 손을 올렸다. 손이 떨어지자 책상 위에는 캔 커피가 놓여 있었다.

---

*HACCP:Hazard Analysis Critical Control Point. 식품의 안전성을 보증하기 위해 식품의 원재료 생산, 제조, 가공, 보존, 유통을 거쳐 소비자가 최종적으로 식품을 섭취하기 직전까지 각각의 단계에서 발생할 수 있는 모든 위해한 요소에 대하여 체계적으로 관리하는 과학적인 위생 관리 체계.

"날이 덥고 해서 제 것 사면서 팀장님 것도 샀어요. 다른 뜻이 있는 건 아니고요."

빤히 바라보는 시선에 찔렸는지, 고맙다는 인사가 떨어지기도 전에 준영이 말을 덧붙였다. 그로써 은주는 준영에게 다른 뜻이 있다는 것을 알아채 버렸다. 그러나 그녀는 티 내지 않으며 짧게 고맙다는 인사를 전했고 준영은 머리를 긁적이며 몸을 돌렸다.

오늘도 여전히 유리창 너머로 훔쳐보는 사람들의 시선을 느끼며, 진우는 물 밖으로 나간 현성을 향해 말을 건넸다.

"아직도 휴대폰 꺼져 있습니까? 그 사람."

"어."

"꺼 두는 게 상책은 아닐 텐데, 쯧."

진우는 방금 먹은 수영장 물을 뱉어 내듯 켁 소리를 냈다. 김현성의 수영법을 따라 하다 수영장 물을 다 먹을 지경이었다. 폐활량이 얼마나 좋은지 물속에서 나올 생각을 안 한다. 친구이기 전에 남자로서 자존심이 상했고, 이겨 보고 싶었으나 오늘도 괴물 같은 체력의 김현성을 이기기엔 역부족인 듯싶었다.

그는 언짢은 표정의 현성을 보다 혀를 찼다. 하필 벤츠에 흠집이.

처음부터 가진 것이 많은 사람이었기에 갖고 싶어 하는

것도, 딱히 애착을 보이는 물건도 없었다. 그런 현성이 유일하게 소중히 대하는 것은 그의 여동생인 현진뿐이었다.

그 녀석이 모델을 한다고 했을 때 팔딱팔딱 뛰며 반대하던 현성이 아직도 눈에 선했다. 일이 끝나면 날마다 데리러 갔었고, 술을 마시다가도 현진에게서 연락이 오면 대리를 불러서 가 버리던 여동생 바보가 바로 김현성이었다.

그렇게 소중히 아끼는 여동생이 차곡차곡 모은 돈으로 사 준 차였다. 물론 현진이 반은 할부로 긁었다는 걸 알고 남은 금액을 현성이 지불했지만, 어쨌든 사랑하는 동생에게서 받은 값진 선물이었다.

"그냥 타고 다녀도 되긴 하는데. 그러려고 했는데."

현성의 입꼬리가 위로 올라가자 진우는 섬뜩한 느낌에 물 밖으로 나와 걸터앉았다. 오한이 도는 느낌이었다. 무슨 생각을 하는 건지 그는 즐거워 보였다.

"뒤 범퍼를 아예 갈아 버리려고."

눈에는 눈, 이에는 이. 그 자리에서 보험 처리를 하지 않았기 때문에 차 주인이 범퍼를 바꾼 후 영수증을 첨부하면 상대측 보험사에서는 그 비용을 지불해 줘야 했다. 외제차니 보험에 따라 100퍼센트 지급을 안 해 주는 곳도 있을 수 있었다.

일이 커지는 게 싫어 사고가 났을 때 현성은 그냥 제 돈으로 차를 수리하려 했었다. 옛날부터 시끄러운 걸 싫어했고, 여유가 있는 만큼 주변 사람에게 넉넉해야 한다는 가치 관을 가지고 있었기 때문이었다.

물론 그 철학 때문에 정우식품 역시 손실을 보는 경우가 제법 있었다. 문의가 오면 무조건 환불 및 교환이 이루어지는 시스템이 그것이었다.

잘못한 것이 고객인지, 회사 측인지, 유통 업체 측인지 따져야 하는데 그는 일단 고객에게는 베풀자는 심정으로 100퍼센트 환불을 해 주었다. 작은 것 하나하나 신경 쓰지 말고 큰 그림을 봐야 한다는 생각으로 회사를 운영하고 있는 것이다.

그런 성격의 현성이 뒤 범퍼를 아예 갈아 버린다는 건, 단단히 골이 났다는 증거였다.

"도망가 봤자 손바닥 안이지. 경찰에 신고하려고."

"인상착의는 생각나?"

"여자였는데, 자세히 못 봤어."

"차종은?"

"검은색인데…… 신경이 다른 데 가 있어서 딱 떠오르진 않네."

수리비를 청구할 생각이 없었기에 제대로 보지 않았다. 그쪽도 얼굴을 푹 숙이고 있던 터라 인상착의는 아예 생각도 나지 않았다. 아, 여성스럽고 늘씬한 몸매였던 것 같긴 했다. 사과를 하면 그냥 넘어갈 생각이었는데.

현성은 제 몸에 있는 물기를 털어 냈다. 그 작은 손동작에 헬스장에서 나오던 여직원들이 수영장을 힐끗거렸다. 그 중 한 여사원은 이것도 복지임에 틀림없다며, 수영장 벽을 투명하게 만들어 놓은 건 신의 한 수라고 박수를 쳤다.

다른 여직원들도 현성의 몸매를 감상하며 자기들끼리 100점인지 99점인지를 놓고 격렬한 투쟁을 벌였다.

"아! 손등에 상처가 있었어."

메모지를 건네받았을 때, 여자의 손등에 있는 상처 자국을 보았다. 새하얗고 여성스러운 손과는 어울리지 않는 흉터 자국이었기에 보는 순간 기억에 남은 것 같았다.

"손등에 흉터? 그럼 혹시 요리하는 여자 아닐까? 주방에서 일하는 여자들은 대부분 손등에 흉터가 있던데."

"그런 느낌은 아니었는데…… ."

현성은 억지로 여자의 얼굴을 떠올리려다 이내 포기했다. 어찌 되었든 잡으면 곱게 넘어가지 않을 생각이었다.

대표가 벼르고 있다는 말이 자꾸 생각나 은주는 며칠째 잠도 제대로 이루지 못했다. 비서실에서 현성의 번호를 알아내 연락을 할까. 아니면 대표실로 직접 찾아갈까. 그것도 아니면 아직 모르는 것 같으니 동석이 돌아올 때까지 조용히 기다릴까.

새벽이 밝아 올 때까지 고민을 하다 퀭한 눈으로 출근한 은주는 사무실에 들어오자마자 대표실에서 호출이 있었다는 소리에 심장이 덜컹하는 기분이었다.

대표이사실 앞에 서서 비서가 연락을 취하는 것을 바라보며 은주는 숨을 크게 들이마셨다. 다행인지 불행인지, 차사고로 부른 것은 아니었다.

어제 직원 소리함에 넣은 종이를 최 이사가 발견해 그걸 그대로 대표이사에게 전달했다는 것이다.

30년이 넘게 회사와 동고동락한 채성표 공장장에게 도움을 줬으면 한다는 글을 쓴 서은주 팀장을 한번 보고 싶다는 대표의 지시였다.

은주는 그 글을 변주섭 부장에게 넘기며 익명을 부탁했었다. 아니면 품질관리 팀 직원 일동으로 하든지. 그런데 주섭은 그것을 버젓이 은주의 이름으로 제출했고, 당황하는 그녀에게 이참에 대표에게 잘 보이라며 너스레까지 떨었다.

지금 가장 만나서는 안 될 사람인데.

대외적으로는 그 일로 불렀다고 하고, 실제로는 차와 관련된 일일지도 몰랐다.

은주는 비서의 안내를 따라 대표이사실 앞에 서며 생각했다.

이실직고하자. 너무 당황해서 실제 차 주인인 동생의 연락처를 썼는데, 동생이 휴가를 간 상황이라 전화를 못 받은 거라고. 절대 도망갈 생각은 없었고, 책임을 지려 했었다고.

당신이 날 알아볼까 봐, 알아보게 돼서 지금 이 정도의 거리에서 바라보는 것조차 못 하게 될까 봐 불안해서 그랬던 거라는 말은 절대 할 수 없었다.

누구와 통화를 하는지 열린 문틈 사이로 들려오는 그의 목소리는 다정했다. 문득 은주도 아는 그 이름이 들렸다.

"그래, 김현진. 네가 선물해 준 차에 기스 났다."

입 싼 새끼, 낮게 읊조리는 소리가 들렸다. 누군가를 겨냥한 말 같았다. 인기척을 느꼈는지 블라인드가 쳐진 창문을 바라보던 그가 몸을 돌렸다. 꾸벅 고개를 숙인 은주는 그의 손짓을 따라 소파로 걸음을 옮겼다.

"안 그래도 범인 잡을 거야. 무책임한 사람이 판치는 세상을 두고 볼 순 없지."

그는 결연한 의지를 보이고 있었다. 뜻밖의 통화 내용에 잠시 말문이 막혔다. 어떡하지. 그게 아니었다고 무릎이라도 꿇어야 하나.

전화를 끊은 뒤 천천히 걸어와 맞은편 소파에 앉는 그를 보고 은주는 고개를 푹 숙였다.

"잘못했습니다!"

다시 만나 제일 처음으로 내뱉은 것이 잘못했다는 말이 될 줄은 몰랐다.

현성은 차마 닿을 수 없는 태양 같은 존재였다. 그저 멀리서 작게나마 도움을 줄 수 있다면 그것으로 만족할.

태양이 은주를 재로 만들려는 듯 강렬한 시선을 보냈다.

고개를 푹 숙이고 있었지만 그 상태에서도 따끔한 눈초리가 느껴졌다.

"대표님, 차가⋯⋯!"

말하려는 순간 비서가 들어왔고 두 사람 사이에 정적이 흘렀다. 탁자 위에 올려진 커피 잔을 바라보다가 현성이 다시 입을 열었다.

"드시죠."

"네? 네."

전화 통화를 할 때와 다르게 지극히 사무적인 얼굴을 하고 있는 현성을 보며 은주는 앞에 놓인 찻잔을 입가에 가져다 댔다. 이 따뜻한 커피가 심장의 속도를 잠재워 주길 바랐건만, 오히려 긴장으로 인해 박동은 더 빨라지고 있었다.

"제가 서은주 팀장을 부른 건, 품질관리 팀 일만 해도 벅찰 텐데 공장장의 사정을 알고 나서 줬다는 얘기를 듣고 어떤 사람인지 궁금해서입니다."

"죄송합니다."

자신이 나설 곳이 아닌데 나선 것이라는 생각에 은주가 고개를 숙이자 현성은 사무적인 표정을 풀고 부드럽게 입가를 올렸다.

"죄송하기는요. 제가 신경 쓰지 못한 부분을 짚어 줘서 감사하죠."

뭔가 이상하다. 너무 평온한 얼굴을 하고 있다. 통화를 할 때만 해도 무책임한 사람이 싫다며 경멸하는 눈초리였는데, 지금은 그런 기색이 없었다. 그렇다면…… 기억하지 못하는 것이다!

"평소에도 일에 대한 열정이 많다고 최진우 이사에게 들었습니다."

채성표 공장장의 집안 사정과 선처를 부탁한다는 내용의 호소문을 직원 소리함에서 본 진우는 바로 그것을 현성에게 가져다주었다. 진우도 채 공장장이 얼마나 열심히 일해 왔는지 알기에 그냥 지나쳐서는 안 된다고 생각했던 모양이었다.

거기다 그 글을 쓴 사람은 품질관리 팀 서은주 팀장으로, 열심히 하는 인재라며 온갖 칭찬을 늘어놓았다.

"리더로서 좋은 자질을 갖췄네요, 서은주 씨는."

그의 칭찬에 은주의 볼이 발그레해졌다. 김현성에게서 듣는 칭찬은 가뜩이나 빠르게 뛰던 심장을 더 빠르게 뛰도록 하는 촉진제와 다름없었다.

이런 분위기에서 현성에게 자신이 범인이라고 말할 수가 없었다. 타이밍을 잡지 못하던 은주가 마음을 먹고 입을 연 순간, 현성이 다시 그녀의 말문을 막았다.

"혹시 더 보고할 사항이 있습니까?"

그의 질문에, 잔뜩 굳어 있던 은주가 입술을 살짝 깨물었다. 바보스러운 모습은 보이고 싶지 않았다. 당신을 위해 열심히 일하는 세련된 모습을 보여 주고 싶은데.

은주는 문득 준영이 제출했던 PPT를 떠올렸다. 그리고 어깨에 힘을 주며 허리를 곧게 폈다.

"대표님."

"네."

"김치의 글로벌화가 목표시라고 들었습니다. 주제넘을지 모르겠지만."

은주가 잠시 말을 멈췄다. 흘러내린 머리카락을 귀 뒤로 넘긴 뒤 손을 무릎 위에 가지런히 올리고 침을 꼴깍 삼켰다. 떨면 안 돼, 긴장하지 말자.

"이슬람권 인구가 15억 명 이상으로 추정된다고 합니다. 그들은 할랄 인증 마크가 있는 식품과 생활품을 선택하는 특징이 있습니다. 할랄은 정말 중요한 문제니까요. 대기업 역시 할랄 인증 마크를 받기 위해 고군분투하고 있습니다. 정우식품이 세계화가 되기 위해서는 미리 할랄 마크를 받아 두는 게 어떨까 싶습니다."

주섭에게도 말은 했지만 그는 회의적이었다. 할랄 인증 마크를 받고 그걸 관리하려면 품질관리 팀의 일이 지금보다 배로 많아지고 그건 자기 선에서 컨트롤할 수 없다는 게 이유였다. 사업 영역을 넓히기보다 지금 선에서 만족하자는 게 그의 의견이었다.

주섭의 말도 일리가 있다고 생각했지만, 언젠가 현성이

단상에 서서 '김치의 세계화'를 외치던 모습이 아른거렸다.

김현성 대표가 성공하길 바랐다. 지금보다 더 높은 곳으로 올라갈지라도, 그래서 더 닿을 수 없는 곳에, 아예 얼굴한 번 마주칠 수 없는 곳에 있을지라도 그의 꿈이 현실로 이루어져 더 반짝이기를 바랐다. 그리고 그것에 조금이라도 도움이 될 수 있다면. 은주의 눈에 단호한 빛이 서렸다.

"분명 대표님이 꿈을 이루시는 데 도움이 될 것입니다."

"임원 회의 때 상의해 보겠습니다. 관련 자료가 있습니까?"

"네, 저희 팀 신입 사원이 만든 자료가 있습니다. 할랄 식품에 대한 것도 그 사원이 운을 뗀 거거든요. 대표님 사내메일로 제출하겠습니다."

은주의 말에 현성은 고개를 끄덕였다. 일을 잘한다는 소문이 그냥 생긴 것이 아닌 모양이었다. 회사 사람을 생각하는 마음 씀씀이도 좋아 보이고, 일에 대한 열정도 깊어 보였다. 오래전부터 조심스레 준비하고 있는 할랄 인증 마크에 관해 먼저 보고를 해 오다니.

그녀를 살피던 현성은 문득 볼이 붉어져 있는 것을 눈치챘다. 더운가? 닫아 놓은 창문을 열기 위해 일어서려는데 은주가 제 볼을 손으로 비비는 게 보였다.

순간 현성의 눈이 커졌다.

"대표님?"

그의 시선은 은주의 손등에 닿아 있었다. 정확히는 그녀의 손등에 있는 상처에.

채성표 공장장의 사연을 알게 해 줘서 고맙다고, 앞으로도 그런 마음가짐으로 직원들을 리드하라고 다시 한 번 칭찬하려던 그의 얼굴이 굳어졌다.

"근데 뭘 잘못했다는 거죠? 서 팀장."

대표실에서 나와 엘리베이터를 타고 내려오는 동안 은주는 아랫입술을 질끈 물었다. 말하려고 했다, 정말. 더 이상 숨기기엔 양심에 찔렸고, 시간이 지나 봐야 김현성 대표의 화만 돋울 터였다.

그러나 자신을 향해 웃으며 칭찬을 하는 그를 보자 도저히 입이 떨어지지 않았다. 겨우 그와 마주하고 그동안의 일을 인정받은 데다 기대한다는 말까지 들었다. 사실은 자신이 차를 박은 사람이라고 도저히 고백할 수가 없었다.

뭘 잘못했는지 묻던 그는 순간 울리는 전화벨 소리에 인상을 찌푸리더니 그대로 통화를 하며 대표실을 나갔고, 은주는 그대로 말할 타이밍을 놓치고 말았다.

자리로 돌아가는 동안에도 그녀는 말할 걸 그랬다며 자책을 계속했다.

"팀장님, 수영 잘하시죠?"

갑작스런 준영의 질문에 은주는 얼떨결에 대답했다.

"네, 그건 왜요?"

은주가 의심스런 눈빛을 보내자 준영은 '거봐요, 맞잖아요' 라며 주섭과 혜영을 향해 턱을 위로 올렸다가 내렸다.

"팀장님 정말 수영하실 줄 아세요? 한 번도 못 봤는데."

"왜 못 믿습니까. 제가 보장한다니까요. 팀장님 수영 실력 수준급입니다."

뜬금없는 수영 얘기에 은주는 무슨 일인가 싶어 주섭의 표정을 살폈다.

문득 워크숍에 새로운 일정이 추가됐던 게 떠오르자 좋지 않은 느낌이 들었다. 경영 팀에서 대표의 취미를 고려하여 '팀별 수영 대회'를 추가했던 것이다. 그게 대표에게 잘 보이기 위함이란 건 개나 소나 다 알 수 있는 일이었다.

문제는 각 팀별로 한 명씩 참가해야 한다는 것인데. 은주는 설마하는 시선으로 주섭의 입이 떨어지길 기다렸다. 꼭 이런 안 좋은 예감은 잘 들어맞던데.

"그럼 우리 팀에서는 서 팀장이 대표로 나가지."

역시나. 은주가 작게 한숨을 내쉬었다.

"저는 저녁때나 되어야……."

늦게 참석할 것 같다고 말하려던 은주는 틈도 주지 않고 얘기를 이어 가는 주섭 때문에 입을 다물어야 했다.

"그럼 배 나온 이 할아비가 나갈까, 서 팀장? 혜영 씨는 바다가 무서워서 아예 들어가지도 못하고, 다른 사람들도 튜브 없인 뜨지도 못한대. 우리 품질관리 팀의 회식비가 달려 있다고."

"그런 건 신⋯⋯."

신입 시키죠, 라고 말을 끝내기도 전에 준영이 나섰다. 몰래 짜기라도 한 것처럼 모두 은주의 말문을 막아섰다.

"안타깝게도 전 얼마 전에 발을 다쳐서 힘들 것 같습니다. 저도 할 수만 있다면 나가려고 했는데, 병원에서 소금물은 절대! 안 된다네요."

커피를 마시다 떨어뜨린 유리잔에 제법 큰 상처를 입고 준영이 급히 조퇴했던 것이 생각나자 은주가 미간을 잔뜩 구겼다.

"근데 준영 씨가 어떻게 알아요? 우리 팀장님 수영 잘하는 거. 난 듣도 보도 못했는데."

"어? 우리 팀장님 예전에 아주 잠깐 모델 했었는데, 모르세요? 제가 팀장님 팬이었거든요. 취미 생활이 수영이라고 들었어요. 서은주 팀장님, 맞죠?"

은주의 표정이 딱딱하게 굳어졌다. 굳이 알리고 싶지 않았던 과거가 예상치도 못하게 튀어나왔다. 모두의 시선이 그녀에게로 쏠렸다.

"어쩐지. 서 팀장님 몸매가 보통이 아니더라고요."

혜영이 고개를 끄덕이며 준영의 말에 동의를 표했다. 뭘하긴 했을 것 같은 몸매라고 작게 내뱉으며 은주에게 엄지를 치켜들었다. 기본 바탕이 되는 사람은 나이가 들어도 퇴색하지 않는구나. 억울한 느낌이 들었으나 어쩔 수 없는 일이었다.

"우리 대표님 동생분도 모델 출신이라고 들었던 것 같은데!"

혜영의 말에 은주의 표정이 싸늘해지자 주섭이 그녀의 안색을 살폈다. 은주는 얼른 굳은 표정을 풀고 쓰게 웃었다. 고작 3개월간이었는데 기억하고 있는 사람이 있을 줄은 몰랐다. TV에 나오던 모델도 아니었으니 말이다.

"수영 시합 나갈게요. 회식비 따내야죠."

그제야 주섭이 크게 웃으며 은주의 어깨를 툭 쳤다. 역시 서 팀장이 우리 팀의 보석이라는 말과 함께 자리로 돌아가자 은주도 걸음을 옮겼다. 준영에게 입단속을 시켜야겠다고 다짐하며 그의 자리를 한 번 바라본 그녀가 휴게실로 향했다.

"이게 지금 꼭 해야 한다는 중요한 일이야?"

"네, 대표님. 저 오늘 월차 냈는데 급하게 나온 겁니다."

현성은 서류를 휙휙 넘기다 고개를 들어 진우를 보았다. 진우는 그의 심기를 거스르지 않기 위해 눈치를 보다 슬쩍 다른 화제를 꺼내 들었다.

"차는 수리 맡겼어?"

"말이 짧다?"

"나 오늘 월차라니까. 쉬는 날인데."

"너."

"왜?"

"누가 현진이한테 말하래."

"아, 안부 얘기하다가."

왠지 제 무덤을 판 것 같아 진우가 어색하게 웃었다. 그냥 알고만 있으라고 했는데, 고새 현성에게 전화해서 사정을 물었나 보다.

"너희 어머니께서 주말에는 일시키지 말라던데."

"우리 마미가? 왜?"

갑자기 어머니 이야기를 꺼내는 현성으로 인해 진우는 고개를 갸웃했다. 자신의 어머니가 현성에게 연락을 했다는 건 중요한 일이라는 뜻인데. 설마, 설마.

"안 돼, 야. 나 주말에도 일할 거야. 얼마나 바쁜데."

"바쁜 사람이 월차도 내고. 누구는 주말도 없이 일하는데."

"이 못된 놈 좀 보게. 나 이번에 월차 처음 쓴 거 너도 알잖아. 내가 이 회사에서 일 제일 열심히 하는데."

그건 사실이었다. 입사했을 당시엔 회사가 힘들었기에 목숨처럼 매달렸고, 좀 나아진 이후에는 총괄팀장을 맡으면서 직원들 관리까지 하느라 정신이 없었다.

이제야 시스템이 잡혀 숨을 돌리고 건강검진이나 할 겸 월차를 냈는데, 외부에서 중요한 미팅이 잡혀 그걸 상의하러 회사로 들어온 것이었다. 물론 김현성 대표보다야 일을 덜 하겠지만.

"그래서 주말에 휴가 좀 주려고."

"……안 줘도 되는데."

"쉬는 김에 어머님 소원도 들어 드리고."

아악! 싫어, 싫다고. 진우가 소리 없이 절규를 했다. 안 그래도 요새 틈만 나면 친구 아들딸 결혼식에 가서 사진을 찍어 전송하며 '넌 언제쯤?'이라고 묻는 어머니였다. 거기다 돌잔치는 어쩜 그리도 많은지. 어머니만 아니면 당장 스팸 번호로 등록했을 거라며 진우가 몸을 부르르 떨었다.

"야, 현진이한테 다신 말 안 할게."

"우리 회사 직원들 차량 다 등록되어 있지?"

"직원들 차? 차량 요일제 실시하면서 차 번호는 다 받아 뒀지."

"그 자료 어디 있어?"

"우리 팀에 요청하면 되는데…… 갑자기 그건 왜?"

아무래도 서은주 팀장이 찜찜했다. 설마 그럴 일은 없다고 생각하면서도 자꾸 그녀의 손등에 있던 상처가 떠올랐다. 차를 확인하고 나면 이런 의심도 풀리겠지.

"서은주 팀장, 어때?"

"서 팀장? 결혼하기에 적당한 나이라 미모에 물이 올랐지. 왜, 너 사내 연애하게?"

"여자로서 묻는 거 아니야."

그럼 그렇지. 여자한테 눈 돌리는 건 앞으로 매출 세 배는 성장시킨 뒤라고 못 박듯이 말하던 그였다. 세 배로 성장한 뒤에는 또 다른 목표를 세우며 여자를 제 곁에 두지 않을 테지.

진우는 어쩐지 멀쩡한 현성의 껍데기가 아쉬워졌다. 저 껍데기에 저 배경이면 손가락만 까딱해도 다들 들러붙을 텐데. 너무 많이 가져서 갖고 싶은 게 없는 새끼.

작게 욕을 뱉으며 진우는 어깨를 쫙 폈다.

"사업2팀 팀장 자리 비었다고 했지?"

"응, 김 팀장 몸이 많이 안 좋아졌대. 안 그래도 이슬람에 파견 나간 재우 돌아오면 바로 프로젝트 실행하려고. 이슬람권에 우리도 합류해야지."

현성은 고개를 끄덕였다. 그 사업에 서은주 팀장이 제격일 것 같다고 무의식중에 생각하던 그는 그런 자신에게 놀라 잠시 굳었다. 자신을 빤히 바라보는 진우에게 나가 보라며 손짓을 한 후 현성은 턱을 괴었다. 잠시 생각할 시간이 필요했다.

현성이 보기에 그녀는 회사가 크는 데 함께해야 할, 자신의 편으로 만들어야 할 사람 같았다. 분명 찜찜한 구석이 있긴 하지만.

시간이 어떻게 가는지도 몰랐다. 퇴근을 한 은주는 워크숍을 위해 회사 건물 문화센터에서 수영 연습을 하고 있는 중이었다.

중학교 때 대표로 나갈 정도로 실력이 꽤 좋았고 재미있어 하기도 했다. 사정이 있어 못 했다는 건 핑계일 뿐이라 생각하며 은주는 시계를 보다가 물에서 나왔다.

내일이 워크숍이라 집에 일찍 돌아가 짐을 싸야 했다. 며칠 동안 밤샘 작업을 하지 않았더니 오히려 이상했다. 그놈의 회식비가 뭐가 중요하다고. 그래도 그걸로 직원들의 사기가 올라간다면 일의 효율성 역시 올라가겠지.

은주는 엘리베이터 앞에 섰다. 차는 휴가 기간이 끝난 동생에게 원래대로 돌아갔기에 지하철을 이용해야 했다.

밤이어도 더운 건 여전하네. 손으로 부채질을 하며 엘리베이터에 탄 은주가 거울 속에 비친 자신의 모습을 보며 머리를 정리했다.

버튼 누르는 걸 깜빡한 사이 위층으로 움직이기 시작한 엘리베이터는 7층에 가서 멈췄다.

취임한 지 얼마 안 돼 현성이 보안의 중요성을 언급하며 보안실을 7층으로 옮긴 상태였다. 보안실을 가려면 대표실을 지나쳐야 했고, 그만큼 보안실을 가는 직원 수는 줄어들었다.

보안실 직원이 퇴근을 하는 거겠지, 하며 은주는 며칠간 수영 연습으로 인해 굳어진 어깨를 주먹으로 툭툭 두들겼다. 그러나 엘리베이터 문이 열리고 앞에 서 있는 현성을 발견한 순간, 은주는 재빨리 손을 내리고 고개를 폭 숙였다. 설마 여기서 만날 줄이야.

"안녕하세요."

은주는 벽 쪽으로 몸을 기울였다.

"퇴근해요?"

"네."

보통 이 시간쯤 그는 수영장으로 내려가 정확히 한 시간 동안 수영을 하고 다시 대표실로 올라갔다. 알고 싶지 않아도 알게 되는, 사내에 유명한 대표의 일정이었다. 그동안 야근을 밥 먹듯이 했기에 이렇게 엘리베이터에서 그를 마주치는 일은 처음이었다.

아니, 언젠가 7층에 멈춰 섰다 내려오는 엘리베이터를 보고 버튼을 누를까 말까 수도 없이 고민한 적이 있었다.

마주쳐서 뭐할 건가. 고백이라도 하려고?

고백하지도 않을 거면서, 절대 이루어질 수 없는 상대라는 것을 알고 있으면서. 스스로를 타이르며 결국 버튼을 누르지 못했었다.

그런데 요 근래 마주치는 횟수가 늘어났다. 멀리서 바라보는 게 아니라 지금처럼 이렇게 가까이서 말이다.

옷깃이 스칠 정도로 가까운 거리.

"수영하러 가시는 거죠?"

"아뇨, 퇴근합니다."

"일찍 퇴근하시네요."

"8시가 일찍이라니, 서 팀장님 근무 시간표가 마음에 드는데요."

현성이 입꼬리를 올렸다. 이런 직원만 있으면 회사 매출이 배로 뛸 텐데. 그는 제 턱을 엄지손가락으로 쓸었다.

그러고 보면 할랄 인증 마크에 대해 대화를 나눌 때 서은주는 막힘이 없었고, 그 모든 공을 신입 사원에게 돌렸다. 보통은 신입의 아이디어를 가로채거나 팀에서 나온 이야기라고 말을 돌리기 마련인데.

잔뜩 긴장해 굳어 있던 은주가 1층 버튼 누르는 것을 또 잊은 사이, 현성이 누른 지하 3층 주차장까지 엘리베이터가 움직였다. 먼저 내린 현성이 은주를 향해 눈짓을 보냈다.

"안 내려요?"

"네? 아, 전 지하철 타고 다녀요. 1층 버튼 누르는 걸 깜빡했네요."

"아, 그래요?"

현성은 점심에 서은주 팀장의 명의로 된 차가 없다는 것을 확인했다. 주차 스티커를 받아 간 기록도 없었고, 가끔

외근을 나갈 땐 회사 차량을 이용하고 있었다. 고로 손등에 상처는 있지만 그녀는 아닐 것이라 결론을 내렸다.

그런데 그녀의 태도가 뭔가 수상쩍었다. 계속해서 자신의 눈을 피하고 어색하게 굳어 있었다. 꼭 도망가려는 듯한 느낌이 들었다.

"집이 어디예요?"

"저 봉천…… 아니, 방배동이요."

"가는 길이네요. 데려다줄게요."

"네?"

뜻밖의 말에 은주가 숙이고 있던 고개를 들었다. 자신은 서초구였고, 현성의 집은 회사와 매우 가까운 강남구였다. 굳이 서초구를 들렀다가 강남구로 가야 할 일이 있을까.

"아니요, 괜찮습니다."

"그쪽에 볼일이 있어요. 서 팀장과 일 관련으로 할 얘기도 있고."

같이 있으면 안 될 것 같다는 생각과 같이 있고 싶다는 마음이 충돌했다. 갈등하던 은주는 일 관련이라는 현성의 말에 결국 어쩔 수 없이 고개를 끄덕였다.

"워크숍에 참석합니까?"

일에 관련한 대화는 아주 짧게 끝났다. 굉장히 중요한 일일 거라고 예상했었는데 할랄 인증 마크와 하청 업체에 대한 몇 가지 물음이 전부였다. 대화가 끝나자 그는 운전에만 집중했고 차 안에는 침묵이 내려앉았다. 그러다 문득 그가 질문을 했다.

"네, 내일 오전에 일 끝내 놓고 합류할 예정입니다."

"서은주 팀장은 일이 참 많은가 봅니다."

차 안은 현성의 향기로 가득했다. 긴장감에 몸이 뻣뻣하게 굳고 말이 잘 나오지 않았다. 애써 태연한 척했지만 혹시라도 갈라진 목소리가 나올까 싶어 침을 여러 번 꼴깍 삼켰다.

대표가 일이 많냐고 물어볼 땐 뭐라고 답변을 해야 하지. 일이 많다고 하면 악덕 대표인 것처럼 느껴질 것 같고, 없다고 하기엔 놀고먹는 것 같았다.

"제가 손이 좀 느려서요."

빨간불에 차를 멈추고 운전대를 톡톡 두들기던 현성이 은주의 말에 시선을 내리깔았다.

접어 올린 셔츠 끝에 보이는 남성다운 손목, 하얀 셔츠의 단추를 끌어 넥타이를 살며시 풀어헤친 모습.

무릎을 내려다보고 있던 시선을 힐끔 돌릴 때마다 그는 더 멋있어 보였다. 심장이 미친 듯이 뛰었다. 손을 뻗으면 정말 닿을 것 같았다. 마주 잡은 손가락을 꼼지락거리자 그가 빤히 자신의 손을 보는 것 같아 은주는 행동을 멈추고 창문으로 고개를 돌렸다.

"품질관리 팀에서는 누가 수영 대회에 참여합니까?"

"아…… 어쩌다 보니 제가 나가게 됐습니다."

"그래요? 나도 나가는데. 잘해 봅시다."

현성의 말에 은주가 고개를 살짝 갸우뚱거렸다. 남자부, 여자부 따로 나눠져 있는 게 아닌가? 공평하지가 않은데.

"참고로 제가 이기면 직원들 회식비는 0원입니다."

웃어야 하나. 은주가 어색하게 미소를 지었다. 매일 수영장에 들르는 그 역시 수준급의 실력을 갖고 있었다. 대표라 눈치 보면서 일부러 져 주지 않아도, 아마 그가 이길 터였다. 만약 남녀 동시에 진행한다면 품질관리 팀의 회식비는 날아갈 가능성이 컸다. 회식비에 거는 직원들의 기대가 큰데. 은주는 현성에게로 고개를 돌렸다.

여직원들 틈에 섞여 몰래 그가 수영하는 모습을 구경했던 적이 있었다. 물이 흘러내리던 그의 등 근육이 떠오르자 왠지 더워져 손으로 부채질을 했다. 그사이 차는 방배동에 접어들었고 그녀는 본능적으로 고모 집 주소를 내뱉었다.

봉천동 자신의 집은 오래전 현성이 방문했던 적이 있었다. 한 번이 아닌 세 번이나. 만약 그쪽으로 간다면 자신을 떠올릴지도 몰랐다. 그건 안 될 일이었다.

얼마 지나지 않아 주택가 앞에 차가 멈췄다.

"내일 봅시다, 서 팀장."

현성은 오는 내내 은주를 탐색했다. 제 사람이 될 사람인지, 아니면 적당히 일하다 퇴사할 사람인지.

많은 가능성을 열어 두고 사업2팀을 꾸리는 데 은주를 저울질해 보았다.

아무리 생각해도 괜찮았다. 오는 동안 이야기했던 협력 업체 대부분의 담당자를 알고 있었고, 거론할 때 거침이 없었다. 만약 그중 불편한 사람이 있었다면 대화할 때 표정이나 말투에서 드러났을 것이다. 협력 업체 쪽에서도 그녀에 대한 평판이 좋을 것이라 예상되었다.

꽤 좋은 인재라는 생각에 밝게 웃음을 건네자 그녀는 화들짝 놀라며 고개를 푹 숙였다. 물론 저런 행동은 잊고 있었던 의심을 다시 깨우긴 했지만.

현성이 빤히 자신을 바라보자 은주는 황급히 정신을 차리고 얼른 차에서 내렸다.

"안녕히 가세요."

차가 골목을 빠져나갈 때까지 그녀는 숙인 고개를 들지 않았다. 심장이 터질 것 같았다.

현성을 처음 본 건 스무 살 때였고, 알고 지낸 기간은 고작 3개월이었다. 당시엔 그 마음이 이렇게 커질 것이라고는 상상도 하지 못했다. 절대 안 된다는 사실을 알고 포기하고 단념하려 애썼다. 대학교에 입학을 하면서 일부러 남자 친구도 만들었다.

그런데 입사를 하고 현성을 다시 마주쳤을 때, 자신이 했던 건 연애가 아니었고 과거의 남자에게 마음 한 톨 준 적이 없음을 뼛속까지 느꼈다. 심장이 떨리는 것은 오로지 현성의 앞에서뿐이었다.

멍하니 차가 사라진 골목 끝을 바라보고 서 있는데, 익숙한 모습이 눈에 들어왔다. 추리닝을 입고 봉지를 달랑달랑 흔들며 다가오는 생물체를 보고 은주는 쯧, 혀를 찼다.

"누나? 여긴 왜 왔어?"

"너야말로 여기서 뭐해?"

"고모가 재석이 과외 부탁했잖아. 내 부수입이지."

그런 꼴로 과외를 한다고? 퍽이나 잘 배우겠다. 은주가 혀를 한 번 더 찼다.

회사에선 멀쩡한 놈이 회사만 벗어나면 지나가는 백수보다 못한 차림새로 지낸다. 그래도 멀쩡한 껍데기를 가진지라 미친놈 소리를 듣진 않지만, 은주로서는 동석의 그런 빈틈 있는 모습이 거슬렸다.

"아, 누나! 벤츠 어떻게 됐어?"

"벤츠?"

"누나네 회사 대표 차 박았다며. 싹싹 빌었어?"

"아, 맞다. 너 휴대폰 고쳤지? 모르는 부재중 전화 없었어? 거기로 연락해."

동석이 직접 차 주인이라고 밝히면서 상황을 설명하면 해결되지 않을까.

"설마 아직 안 한 거야? 누나! 외제차 박으면 집 팔아야 돼!"

이렇게 가만히 있다가 나중에 걸리면 진짜 집을 팔아야 할지도 몰랐다. 아마 현성의 앞에서는 머리가 계속 제구실을 못 할 것 같다.

한숨을 푹 내쉰 은주가 동석에게 들어가자는 시선을 주었다. 발을 옮기려는데, 누군가가 그녀의 어깨에 손을 올렸다.

"서은주 팀장."

저음의 목소리. 은주는 순간 심장이 덜컹 내려앉는 것 같은 기분이 들었다. 천천히 고개를 돌리자 거기엔 현성이 서 있었다. 알 수 없는 표정을 지은 채.

언제부터 여기 있었던 거지? 설마 다 들었나?

"가방을 두고 내려서요."

뻣뻣하게 굳은 은주를 보고 현성이 부드럽게 미소 지었다. 그제야 은주는 아, 하며 얼른 그의 손에서 가방을 받아 들었다. 다행히 대화를 듣지는 못한 모양이었다.

누구냐는 듯한 동석의 시선에 은주는 어색하게 회사, 하며 말끝을 흐렸다. 동석은 그녀의 눈치를 보다 말씀 나누시라며 방긋 미소를 짓고 먼저 들어갔다. 은주는 입술을 질끈 물었다.

"감사합니다."

고개를 끄덕이며 인사를 받는 현성에게서 표정의 변화는 없었다. 은주는 놀란 가슴을 진정시키려 심호흡을 하다 다시 한 번 고개를 숙여 보였다.

조심해서 가시라는 말을 남긴 후 돌아서려는 찰나, 혼잣말처럼 중얼거리는 현성의 목소리가 들려왔다.

"찾았네요, 도망자."

chapter 2

짝사랑일 수밖에
없는 이유

건네받은 가방끈을 꼭 부여잡은 은주가 의미심장한 얼굴로 자신을 내려다보고 있는 현성을 바라보았다. 어깨가 움츠러들었다.

"서은주 팀장은 배짱이 큰가 봅니다."

은주는 애꿎은 가방끈에 엄지손가락을 문지르며 불안함을 드러냈다. 변명을 하려 입을 열었지만 현성이 더 빨랐다.

"대표 차를 박고 튄 걸 보면."

"튄 게 아니……!"

"휴대폰 번호도 가짜였고."

현성은 불안하게 흔들리는 은주의 눈동자를 보았다. 처

음으로 동생에게 선물 받은 차에 기스를 낸 사람이 정말 서은주 팀장이었을 줄이야. 사내 직원인 걸 알았다면 사고가 난 그 자리에서 신경 쓰지 말고 일이나 열심히 하라고 격려해 줬을 것이다. 특히 서은주 팀장처럼 능력 있는 사람이라면 더더욱. 그런데 다른 사람 번호를 넘기고 잠수를 타다니.

"회사에 이렇게 무책임한 사람이 있을 줄은 몰랐네요."

그 말에 은주가 커진 눈으로 현성을 보았다. 지금까지 열심히 해 온 모든 것들이 한순간에 무너지는 것 같았다. 우리 회사에 너 같은 사람은 필요 없어, 라고 말하는 듯한 그의 서늘한 표정에 심장이 쿵 떨어졌다. 실망한 얼굴로 관자놀이를 꾹꾹 누르던 현성의 휴대폰이 때마침 울렸다.

"잠시만요."

현성이 은주로부터 몸을 돌린 후 전화를 받았다. 중요한 전화인지 중간에 자르지 못하고 듣고만 있던 그는 알겠다는 답변을 남긴 후 전화를 끊었다.

"대표님, 우선 제 말을 좀 들어 주세요."

위아래로 은주를 살피던 현성이 할 말이 있으면 해 보라는 듯 팔짱을 풀고 그녀를 지긋이 응시했다. 은주는 마른침을 삼켰다.

"대표님께 드린 번호는 제 남동생 번호입니다. 차주가 남동생인데, 하필 그때 해외에 나가 있어서 연결이 안 됐나 봅니다. 도망갈 생각은 없었는데 어떻게 말을 꺼내야 할지 몰라 미뤄졌습니다. 전 정우식품이 좋고, 오래 일하고 싶습니다."

정확히는 정우식품에서 일하는 당신이 좋고, 당신 곁에서 오래 일하고 싶은 것이지만.

더 해 보라는 듯 현성이 고개를 끄덕였다.

"선처를 부탁드립니다. 더 열심히 일하겠습니다. 수리비는 제 월급에서 차감하시면……."

"그 정도로 악덕 대표는 아니고."

현성의 얼굴에 미소가 감돌았다. 잔뜩 긴장한 은주가 입술을 질끈 무는데 그의 손이 은주의 입 언저리를 만지며 이로 물고 있던 입술을 해방시켜 주었다.

"내일 수영 시합에서 서 팀장이 이기면 수리비는 퉁 치죠."

은주는 방금 제가 무슨 말을 들은 건지 이해할 수가 없어 멍한 표정을 지었다. 현성의 의도가 무엇인지 짐작하려 머리를 굴렸지만 답은 나오지 않았다. 아까까지만 해도 당장 해고할 것처럼 차가운 표정이었는데, 지금은 무슨 생각인지 전혀 짐작이 되질 않았다.

"……만약 지면요?"

질 게 뻔한 시합이었다. 일전에 무책임한 팀장을 지방으로 발령 보내 거의 자르다시피 했었다는 이야기가 머릿속에 떠올랐다. 은주는 자신도 그 팀장과 별반 다르지 않을 거라 생각하며 입을 꾹 다물었다.

"글쎄요, 거기까진 생각을 안 해 봐서."

말을 돌린 현성은 손목시계를 보더니 늦었다며 들어가
보라는 손짓을 했다. 조용한 골목길에 현성의 구둣발 소리
가 울려 퍼졌다. 여성의 하이힐과 다르게 묵직한 소음이었
다. 걷는 소리마저도 분위기를 자아내는 건지 고급스럽게
느껴져 은주는 좁아지는 골목길을 응시했다.

도대체 무슨 생각인 거지.

정우식품에서 오래 일하고 싶다는 말에 감동을 받은 건
가. 그렇다고 고가의 외제차 수리비를 받지 않을 리는 없는
데. 은주는 대문을 지나 고모네 집인 2층으로 올라가는 동
안에도 생각을 멈추지 않았다.

"앗, 차가!"

갑작스런 물세례에 은주가 그 자리에서 폴짝 뛰어 올랐
다. 덥긴 했지만 갑작스럽게 찬물이 머리부터 발끝까지 적
셔 주니 당황스러웠다. 3층 할머니가 위층 바닥에 물을 붓
다가 남은 물을 아래층으로 버린 거였다. 이 시간에 들어올
사람이 없을 거라 예상했던 할머니는 놀랐는지 아래층으로
급히 내려왔다.

"괜찮아유?"

구수한 사투리가 정겨웠다. 은주는 젖은 머리를 털어 내
며 괜찮다고 웃어 보였다.

"아이고, 걸레 빤 물인데. 어쩌나."

냄새가 나는 줄은 몰랐는데. 은주는 할머니에게 고개를 숙이고 고모네 집으로 들어가려다 발걸음을 돌렸다. 차라리 얼른 집에 가서 샤워를 하는 게 낫겠어. 워크숍 짐도 챙겨야 하니.

골목을 내려가던 은주는 문득 이 꼴로는 버스도, 택시도 탈 수 없을 것 같다는 생각이 들었다. 동석에게 전화를 걸어 과외가 언제 끝나는지 묻자 30분을 기다려야 한다는 말이 돌아왔다. 그녀는 어두운 골목 어귀에 주저앉았다. 킁킁, 냄새를 맡아 보니 걸레 빤 물이라는 게 거짓은 아닌지 쾌쾌함이 느껴졌다.

은주는 아예 양팔을 뒤로 젖혀 손바닥으로 바닥을 짚었다. 해가 졌음에도 뜨뜻한 기운이 몸을 통해 올라왔다. 30분이면 다 마르겠네. 별생각 없이 동석을 기다리고 있자 어느새 수업이 끝났는지 전화가 울렸다.

동석의 차를 타고 가는 내내 이게 무슨 썩은 냄새냐며 구박이란 구박은 다 들은 은주는 집에 도착하자마자 샤워실로 직행했다. 찝찝해서 두 번이나 샤워를 한 뒤 피곤함에 머리를 말릴 새도 없이 침대에 누워 잠이 들어 버렸다.

여름날에 개도 안 걸린다는 감기가 새벽 공기를 타고 은주에게 찾아오는 순간이었다.

정우식품 본사 직원들만 참석하는 워크숍이어도 80명 가까이 되는 인원이라 관광버스 두 대를 대절해야 할 정도였다.

대부분의 인원이 오전에 출발했고, 은주는 오후가 되어서야 후발대와 함께 워크숍 장소로 이동했다. 가는 내내 큼큼 목을 가다듬었지만 계속해서 기침이 나왔다. 옆에 있던 준영이 걱정이 됐는지 중간에 들른 휴게소에서 뜨끈한 어묵 국물을 사다 주었다. 그나마 뜨거운 국물이 들어가니 관광버스의 차가운 에어컨 바람을 견딜 수 있었다.

"서 팀장, 컨디션이 너무 안 좋아 보이는데?"

"네, 부장님. 감기가 왔네요."

"하긴, 서 팀장이 온도에 예민해서 감기가 금방 걸리긴 하더라고. 여름이라 좀 괜찮나 했더니."

은주는 다른 사람보다 추위를 많이 탔고 온도 변화에도 민감했다. 그래서 친구들은 그녀를 '신생아 몸'이라고 놀리기도 했다. 신생아는 열 손실이 빨라서 감기에 자주 걸리는데 서은주가 딱 그 짝이라며.

"준영 씨, 발은 어때?"

"아직 덜 낫긴 했는데……."

준영이 은주를 힐끗거리며 얼버무렸다. 대신 참가하고 싶어 하는 게 보였지만 의사의 말이 있었던지라 망설이는 것 같았다.

"저희 팀은 기권할까요?"

결국 준영이 은주를 걱정하며 말했다. 강당에 모여 1박 2일간의 일정을 알려 준 뒤 바로 해수욕장 앞에 집합하라고 했던 총괄이사 최진우가 야속하게 느껴졌다. 은주는 식은땀을 닦으며 괜찮다고 고개를 끄덕였다.

"저 정말 괜찮아요, 구명조끼 입고 나가잖아요. 혹시 제가 가라앉으면 그때는 준영 씨가 구해 주겠죠."

은주가 준영에게 시선을 던졌다. 그 시선에 준영의 볼이 붉게 물들자 그녀는 품, 하고 웃었다. 준영의 얼굴엔 어떻게 몸 상태가 나쁜데도 나갈 생각을 하냐는 듯, 대단하다는 존경의 감정이 드러나 있었다.

해수욕장 앞에 팀별로 모였다. 바닷물은 물론 해변도 깨끗한 데다 사람도 그리 많지 않았다. 이런 곳은 어떻게 찾았는지 은주는 새삼 경영지원 팀이 대단해 보였다.

모여 있는 직원들을 보며 진우가 선수들은 일어서라고 손짓하자 은주도 몸을 일으켰다. 열이 오르는 것 같은데. 은주는 손으로 이마를 짚다가 주위를 살피며 저도 모르게 현성을 찾았다.

오전에도 대표가 조금 늦는다며 진우가 대신 인사말을 전했다고 들었다. 수영 시합을 하잔 건 농담이었나.

"대표님이다! 우와. 몸, 우와."

생각에 빠져 있는데 옆에 있던 혜영이 아예 벌떡 일어나서 꺄꺄 소리를 질렀다. 모여 있던 여자 직원들도 입을 벙긋벙긋하다가 뒤늦게 우오오! 소리를 질렀다.

남자 직원들은 젊은 대표를 부러움의 시선으로 보다 마지못해 박수를 쳤다. 회사 생활과 직결되어 있는 문제였으니 말이다.

뒤늦게 나타난 현성이 사람들 앞에 서서 목소리를 높였다.

"다들 열심히 일해 주셔서 감사합니다. 1박 2일 동안은 마음껏 즐기시기 바랍니다."

화사한 햇살을 받으며 현성이 말문을 열자 시끄러웠던 주변이 조용해졌다. 듣는 이로 하여금 고개를 끄덕일 수 있게 하는, 신뢰감이 가는 중저음의 목소리였다. 감기로 인해 열이 오르는지, 아니면 현성 때문인지 은주의 볼은 뜨거웠고 입에서도 따뜻한 입김이 퍼졌다.

현성은 상의를 탈의하고 수영복 바지만 입은 상태였다. 몇몇 여직원은 삼각 수영복이었으면 더 좋았을 텐데, 라고 아쉬움을 토로하기도 했다. 은주는 현성의 모습을 제대로 볼 수가 없었다. 왠지 저런 건 부끄러웠다.

비록 3개월간이었지만 모델 일을 할 때 남자 모델이 훌렁훌렁 아무렇지 않게 옷을 갈아입는 걸 보고 기겁했던 기억이 났다.

지금은 그때처럼 스무 살도 아닌데 눈을 어디다 둬야 할지 알 수 없어 은주는 애꿎은 모래를 발로 툭툭 건드리며 현성의 시선을 피했다.

"구명조끼 착용하시고 출발 선상에 서세요!"

안전사고를 예방하기 위해 참가자에게 배포된 구명조끼를 입고 은주가 출발선에 섰다. 태양 빛이 너무 강렬해 어쩐지 어지러움이 배가 된 것 같았다. 인사 팀 주영이 그런 은주를 걱정스럽게 바라보았다. 주영은 몇 달 전까지만 해도 품질관리 팀이었는데 인사이동을 하면서 인사 팀으로 가게 된 직원이었다.

"서 팀장님, 괜찮으세요? 안색이 많이 안 좋은데."

"괜찮아요, 여름 감기가 잠깐 왔나 봐요. 주영 씨는 구명조끼가 너무 헐거운 거 아니에요?"

"일부러 비키니 입었는데, 구명조끼 때문에 뽐내지도 못하게 생겼어요. 이건 비밀인데, 사내에 좋아하는 남자가 생겼거든요. 이번 워크숍 작정하고 왔어요."

싱긋 웃은 주영이 살 뺐는데 티 나냐며 자리에서 한 바퀴 돌았다. 그리고 구명조끼를 꼼꼼하게 입고 있는 은주의 몸을 훑더니 엄지를 척 올렸다.

"서 팀장님 몸매 정도면 우리 회사 사람들 다 반할 텐데."

"그럴 리가요."

짝사랑 상대는 예전에도, 지금도 봐 주질 않는걸요. 예전과 달리 지금은 이뤄질 가능성이 전혀 없고요.

현성은 진우에게 오전에 있었던 우정 편의점 구매 팀 팀장과의 미팅 내용을 말하며 몸을 풀었다.

편의점에 깔리는 볶음 김치 업체를 바꾸려 한다며 그쪽에서 먼저 제안서를 부탁하였다. 대부분은 마케팅 팀 선에서 제안서를 보내고 그쪽 담당자와 만나 미팅을 했지만 우정기업은 전국적으로 체인점을 둔 큰 회사였기에 현성이 직접 움직였다.

눈이 부신지 손으로 햇빛을 가리고 출발선에서 발목을 돌리고 있는 은주가 현성의 눈에 들어왔다.

어제만 해도 실망감에 당장 해고하려고 했다. 차 수리비를 핑계로 업무를 배로 늘리거나. 책임감이 없는 사람이면 배로 늘어난 업무를 감당하지 못하고 도망갈 테니 말이다.

그것도 아니면 지방으로 발령을 내거나 공장으로 인사이동을 시킬 수도 있었다. 직접 자르지 않고, 상대측에서 그만두게 하는 좋은 방법이니 말이다.

현성은 그 무엇보다 책임감을 가장 중시했다.

남동생 차였고, 남동생 연락처를 준 것이고, 남동생이 해외에 있어서 연락이 안 된 것. 그런 변명을 하는 사람에게 팀장 자리는 과분하다고 느껴졌다.

그런데 우정 편의점 구매 팀 팀장과 얘기를 하는 도중, 뜻밖의 말을 들었다. 그가 서은주의 안부를 물어 온 것이다.

"각 부서별 팀장을 알기엔 정우식품이 꽤 크죠? 하하, 제가 괜한 걸 물었네요."

구매 팀 팀장은 서은주에게 도움을 받은 적이 있다며 운을 뗐고, 그 덕에 오전 미팅은 성공적으로 끝났다.

정우식품에 최진우 이사를 포함하여 젊은 인재가 많은 것 같다며 부러운 시선을 보내온 것이다. 분위기는 매우 좋았고 사업적인 이야기도 순탄하게 흘러갔다.

은주를 눈으로 좇으며 현성도 출발 선상에 섰다. 어쩌다 보니 그녀의 바로 옆에 서게 된 현성은 은주에게만 들릴 정도의 작은 목소리로 말했다.

"수리비가 천만 원이 넘네요."

화들짝 놀라 흠칫 어깨가 위로 솟아오르는 게 보였다.

팀장 자격이 없다고 생각했었지만 우정 편의점 구매 팀장의 갑작스런 말에 현성은 머리를 굴렸다.

괘씸해서 한 방 먹여 주고 싶은데 대표 체면상 혼내기도 뭣하고, 서은주 팀장 덕에 미팅이 순조롭게 흘러갔으니 말이다.

무책임한 사람은 정말 싫은데, 왠지 서은주는 사연이 있을 것 같다는 느낌이 들었다. 자신도 모르는 새에 꽤 서은주를 신뢰하고 있다는 사실에 놀라 현성은 출발 선상에 서서 일부러 옆으로 고개를 돌리지 않았다.

　수리비는 받을 생각이 없었지만, 서은주가 곤란해하며 당황하는 표정이 보고 싶었다. 아마도 괘씸한 감정 때문에 그런 것이라 생각하며 현성은 스타트 신호음과 함께 여유롭게 출발했다. 폐활량이 좋은 그는 바닷물과 혼연일체한 사람처럼 앞으로 나아갔다.

　"서 팀장님 진짜 수영 잘하시는구나."

　"지금 선두가 서 팀장님하고 대표님이죠?"

　끄덕끄덕. 준영이 고개를 주억거리며 바닷물을 가르는 은주를 보았다. 수영을 하는 그녀는 절로 눈이 갈 만큼 선이 고왔다.

　서해라 파도가 잔잔했고 수심도 얕았기 때문에 깃발이 꽂혀 있는 장소를 꽤 멀리 지정해 놓았다. 거기까지 가서 깃발을 뽑은 후 출발점으로 돌아와야 하는 룰이었다.

　멀리서 작게 보이던 점이 어느새 사람 모양으로 보이고, 여자와 남자라는 것이 확인되었다. 그리고 얼굴을 확인했을 때 품질관리 팀은 전원 일어나서 박수를 쳤다.

　"서은주! 서은주!"

　나머지 팀들은 어차피 회식비는 물 건너갔으니 줄이라도

잘 타자는 의미에서 일어나 대표를 응원했다.

"김현성! 김현성!"

주섭은 은주의 컨디션이 좋지 못한 걸 생각하고 물에서 나오면 바로 숙소로 돌려보내기 위해 몸 전체를 덮을 수 있는 수건을 찾았고, 따뜻한 물도 보온병에 준비해 두었다. 컵라면을 먹기 위해 챙겨 온 건데, 이렇게 유용하게 쓸 줄이야.

"어? 서 팀장님 물속으로 가라앉는 것 같은데."

혜영은 파도와 함께 밀려오듯 수영하던 은주가 갑자기 물속으로 들어가 나오질 않자 가라앉은 것 같다며 준영의 팔뚝을 때렸다. 얼른 물에 들어가 보라는 듯이 미는 그녀의 손길에 뭔가 심상치 않다는 것을 깨달았는지 준영이 상의를 탈의하며 출발점으로 달려갔다.

그사이 현성이 물에서 나왔다. 품질관리 팀을 제외한 나머지 직원들은 현성의 주위로 몰려들었고 진우가 그에게 수건과 겉옷을 건네주었다.

"이건 불공평하지 않습니까, 대표님."

"불공평하기는요. 출발선도, 반환점도 같았는데요."

진우가 입 모양으로 '넌 선수급이잖아, 그게 가장 불공평한 거거든'이라고 중얼거리다 2등으로 들어오는 직원이 있는지 살폈다.

"어? 서은주 팀장은?"

"글쎄?"

현성도 그제야 주위를 살폈다. 반환점을 돌 때 당연히 자신 외에는 없을 줄 알았다. 독보적인 1등. 나중에 발표를 할 때 자신은 제외하고 뒤로 들어온 세 명에게 상을 주려고 했었다.

그럼에도 1등을 해야 하는 건 서은주를 이긴 후, 당분간 회사에 남겨 둘 생각이었기 때문이다. 서은주가 곤란할 제안을 하면서 말이다.

그런데 반환점을 돌고 나서 바짝 쫓아오는 서은주가 보이자 정말 놀랐다. 속도를 줄이며 그녀를 살폈고, 자신보다는 아니지만 수영 실력이 수준급임을 알았다. 혹시 막판에 치고 나올 가능성을 염두에 두고 현성은 시합에 몰두했다. 뒤에서 누가 쫓아오는지 살필 여유도 없이 1등을 위해 내달렸다.

그 정도 속도라면 지금쯤 도착했어야 하는데.

"서 팀장님!"

"왜 그래요? 무슨 일입니까."

진우가 바닷가 근처에서 발을 동동 구르고 있는 준영과 혜영을 붙잡고 물었다. 두 사람은 다급하게 은주가 물속에 잠겨 보이질 않는다고 말하였고, 진우는 바다 위를 눈으로 훑었다.

아까까지만 해도 중간 지점에 현성과 은주만 있었기에

파악이 쉬웠는데, 다른 팀 참가자들이 중간 지점에 다다르자 누가 누군지 알 수 없는 시점에 이르렀다. 한눈에 파악하기엔 바다가 너무 넓었다. 그리고 피서객들도 하나둘씩 늘어 구분이 힘들었다.

"그럼 제가…… 대표님! 김현성!"

갑자기 바다를 향해 튀어 나가는 현성을 보며 진우가 놀라 그를 불렀다. 어느새 현성은 밀려오는 파도를 헤치고 출발점에서 멀어지고 있었다. 직원들 모두 놀랐는지 입을 벙긋 벌리고 수군거리는 눈치였다.

진우는 사라지는 현성을 보다 불안감이 떠오른 직원들의 얼굴을 보고 황급히 정신을 차렸다. 워크숍의 분위기를 망쳐선 안 된다는 생각에 얼른 움직였다.

🍂　🍂　🍂

아무런 느낌이 없던 몸에 감각이 생기고 정신이 천천히 돌아왔다. 은주는 제 몸에 추가 달려서 바닥으로 한없이 가라앉는다고 생각했다. 몸이 계속해서 축 처졌다.

팔뚝에서 느껴지는 뻐근함에 힘겹게 고개를 돌린 은주가 제 팔에 꽂힌 링겔을 보았다. 깊은 한숨을 쉬자 목이 따끔거렸다.

아무도 없는 건가. 병원이라는 건 알겠는데.

은주는 정신을 잃기 전 기억을 떠올리다 마지막으로 본 사람이 현성임을 깨닫고 바싹 말라붙은 입술을 꾹 다물었다.

병실 문과 반대편으로 고개를 돌리자 이미 깜깜하게 변한 창밖이 눈에 들어왔다.

목이 말라 천천히 몸을 일으키던 그녀는 수영복 대신 환자복이 고이 입혀진 걸 보고 눈살을 찌푸렸다.

문득 스쳐 가는 현성의 얼굴. 설마, 아니겠지.

주영 씨는 의식을 차렸으려나? 힘겹게 일어나 앉았지만 무거운 추가 달린 것처럼 몸이 침대를 향해 자꾸 꺼졌다.

"어딜 가려고."

때마침 물을 떠 온 현성이 침대에서 끙끙거리며 일어나려는 은주를 보고 다가와 두 어깨를 눌러 침대에 눕혔다.

"대표님."

"죽으려고 작정했습니까?"

"아니요, 대표님이 보이길래 이제 살았구나 싶었어요."

하, 참. 현성이 어이없다는 듯 웃었다.

"대표님 수영 잘하시잖아요. 여자 두 명은 거뜬히 안겠다 싶어서."

오른쪽, 왼쪽에 하나씩 껴도 문제가 없을 정도로 현성의 껍데기는 참 좋은 체격을 가지고 있었다. 은주가 현성의 어깨와 가슴을 힐끗 보자 그의 한쪽 눈썹이 찌푸려졌다.

"살 만한가 봅니다."

"네, 주영 씨는요?"

"서 팀장 옆에 누워 있다가 숙소로 갔어요."

"아직 회복이 안 됐을 텐데, 잡지 그러셨어요."

저체온증이 왔을 텐데. 나이가 어리다고 해도 반나절 만에 회복이 가능한가? 은주는 물 먹은 솜 같은 자신의 몸을 느끼며 주영을 걱정했다.

"숙소에 중요한 게 있다고 잡아도 가던데요."

중요한 거. 아아. 이번 워크숍에 작정하고 왔다고 했지. 은주가 바람 빠진 웃음소리를 내며 허탈한 감정을 대신했다. 기껏 살려 줬더니 고맙다는 말은 안 하고, 내가 뭘 바라.

"수영 시합은."

"내가 이겼죠, 당연히."

"네, 그렇군요. 그런 거겠죠."

그럼 어떻게 되는 거죠? 월급에서 차감할 생각은 없고, 수영 시합에서 졌으니 없던 일로 하는 건 물 건너갔고. 은주가 될 대로 되라는 듯한 표정을 지었다. 역시 자르려는 거겠지.

"오전 6시까지 사내 수영장으로 나와요."

"저요?"

"그럼 여기 서 팀장 말고 또 누가 있습니까."

오전 6시면, 5시에는 일어나야 하는데. 아침잠이 많아서 차 안에서도 꾸벅꾸벅 졸기 일쑤였다.

팀장이기에 다른 직원들보다 일찍 출근해야 본보기를 보일 수 있을 것 같아 억지로 8시까지 출근하는데 거기서 두 시간이 당겨지면 일어날 수 있을까 의문이 들었다.

"제가 아침잠이……."

"설마 잠이 많아서 안 된다고는 하지 않겠죠. 대표의 지시인데."

협, 은주가 입을 다물었다. 나는 지금 을이었지, 김현성은 갑이고. 그래도 이런 식으로 권력을 남용하는 건 너무했다.

도대체 무슨 생각인지. 현성의 의도를 헤아리다가 머리가 터져 버릴 것 같아 은주는 단순하게 결론 내리기로 했다. 자른다는 말이 아니라는 것만으로 감사한 일이라며.

"회식비는 품질관리 팀에서 가져갔어요."

"네?"

"대표가 1등 상금 타면, 밤에 귀가 간지러워서 잠을 못 잘 것 같더라고."

현성이 본인의 귀를 만지작거리며 피식 웃었다. 침대 바로 앞에 있는 의자에 걸터앉아 긴 다리를 한쪽으로 꼰 채 은주를 바라보는 그의 시선에 웃음기가 감돌았다. 그럴 리가 없는데 현성의 시선에는 은주를 향한 신뢰가 섞여 들어 있었다.

착각인 건가.

하지만 그의 시선엔 한 점 거짓도, 가식도 없었다. 은주는 자신이 잘못 본 거라 생각하며 이불 끝을 잡아 눈만 간신히 보이도록 올렸다.

"추워요?"

"아, 니요."

그렇게 쳐다보니까 이상해서요.

부끄럽기도 하고 고맙기도 하고, 또 설레기도 했다.

병실에서 가슴이 뛰는 일이 생길 줄은 정말 몰랐다. 자꾸 둘만 있게 되는 상황이 생기니 좋아야 하는데, 오히려 걱정이 앞섰다.

"푹 쉬고 내일 내 차 타고 올라가요."

"버스 타고 가도 되는데요."

"그 몰골로 직원들 걱정시키는 것보다 나을 것 같은데."

내 몰골이 어때서. 그렇게 생각하면서도 은주는 차마 거울을 보진 못하고 이불을 머리끝까지 올려 덮었다.

"물속에 있는 서은주 귀신도 봤는데, 뭘 가려요."

웃음기 담긴 목소리로 중얼거린 그가 전화 좀 받고 올게요, 라며 귀 쪽에 손을 가져다 대고 흔들었다. 그의 휴대폰은 쉴 줄을 모르는 것 같았다.

은주는 병원 복도로 나가는 현성을 보다가 방금 전 그가 말한 '서은주 귀신'이 떠올라 손으로 마른 얼굴을 쓸었다.

예쁜 모습만 보여도 모자랄 판에 귀신 서은주라니. 물속에 있었으니 머리카락은 해파리처럼 너덜너덜했을 것이고, 얼굴도 엉망이었을 거다. 물 먹은 솜이 무겁듯이 몸무게도 더 많이 나갔을 텐데.

못 볼 꼴을 보여 줬구나, 김현성한테. 망연자실한 표정을 지으며 은주가 주먹을 슬쩍 쥐고 볼을 꾹꾹 눌렀다. 붓기라도 조금 빠졌으면 하는 마음이었다.

"현진아, 나 내일 올라가야 할 것 같은데."

―왜? 오빠네 직원 많이 다쳤어? 나 내일 점심에 약속 있는데.

"그전까진 서울 갈 것 같아."

―알겠어. 그럼 근처 호텔에 예약 잡아 줘, 거기서 자게. 오빠는?

숙소에서 자면 직원들이 불편해하겠지. 자다가도 나와서 인사해야 할 테고, 아침을 먹을 때도 흐트러진 모습을 보이지 않으려 긴장을 곤두세울 것이다. 워크숍까지 와서 직원들에게 부담을 주고 싶지 않았던 현성은 숙소에서 자려던 생각을 고쳤다.

"나도 호텔에서, 아니다, 일단 네 방만 예약할게."

―오빠 일도 아닌데 그냥 자. 쓸데없이 책임감만 강해서
는. 그러니까 내가 걱정을 해, 안 해?

현성이 쿡쿡 웃었다. 누가 누구한테 잔소리야.

일 때문에 내려온 현진의 촬영 장소가 워크숍 장소와 멀
지 않았기에 현성은 현진의 매니저 대신 차를 운전했다. 두
사람 다 너무 바빠 평소 얼굴을 마주하며 대화를 나눌 기회
가 적었던 터라 오랜만에 같이 보내려 시간을 냈다.

저녁 식사 때 직원들을 격려해 주고 현진에게 가면 시간
이 얼추 맞을 거라 생각했다. 그런데 예상치 못한 일이 생
겨 버려 먼저 올라갈 수가 없었다.

중간 지점까지 미친 듯이 수영했다. 조금 있으면 밀물이
들어올 테고 그럼 바다의 수위가 깊어진다. 중간 지점이라
지만 밀물 시간엔 수심이 사람 키보다 높아지기 때문에 인
명 구조가 어려웠다.

해양구조대에 진우가 연락을 하겠지만 현성은 제 직원이
워크숍에서 죽는 꼴은 볼 수 없었다.

붉은 구명조끼가 바다 위에 동동 떠다녔다. 자세히 보니
떠다니는 게 아니라 사람이 흔들고 있는 것이었다. 현성은
그쪽으로 파도를 헤치고 나아갔다. 물이 밀려오는 것과 반
대 방향인지라 힘이 배로 들었다.

"우웁! 우웁!"

77

서은주가 있었다. 파랗게 질린 여자 직원을 팔에 낀 그녀는 자신을 보자 죽을 것 같은 안색으로 방긋 웃었다. 꼭 살았다고 말하는 듯이.

—근데 오빠네 회사 여직원은 왜 구명조끼도 안 입은 거래?

"음, 프라이버시."

깨자마자 죽을죄를 졌다며 주영은 고개를 숙였다. 비키니를 입고 자유형 하는 모습을 보여 주기 위해 출발 전에 구명조끼를 벗어 버렸다는 것이다. 사내에 좋아하는 직원이 있어서 미인계로 유혹할 계획이었다고.

수영에는 자신이 있는데 중간에 다리에 쥐가 나 버렸단다.

워크숍 분위기를 어느 정도 정리해 놓고 병원에 도착한 진우가 이 이야기를 같이 들었을 때, 그는 처음으로 여자 직원에게 정색을 했다.

서은주 팀장이 아니었으면 죽은 목숨이었던 거 아니냐고 진우가 소리쳤고, 주영은 입을 꾹 다물었다.

"그래도 예전에 본인 밑에 있던 직원이라고 그냥 지나치지 못하고 끌어안고 있었던 것 같은데. 서은주 팀장 아니었으면 주영 씬 한참 뒤에야 구조됐을 거야."

출발점으로 돌아와서 구조대에 요청을 하고 위치를 설명할 수도 있었다. 그러나 그렇게 했다면 시간이 훨씬 지체됐을 터였고, 구조하는 데 얼마나 애를 먹었을지 알 수 없었다. 그걸 생각하니 온몸에 소름이 돋았다. 잘하면 죽을 수도 있었다.

"팀장님 감기로 컨디션 정말 안 좋으셨는데. 수영 시합도 팀원들이 포기하자고 말렸는데도 해야 한다고 했대요. 근데 저까지 구해 주시고, 미안해서 어쩌죠."

미련하긴. 몸이 안 좋으면 못 하겠다고 하지. 누가 죽이기라도 한댔나? 어차피 자를 생각도 없었는데.

병원에 도착한 현성은 의도치 않게 은주의 보호자가 되었다. 간호사가 주영의 옷을 갈아입히며 은주의 병원복은 현성에게 건네주었다. 어쩔 수 없이 칭칭 감고 있던 수건을 치우고 베드에 눕혔다. 차마 위의 수영복을 벗길 수가 없어서 양팔을 낀 상태에서 간호사에게 도움을 요청했다.

새하얀 살결이 고왔으나 허리는 손에 잡힐 정도로 말랐다. 하체도 별반 다르지 않았다. 조금만 악력을 가하면 종아리가 부러질 것 같았다. 이러니 감기가 걸리지.

많이 먹어야겠다는 생각이 절로 들었다. 현진도 너무 말라서 항상 잔소리를 하는데. 서은주는 모델이 아니니 통통해져도 되지 않는가.

　—오빠! 오빠!

　"응, 미안. 잠깐 딴생각 좀 하느라고."

　—계속 병원에 있을 거야?

　"괜찮아지는 거 보고."

　—그럼 아예 옷 갖다 줄까? 오빠 갈아입을 옷도 없잖아.

　그제야 현성은 제 모습을 살펴보았다. 급하게 구급차에 타느라 수영복 바지에 진우가 준 티셔츠 한 장만 입고 있었다. 브리프를 입지 않은 상태를 깨닫고 픽 웃었다.

　속옷도 안 입고 여섯 시간이나 병원에 있었단 말이야? 어이가 없었다.

　"그럴래? 속옷도 좀 부탁해."

　병원 샤워실을 이용해야겠네.

　6인실에서 링겔을 맞던 은주를 1인실로 옮기며 그는 새삼 다시 그녀에 대해 생각했다.

　회사 직원을 끝까지 챙기는 그녀의 마음씨가 고왔다. 이제 남동생의 차였고, 도망갈 생각은 없었다는 은주의 말이 신뢰가 갔다. 아픈 몸을 이끌고 자신이 하라는 걸 끝까지 해냈고, 노력하는 그 마음이 예뻐 보였다.

　무책임과 전혀 거리가 먼 모습들을 자꾸 보게 됐다. 그리고 점점 서은주라는 사람을 회사에 묶어 두고 싶다는 생각이 강해졌다.

그런 직원 정말 몇 없는데. 굴러 들어온 복덩이임에 틀림
없는 것 같았다.

은주는 환자복 상의를 슬쩍 들췄다가 내려놓곤 다시 화
들짝 놀라 윗옷을 들췄다. 분명 위에 입고 있던 수영복이
없어졌다.

혜영 씨가 갈아입힌 거겠지? 아니다, 그런 상황에서 팀
원들이 우르르 병원으로 몰려가도록 할 변 부장이 아니었
다. 워크숍은 직원들의 사기를 올리기 위한 것이지, 떨어뜨
리기 위한 것은 아니었다. 최진우 이사가 분명 뒷수습을 하
려 했을 테고…….

병실에 들어온 사람은 김현성이 유일했다. 김현성일까?
만약 김현성이라면? 물에 오래 들어가 있으면 손발이 쪼글
쪼글해지는데, 설마 가슴도 그러진 않았겠지. 부끄러워서
온몸이 부르르 떨렸다.

딸깍.

때마침 전화를 끊고 들어오는 현성과 눈이 딱 마주쳤다.
양 볼이 빨갛게 물든 은주는 현성의 시선을 피해 창틀 쪽으
로 고개를 돌렸다.

"죽 먹을 수 있겠어요?"

"아, 아뇨. 식사 생각은…….."

"없어도 들어요."

인터폰으로 아까 저녁으로 나온 죽을 데워 달라고 하는 현성의 옆모습을 보다가 은주는 또다시 얼굴을 붉혔다. 그냥 봐도 떨리는데, 자신의 몸을 봤다고 생각하니 입술을 자꾸 물게 된다. 숨을 크게 들이마셨다. 아무렇지 않은 척, 냉정한 척.

"옆구리 쪽에 흉터가 있던데, 크게 다쳤어요?"

그러나 현성의 물음에 은주는 울상을 지었다. 대답은 안 하고 눈만 이리저리 굴리고 있는 은주를 현성이 의아한 시선으로 보았다. 눈을 마주치려 하면 피하고, 이불을 꼬깃꼬깃 만지며 입을 열었다가 닫는 모습이 분명 할 말이 있어 보였다.

"할 말 있어요?"

"대표님, 그럴 일은 없겠지만, 정말 혹시나 해서, 혹시나 해서 묻는 건데요."

말이 길다. 초조함을 띤 은주에게 무슨 일이 있는 건가 싶어 현성이 옆에 있는 의자를 끌어다가 베드 앞에 놓고 앉았다. 버릇처럼 검지로 베드를 톡톡 두들기며 고개를 끄덕였다. 묻고 싶은 게 있으면 말하라는 긍정의 표시였다.

"혹시, 그러니까……."

은주가 눈을 질끈 감았다. 빛 한 줄기도 들어갈 틈새를 만들지 않겠다는 듯이 꼭.

"대표님이 제 수영복 벗기셨나요?"

조용한 침묵. 병실 안에는 은주와 현성의 숨소리만 들렸다. 열어 둔 창문으로 매미 우는소리가 들렸지만 그것도 현성이 일어나 창문을 닫자 이내 아득히 멀어졌다.

"벗겼죠? 그런…… 거죠?"

의심을 담은 눈초리 뒤에는 아니었으면 하는 바람이 담겨 있었다. 현성은 어쩐지 은주가 귀여워져 쿡쿡 소리 내서 웃다가 정색을 하고 제 입을 가렸다.

"여기 서 팀장과 나밖에 없는 걸 보면."

은주의 눈이 커졌다. 제발, 제발, 아닐 거야. 고개를 젓던 은주는 현성의 마지막 말에 제 손으로 두 귀를 막고 무릎에 얼굴을 묻었다.

"아마도 그렇겠죠."

현성은 무릎에 이마를 비비며 절규하는 듯한 은주를 보며 소리 죽여 웃었다. 내 여자도 아닌 여자의 옷을 막 벗길 정도로 파렴치하진 않은데. 그걸 곧이곧대로 믿는 은주가 너무 순진해 보였다.

🍂　　🍂　　🍂

강당에서 전체 직원이 모여 장기자랑을 하고, 맥주를 마시며 워크숍의 분위기가 무르익어 갔다. 준영은 맥주 캔만

이리저리 손 위에서 굴리며 얼굴이 하얗게 질렸던 은주를 떠올렸다. 미안함에 입술이 다 바싹 말라 왔다. 맥주 맛의 시원함도, 무르익은 분위기도 감흥이 없었다.

그냥 내가 나갈걸. 발 좀 덧나면 어떻다고. 잘 보일 수 있는 기회였는데. 준영의 미간에 주름이 잡히자 혜영이 무대에 집중하지 않고 뭐하냐며 옆구리를 찔러 왔다.

"지루해?"

"아뇨, 재미있어요."

"우리 부장님은 진짜 재미있나 봐."

이미 코끝이 빨개진 부장이 걸그룹 노래에 맞춰 덩실덩실 춤을 추고 있는 모습이 보였다. 고객센터 팀은 여자 직원이 다른 팀보다 몇 배로 많았는데, 신입들이 워크숍을 기념하여 걸그룹 춤을 추며 분위기를 후끈 달아오르게 만들고 있었다.

"최진우 이사님! 어디 가세요?"

"얼추 마무리가 된 것 같아서 다시 병원에 가 보려고요. 서은주 팀장도 걱정되고 해서."

"인사 팀 직원은 어떻게 됐대요?"

"이미 숙소 와서 쉬고 있어요."

왜 우리 팀장님이 더 아픈 거야. 혜영이 입을 삐쭉거렸다. 그러면서 준영의 옆구리를 다시 콕콕 찌르며 '너도 얼른 거들어라' 라는 표정을 지어 보였다.

"팀장님, 진짜 휴가라도 줘야 하는 거 아닌가 몰라."

콕콕. 옆구리를 찌르며 눈치를 줬지만 준영은 심각한 표정을 지으며 바닥만 보고 있었다. 그러다 진우가 몸을 움직이려 하자 입을 떼었다.

"잠시만요! 이사님."

"네, 말씀하세요."

"저도 같이 가면 안 될까요? 저 대신 나갔다가 이런 일이 생긴 것 같아서……."

그러자 혜영이 그의 옷자락을 잡아당기며 입 모양으로 '어딜 가?' 라고 물었다.

"준영 씨 가면 부장님은 우리 차지란 건데. 우리 팀 술 약해!"

준영은 차마 대꾸는 못 하고 난처한 표정을 지었다. 시계를 확인한 진우가 혜영과 준영을 번갈아 보더니 준영을 택했다.

"변 부장이 여자한텐 좀 약하죠."

혜영은 멀어지는 준영의 모습을 보며 아쉬움에 눈을 깜빡였다. 부장님이 신입의 옷을 술로 적시고, 옷이 마를 때까지 술을 주는 모습을 봤어야 했는데. 준영의 주사가 궁금하기도 했고.

앞으로 회식할 일은 많지만, 이번이 정말 좋은 기회였다며 혜영이 콧잔등을 찌푸렸다가 본인의 자리로 돌아갔다.

진우의 차에 올라타 병원으로 가는 동안 준영은 초조함에 발끝을 계속해서 까딱였다. 많이 아프면 어쩌지, 분명 회사로 복귀하면 야근할 게 뻔한데. 걱정하는 사이 차는 병원 지하 주차장으로 향했고, 차에서 내린 두 사람은 엘리베이터에 올라탔다.

　"서은주 팀장은 좋겠네요."

　엘리베이터가 올라가는 동안 진우가 다정한 목소리로 말했다. 정말 은주가 부럽다는 듯이. 그가 은주를 부러워할 일이 무엇인지 전혀 감을 잡을 수 없어 준영은 고개를 갸웃거리며 다음 말을 기다렸다.

　"이렇게 신입이 팀장을 걱정해 주니까요. 품질관리 팀 단합이 참 좋아 보입니다."

　"네, 저희 팀이 좀 그렇죠."

　뭐라 답해야 할지 몰라 준영이 머리를 긁적이며 얼버무렸다.

　"단합은 좋지만, 개인적인 감정은 안 됩니다."

　준영의 표정이 딱딱하게 굳었다. 웃는 얼굴에 다정한 목소리로 말하고 있었지만 그건 엄연한 경고였다. 진우는 제 옷에 묻은 먼지를 탈탈 털어 내며 어깨를 쭉 폈다. 때마침 엘리베이터가 멈췄고 문이 열렸다. 먼저 내리려던 진우가 뒤를 돌아 마지막 일격을 가했다.

"사내 연애 뒤처리는 질색이라."

정우식품에 들어와서 이상하다고 여긴 부분이 이것이었다. 다들 사내 연애를 쉬쉬하는 분위기였다. 일할 때 선을 긋고 회식 자리에선 더 심했다. 친구나 가족처럼 대하긴 해도 연인처럼 묘한 분위기를 자아내는 직원은 없었다.

질색이라고 정색을 한 진우의 시선에 준영의 등줄기에 땀이 서렸다.

똑똑.

문을 두드린 후 진우는 살포시 문을 열었다. 준영도 그의 뒤를 따라 들어갔다. 병실에 누워 있는 은주의 얼굴이 심히 붉었다. 어디가 많이 안 좋은가 싶어 고개를 옆으로 돌리던 준영은 현성의 얼굴을 바라보았다. 그의 얼굴에는 미소가 번져 있었다. 금세 표정을 지우긴 했지만.

"서은주 팀장, 괜찮습니까?"

"네, 이사님. 괜찮습니다."

"정말 큰일 나는 줄 알았어요. 다음부터는 몸이 안 좋으면 못 하겠다고 하세요. 김현성 대표님이 저래 보여도 마음은 넓습니다."

은주가 고개를 끄덕이며 무릎 위에 가지런히 올려진 제 손을 꼼지락거렸다. 그리곤 제 몸에 드리워진 그림자에 눈을 들었다가 그 그림자가 현성이라는 걸 깨닫곤 입술을 질끈 깨물었다.

슬금슬금 눈을 피하는 은주를 진우가 의심스런 표정으로 바라보다 현성을 데리고 병실을 나갔다.

병원 휴게실에서 캔 음료 두 개를 뽑은 진우가 현성에게 하나를 넘겼다. 조금 힘을 실어서 던졌는데 정확히 받아 벌컥벌컥 마시는 모습을 보니 괜히 얄미웠다.

직원들 통솔하느라 정신이 하나도 없었는데 넌 음료수가 넘어가냐. 퉁명스런 시선으로 보다 조금 전 묘했던 두 사람의 분위기를 떠올리며 입을 열었다.

"대표님."

"왜."

"서은주 팀장 왜 괴롭혔습니까."

어느새 다 마신 현성이 쓰레기통에 캔을 분리수거하려다가 멈칫했다. 누가 누굴 괴롭혔다고. 미간을 찌푸리며 돌아본 자리엔 진우가 진지한 표정을 짓고 있었다.

"방금 보니까 눈도 못 마주치던데."

"아, 그거."

"내가 능력 있는 직원이라고 했잖아. 잘해 주라고. 저렇게 열심히 일하는 직원 구하기가 어디 쉬운 줄 알아?"

제 발로 찾아와 줘서 감사하다고 어깨춤이라도 추고 싶은 심정인데.

"괴롭힌 적 없어."

"그럼 표정이 왜 저런 건데? 서은주 팀장이 누구 눈치 볼 사람이 절대 아닌데."

현성이 어깨를 으쓱거리며 글쎄, 라고 했다. 절대 말할 생각이 없어 보여 진우는 더 이상 캐묻지 못했다.

"그러고 보니 벤츠 박은 여자는? 찾았어?"

"너."

현성이 병실로 가려다 걸음을 멈추고 뒤를 돌았다. 음료 수를 마시며 뒤따라 병실로 돌아가려던 진우의 걸음도 멈 춰졌다. 진우는 현성이 어떤 말을 하든 눈 하나 깜짝하지 않으리라는 듯 결연한 표정을 지었다.

"나한테 관심이 너무 많다. 난 남자 싫거든."

무신경한 투로 남자가 싫다는 것을 강조한 후 망설임 없 이 병실로 가는 현성을 보며 진우가 황당한 표정을 지었다. 내가 언제 관심이 많았다고!

절레절레 고개를 젓는 진우의 뒤로 야근 근무조 간호사 들이 눈을 힐끔거렸다. 겉모습만 보면 김현성도, 최진우도 지나가는 여자들이 한 번씩 돌아볼 만한 조건을 가진 남자 들이었다.

진우를 내버려두고 병실을 향해 걸어가는 현성의 입가에 미소가 감돌았다.

서은주 팀장, 생각보다 귀여운 구석이 있어. 얼굴에 그렇 게 티가 났나?

"여기 서 팀장과 나밖에 없는 걸 보면, 아마도 그런 거겠죠."

그 후로 서은주는 굳은 채 눈도 제대로 마주치질 못했다. 눈이 마주치자마자 아래로 휙 내리며 시선을 피하는 모습이 떠올랐다.

병실 식탁 위에 올려놓은 죽이 다 식을 동안에도 은주는 숟가락질을 하지 못했다. 대표를 어떻게 대해야 하는 거지? 고맙다고 해야 하나? 곰곰이 생각하는 사이 현성이 다가와 은주에게 숟가락을 내밀었다.

"안 먹을 거예요? 다 식잖아요."

"입맛이 없는데요."

"왜요? 내가 서 팀장 옷 갈아입혀서요?"

헉. 전혀 민망해하지도 않는 현성을 보며 은주가 오른쪽 발가락을 이불 속에서 꼼지락거렸다. 입술을 잘근잘근 씹으며 불안한 제 감정을 그대로 노출시켰다.

"서은주 팀장."

"네?"

"환자인데 그럴 수도 있죠. 그렇게 의식할 일도 아닌 것 같은데 혹시 나한테 관심 있습니까?"

현성이 건넨 농담에 은주는 그대로 굳어 버렸다. 옷을 갈아입혔다고 했을 때보다 더 확연히 굳은 상태였다. 반박도 못 하고 꾹 입을 다문 채 침묵하자 현성도 뭔가 이상함을 느끼곤 집었던 숟가락을 식탁에 올려놓았다.

괜한 질문을 했나.

어색한 분위기를 바꿔 보려고 장난을 친 건데, 너무 심했나 싶었다.

얼굴이 붉게 물든 은주는 물을 한 모금 마시더니 사레에 걸려 버렸다. 켁켁거리며 괴로워하는 은주에게 현성이 다가가 등을 툭툭 두들겨 주었다.

은주는 현성이 알아챌 정도로 그에 대한 감정을 표출시켰다고 생각하진 않았다. 그가 장난을 치고 있다는 걸 알았지만, 표정 관리가 되질 않았다.

나한테 관심 있냐고 묻던 현성의 눈이 오로지 자신을 향해 있었고, 거리도 너무 가까웠다. 그 순간이 느릿한 화면처럼 느껴진 은주는 한없이 뜀박질하는 제 가슴을 진정시키려 노력했다.

현성은 거리낌 없이 은주의 등을 툭툭 두드리다가 따스하게 쓸어내렸다.

"괜찮아요?"

"네, 대표님."

은주는 작은 목소리를 내며 등을 쓰다듬는 현성의 손을 살며시 밀어냈다. 눈이 마주치자 은주의 얼굴에 다시 홍조가 감돌았다. 현성이 은주의 이마에 손을 올린 뒤 반대편 손을 자신의 이마에 올리고 고개를 갸웃거렸다.

"열은 안 나는데."

스킨십이 너무 잦다. 은주는 현성이 자신에게 손을 대지 못하도록 슬금슬금 뒤로 물러났다. 침대 헤드까지 등이 닿았지만, 여전히 현성이 손만 뻗으면 닿을 수 있을 거리였다.

"먹여 줘요? 나 직원 굶긴다는 소리 듣긴 싫은데."

"아뇨, 제가 먹을게요."

은주가 화들짝 놀라며 죽 그릇을 왼손에 들고 숟가락을 오른손에 들었다.

"그렇게 질색하니까 먹여 주고 싶네."

진심인지 죽 그릇 쪽으로 손을 뻗는 현성을 보며 은주가 마른침을 꼴깍 삼켰다.

그냥 좋아만 한다는데, 뒤에서 바라보기만 한다는데! 이렇게 가까운 거리에 당신이 있으면 욕심이 나잖아.

은주는 입술을 질끈 물었다. 안 되는 걸 알면서도 욕심이 났다.

스무 살 때는 너무 좋아서 몰래 지켜보기도 하고, 슬금슬금 뒤를 따라다니기도 했다. 포기해야 한다는 걸 알았음에도 현성의 집 앞 카페에서 몰래 기다린 적도 있었다. 그렇게라도 얼굴을 보는 게 좋았으니까.

회사에 들어와서도 마찬가지였다. 다시 설렐 줄은 꿈에
도 몰랐다. 그런데 심장은 반응했고, 여전히 그의 뒤를 그
림자처럼 맴돌았다. 현성의 뒤에서 그가 하는 일을 정말 열
심히 도왔다.

"벨소리가 나는데, 서 팀장 휴대폰 아닙니까?"

"네, 제 거네요."

은주에게로 몸을 살며시 숙이고 있던 현성이 캐비닛 쪽
으로 방향을 돌렸다. 거리낌 없이 캐비닛을 열어 휴대폰을
들고 다가오는 현성을 보며 은주의 두 눈이 크게 커졌다.

왜 저렇게 놀라지? 오늘따라 표정이 다양하네. 속으로
생각하며 현성이 은주에게 휴대폰을 건네려는데 전화가 끊
겼다.

부재중 통화 표시와 함께 밝아지는 액정을 본 은주가 재
빨리 손을 뻗었다. 그러나 현성의 시선이 더 빨랐다. 휴대
폰 액정에는 인터넷 신문에 실렸던 현성의 인터뷰 사진이
있었다.

"장난친 건데 진짜였네."

은주에게 휴대폰을 쥐어 주고 흠, 헛기침을 하며 팔짱을
낀 현성이 어색한 미소를 지었다. 직원들 중에 자신의 팬이
꽤 있다고 얘기는 들었지만, 이렇게 바로 앞에서 볼 줄이
야. 동경인 건지 정말로 좋아하는 건진 몰랐으나 꽤 기분이
좋았다.

그때, 은주가 재빨리 혼잣말을 했다.

"기사 문구가 너무 좋죠. 정우식품의 세계화, 하하하."

마치 기사 내용이 너무 좋아 핸드폰 배경 화면으로 해 놓은 것처럼 얼른 말을 덧붙였지만 현성의 올라간 입꼬리는 여전히 내려오질 않았다. 눈가에도 웃음기가 돌더니 결국 손바닥으로 입을 막고 쿡쿡 웃는 걸 보며 은주가 울상을 지었다.

"그럴 수도 있죠, 서은주 씨."

현성은 오랜만에 진심으로 재미있었다. 놀릴수록 볼에 홍조가 돌며 덤벙거리는 그녀의 모습은 첫인상과 전혀 달랐다. 이 여자, 너무 순수했다. 평소처럼 차분하게 말했으면 정말 기사 문구가 좋았나 보다, 일하다가 사기를 북돋기 위해 그랬나 보다 생각할 수도 있었다.

그런데 얼굴이 빨개지며 어떻게 해야 할지 몰라 억지로 웃는 걸 보니, 어느 정도는 진심인 듯했다.

현성이 웃음을 멈추며 이내 표정을 바꿨다. 더 이상 연애를 할 생각은 없었고, 거기다 사내 연애는 한 번으로 족했다.

귀여운 것도 맞고, 재미있는 것도 맞는데, 감정놀음을 하다가 사람을 잃을 순 없었다. 사랑이 끝났을 때 잃을 게 많은 사람은 서은주가 아닌, 자신이었다. 더 조심해야 할 사람도 서은주가 아닌, 김현성 본인이었다.

"굳이 못 먹는 감을 찔러 볼 필욘 없겠죠, 서은주 씨."

"……."

"사실 나 되게 별로인 남잔데."

은주가 침을 꼴깍 삼켰다. 1분이 한 시간처럼 길게 느껴졌다. 현성이 말을 하다가 멈추면 절로 긴장이 돼서 다음 말이 나올 때까지 숨을 멈췄다. 흡, 가슴에 공기가 빵빵하게 차서 답답하게 느껴질 때쯤 현성이 입을 열었다.

"연애할 생각도 없고요."

똑똑, 병실 문을 두드리는 소리가 들리자 현성은 아무 일도 없었다는 듯이 제자리로 돌아갔다. 은주는 그의 눈치를 보며 죽 그릇을 아예 옆으로 치워 버렸다. 밥 생각이 정말 없어졌다.

병실로 돌아온 진우는 저녁도 안 먹었냐며 이미 두 번이나 데운 죽을 다시 데우러 나갔다. 준영은 미안함에 말도 제대로 못하며 은주를 보았고, 은주는 괜찮다며 웃어 보였다.

죽을 데워서 병실로 오는 길에 진우는 현진과 마주쳤다. 선글라스를 끼고 반팔에 긴 청바지를 입고 있는 모습. 전혀 꾸미지 않았음에도 불구하고 모델은 모델다웠다. 아는 척을 하려는데 현진이 진우를 발견하고 가방을 빙글빙글 돌리며 다가왔다.

"야, 넌 나이가 몇인데 가방을 돌려?"

"난 나이 먹어도 어린애처럼 굴 건데?"

"여긴 왜 왔어? 어디 아파? 너 아프면 김현성 또 길길이 날뛸 텐데."

"오빠가 옷 좀 갖다 달라고 해서 사 왔지."

"속옷도?"

"그건 매니저가. 내가 다 큰 오빠 속옷 사 올 군번은 아니잖아."

고개를 끄덕인 진우가 앞에서 죽 그릇을 들고 걷자 그 뒤를 현진이 따랐다. 이것만 주고 다시 숙소로 가서 팀별로 인사를 하고 마무리해야지. 그렇게 생각하며 진우가 병실 문을 열었다.

"대표님, 옷 배달 왔습니다."

"옷?"

진우가 병실 침대에 놓인 식탁을 펴고 그 위에 죽을 올려 주었다. 그리곤 현성에게 엄지손가락으로 뒤를 가리켰다. 문밖에서 기다리다가 그새를 못 참고 문을 벌컥 열며 현진이 들어왔다.

은주도 진우를 향해 있던 시선을 돌려 문 쪽을 보았다. 들어오는 사람과 침대에 앉아 있는 두 사람의 시선이 중간에서 마주쳤고, 현진은 들고 있던 쇼핑백을 놓쳤다. 탁, 소리와 함께 소음이 울려 퍼졌다.

죽었다 깨어나도 김현성이 짝사랑 상대일 수밖에 없는 이유,

서은주는 절대 안 되는 그 이유,

현진이 놀란 얼굴로 은주를 내려다보고 있었다.

chapter 3

조각이
맞춰졌다

월요일 아침은 항상 분주했다. 오전 9시에 전체 회의가 있었고, 그 후 10시에 팀원 회의가 있었다. 전체 회의에 참석하고 내려온 부장은 새로운 사업부가 구성되는데 그곳에 은주가 팀장으로 갔으면 좋겠다는 말이 나왔다고 했다.

말을 전하는 주섭의 표정은 썩 좋지 못했고, 팀원 회의에서 가만히 듣고 있던 은주도 가시방석에 앉은 것처럼 불편했다.

새로운 사업부로 말하자면, 은주가 저번에 대표에게 직접 제안한 '할랄 식품'에 관한 것이었다. 투자도 어마어마하게 될 테고, 할랄 마크를 받으면 매출도 배로 뛸 것이 분명하기에 회사에 야망이 있는 직원들은 새 사업부로 발령

나길 은근 바라고 있다고 했다. 은주는 회사의 결정이면 따라야 했고, 주섭은 본능적으로 일 잘하고 열정이 많은 그녀를 경계한 것이다.

"휴."

한숨을 쉬다가 머리라도 식힐 겸 도착한 곳은 건물 옥상이었다. 담배 냄새가 많이 나서 잘 올라오지 않는데, 어쩌다 보니 발길이 닿았다. 주말 내내 잠을 못 잤더니 피곤함이 머리를 짓누르는 것 같아 은주는 관자놀이를 꾹꾹 눌렀다.

잊고 있었던 기억 한 자락이 떠올랐다. 실상 잊은 게 아니라 시간이 많이 흘렀기에 자연스레 바래진 기억이었다. 주먹을 쥐었다 펴며 손 운동을 하고 있는데 그녀의 뒤로 마케팅 팀 김덕현 팀장이 다가왔다.

"서 팀장님."

"네, 안녕하세요. 김 팀장님."

은주가 공손하게 고개를 숙여 인사를 했고, 덕현은 고개를 끄덕이며 은주의 인사를 받아 주었다. 같은 팀장이긴 했지만, 덕현은 주섭과 연령대가 비슷했다. 그랬기에 같은 팀장이라도 덕현은 부하 직원을 대하는 듯한 말투로 은주에게 말을 걸었다.

"안 그래도 서 팀장님 한번 만나려고 했는데, 이렇게 보네."

덕현은 물고 있던 담배를 재떨이에 비벼서 끈 후 반대편으로 고개를 돌려 입안에 남아 있는 담배 연기를 뿜어냈다. 그리곤 난간에 올려 둔 종이컵을 쥐고 커피 한 모금을 음미하더니 말을 과감히 꺼내었다.

"서 팀장님도 알겠지만, 마케팅 팀이 일이 참 많습니다. 영업도 해야 하고, 관리도 해야 하고."

어느 팀이나 일이 많긴 마찬가지였지만, 은주는 가만히 덕현의 말을 듣고 있었다.

"거래처 담당자들이 마케팅 팀으로 연락이 옵니다."

"네."

"우리 제품 써 달라며 이리저리 영업한다고 바로 계약을 맺을 수 있는 게 아닙니다. 1년, 2년, 길게는 10년 정도 인간관계를 맺고 두고두고 관리를 해야 겨우 계약을 따내는 겁니다. 그렇게 해서 품질관리 팀으로 넘기는데, 관리 팀에서 조금 더 신경을 써 주셨으면 합니다."

은주는 손으로 마른 얼굴을 쓸어내리다 손바닥으로 턱을 꾹 눌렀다. 이건 은주 선에서도 어쩔 수 없는 부분이었다. 마케팅 팀에서 계약을 따내고 나면 자연스레 업체 관리는 품질관리 팀으로 넘어오지만, 담당자들은 이미 오래전부터 연락을 해 온 마케팅 팀을 더 편하게 여겼다.

그들은 문제가 생기면 마케팅 팀으로 연락을 했고, 마케팅 팀은 다시 품질관리 팀으로 그것을 전달했다. 그렇다고

갑인 구매 팀 담당자들에게 '앞으로 저희한테 연락 주세요'
라고 딱 부러지게 이야기할 순 없었다. 분명 비효율적인 일
처리임에도 불구하고 뭐라 할 수가 없었다.

"네, 더 열심히 일하겠습니다."

"아니, 서 팀장. 열심히 일하라는 게 아니라니까? 그쪽으
로 넘어간 건 그쪽에서 해결하라는 거지. 말귀를 못 알아먹
는 것도 아니고, 여자가 팀장을 하니 답답하네. 마케팅 팀
이 한가한 줄 알아? 중간에서 말이나 전하고 있고."

갑자기 말투가 따지듯이 변한 덕현을 보며 은주의 표정
도 굳어졌다. 월요일 아침부터 피곤한 일이 잔뜩 쌓인 것
같아 진심으로 답답해졌다.

여기서 왜 여자 이야기가 나오는 건지. 원래 정우식품 임
원급은 항상 남자였다. 여자는 공장이나 고객센터에서 일
을 했는데, 은주가 정우식품에서 최초로 품질관리 팀 팀장
이 된 사례였다. 덕현은 그게 못마땅한 듯했다.

"김덕현 팀장님, 저희 QC* 팀도 마케팅 팀 못지않게 일
이 많습니다. 회사 표준서, 법적 서류, 업무 일지, 공정관리,
클레임 처리, HACCP 업무, 작업자 보건증 관리까지 하느라
눈코 뜰 새 없이 바쁩니다. 정시에 퇴근하는 직원이 거의 없
는 게 저희 팀입니다. 직원들은 대중교통으로……."

---

*QC:품질관리.

"됐고, 서 팀장. 문제 생기면 마케팅 팀으로 전화해서 담당자에게 전달해 달라고 하지 마세요. 직원들한테 똑똑히 전해 주시고요, 미생물 실험은 하청을 주는 걸로 알고 있는데, 바쁘긴."

더 이상 말해 봐야 길어지기만 할 것 같아 은주는 알겠다고 하며 상황을 넘기려 했다. 대화를 통해 문제를 해결할 수 있는 사람이 있고, 말만 길어지는 사람이 있는데 덕현은 후자였다.

"김덕현 팀장님."

은주의 눈이 커졌다. 덕현이 뒤로 고개를 돌리자 회색 슈트를 입고 어딘지 못마땅한 표정을 짓고 있는 현성이 보였다.

현성은 자신을 보며 놀란 표정을 짓고 있는 은주를 바라보았다.

도대체 뭐였을까.

병원에서 현진과 은주 두 사람 사이에 무언가 있다는 느낌을 받았다. 서로를 보는 눈빛이 떨렸고, 현진은 놀란 듯 그 자리를 떠 버렸으니까. 은주도 묻지 말라는 표정으로 아예 고개를 돌려 창밖만 보았다.

서은주보다는 동생이 먼저이기에 현진을 따라갔고, 진우에게 서은주를 부탁했다. 서울로 올라가는 내내 현진은 아무런 말이 없었고, 주말 내내 제 방에서 나오질 않았다.

오늘 오전에도 몇 번이나 물었지만 말할 생각이 없는 듯 입을 꾹 다물 뿐이었다. 현진의 입을 열 수 없다면, 서은주의 입을 열어야겠지.

남의 일에 참견을 하는 성격은 아니었지만 현진의 일이라면 달랐다. 바쁜 부모님을 대신해 어릴 적부터 키우다시피 돌봐 왔고, 정우식품 막내딸이라는 이유 하나만으로 납치도 당한 적이 있는 동생이었다. 그래서 더더욱 현성은 현진의 일에는 촉각을 곤두세웠다.

어떻게 입을 열게 할까.

월요일부터 시작된 릴레이 회의로 인해 현성도 피곤하긴 마찬가지였다. 바람을 쐴 겸 옥상을 찾은 건데, 생각을 정리하던 그의 귀에 익숙한 목소리가 들렸다. 현성은 가만히 서서 두 사람의 이야기를 들었다.

현성이 생각하기에도 품질관리 팀은 인원에 비해 하는 일이 많았다. 그런데 미생물 실험에 관련해서는 하청을 주다 보니 이쪽 업무를 모르는 부서에서는 품질관리 팀이 일이 없다고 생각하는 경우가 종종 있었다.

실상 지금도 품질관리 팀의 인원을 더 채용해야 하는지를 두고 진우가 고민을 할 정도인데 말이다.

옥상에는 중간중간 나무가 심어져 있었고, 건물이 'ㄱ' 자 형태로 되어 있어 두 사람은 현성이 서 있는 곳이 안 보이는 상태였다. 더 이상 듣고 있기가 불편해진 현성은 두 사람이 자신을 볼 수 있는 방향으로 걸어 나갔다.

"안녕하세요, 대표님."

"네, 김덕현 팀장님."

먼저 현성을 발견한 은주는 놀란 눈치였다. 낌새가 이상한 걸 느끼고 덕현 역시 뒤를 돌아봤다가 급하게 고개를 숙였다.

현성은 30대 대표치곤 바늘 하나 찌를 틈 없이 단단한 남자였다. 이미 한 번 바닥을 쳤고 거기에서 악착같이 올라왔기에 나이가 있는 직원도 현성에게 함부로 하지 못했다.

"마케팅 팀 연봉이 꽤 세죠?"

현성이 손가락으로 본인의 턱을 쓸며 자연스레 운을 띄웠다.

"네? 네, 그렇습니다. 아무래도 인센티브가 있어서."

덕현이 곧바로 대답했다. 다른 팀들에 비해 마케팅 팀은 인센티브 제도가 있어서 팀원들 중에 누군가 계약을 따내기만 하면 전체 직원에게 인센티브가 지급되었다. 그리고 계약을 따낸 곳에서 매출이 많이 나올 경우엔 별도의 인센티브가 돌아가기도 했다.

분명 다른 회사 마케팅 팀에 비해 후한 면이 있었고, 그걸 마케팅 팀 직원들도 알기에 더 열심히 일하는 구도였다.

모든 일의 핵심은 영업, 마케팅이라고 생각한 현성은 아예 마케팅 팀을 따로 분리시킬 계획까지 세웠었다. 진우의

반대로 무산되긴 했지만. 눈에서 멀어지면 관리가 어려워
진다는 이유에서였다.

"보통 제가 저녁 미팅을 잡아서 나갔다가 회사로 복귀하
면 밤 10시쯤 됩니다. 어느 부서가 야근을 가장 많이 하는
줄 아십니까?"

"글쎄요……. 보안 팀이요?"

"보안 팀은 근무 자체가 교대제죠. 품질관리 팀입니다.
일거리를 줄여 주기 위해 제가 미생물 실험을 하청 업체에
줬는데도 늘 한두 명은 남아서 일을 하더라고요."

나긋나긋한 말투였지만 꼭 마케팅 팀은 연봉도 훨씬 많
이 받는데, 품질관리 팀보다 일이 없다고 눈치를 주는 듯
들렸다.

"그렇지요."

덕현이 떨떠름한 표정을 지으며 미적지근하게 답했다.
현성은 사람 좋아 보이는 미소를 지으며 그를 내려다보았
다.

"회사는 땅 파서 장사하는 게 아닙니다. 마케팅 팀에 투
자를 하는 만큼 결과물이 나와야 하고, 결과물이 나오려면
일거리가 비례해야 하죠."

회사가 어려울 땐 을의 입장이었지만, 회사가 커지고 고
객들의 수요가 늘어나면서 이제는 마트에서 식품 배열이라
든가 홍보 등에 대해 요구를 할 수 있는 입장이 되었다. 그

런데도 현성은 전처럼 인맥 하나하나를 관리하며 안부를 묻고, 얼굴을 한 번 더 볼 수 있는 시간을 짬짬이 만들어 냈다.

"구매 팀, 인사 팀 등 담당자들은 기존 거래처 외에 다른 거래처의 담당자와도 소통을 합니다. 언제든 자신의 마음이 더 가는 곳으로 업체를 바꿀 가능성이 있는 거죠. 사람이 하는 일이기 때문에 더 그렇습니다. 김덕현 팀장님, 계약이 성사되고 나면 품질관리 팀에서 전적으로 관리하라고 하셨습니까?"

웃던 얼굴을 굳히고 현성이 덕현을 올곧은 시선으로 보며 말했다. 현성의 위에 떠 있는 햇빛이 그의 구두에 반사되었고, 회색빛 슈트는 현성을 더 차가워 보이게 만들었다.

"그럼 어느 담당자가 정우식품을 믿고 계속해서 같이 일을 하겠습니까?"

"죄송합니다, 대표님. 제가 생각이 짧았습니다."

덕현은 어린 대표보다 자신이 훨씬 더 업무를 잘 안다고 생각했지만, 현성의 심기를 거스를 수는 없기에 고개를 숙였다.

아버지 잘 만나 정우식품을 물려받아 운영하는 꼴이 가뜩이나 탐탁하게 여겨지지 않았는데, 버릇마저 없다며 덕현은 이로 입술을 잘근잘근 물었다. 그러나 자신이 근무하는 회사의 대표에게 말대답을 할 정도로 김덕현은 간이 크

106

지 않았다.

"서은주 팀장은 나 따라와요."

"네? 저요?"

"네."

현성이 몸을 돌리자 은주는 덕현에게 재빨리 고개를 숙여 인사를 하고 그의 뒤를 따랐다. 옥상에서 내려와 엘리베이터를 타고 대표실까지 올라가는 동안 은주는 계속해서 그의 눈치를 살폈다.

발끝만 보고 있다가 고개를 든 은주의 눈에 현성의 뒷모습이 보였다. 회색 슈트 안에는 하얀색 셔츠를 입고 있었는데 현성의 구릿빛 나신과 대조되어 매력적으로 느껴지게 했다.

주말 내내 쉬질 못했는지 한쪽 팔을 뒤로 뻗어 제 목을 꾹 누르는 그 모습에 은주가 풋 웃었다. 저 버릇은 변하질 않네.

스무 살, 한창 꽃다운 나이에 은주는 부모님을 대신하여 일을 해야만 했다. 공장에서 크게 다친 후로 아버지는 다리를 절단했고, 제때 수술을 받지 못해 그 후유증으로 가족들은 고생을 했다.

갑자기 장애인이 되어 정신적인 충격을 받은 아버지는 우울증으로 한동안 고생하셨고 그 때문에 어머니가 곁에 내내 붙어 있어야 하는 상황이었다.

제법 페이가 셌던 쇼핑몰 모델 일을 시작했고 그러다 우연히 '레이디 시크릿'이라는 잡지 모델 오디션에 참가해 보지 않겠냐는 제의를 받았다.

그 오디션에 참가한 모델 중 화제가 된 사람이 두 명 있었는데, 한 명은 아기 같은 얼굴에 글래머러스한 몸매를 가진 현진이었고, 한 명은 여신 같은 이미지의 은주였다. 동갑인 두 사람은 그 오디션을 계기로 자연스레 친해지게 되었다.

은주는 모델 일이 없는 날이면 집 앞 호프집에서 늦게까지 일을 했다. 모델 수입만으로는 부족했고, 레이디 시크릿은 공개 오디션을 통해 진행되니 뽑히기 전엔 수입이 날 수 없는 구조였다.

촬영이 끝나고 집으로 돌아가기 위해 건물을 나올 때마다 은주는 현진에게 부러움을 느껴야 했다.

"무슨 촬영이 이렇게 늦게 끝나?"
"좀 보고 가지 그래? 남자들 좋아하던데. 비키니잖아."
"난 관심 없어, 얼른 타."

퉁명스런 말투였지만 여동생을 지극히 사랑하는 게 표정에 드러났다. 한 번은 자상한 오빠다 싶었고, 또 한 번은 부럽다 싶었고, 그다음엔 멋있었다. 끝날 시간에 맞춰 찾아오는 그는 주위의 모델들이 힐끔거려도 눈길조차 주지 않고 현진만 태워서 무심하게 떠나갔다.

한번은 현진이 은주의 손목을 잡아끌고 와 현성에게 친한 친구라고 소개를 하였다. 그때도 그의 반응은 시큰둥했다.

"현진이 오빠여서가 아니라, 정말 멋있으세요."

제가 여태까지 본 사람 중에 제일이요. 뒷말은 생략했지만 뜻을 알아들었는지 처음으로 현성이 피식 웃었다. 그리곤 은주를 똑바로 봐 주었다. 그날은 현진과 함께 현성의 차를 타고 집에 도착했었다.

스무 살인 은주의 눈에 현성은 어른이었다. 피곤한데도 한 번도 빠짐없이, 술을 먹으면 대리운전을 해서라도 꼭 데리러 오는 세상에서 제일 다정한 남자였다. 식구들의 짐까지 모두 홀로 짊어져야 했던 은주에게 그는 꼭 백마 탄 왕자님 같기도 했다.

남몰래 시작한 사랑이었다. 쉬는 날엔 현진의 집에 놀러 가 현성이 뭘 하고 있을까 그의 방을 여러 번 흘긋거렸다. 서재에 정갈하게 꽂혀 있는 책을 하나씩 만져 보며 이걸 오빠도 읽어 봤을까 생각하다 스스로의 모습이 웃겨 피식 웃고는 했다.

모델이 꿈도 아니었고, 연예계에 별 관심도 없던 은주는 딱 3개월간만 쇼핑몰 모델로 일했다. 그 뒤로는 오전·오후, 평일·주말 할 것 없이 정말 열심히 일을 했다.

호프집은 주로 근처 자취생들이 많이 이용했는데, 우연찮게 그날은 현성이 찾아왔었다. 물론 그는 은주를 알아보지 못했고 친구들과 술잔을 기울였다. 무심한 듯했으나 가끔 친구들에게 픽 웃어 주는 그 모습에 은주는 설레서 현성이 있는 테이블에 갈 때마다 손이 덜덜 떨렸다.

현성이 입으로 넣던 술잔을 한 번 빙글 돌리더니 은주를 지긋이 바라보았다. 살짝 풀린 눈이 어느 정도 술을 먹었구나 예상할 수 있었다.

"모델이라면서요? 사인 한 장만 해 주세요. 아! 사진도."

정신없이 서빙을 하고 있는데 구석 테이블의 손님이 갑자기 말을 걸어왔다. 은주는 예의를 갖춰서 거절을 했다. 연예인도 아니었고, 일하는 시간이었기에 빠르게 테이블을 벗어나려고 했다.

그런데 나이가 지긋해 보이는 남자가 은주의 팔을 덥석 잡아 본인에게로 끌어당겼다. 졸지에 테이블과 남자 사이에 갇힌 은주가 하얗게 질려서 입술을 잘근잘근 씹었다.

허튼 수작을 부리면 쟁반으로 내려치겠다는 듯 뾰족하게 눈을 떴지만 남자는 그저 피식 웃을 뿐이었다. 이럴 때 주먹이라도 날려야 하는데, 이런 적이 처음인지라 어떻게 해야 할지 몰랐다.

"미친놈."

그때였다. 언제 다가온 건지 현성이 은주의 팔을 잡고 그의 뒤로 숨겨 주었다.

"뭐야? 팬 서비스 차원으로 포옹 좀 해 달라는데."

현성은 말을 섞기도 싫다는 표정으로 그대로 경찰서에 신고를 하였다. 일을 크게 만들고 싶지 않아 고개를 절레절레 젓는 은주의 머리를 쓰다듬어 주며 현성이 말했다.

"저런 개새끼들은 신고를 해야지 세상이 발전하는 거다, 현진이 친구."

기억해 줄 줄 몰랐다. 순간 멍한 표정을 짓는 은주를 향해 그가 씩 웃었다. 술에 취한 것 같았는데 눈은 어느새 말끔해져 있었다. 다시 한 번 은주의 머리를 쓱쓱 쓰다듬어 주며 현성이 말했다.

"우리 현진이랑 다르게 똑똑하게 보이는데, 아르바이트보다 공부를 해 보는 게 어때? 그 정도 근성이면 하고도 남을 것 같은데."

끄덕끄덕. 그냥 고개만 끄덕였다. 공부를 할 시간도 없고, 대학을 갈 수 있는 여건도 아닌데. 현성은 친구들을 한 번 보고는 은주에게 검지로 제 입을 가리며 '쉿' 이라고 하였다.

"다음에 보자."

다음이 언제인지 기약 없는 약속이었지만 그래도 좋았다. 은주는 밝게 웃었고, 현성은 돌아섰다. 계단을 올라가는 현성의 뒷모습은 굽힘 없이 올곧았다.

좋은 곳에서 자라 그늘 하나 없는 남자, 마음이 따뜻한 남자, 가족을 소중하게 여기는 남자. 뒷모습조차 멋있어서 은주는 입을 헤 벌렸다.

현성이 나가고 5분도 지나지 않아 경찰이 들이닥쳤다.

일이 커질 거라는 예상과 달리 사장은 은주에게 미안해했다. 하지만 은주는 현성이 했던 말이 머릿속에서 맴돌아 다른 것은 귀에 들어오지 않았다. 이 정도 근성이면 공부를 하는 게 어떻겠냐는 말이.

현성에게 자신은 현진의 친구이자, 아르바이트를 열심히 하는 동생일 뿐이었지만 자신에게 현성은 남자였다.

한동안 현성은 학업과 정우식품 인턴직을 병행하느라 집에 놀러 가도 잘 볼 수가 없었다. 그러다 은주는 결국 고백할 날짜를 정했다. 그런데, 예상치 못하게 일이 터졌고 결국 고백을 전하지도 못한 채 멀어져야 했다.

그를 다시 만난 것은 대학교 졸업을 하고 정우식품에 취업을 한 뒤였다. 시간이 많이 지났음에도 불구하고 현성은 여전히 멋있었다. 다른 여사원들이 그렇듯 은주도 열정을 갖고 일하는 현성의 모습에 빠져들었고, 또 한 번의 짝사랑이 시작되었다.

스무 살의 짝사랑은 고백이라도 할 수 있는 사랑이었지만, 두 번째 하는 사랑은 고백조차 못하는 사랑이었다.

대표실로 들어간 현성은 비서실 직원에게 차를 부탁했다. 은주가 의자에 앉아서 두 손을 모으자, 현성이 책상에서 휙휙 무언가를 넘기며 보더니 맞은편에 다리를 꼬고 앉았다.

"서은주 씨."

"네?"

"오늘 오전에 왜 안 나왔어요? 몸 상태도 괜찮아 보이는데."

은주가 이내 조용히 고개를 숙였다. 현성이 수영 시합에서 요구한 '오전에 수영장 나오기'를 지키지 못했다. 까먹은 건 아니었는데, 현성의 얼굴을 볼 자신이 없었다.

현진을 마주하는 순간 둘 다 서로 놀라 한동안 병실에 정적이 흘렀다. 가방을 주워 들고 병실을 나가 버리는 현진과, 그녀의 뒤를 따라가는 현성을 그저 멍하니 바라볼 뿐이었다. 은주는 이상해진 분위기에 진우와 준영에게 갑자기 머리가 아프다는 어색한 핑계를 대었다.

현성이 모든 것을 알았을 거라고 생각했다. 워낙 둘도 없는 오빠 동생 사이이기에 서울로 올라가는 동안 이야기를 나눴을 거라 여겼고, 모든 것을 알게 된 현성을 보는 게 두려웠다.

이제 날 꼴도 보기 싫어하겠지.

그런데 현성은 평소와 똑같은 시선으로 은주를 보고 있었다. 아무것도 듣지 못한 걸까?

"저 대표님 짝사랑하잖아요, 제가 어려우실까 봐 그랬죠."

이미 짝사랑하는 걸 들킨 거, 은주는 뻔뻔해지기로 했다. 지금 당장은 모르더라도 현진이 알게 된 이상 정우식품에 그리 오래 남아 있지는 못할 터였다. 그렇다면 할 수 있는 건 제 감정에 잠시 동안이라도 솔직해지는 것이었다. 이렇게 잘리든, 저렇게 그만두든 결국 현성을 못 보게 되는 건 마찬가지니까.

"내가요? 전혀. 내일부턴 나와요. 차 수리비 대신이니까."

수리비 대신이라고? 그럼 정말 안 받겠다는 건가? 은주는 그건 그거대로 불편하게 느껴져 얼굴을 굳혔다. 입원하느라 정신이 없긴 했지만, 차 수리비는 지불할 생각이었다. 월급에서 차감하더라도.

"원하신다면 오전에 나가겠습니다. 그리고 차 수리비도 지불하겠습니다."

은주가 차분하게 말을 이어 가자 현성이 꼬고 있던 다리를 풀었다. 분명 의자가 탁자로부터 다리를 뻗을 수 있을 만큼 넉넉하게 떨어져 있었는데, 현성이 꼬고 있던 다리를 푸니 공간이 비좁아 보였다.

믿을 수 없는 기럭지, 비율. 조각 같은 얼굴. 이러니 팬이 줄어들질 않지.

"주말에 뭐해요?"

주말에 우정 편의점 구매 팀 담당자와 저녁 식사 약속이 있었다. 현성은 그곳에 은주도 초대할 생각이었다. 담당자가 은주를 좋게 생각했고, 그곳에 그녀가 있으면 사업 이야기를 하기에 분위기가 훨씬 부드러워질 것이라 판단해서였다. 또한 은주가 자꾸 수리비에 연연하는 것 같아 저녁 식사가 좋은 분위기에서 끝나면 그것으로 큰일을 했다며 괜찮다고 할 생각이었다.

"주말에는 약속이 있어요."

은주가 어깨를 축 늘이며 대답했다. 잊고 있었던 선 자리가 생각났기 때문이었다. 나이 서른이 다 되어 가는 마당에 남자 친구조차 없는 그녀를 어머니가 심히 걱정했고, 형편에 맞는 남자로 골랐으니 꼭 선 자리에 나가라고 신신당부했다. 그날은 절대 회사에 출근하지 말고, 저녁까지 데이트를 하라는 말을 덧붙이며.

"그렇군요."

예상치 못한 답변에 현성은 가죽 소파 팔걸이대에 올려둔 본인의 손가락을 툭툭 두들겼다. 현성이 두드리는 박자에 맞춰 조용한 방 안에 똑똑거리는 소리가 울렸다. 현성이 두드림을 멈추자 은주는 자연스레 그를 보았다.

미팅은 우정 편의점 구매 팀 담당자와 둘이서 해야겠다고 생각하며 현성은 은주에 대한 첫 번째 용건을 마무리 지었다.

"그리고 내일 오전부터는 오전에 수영장으로 출근하겠습니다."

은주는 현성을 슥 훑으며 말했다. 현성이 한쪽 눈썹을 찡그리며 빤히 보자 민망함에 고개를 돌리며 자리에서 일어났다.

"그런데."

현성의 말에 은주는 발걸음을 멈추었다.

"우리 현진이와는 어떻게 아는 사이입니까?"

예상하지 못했던 질문에 은주는 아무런 말도 하지 못했다.

예전에는 기억해 줬으면서.

서운한 감정이 들었지만 현성이 당시의 자신을 기억해 내면, 결국 모든 것을 알게 될 것이라는 결론이 났다.

"내가 알아낼까요, 서은주 씨가 말할래요?"

현성은 알아낸다고 마음먹으면 알아낼 것이다. 그는 그런 성격이니까.

그래도 그걸 스스로 말할 수 없는 건, 아직은 내가 당신을 짝사랑하고 있기 때문에, 그래서 안 돼. 은주는 현성의 시선을 회피하며 대답했다.

"내려가 볼게요. 그건 현진이한테서 들으세요."

현성의 미간이 구겨졌지만, 은주는 못 본 척 재빨리 대표실에서 빠져나왔다.

하룻밤 사이에 짙게 내려온 다크서클을 덮으려 은주가 눈 밑에 파운데이션을 톡톡 발랐다.

수영할 생각이 없었기에 사내 수영장에 도착해 앉을 만한 곳을 찾으려 눈을 돌렸다. 워크숍 때 바다가 자신을 먹어 치울 것처럼 아래로, 더 깊은 곳으로 잡아당기는 느낌을 받은 후로 물이 무서워진 상태였다.

은주는 하얀색 선탠 베드에 편하게 다리를 뻗고 앉았다. 그리곤 탁자 위에 노트북을 올려놓았다. 시계가 정확히 6시를 가리키는 순간, 발소리가 들리자 은주는 남자 탈의실 쪽으로 고개를 돌렸다. 현성이 양팔을 위로 쭉 뻗으며 탈의실에서 걸어 나오고 있었다.

스트레칭도 연구해서 하나 봐.

작은 동작도 현성이 하면 눈이 간다. 이건 사내 여사원들이 점심시간에 하던 말이었다. 스트레칭을 할 때, 숟가락질을 할 때도 기본 아우라가 다른 사람이었다. 축복받은 유전자. 문득 은주의 볼이 빨개졌다.

"그것도 되게 잘할 것 같아."

무심코 여직원이 던진 말이 떠올랐기 때문이다. 은주가 빨개진 볼을 식히려 손으로 부채질을 하는 사이 현성이 다가왔다. 꼭 나쁜 짓을 하다 들킨 아이처럼 심장이 뜨끔했다.

"잘 잤어요?"

"네."

"그래요? 난 못 잤는데."

현성은 팔짱을 끼고 삐딱한 시선으로 은주를 내려다봤다.

초등학교 때 경시대회 예상 문제 중 나머지 한 문제를 풀지 못한 적이 있었다. 시험이 끝나고 경시대회에서 1등부터 10등까지의 친구들이 서로가 푼 답을 맞춰 보았다. 특히 현성의 주위로 다들 몰려들었다. 그런데 다들 15번 문제는 풀지 못했다.

현성은 밤이 꼬박 새도록 그 문제 하나에 매달렸고, 결국 다음 날 아침 밝은 표정으로 등교를 할 수 있었다.

궁금한 것이 있으면 끝까지 알아내야 하는 성격 덕에 성적은 항상 상위권이었다. 일을 할 때도 그 성격은 변하질 않았고, 덕분에 지금까지 올 수 있었다.

그런데 밤새 고민해도 현진과 서은주는 연관성이 없었다. 현진은 어릴 적 납치를 당한 이후 제 주변에 친구를 두지 않았다.

적당히 친하고, 적당히 가식 떨며, 시간이 지나면 알아서 연락이 끊어지는 게 좋다고 했다. 그런데 그런 현진이 그 정도로 동요를 보였다는 건, 무언가 있다는 건데.

"김현진과 서은주 생각하느라."

"물어보시지 그랬어요, 동생분께."

현성이 대답 대신 어깨를 으쓱하다 은주의 노트북을 보고 미간을 구겼다.

"여기서도 일을 할 생각입니까?"

"전 출근하면 오늘 해야 할 일부터 찾아 놓거든요. 퇴근

전엔 오늘 끝낸 업무를 일지로 따로 작성해 놓고요. 그러면 다음 날 해야 할 업무를 파악하기도 쉽고."

"수영복은?"

"저 당분간은 수영하기 싫어요."

"여긴 서은주 씨 허리까지밖에 안 올 텐데."

현성이 본인의 허리에 손을 올리며 물에 빠질 리 없으니 같이 수영을 하자는 투로 말했다. 은주는 고개를 절레절레 저으며 저녁까지 일하려면 아침에는 체력을 비축해 놔야 한다는 이론으로 그의 제안을 거절했다.

결국 현성은 혼자 물에 들어갔고 은주는 그의 팔이 수면 위를 칠 때마다 들리는 기분 좋은 소음을 들으며 발을 까딱거렸다. 집중을 해야 하는데, 시선이 자꾸 수영장으로 향했다. 긴 다리가 앞으로 뻗어 나가려 물 위를 거침없이 발길질하고, 양손이 아름답게 반원을 그리며 막힘없이 앞으로 나아가는 모습에 저절로 입에 미소가 번졌다.

신이 빚은 것 같은 김현성의 몸. 특히 팔의 움직임에 따라 등 근육과 어깨 근육이 시선을 강탈했다.

남자의 섹슈얼한 매력이 분명 현성에게 있었다. 스무 살 땐 보이지 않던 것들이 스물여덟 살엔 보이기 시작했다.

그저 동생에게 다정한 오빠, 위험한 순간에 나타나 구해 준 백마 탄 왕자였던 현성이 지금은 뭇 여성들을 유혹할 수 있는 섹시한 남자로 다가왔다. 나이를 먹는 만큼 매력도 숫

자를 더해 가나 보다. 헤어 나올 수 없게.

20분 정도 쉬지도 않고 왕복운동하는 현성을 보며 은주는 대단하다 생각했다. 물속에서 숨을 오래 참는 걸 보니 폐활량도 좋은 것 같고. 거의 선수급이잖아, 혼자 중얼거리다가 아예 무릎을 세운 후 그곳에 얼굴을 묻고 고개를 틀어 편하게 감상했다.

너무 일찍 일어나긴 했어. 얼굴이 무릎에 닿으니 잠이 솔솔 오기 시작했다. 현성이 수영을 할 때마다 내는 물소리가 자장가처럼 들렸고, 또렷하던 시야가 흐릿해졌다. 어느새 은주는 꾸벅꾸벅 졸기 시작했다.

근육이 서서히 풀려 시원하다고 느낄 때쯤 현성은 물에서 나왔다. 왕복운동을 하면서도 어제 진우가 했던 말이 생각났기 때문이다.

"우리 이번 광고 모델 박서준 씨로 계약했어. 너 대신 내가 갔다 왔다."

현성은 고개를 끄덕였지만, 생각은 다른 데 있었다. 그러다 툭 던지듯 물었다.

"여자들이 서로 어색해지는 경우가 왜 생기지?"

"경우의 수야 많지. 동창인데 반이 바뀌면서 친했다가 안 친해지는 경우에 나중에 다시 만나면 어색하기도 하고, 자기보다 잘나가는 친구한테 굳이 아는 척하기 싫어서 어색해지기도 하고."

현진과 서은주는 동창이 아니기에 진우가 말한 예시엔 포함되지 않는다. 현성은 진우가 답을 알 리가 없다고 생각하며 광고 시놉시스를 보려 파일을 열었다.

"아! 보통 남자 때문에 싸운다지?"

사촌 누나들 틈에서 자란 진우의 말 중 가장 설득력 있게 다가왔지만, 현진에게 남자는 없었다. 그런데 묘하게 마지막 말이 귀 끝에 맴돌았고 현성은 지금까지 찜찜한 기분을 벗어 던지지 못했다.

꼿꼿하게 있을 거라 생각했는데 꾸벅꾸벅 졸고 있는 서은주를 보니 어쩐지 미안해졌다. 억지를 부리는 것도 정도껏이지. 밝히기 싫다는데 굳이 물어보는 심보를 가진 본인의 성격이 처음으로 답답해졌다.

그러나 그건 둘째로 치고 아침 시간에 무방비한 서은주의 모습을 볼 수 있어서 좋다고 생각하며 현성은 그녀의 어깨를 툭툭 건드렸다.

"네…… 네? 끝나셨어요?"

"네, 난 씻으러 갈 건데 서은주는 일하러 갈 거죠?"

은주가 고개를 끄덕였다. 수영장에서 조느라 노트북을
켜 놓고도 일을 못했으니, 사무실로 올라가서 해야겠다고
생각하며 노트북을 가방에 넣었다. 그러다 문득 현성의 말
투가 이상하다는 걸 느낀 은주의 미간이 구겨졌다.

"근데 대표님."

"네?"

"지금 반말하셨죠, 저한테."

존댓말이긴 한데, 반말을 중간에 섞었다. 은주의 말에 현
성의 입매가 위로 올라갔고, 시원스레 웃음이 터졌다.

"그랬어요? 내가?"

지금도 '내가'라고 하셨는데요.

김현성은 본인과 가장 친한 최진우 이사에게도 존댓말
을 썼다. 최진우 이사한테 존댓말을 쓸 정도면 다른 직원한
테는 절대 말을 놓지 않는다는 것이다. 최진우 이사와 둘만
있을 땐 다르겠지만, 사람들이 보는 앞에선 적어도 그랬다.
그런데 서은주라니.

에이, 작은 것에 의미를 싣지 말자. 은주는 고개를 휘휘
저었다. 큰 의미가 없다고 결론을 내리다가도 둘만 있는 시
간이 벌써 끝나 간다는 것에 아쉬웠다. 은주는 현성을 조심
스럽게 불렀다.

"대표님."

"네?"

"저 밥 한 끼 사 주시면 안 될까요?"

본인이 물어 놓고 떨리는 심장을 주체하지 못해 은주가 아랫입술을 살짝 물었다.

때마침 은주의 배에서 '꼬르륵' 소리가 울렸고, 현성은 고민했다. 지금 시간이야 직원들이 없지만, 밖에 나가서 밥을 먹고 들어올 때쯤엔 하나둘씩 출근할 시간이었다.

"대표님 덕분에 아침도 못 먹고 나왔는데."

맑은 눈동자엔 간절함이 서려 있었다. 이건 안 들어줄 수가 없는 부탁인데. 대학생 때 후배들이 밥 사 달라고 팔짱을 끼고 선배, 선배 애교를 부릴 때도 동요한 적 없던 마음이 서은주의 배고픈 표정에 녹아 버렸다. 그게 또 어이가 없어서 웃음이 났다.

"그래요, 나도 배고프던 차에 잘됐네요. 서은주가 잘 가는 식당이 있어요?"

"방금 반말하셨는데요, 서은주가."

서은주가. 듣기 좋다. 제 이름을 현성이 자꾸 불러 주니 기분이 상승 곡선이 되었다. 어젯밤 고민했던 과거의 일은 잠시 묻어 두고 은주는 현성과의 시간을 마음껏 즐기기로 했다. 서은주가, 서은주가. 꼭 노래 가사처럼 달콤하게 들렸다.

서은주, 너 중증이야. 알아? 혼자 묻고 혼자 속으로 답하고, 그러다 쿡쿡 웃고.

현성이 슈트로 갈아입고 나온 후, 두 사람은 회사 앞에 있는 김밥집으로 갔다. 아침 일찍이라 갈 식당도 없었고, 직원들이 많아지기 전에 빠르게 먹어야겠다는 생각에 은주가 선택한 곳이었다.

"천천히 먹어요, 체하겠어요."

"대표님이 사 주신 건데, 열심히 먹어야지요."

은주가 옆구리가 터진 김밥에서 튀어나온 당근과 시금치까지 젓가락으로 집어 입안으로 넣는 걸 보며, 현성은 그녀가 밥 하나는 정말 복스럽게 먹는다고 생각했다. 사람이 복스러워 보인다. 거기다 대표가 사 준 거라 열심히 먹는다는 말에 웃음이 번졌다. 귀엽다는 생각이 스쳤다.

뭐, 귀엽다고?

김현성 가지가지 하는구나.

입 주위에 붙어 있는 하얀 밥알 하나까지 놓치지 않고 혀를 내밀어 입안으로 쏙 삼키는 모습에 현성은 숟가락을 내려놓고 일어서서 정수기로 향했다. 저러다 목 막히지. 그런 생각을 하기 무섭게 뒤에서 켁켁거리는 소리가 들렸다. 따뜻한 물이 담긴 잔을 내밀자 그녀가 얼른 그것을 받아 들었다.

물까지 열심히 먹네.

한참을 지켜보던 현성의 머리에 언뜻 잡힐 듯 말 듯한 인영이 아른거렸다. 머릿속에서 아른거리는 장면을 잡으려 현성이 미간을 찌푸렸다. 생각하려 하면 사라지고, 신경 쓰지 않으려 하면 무언가 또 떠오르려 하고.

은주가 열심히 먹는 동안 현성의 머릿속에서 기억의 파편이 맞춰지기 시작했다. 결국 퍼즐 조각처럼 착착 맞춰진 그의 머릿속에 지금과 비슷한 상황이었던 그날의 기억이 떠올랐다.

🍂　　🍂　　🍂

날씨가 무척 좋은 날이었다. 쨍쨍 해가 비춘 그날, 현성은 학교를 마치고 현진에게 가려던 길이었다. 자기가 좋아하던 모델 일을 하면서 행복해하던 현진에게 우울증이 왔다.

그도 그럴 것이 '레이디 시크릿' 잡지 파이널 오디션을 앞두고 사고가 나서 입원을 했기 때문이다. 다음에 또 기회가 있지 않느냐고 현진을 달랬지만, 꼭 그것이 마지막 기회였던 것처럼 그녀는 말문을 닫았다.

휴, 한숨을 쉬며 학교 주차장에 세워져 있는 본인의 차로 걸어가던 현성은 제 앞에 갑자기 나타난 여자 때문에 뒤로 몸을 확 뺐다. 하마터면 부딪힐 뻔했잖아. 아래로 눈을 내리자, 익숙한 얼굴이 들어왔다.

"……현진이 친구?"

"안녕하세요, 오빠."

인사하는 모양새가 군더더기 없이 깔끔했다. 현진이와는 딴판이네. 그 녀석은 지금 제 오빠 얼굴도 안 보려고 하는데.

"저…… 부탁이 있는데요."

"부탁? 나한테?"

"네. 오빠한테요."

올곧은 시선이 현성의 눈에 닿았다. 어딘지 모르게 부탁을 들어줘야 할 것 같은 기분이었다. 아마도 현진의 친구이기 때문일 거라 생각하며 현성은 말해 보라는 듯 고개를 끄덕였다.

"저 밥 한 끼 사 주세요."

데려간 곳은 병원 주변에 있는 김밥집이었다. 뭐가 먹고 싶냐고 물었더니 아무 데나 상관없다고 말하며 웃는 얼굴이 그 순간 예뻐 보였다. 착각이겠지, 어린애인데.

김밥집에 도착한 은주는 말 한마디 하지 않고 김밥 두 줄을 먹어 치웠다. '먹는다'가 아니라, '먹어 치웠다'는 표현이 정확했다. 밥 한 알도 놓치지 않겠다는 듯이 입안에 넣어 우물우물 씹어 넘겼다.

켁켁, 목이 막힌 은주를 보며 현성은 조용히 물 잔을 내밀었다. 물을 들이켠 은주가 드디어 젓가락을 내려놓았다. 눈치를 보며 입술을 달싹이는 모습에 혹시 현진에 대한 이야기인가 싶어 현성은 그녀를 빤히 보았다.

"현진이 때문에 찾아온 거지?"

끄덕끄덕. 은주는 고개를 끄덕이곤 떨리는 손길로 물을 한 모금 더 마셨다. 현진의 우울증에는 무언가 이유가 있을 거라는 직감. 현성은 은주를 빤히 바라보다가 주먹을 꽉 쥐었다.

"우울증에 무슨 이유가 있는 거면, 그렇게 만든 새끼를 가만두지 않을 거야."

은주를 안심시키려 한 말이었다. 혹시 현진을 괴롭힌 놈이 있으면 지구 끝까지라도 따라가서 눈물 콧물 쏙쏙 빼낼 만큼 후회하게 만들겠다고, 그러니 마음 놓고 말하라고. 그런데 그 말을 들은 은주의 표정이 굳어졌고, 손끝이 파들파들 떨렸다.

"아…… 현진이 많이 아파요?"

"그걸 물어보려고 온 거야?"

"네."

"난 또. 혹시 아는 거 있으면 언제든지 연락해. 들어 줄 용의 있으니까. 그리고 현진이는…… 내 동생은, 지금 많이 아파. 짜증 날 정도로 많이 아파."

짜증 날 정도라고 말을 하는 현성의 눈에는 슬픔이 어려 있었다. 은주는 하려던 말을 입속으로 꾹 눌러 담았고, 그 날 이후 현성은 그녀를 볼 수 없었다.

무려 8년 전의 일을 떠올린 현성이 남은 김밥 한 개를 마저 먹는 은주를 바라보았다. 생각났다. 현진이 친구가 맞았구나. 그동안 알아보지 못한 게 신기할 정도로 그 시절의 모습이 남아 있는 것 같아 웃음이 났다.

"원래 김밥을 좋아하나 봐?"

"아니요, 예전에 좋아하던 오빠가 사 준 마지막 만찬이 김밥이었거든요."

어쩐지 슬프게 웃는 은주를 보며 현성은 고개를 갸웃거렸다. 예전에 좋아하던 오빠가 누굴까, 궁금했다. 김현성이 서은주가 짝사랑한 상대를 궁금해할 이유는 1퍼센트도 없는데, 물어보고 싶은 걸 꾹 눌러 담았다. 마지막 만찬이 김밥인 걸 보면 그 자식은 짠돌이인 게 분명해, 그렇게 예뻤던 아이를.

예뻤던 아이라고? 내가 서은주를 예뻐했던가?

현진의 친구였으니 예의는 다한 것 같은데, 문득 예뻐했다는 데까지 생각이 미치자 정신이 멍해졌다. 다른 사람도 아니고, 내가? 현성은 아침에 수영을 너무 열심히 해서 그런 것이라며 눈을 지긋이 감았다가 떴다.

"현진이 친구."

"네?"

은주가 놀란 눈으로 현성을 보다가 방금 전 들었던 다정한 목소리에 귀를 쫑긋 세웠다. 그러다 예전 생각에 눈시울이 뜨거워졌다. 현진이 친구. 오늘따라 현성의 목소리가 귓가로 녹아들었다. 결국 현성은 자신을 기억해 냈구나.

과거의 자신을 기억하지 못하도록 일부러 차 사고가 났을 때도 도망치기에 급급했었다. 회사에서도 최대한 마주치질 않길 바랐고. 어차피 그의 뒷모습만 봐야 하는 건 변함이 없을 테니 말이다.

시간이 없다. 정우식품에 머무를 수 있는 시간이 점점 줄어드는 기분이었다. 제 발로 나가야 할 때가 올 것이다. 얼마 남지 않은 시간을 온통 현성과의 추억으로 담으면 좋겠다고 생각하며 은주는 쓴웃음을 지었다. 불가능하겠지만.

"기억하셨어요?"

"응, 8년 만에. 서은주가 입사한 게 언제지?"

"스물다섯 살, 공채 상반기요."

"그럼 입사 후 3년 만에 기억을 했네, 내가."

기억력이 없는 편이 아닌데, 무려 8년 만에, 아니, 입사 후 3년 만에 기억해 냈다는 것에 어이가 없는지 현성이 실소를 터뜨렸다.

"나이가 들면 머리가 굳나 봐, 기억력이 형편없어."

"아니에요, 머리 좋으시잖아요. 제가 흔하게 생긴 얼굴이라 그래요."

현성은 고개를 저었다. 서은주는 절대 흔하게 생긴 얼굴이 아니었다. 현진이 그랬다. 모델 업계에서 자신은 베이글녀였고, 자신의 친구는 여신이었다고.

현성도 서은주를 처음 봤을 때 눈빛이 흔들렸었다. 차마 현진의 친구에게 심장이 덜컹 내려앉는 기분을 느꼈다는 걸 용납할 수가 없었을 뿐이었지.

"안 흔해, 서은주 씨 예쁘잖아요."

"……아, 저 안 예쁜…… 그저 감사합니다."

어색한지 손으로 부채질을 하며 붉게 달아오른 모습에 현성의 얼굴엔 또다시 웃음이 번졌다. 여러모로 귀여웠다.

"현진이 친구."

"네."

"서은주 씨."

"네, 대표님."

그땐 오빠라고 불렀던 것 같은데. 이젠 서은주도 동생이 아닌, 엄연한 여자구나. 정우식품에 일하는 여자 직원. 굳이 직원 앞에 '여자'를 붙이고 싶은 이 심리는 또 뭔가. 현성은 기억을 해 내려 너무 많은 칼로리를 쏟아 내 제정신이 아니라는 생각을 하며 시계를 보았다. 시간이 이렇게나 금방 지나갔다니, 벌써 출근 시간이 다가오고 있었다.

"다 먹었어요?"

"네, 네! 너무 맛있었어요. 감사합니다."

"뭐, 그런 걸로."

궁금한 게 산더미인데, 지금은 정신이 어지러웠다.

김밥집을 나와 회사로 걸어가는 5분 동안 두 사람은 말이 없었다. 현성은 골똘히 무언가를 생각하는 표정이었고, 은주는 그런 그의 얼굴을 흘깃거리다 말을 걸면 안 될 것 같은 분위기에 입술을 달싹거리기만 했다.

"안녕하세요, 대표님."

옆에서 들리는 소리에 현성이 먼저 고개를 돌렸고, 은주도 자연스레 그쪽으로 시선을 주었다. 평소보다 조금 가벼운 베이지톤의 슈트를 입은 진우가 정중하게 인사를 건넸고, 그 뒤로 한 남자가 서 있었다.

"네, 최진우 이사."

"여긴 저희 대표님이시고, 여기는 박서준 씨 입니다. 이번 저희 김치 광고 모델이시죠. 계약서에 따로 수정하고 싶으신 부분이 있다고 해서요. 워낙 글로벌한 스타여서 미팅을 오전에 잡을 수밖에 없었습니다. 대표님 시간 괜찮으시면 같이 커피 한잔했으면 합니다."

서준이 현성에게 손을 먼저 내밀자 현성이 그의 손을 잡았다. 시선이 닿았을 때 현성은 처음 보는 남자임에도 꺼려진다는 기분이 들었다. 경계할 필요가 없는데 이유 없이 경계가 되는 사람, 꺼림칙한 기분. 하지만 현성은 티 내지 않고 예의를 갖춰 인사를 하였고, 서준도 고개를 숙였다.

"서은주 팀장? 이제 봤네요."

멍하니 세 사람을 보고 있던 은주가 그제야 최진우 이사에게 고개를 숙여 인사했다.

"안녕하세요, 이사님."

"네, 좋은 아침이에요. 몸은 좀 괜찮아요?"

"네, 괜찮습니다. 저는 먼저 가 볼게요."

얼른 자리를 피하려 뒷걸음질 치는 은주를 보며 현성은 고개를 살짝 틀었다. 아마도 대표와 함께 출근하는 모습을 들켜서 그런 것이리라. 내일은 간단한 샌드위치로 아침을 해결할까 생각하던 현성은 본인을 지나쳐 은주에게로 가는 서준을 보고 미간을 구겼다.

"서은주? 서은주 맞지? 와. 나 박서준이야. 기억 안 나?"

은주는 차마 욕을 입 밖으로 뱉어 내진 못하고 이로 아랫입술을 잘근잘근 씹었다. 기억이 안 날 리가 없지. 서준을 향해 눈을 치켜떴다가 자신을 의아하게 쳐다보고 있는 진우와 눈이 딱 마주쳤다. 은주는 어색한 웃음을 지으며 대답했다.

"응, 오랜만이다."

얼른 상황을 회피하려 했지만, 서준이 은주의 어깨를 잡았다.

"명함 한 장만 줘."

"지금 없…… 잠시만."

정우식품 광고 모델. CF 모델에게 지불해야 하는 돈이 억대라고 들었다. 이 자식에게 그 아까운 돈을. 그렇지만 은주는 침착함을 유지하며 명함을 건넸다. 서준이 은주의 명함을 쥐고 빼내려는 순간, 은주가 손에 힘을 줬다. 서준의 눈을 마주하며 은주는 경고의 눈빛을 던졌다.

아는 척하지 마.

현성은 두 사람의 실랑이를 지켜보다가 문득 어젯밤 진우의 말이 다시 한 번 떠올랐다.

"아! 보통 남자 때문에 싸운다지?"

왜 이 순간에 그 말이 떠오른 건진 몰라도, 자꾸 신경이 쓰였다. 남자 때문에. 김현진과 서은주 사이에 남자 때문에, 그 말과 지금 상황이 겹쳐졌다.

이불을 목까지 덮고 침대에 누운 은주는 천장을 보며 한숨을 폭 쉬었다. 절대 다신 볼일 없다고 생각한 사람과 마주쳤고, 계속 엮일 것 같다는 불안한 생각이 들었다. 지금껏 안 좋은 일이 일어날 것 같다는 직감은 어김없이 그대로 이어졌는데.

퇴근을 하고 집에 가려는데, 정문을 조금 비껴선 거리에 현성의 차가 보였다. 꼭 자신을 기다리고 있는 것마냥. 태워 준다는 말에 거절을 하려 했으나, 박서준 때문에 일하는 내내 예민했던지라 몸이 노곤했다. 쓸데없이 실랑이하기도 그렇고, 자신을 기다려 줬다는 생각에 왠지 기뻐 그의 차에 올라탔다.

전에 고모 집을 본인의 집이라고 거짓말한 게 떠올라 방배동으로 차를 모는 현성에게 사실은 봉천동에 산다고 작게 말했더니, 알고 있다는 대답이 돌아왔다.

다 기억이 난 건가. 물어보진 못했다.

차 안의 공기는 에어컨 바람 때문에 차가웠으나 몸의 온도는 높았다. 쿵쿵거리는 심장이 체온을 올려 주었기 때문이다. 손부채질을 하니 더운 줄 알고 현성이 에어컨 바람을 더 세게 트는 바람에 은주는 집에 와서 따뜻한 물로 샤워를 해야 했다. 팔에 닭살이 돋은 줄도 모르고. 다정한 듯, 무심한 남자.

"박서준하고 친해요?"

툭, 내뱉은 말에 반사적으로 대답할 뻔했다. 다신 마주치고 싶지 않은 사람이라고.

"아니요, 안 친해요."

당신과 박서준에 대한 말을 하고 싶진 않았는데.

"박서준, 서은주, 김현진."

검지로 운전대를 두들기며 한쪽 눈썹을 찡그린 현성의
입에서 기함할 만한 이름들이 튀어나왔다. 설마 뭔가 알고
있는 건가 싶어 그를 봤지만, 의문이 담긴 표정으로 운전을
할 뿐이었다.

"오른쪽이에요, 여기서."

은주가 집 방향으로 손을 가리켰다. 얼른 내려야 할 것
같았다.
현성과 눈이 마주치고, 그가 자세히 물어 온다면 눈동자
가 떨릴 것이고 결국 제 입으로 말해 버릴 것 같았다. 그럼
날 많이 미워하겠지, 아주 많이.
집 앞에 차가 멈춰 선 후 은주는 고개를 숙여 인사를 하
고 재빨리 내렸다. 현성은 본인과 있는 게 그렇게 싫었나
싶어 기분이 나빠지려 했지만, 낮은 온도임에도 불구하고

손부채질을 하던 은주가 떠올라 피식 웃으며 따라 내렸다.

오는 길에 전화가 왔고, 은주는 현성의 눈치를 보며 통화를 했다. 이번 주 주말 맞선 자리에 꼭 나가라고 신신당부하는 은주의 어머니 목소리가 귓가에 아른거렸다.

서은주는 날 좋아하지.

그런데, 맞선을 본다니.

현성은 집으로 들어가려는 은주의 팔목을 붙잡아 제 앞에 세웠다. 은주는 차마 현성의 얼굴은 보지 못하고 탄탄한 가슴을 보며 볼을 붉혔다.

"내일부터 아침에 안 나와도 돼."

나름 그와 함께할 수 있는 시간이라 피곤함도 감수하려했던 은주는 그제야 고개를 들어 현성을 보았다.

그의 의도를 알 수가 없어 은주가 윗니로 아랫입술을 꾹눌렀다. 꾹 누르다가 짓이길 때쯤 현성이 엄지손가락으로은주의 아랫입술 아래를 눌러서 아래로 잡아당겼다.

이에 짓눌려 있던 아랫입술이 제자리로 돌아왔고, 현성은 만족스럽다는 듯 웃었다.

"왜 예쁜 입술을 괴롭혀?"

은주는 심장이 터져 나갈 듯 부풀어 오르는 것이 느껴졌다.

"당분간 자리 비울 거예요. 서은주는 아침에 꾸벅꾸벅 졸지 말고, 집에서 푹 자면 되겠네요."

아침은 누구에게나 힘겨웠지만 은주는 특히 심했다. 꾸벅꾸벅 존 건, 한 시간 중 10분 정도였다. 그새 그걸 보고 놀리는 현성의 입매에는 짓궂은 미소가 걸려 있었다. 현진의 친구라는 걸 알고부터 웃는 횟수가 부쩍 늘었다.

"주말에 선도 잘 보고."

썩 탐탁지 않다는 듯 현성의 콧잔등에 주름이 잡혔다. 꼭 안 보면 더 좋고, 라는 뉘앙스의 어감이었다.

"내 직감은 한 번도 틀린 적이 없는데."

은주는 입술을 꼭 다물고 긴장한 표정으로 현성의 다음 말을 기다렸다.

"기다릴 테니까, 현진이에 관한 것도, 박서준에 관한 것도,

다 말해 줬음 좋겠어요."

눈을 깜빡이며 은주가 고개를 저었다. 절대 말하고 싶지
않은 것들을 다 말해 줬으면 좋겠다니.

"난 꼭 서은주한테 들어야겠어."

단호한 음성과 올곧은 시선이 은주를 향했다. 현진이한
테 물어봐요, 라고 하려던 은주가 입을 꾹 다물었다. 현성
이 은주의 흘러내린 머리카락을 손으로 만지작거리며 귀
뒤로 넘겨 준 후, 머리를 쓰다듬었기 때문이다. 예뻐하는
동생에게 하는 것처럼.

귀 끝 솜털이 파르르 일어나는 기분에 은주의 어깨가 움
츠러들었다.

"대표……님?"

본인이 더 놀란 듯 손을 떼더니 양손을 머리 위로 들며
멋쩍게 웃던 현성이 은주에게 얼른 들어가 보라는 듯 턱을
위로 올렸다가 내렸다.

은주는 결국 현성에게 말을 해야 하는 건가 싶어 울상을
지었다. 오늘은 아주 오랫동안 잠이 오지 않을 것 같았다.

박서준과 계속해서 엮일 것 같다는 불안한 예감과 현성으로 인해 설레는 마음이 공존하는 묘한 밤이었다.

다음 날 아침 제 시간에 출근한 은주는 제 집인 양 떡하니 다리를 꼬고 앉아 있는 박서준을 보고 미간을 찌푸렸다. 자신을 보고 반가워하며 양팔을 벌린 그를 보니 한 대 때리고 싶은 감정까지 솟았다.

"너, 아니, 박서준 씨. 여긴 어쩐 일이에요?"

"네가 전화를 안 받길래, 내가 왔지."

새벽 1시쯤 서준에게서 전화가 왔다. 그제야 드라마 촬영이 끝났다고 피곤하다며 아무렇지 않게 말을 하는 그에게 내가 너랑 이런 시시한 이야기를 할 사이냐며 전화를 끊었다. 그리곤 아예 휴대폰을 껐었다. 아침에 확인하자 그에게서 부재중 전화가 여섯 통이나 와 있었다. 설마 회사에 와 있을 거라곤 생각지도 못했다.

"내가 곧 촬영장에 가야 하는데."

"팀장님?"

"네, 혜영 씨."

혜영이 눈을 빛내며 A4 용지를 품에 안은 채 은주를 올려 보았다. 분명 사인을 받고 싶어 하는 눈치였다. 오른손엔 매직이 들려 있었으니까. 그런 그녀를 보며 은주는 지끈거리는 머리에 손바닥을 올렸고, 서준이 뒤를 돌아 혜영을 보았다.

"사인해 줄게요, 제가 은주랑 친하거든요. 사진도 찍으셔도 됩니다."

자리에서 일어난 서준이 혜영에게 다가가 사인을 해 준 후 방긋 웃었다.

"팀장님! 최고! 정말 감사해요. 박서준 씨를 보다니, 영광이에요."

"주혜영 씨."

"네, 팀장님."

"지금 업무 시간이에요."

은주의 차가운 말투에 혜영은 얼른 제자리로 돌아갔다. 그래도 사인 받은 게 좋았는지 주변 직원들에게 자랑을 했다. 그러자 다른 여직원들도 종이와 펜을 들고 일어서다가 은주의 시선에 조용히 다시 앉았다.

"나가서 얘기해요, 박서준 씨."

서준과 탕비실로 걸어가는 내내 마주치는 직원들이 두 사람을 힐끗거렸다. 은주는 시선을 받는 게 싫어서 더 빨리 걸었고, 그럴수록 서준의 발걸음도 빨라졌다. 먼저 직원 탕비실로 들어간 은주가 등을 문에 기대고 섰다.

"너 여기 왜 왔어?"

"너 보러 왔다니까 몇 번을 말해."

"내가, 너랑 얼굴 마주 보고 대화할 사이니?"

허리에 양손을 올리고 미간을 구긴 은주가 화를 참는 듯 꾹 눌러 담는 말투로 말했고, 웃고 있던 서준도 서서히 표정을 굳히고 진지한 말투로 말했다.

"마주 보지 못할 이유는 또 뭔데?"

"그날, 너 때문에! 내가."

말문을 잇지 못하고 은주가 입술을 질끈 물었다. 그리곤 울컥하는 감정을 가라앉히려 손바닥으로 제 눈을 꾹 눌렀다. 아직도 깊이 잠들지 못하는 날이면 꿈을 꿨다. 은주는 저절로 기억나는 장면에 미간을 잔뜩 찌푸리며 서준을 노려보았다.

"김현진 그렇게 된 게 너 때문이라고 생각해?"

"넌 알고 있었잖아. 김현진이 너 좋아하는 것도, 문틈으로 너랑 나를 엿보고 있었다는 것도."

"그건 사고일 뿐이잖아."

그 장면을 보지 않았으면 뛰어나갈 일이 없었고, 그럼 사고도 나지 않았겠지.

현진은 태생이 외로운 아이였다. 어릴 적에 납치를 당했고, 그날 이후로 성격이 완전 변했다고 했다. 그런 현진이 성인이 되고 마음을 놓고 사귄 친구가 은주였고, 남자로서 처음으로 좋아한 상대가 서준이었다.

"김현진이 우리가 입술을 부딪히는 걸 보지 않았다면, 그런 일은 없었겠지. 너, 알고 있었잖아. 네가 있는 곳에선 현진이를 충분히 볼 수 있는 위치였어. 그때는 그 생각을 못했지만, 지금은 확신해."

"아니야, 난 몰랐어. 김현진이 거기 있었는지."

"너랑 난 현진이한테 영원한 죄인인 거야. 넌 그 길로 모델이 되어 승승장구하고 있지만 현진이는 병원에서 다시 걷기 위해 죽을힘을 다해 물리치료를 받아야 했어. 너랑 나때문에."

더 세게 밀어냈어야 했는데, 아니, 박서준의 감정을 알아차렸어야 했는데. 얼굴을 쓸어내린 은주가 손바닥으로 제 입을 가렸다. 잠시 숨을 멈추며 감정을 누르고, 또 눌렀다.

은주가 입을 열려던 차에 탕비실 문이 열렸다. 등을 탕비실 문에 기대고 있던 은주의 몸이 앞으로 쏠렸고, 열린 문틈 사이로 남성용 구두가 보였다.

"박서준, 서은주, 김현진."

어제 밤 집 앞에서 들었던 그 소리가,

바로 뒤에서 들렸다.

오전 비행기로 출장 간다던 현성이 탕비실 문을 닫았다. 뒤로 확 쏠렸다가 균형을 겨우 잡은 은주와 고개를 숙여 인사를 하는 서준의 중간에 현성이 멈춰 섰다.

❧   ❧   ❧

'레이디 시크릿' 파이널 오디션을 바로 앞둔 날이었다. 원래는 남자, 여자 모델을 각각 한 명씩 선발하기로 되어 있었는데, 갑자기 디자이너가 말을 바꿨다. 남자, 여자 통틀어서 한 명만 뽑기로 했다는 것이다.

여자 측에서는 현진과 은주가 유력했고, 남자 측에서는 유력한 모델이 기권을 해 박서준으로 거의 확정된 상황이었다. 그런데 갑작스럽게 세 사람 중 한 명만 뽑히는 상황이 온 것이다.

셋은 동갑내기였기 때문에 오디션을 치르는 도중 꽤 친해진 상태였다. 현진이 서준을 마음에 담고 있다는 것은 은주도 잘 알고 있었고, 둘이 잘됐으면 하는 마음에 도울 일이 있으면 말해 달라는 얘기까지 했었다.

현진은 그런 은주에게 나중에라도 박서준을 좋아하면 안 된다고 농담처럼 중얼거리곤 했다. 그럴 때마다 은주는 절대 그럴 일은 없을 거라며 고개를 절레절레 흔들었다.

그날은 아침부터 동석과 말다툼을 하였다. 아직 철이 들지 않은 동생과 한바탕한 뒤 화가 난 은주는 새벽부터 집을 나섰고, 어쩌다 보니 대기실에 가장 먼저 도착하였다.

은주는 워킹 연습을 하며 대기실을 왔다 갔다 하였다. 틈틈이 거울을 보며 자연스러운 표정을 지어 보려 입꼬리를 올렸다 내렸다를 반복했다.

원래 모델을 목표로 하지 않았기에 자신이 보기에도 표

정이 어색했다. 자연스러움이 없는, 내 것이 아닌 옷을 입은 느낌이었다.

시간이 차츰 지나자 사람 발자국 소리가 들렸다. 스태프들이 출근을 하는 모양이라고 생각했는데, 예상치 못한 인물이 대기실 문을 열자 은주는 놀란 듯 입이 살짝 벌어졌다.

"서은주?"
"박서준? 일찍 왔네."
"그러는 네가 더."

은주가 어깨를 으쓱 올렸다가 내렸다.

"아쉽겠다, 너. 확정이었는데."

은주가 장난스런 표정을 지으며 서준을 약 올렸다. 본인은 약을 올리겠다고 안타깝다는 표정을 지어 보였으나, 서준에겐 그저 귀여워 보였다. 뭐든 열심히 하는 모습이 예쁘고 빛이 난다고 생각했다.

서준은 그녀가 거울을 보며 자연스럽게 웃어 보려 노력하는 모습을 지켜보았다.

"현진이는 어때?"

"김현진?"

얼마 전 고백한 그 김현진 말이야. 은주가 속으로 말하며 고개를 끄덕였다. 자세히 이야기는 하지 않지만 현진은 서준에게 고백까지 한 모양이었다. 그런데 그 뒤로 별다른 말이 없었다. 현진이 없을 때 서준의 진짜 마음을 알아보려 은주는 말문을 열었다.

서준은 입을 꾹 다물며 잠시 침묵했다. 그러다 은주의 뒤로 다가가 그녀의 어깨를 잡아 마주 보도록 돌렸다.

"관심 없어, 김현진한테는."

"그래? 그렇구나. 근데, 이것 좀 놔줄래?"

은주가 잡힌 어깨를 흔들며 서준에게서 벗어나려 했다. 그럴수록 서준의 손엔 힘이 들어갔고, 은주의 미간엔 주름이 잡혔다.

"왜 김현진 이야기가 나왔는지 모르겠지만, 이건 확실히 하자. 좋아해, 서은주."

"뭐? 너 장난해?"

황당한 표정으로 은주가 서준의 가슴을 손바닥으로 탁 쳤다. 장난치지 말라고 하려던 그녀는 그의 진지한 표정에 입을 탁 벌렸다. 이거 설마 진심인 건가, 그럼 현진이는?

"난 너 안 좋아해."
"그렇게 딱 잘라 거절하지 말고, 생각이라도 좀 해 주면 안 돼?"

풀이 죽은 목소리로 서운함을 토로하던 서준은 은주의 허리를 한 손으로 잡아채고 그대로 제 입술을 내리눌렀다. 그래선 안 된다고 생각했지만 몸이 먼저 움직였다.

놀라서 가만히 있던 은주가 이내 정신을 차리고 제 입술에 닿은 서준의 입술을 깨물었으나, 그는 물러설 생각이 없는지 오히려 더욱 깊숙이 입술을 묻었다.

몸부림치는 은주와 속박하려는 서준이 몸싸움을 하였고, 그녀가 그의 정강이를 세게 찼다. 서준의 힘이 풀린 사이 은주는 품에서 벗어났고 황급히 문 쪽으로 몸을 돌렸다.

"현진……아."

은주는 너무 놀라서 그 자리에서 멈춰 섰다. 대기실 문 앞에 서 있던 현진이 먼저 등을 돌렸고, 은주는 재빨리 그녀를 따라나서려 했다.

"서은주!"
"박서준, 놔. 지금 안 놓으면, 너 다신 안 봐."

단호한 말투에 서준은 잡고 있던 손을 놓아주었다. 은주
는 빠르게 대기실을 벗어나 현진을 쫓았으나 이미 건물을
벗어난 상태였다.

뛰어가다 스태프와 부딪히는 바람에 그가 들고 있던 고
가의 카메라가 떨어져 박살이 났다. 깨진 카메라 파편이 바
닥에 흩어졌고 높은 구두를 신고 있던 은주는 그 파편을 밟
고 발목이 꺾이고 말았다.

"죄송해요! 죄송합니다! 제가 근데 급해서, 정말 죄송합니
다."

발목에서 아픔이 전해져 왔지만 은주는 멈추지 않고 1층
로비를 지나 건물 밖으로 나섰다. 건물 밖의 사거리 횡단보
도에 사람들이 몰려 있었다.

순간 불안한 예감이 엄습했다. 설마 아니겠지, 그럴 리가
없잖아. 몸이 떨려 사람들이 모여 있는 곳으로 갈 수가 없
었다. 덜덜 떨리는 심정으로 한 발자국 내딛던 은주의 얼굴

이 삽시간에 흙빛으로 변했다.

"여기 레이디 시크릿 건물 앞 사거리인데요. 20대 여성분이 교통사고를 당했습니다. 빨리 와 주세요. 상황이 급합니다."

은주는 바닥에 털썩 주저앉았다. 구급대가 도착해 누워 있는 현진을 구급차에 옮겨 떠날 때까지 그 자리를 벗어날 수가 없었다.

네가 생각하는 게 절대 아니라고, 오해라고, 말해야 하는데. 온몸의 힘이 빠졌고, 손끝은 달달 떨렸다.

그 사고로 현진은 다리를 크게 다쳐 물리치료를 받아도 제대로 걸을 수 있을지 의문인 상황이 되었다. 은주는 잡지 모델 자리를 기권했고 그 덕에 서준이 레이디 시크릿 모델로 발탁되었다.

울면서 병원으로 찾아간 은주에게 현진은 싸늘한 시선으로 말했다.

"너, 다신 보고 싶지 않아. 나 미치는 꼴 보기 싫으면, 알아서 사라져! 사라지라고!"

세상에서 제일 예쁘다고 생각했던 현진의 다리엔 붕대가 칭칭 감겨 있었고, 그 옆에는 목발이 놓여 있었다. 현진은

너무도 아픈 표정으로 은주를 보며 핏대를 세워 버럭 소리
를 질렀다.

은주는 사건에 대한 설명도 하지 못한 채 그곳을 나왔고,
현진의 말대로 마주칠 수 없는 곳으로 사라졌다. 아주 오랫
동안.

♦ ♦ ♦

오전에 급하게 처리할 일이 있다며 진우가 비행기 시간
을 바꿀 수 있냐고 묻자 현성은 출국을 한 시간 남겨 놓고
회사 방향으로 차를 돌렸다. 다행히 해외 스케줄에 시간적
여유가 있었기에 망정이지 아니었으면 곤란할 뻔했다.

"내가 사인하려고 했는데, 네가 한 번 더 확인하는 게 나
을 것 같아서."

"네 이번 달 월급에서 비행기 값은 제외해도 되겠지, 최
진우."

"야!"

진우가 발끈하자 현성은 쿡쿡 웃었다. 요새 어딘지 모르
게 밝아 보이는 현성의 모습에 진우가 무슨 좋은 일이라도
있냐고 물었다. 현성은 대답 대신 어깨를 으쓱해 보일 뿐이
었다. 진우가 먼저 대표실을 나서자 현성도 사무실 책상을
정리해 놓고 일어섰다.

커피 잔을 들고 보안실로 가려던 보안 팀장이 현성을 먼저 발견하고 고개를 숙였다.

"대표님, 안녕하십니까."

"네."

정중하게 인사를 받아 준 후 현성은 엘리베이터의 버튼을 누르려 했다. 그런데 뒤에서 들리는 소리에 몸이 먼저 움직였다.

"박서준 진짜 잘생기지 않았어? 옆에 여자는 누구지?"

"서은주 팀장 아니야? 왜, 품질관리 팀에 맨날 야근하는 팀장."

"어헙, 대표님, 안녕하세요."

반쯤 열려 있던 보안실 문을 활짝 열어젖히고 들어가자 여러 개의 모니터 화면이 보였다. 많은 모니터들 중 가운데 모니터가 좀 큰 편이었는데, 자세히 봐야 하는 경우가 있으면 큰 모니터로 옮겨 와서 볼 수 있게 하기 위함이었다.

굳이 작은 화면에서 확대를 하지 않아도 큰 화면으로 옮기면 그 사람이 누군지, 어디 있는지, 어떤 행동을 하는지 확인할 수 있기에 수상한 행동을 하는 직원을 집중 모니터할 수 있었다.

보안실 직원들은 박서준과 서은주를 큰 화면으로 보고 있었다.

"팀장님."

"네, 대표님."

보안실 팀장은 고개를 푹 숙였다. 1층에 있는 카페에서 커피 한 잔을 마시고 오는 동안 이런 사태가 벌어졌다. 안 그래도 무슨 짓이냐며 직원들을 혼내려 했는데 하필 그 순간 현성이 들이닥친 것이다.

"저기, 어디입니까?"

"네?"

한 소리를 들을 거라 생각했는데 현성은 저곳이 어딘지 물을 뿐이었다. 보안실 팀장은 고개를 갸웃거리다 얼른 대답하라는 듯한 현성의 눈빛에 재빨리 입을 열었다.

"3층 탕비실입니다."

현성이 고개를 갸웃거리다 다시금 화면으로 시선을 돌렸다.

"보안실 모니터 화면은 개인의 사리사욕을 채우라고 있는 게 아닙니다."

"죄송합니다."

보안실 팀장은 직원들을 눈으로 한 번 흘긴 후 현성에게 고개를 숙였다.

팀장에게 쓴소리를 했지만 현성의 발걸음은 탕비실로 향하고 있었다. 개인의 사리사욕을 채운 건 본인도 마찬가지인지라 어이가 없어 웃음이 나왔다.

비행기 시간은 아직 여유가 있었고, 서은주를 한 번 보고

가는 것도 나쁘지 않을 것 같았다. 일주일이나 만나지 못하면 보고 싶어질 것 같았다. 보고 싶어 할 구석이 없는데도 발걸음이 향하는 걸 보니, 걱정이 되었다. 사내 연애는 절대 하고 싶지 않은데.

이거 참. 김현성, 뭘 어쩌려고.

고개를 절레절레 저으며 엘리베이터의 1층 버튼을 누른 현성은 서준과 은주의 모습이, 방금 전 봤던 큰 모니터의 화면이 떠올랐다. 결국 다시 3층을 누른 그는 엘리베이터 문이 열리기를 초조하게 기다렸다.

엘리베이터에서 내려 탕비실 앞으로 걸어간 그가 심호흡을 했다. 커피 한잔하러 왔다고 하는 게 나을까, 아니면 서은주 팀장과 상의할 일이 있어서 왔다고 하는 게 나을까.

팀장과 상의하기 위해 여기까지 대표가 내려오는 것은 말이 안 되는 일이었기 때문에, 최진우 이사를 만나러 왔다가 커피 한잔하고 싶어서 들어왔다고 하는 게 나을 것 같았다.

"넌 알고 있었잖아. 김현진이 너 좋아하는 것도, 문틈으로 너랑 나를 엿보고 있는 것도."

나중에 술 한잔 기울이며 물어보려 했던 일이, 서은주의 입을 통해 나오고 있었다. 현성은 문을 열려던 손을 거두고 우두커니 멈춰 섰다.

"김현진이 우리가 입술을 부딪히는 걸 보지 않았다면, 그런 일은 없었겠지. 너, 알고 있었잖아. 네가 있는 곳에선 현진이가 충분히 보였어. 그때는 그 생각을 못 했지만, 지금은 확신해."

순간 명치를 둔탁하게 맞은 것 같은 느낌에 현성의 미간에 주름이 생겼다. 현진이 박서준을 좋아했는데, 서은주와 박서준이 입맞춤을 했고 그 장면을 우연히 현진이 보게 되었다? 주먹이 꽉 쥐어졌다.

울 듯한 서은주의 목소리도 억울함이 느껴지는 박서준의 목소리도 웅얼웅얼 귀를 스쳐 지나갔다. 현성이 문을 열자 등을 기대고 있던 은주가 앞으로 고꾸라졌다.

"박서준, 서은주, 김현진."

세 사람 중 가장 큰 피해를 본 사람은 현진이었고, 가장 상처 받은 이도 현진이었다. 두 사람이 승승장구할 동안 현진은 병원에서 제 뜻대로 움직여지지 않는 다리와 씨름하며, 우울증 약을 복용해야 했다. 복귀를 하기까지 현진을 비롯하여 가족들 모두가 바싹 피가 말랐던 순간들이 차례로 머릿속을 스쳐 지나갔다.

"서은주가 그렇게 숨기고 싶어 했던 일들."

놀란 은주가 입을 벌리고 속눈썹을 파르르 떨었지만 현성의 눈에는 아무것도 보이지 않았다. 차를 박고 도망간 사람이 서은주라는 걸 알았을 땐 실망은 했지만, 화가 나진 않았다.

그런데 바보 같은 현진이 말도 못 하고 혼자 끙끙 앓으면서 세상에 나오기 위해 바둥거리게 만든 사람이 은주라는 걸 알게 되자 분노라는 감정이 밀려왔다.

"내가 들어 버려서 어떡하죠."

그렇게 궁금해하던 조각들이 맞춰졌고, 그 가운데는 서은주가 있었다.

chapter 4

사랑이
시작되다

"대, 대표님."

사색이 된 은주가 그제야 현성을 작게 불렀지만 그는 아무런 대꾸를 하지 않았다.

서준은 사색이 된 은주와 분노를 억누르느라 심호흡을 하고 있는 현성을 번갈아 보았다.

서은주가 숨기고 싶어 했던 일들이라. 왜 그걸 숨기고 싶어 했는지, 왜 현성이 이렇게 화가 나 있는지 의문이 들었다. 살벌한 분위기에 차마 물어보진 못하고, 서준은 제삼자처럼 우두커니 서 있었다.

"서 팀장님."

"네, 대표님."

은주의 아랫입술이 파르르 떨렸다. 불안한 눈동자가 현성과 마주쳤고 이내 땅으로 떨어졌다.

"제가 들은 것 중에 거짓이 있습니까?"

제발 거짓이었으면 했다. 그런 일을 저지르고도, 자신이 현진의 오빠임을 알면서도 이 회사에 들어왔다는 건 뭘 의미하는 걸까. 현진에게 미안함조차 들지 않는다는 건가 싶어 현성은 심장이 싸늘하게 식는 느낌이었다.

거기다 서은주는 사고 이후 병원에 찾아오지도 않은 듯했다. 거의 병원에 살다시피 했던 현성은 방문객을 대부분 알고 있었다. 사과조차 하지 않았을 거라는 결론에 도달하자 현성의 목소리가 한없이 낮아졌다.

"없습니다."

"서은주 씨 그렇게 안 봤는데, 참 뻔뻔한 사람입니다."

"……."

"어떻게 정우식품에 들어올 생각을 했습니까?"

꿀 먹은 벙어리마냥 은주는 고개를 폭 숙였다. 그 사실을 현성이 알게 되면 화를 낼 거라 생각했다. 분노할 것이라 예상도 했었고. 그런데 현성의 얼굴에는 분노를 넘어 경멸이 섞여 있었다. 은주는 그 시선에 가슴이 미어져 왔다.

그래, 내가 잘못한 거야.

사라지라고 할 때 사라졌어야 했는데.

이래서 김현성이 서은주를 기억하지 않기를 바랐는데.

그럼 과거의 일들이 현성의 귀에 들어갈 테고, 그걸 알게 된 현성은 자신을 평생 미워할 테니 말이다.

"내가 현진이 오빠인 걸 알면서 정우식품에 입사를 하고, 나를 좋아한다고 말하는 겁니까?"

놀라서 뒷걸음질 치던 서준은 자판기에 몸을 부딪쳤다. 그 소음으로 현성이 고개를 돌려 날카롭게 서준을 노려보았고, 서준은 은주와 똑같이 죄인인 표정을 지으며 고개를 숙였다. 주눅이 들었다.

"정말 끔찍합니다. 내 회사에 당신 같은 사람이 있다는 게. 그리고 절 마음에 담았다는 것도."

"……."

은주는 최대한 울지 않으려 입술을 꼭 물고 두 손으로 본인의 바지를 꽉 쥐었다.

차라리 끔찍하다고, 밉다고 말하는 사람이 현진이었으면. 미안함에 현진을 볼 수도 없지만, 그래도 그 사람이 현진이었다면 견딜 수 있었을 텐데.

왜 하필 김현성이야.

"대표님."

"왜요? 열심히 일했는데 억울합니까? 그럼 우리 현진이는 얼마나 억울하겠습니까?"

현진은 3년 동안 재활 치료를 해야 했다. 종아리와 허벅지에 있는 상처를 없애려 레이저 시술도 수십 차례 받았다.

158

허벅지 안쪽에는 자가 지방을 이식하기도 했었다.

치료를 받고 돌아오면 병실 안에 있는 것들을 집어 던지며 서럽게 울었다. 우울증까지 온 탓에 제대로 먹질 못해 영양실조까지 왔었고, 울다 지쳐서 잠들기 일쑤였다. 그걸 지켜봤던 지난날이 스쳐 지나갔다.

"내 회사에서 다시 볼 일은 없었으면 합니다."

"죄송합니다, 정말. 너무 죄송합니다."

결국 은주의 눈에서 눈물이 흘러내렸다.

그래, 현진은 억울했을 것이다. 네가 본 건 사실이 아니라고, 오해라고 말을 했어야 했다. 몇 번이고 찾아가서 납득을 시켰어야 했는데, 경멸 어린 눈동자와 반쯤 미쳐 있는 현진의 모습이 스무 살이었던 은주에겐 충격이었고 무서웠다.

자신으로 인해 그렇게 된 것 같아서 죄책감이 들어 도망갈 수밖에 없었다. 할 수 있는 거라곤 현진의 말대로 시야에서 사라져 주는 것이었다.

아무리 시간이 지났다고 해도 그냥 그렇게 조용히 지냈어야 했다. 유일하게 합격한 회사가 정우식품이었다고 해도, 생활이 힘들었다고 해도 그냥 다른 곳을 알아봤어야 했다.

난 여기까지인가 보다.

은주는 모든 것이 무너져 내리는 것 같았다. 첫사랑에게도, 현진에게도 자신은 끔찍한 존재로 기억된다는 것이 가슴 아팠다.

"그리고 박서준 씨."

"……"

"사실을 안 이상 가만히 있진 않을 겁니다."

현성이 고개를 돌려 놀란 듯 우두커니 서 있는 서준을 보며 말했다. 서릿발 어린 현성의 시선에 서준은 온몸에 소름이 돋는 느낌이었다. 현성이 말을 마치고 탕비실을 나갈 때까지 서준은 문 쪽을 바라보며 눈을 깜빡였고, 은주가 바닥으로 무너지고 나서야 정신이 돌아왔다.

"은주야! 서은주!"

"……"

놀라서 다가간 서준은 공허한 표정의 은주를 보았다. 이로 입술을 꼭 물고 눈물을 참으려 했지만, 결국 참지 못하고 주르륵 흘러내리는 모습을 보자 가슴이 쓰렸다.

오래전 친구이자, 첫사랑이었던 은주를 만났다는 반가움에 다가간 거였는데, 예나 지금이나 자신을 거부하는 것 같아 조금 놀려 주려 한 거였는데, 이런 일이 터질 줄은 몰랐다. 서준은 은주의 손에 손수건을 쥐어 준 후 일어섰다.

"미안하다."

"……됐어, 어차피 알게 될 일이었는데."

"근데 난 정말 몰랐어, 거기에 김현진이 있을 줄은. 정말로 몰랐어, 은주야."

은주는 몸을 일으켰다. 그리곤 서준의 손에 손수건을 돌려준 후 손바닥으로 눈물을 닦아 냈다. 한없이 힘없는 목소리로 은주가 힘겹게 말을 건넸다.

"그만해, 듣고 싶지 않아. 우리 이제 정말 보지 말자, 다시는."

절대 마주치지도 말고, 보지도 말자. 박서준, 너랑 난 절대로.

서준은 재빨리 은주의 어깨를 잡았지만, 은주는 제 어깨에 올려진 서준의 손을 내려놓고 휴게실 문손잡이를 열었다.

그래, 그만하자. 그만.

은주는 포장마차에서 동석과 마주 앉아 연거푸 술을 들이켰다. 술을 즐겨 마시는 편은 아니었지만, 생각나는 게 술뿐이었다.

회사에 사직서를 제출하고 이번 주까지 인수인계를 하겠다고 했을 때, 다들 놀란 눈치였다. 몇몇은 큰일이 있느냐며 묻기도 했고, 최진우 이사는 직접 이사실로 불러 회사 생활에 문제가 있는지 진지하게 묻기도 했다.

개인적인 사정이라고밖에 할 수 없었다. 빨갛게 부어 오른 눈과 코만 봐도 방금 전까지 울다 온 사람이란 걸 알 수 있었고, 처음 보는 은주의 모습에 다들 정말 무슨 일이 있나 보다 라며 더 이상 잡지 못했다.

퇴근을 한 후 은주가 찾은 곳은 포장마차였다. 과일이라도 사 갈까 싶어 전화를 했던 동석은 누나의 목소리가 좋지 않음을 깨닫고 바로 달려왔다. 양념이 말라비틀어진 걸 보니 안주에 손도 대지 않은 듯 보였다. 그럼 소주만 내리 두 병을 마셨다는 건데. 동석이 은주의 손에서 소주병을 빼앗았다.

"잘 마시지도 못하면서, 뭔 술이야."

딱히 술버릇이라고 할 게 없는 은주였지만 취하면 묻는 말에 솔직하게 대답하는 버릇이 있었다. 얼굴색도 정상이고, 발음도 꼬이지 않고, 귀가 본능이 있어 집에도 잘 찾아왔다. 그런데 술을 마셨을 때 물어보면 비밀 이야기까지 다 털어놓기에 동석은 듣고 싶은 말이 있으면 은주에게 술 한 잔하자고 꾀를 부리기도 했었다.

"무슨 일인데?"

"……."

"남자 문제야?"

"……응, 어느 정도는."

그냥 찔러 본 건데. 동석이 미간을 구겼다. 누나가 남자 때문에 무너지는 모습을 볼 거란 생각은 못 했는데.

"저번에 찾아온 그 남자? 왜, 방배동 고모 집 앞에서 봤던 그 남자."

"응."

동석의 손에 들려 있는 병을 뺏으려 손을 올리는 은주를 보고 그는 물 잔을 쥐어 주었다.

은주는 아버지가 사고를 당했을 때부터 가장이었다. 그 나이에 가장 역할을 하기가 보통 일이 아니었을 텐데, 그녀는 울지도 않았다. 아무리 힘든 일이 있어도 눈물을 보이지 않는 그녀에게, 왜 그러느냐고 묻자 은주가 대답했다.

"눈물을 흘리면, 약해질 것 같아서. 힘겹게 버티고 있는데, 그게 다 무너져 내리면 살고 싶지 않을까 봐. 열심히 살아야 하는데."

그 말을 듣고 정신을 차렸던 것 같다. 누나는 원래 일을 하는 존재라고 생각했었다. 첫째니까, 부모님을 대신해서 집안을 책임지는 게 당연하다고 여겼었다. 그런데 그건 당연한 일이 아니었다. 은주가 무거운 짐을 지고 견뎠기에 지금의 동석이 있을 수 있었다.

그렇게 세상에서 제일 강하다고 생각했던 누나가 지금 눈물을 흘리고 있었다. 또르르, 또르르. 멈출 만하면 다시금 흘러 내렸다.

동석은 은주의 소주잔에 술을 따랐다. 내일 엄청 속 쓰릴 텐데.

"뭔데, 누나. 다 들어 줄 테니까 말 좀 해 봐."

동석은 그 후로 열심히 질문을 던졌고 은주는 비운 소주잔이 늘어가는 만큼 솔직한 답변을 했다. 본인의 술버릇을 알기에 술을 마실 때 누구와 함께 먹는 걸 피하는 그녀였다. 아니면 적당한 선에서 멈추든지. 하지만 오늘은 그런 것에 신경 쓰지 않고 술을 마셨다.

술이 쓴지도 모를 만큼 가슴이 쓰렸고, '끔찍'하다던 현성의 목소리와 표정이 계속 아른거려 눈과 코가 시큰거렸다.

"가자, 누나. 지금이라도 해명해! 그 누나가 오해한 거라고, 그건 사고였다고 말하면 되잖아."

"······동석아, 만약 네가 그런 일을 당했다면, 나도 그랬을 거야. 결국 사람은 탓할 누군가를 만들어야 하고, 그 사람에게 분노를 쏟아야만 하잖아. 의도치 않았더라도 사건은 일어났고, 그 자리에 내가 있었어. 김현진도, 김현성도 화를 낼 대상이 필요했었던 게 아닐까 싶어. 나도 네게 그런 일이 일어났다면, 널 그렇게 만든 누구에게라도 경멸의 시선을 던졌을 거야. 가족이니까."

눈치가 좀 빨라서 서준의 마음을 일찍 헤아렸다면, 그런 일은 없었을 텐데.

누군가가 그랬다. 무식하고 눈치 없는 것도 죄라고. 회사 생활을 하면서도 눈치 없는 사람은 죄인 취급을 받았다. 그래, 결국 내가 죄인인 거지.

동석은 테이블에 엎드려 있는 은주를 보았다. 팔뚝에 물방울이 묻어서 테이블로 흘러내리는 걸 보니 엎드려서 우는 것 같았다. 동석은 계산을 하고 은주를 등에 업었다.

"내가 걸을게."

"됐어. 내가 먹여 살리지, 뭐. 우리 누나 정돈 내가. 나 영업의 귀재인 거 알지."

"……."

"아, 누나는 술 마시면 너무 솔직하다니까."

"동석아, 나 그래도 좋았다? 김현성을 맨날 볼 수 있어서. 근데 내가 그 사람 좋아하는 건 너무 파렴치한 짓이겠지. 그럴 거야, 아마도."

AH 엔터테인먼트 대표실 앞에 선 서준을 향해 매니저가 얼른 들어가 보라고 손짓을 하였다. 갑작스러운 대표의 호출이었다.

일주일 전, 은주를 마지막으로 본 이후 계속해서 찜찜했다. 과거의 일이 은주를 그렇게 곤란하게 만들 줄 몰랐고, 현진이 사고를 당했다는 건 알았지만 재활 치료를 받을 정도인 줄은 몰랐다.

두 사람이 빠지는 바람에 서준은 레이디 시크릿 잡지 모델이 되었다. 레이디 시크릿 잡지 모델이 되면 탑 스타는 따 논 당상이라는 말이 있을 정도였는데, 그 말을 증명하듯 서준은 탑 스타의 반열에 올랐다.

음식 CF는 잘 찍지 않았지만 회사 측에서 정우식품은 괜찮다고 설득하는 바람에 결정을 내렸고 은주를 다시 볼 수 있었다.

"거기 앉아."

서준은 생각을 멈추곤 소파에 몸을 기댔다. 연예계 3대 기획사인 AH 엔터테인먼트에 들어와 대표와 함께한 지도 어언 5년이 넘어가고 있었다. 그래서 대표의 얼굴만 봐도 대충 무슨 일인지 짐작을 할 수 있었는데, 느낌이 좋지 않았다.

"이번에 '스위트 가이' 감독이 캐스팅을 번복했어."

"뭐? 확정 난 거였잖아."

시나리오를 주며 검토해 달라던 제작사 측에서 갑작스레 서준은 안 되겠다며 미안하다고 연락이 오자 무슨 일인지 짐작할 수 없어 대표가 서준을 부른 것이었다.

"그 작품들 투자 회사가 어딘지 알 수 있어?"

"대부분 정우식품일 거야."

"아."

"왜? 너 정우식품에 미팅 간다고 하더니, 설마 문제 일으킨 거야?"

사실을 안 이상 가만히 있지 않겠다던 현성이 떠올랐다. 정우식품은 김치뿐만 아니라 문화 콘텐츠에도 투자를 하고 있었다. 그게 드라마와 영화였고, 이제는 제법 이 업계에서 투자 회사로서 이름을 알린 상황이었다.

"내가 가 볼게."

"너 이런 식으로 잘리면 연예계 생활 끝인 거 알지? 추락하는 거 한순간이야. 네가 잘못한 게 있다면 싹싹 빌어."

아예 같이 갈 생각으로 따라나서려는 대표를 서준이 말렸다. 본인이 꼭 해결을 볼 거라며, 만약 잘 안 될 것 같으면 그때 나서도 늦지 않는다는 말에 대표는 도로 자리에 앉았다.

현성은 출장에 다녀와서도 찜찜한 기운이 가시질 않았다. 대표실에 들어오자마자 진우가 올라와 서은주의 사직서를 보여 주며 팔팔 뛰었지만 현성은 사표 수리를 하라고 지시했다.

"네가 사내 연애에 데어서 안 하는 거 잘 아는데, 아니지?"

아니라고 했더니, 그럼 왜 그런 거냐는 듯 고개를 갸웃거렸다. 나가 보라는 손짓을 한 뒤 현성은 손바닥으로 마른 얼굴을 세수하듯 쓸었다.

출근 준비를 하고 있는데 방문이 벌컥 열리며 현진이 들어왔다. 정신이 딴 데 있어 아침을 먹으러 내려오라고 하는 소리를 듣지 못했다. 방으로 들어온 현진은 현성을 보다 서류가 어질러져 있는 책상으로 걸음을 돌렸다.

"밤 샜어? 이거 다 회사에 챙겨 갈 거지?"
"응."

책상 위를 정리하던 현진이 서류 틈에 끼어 있는 몽블랑 볼펜을 바닥으로 떨어뜨렸다. 몸을 숙이고 떨어진 볼펜을 줍던 그녀가 놀란 표정으로 다시 그것을 떨어뜨렸다.

"오빠, 이거 어디서 났어?"
"뭘 묻고 그래. 네가 선물한 거잖아."

회사를 다니기 시작했을 무렵 쪽지와 함께 차에 놓여져

있던 펜이었다. 현진은 항상 받기만 하는 위치였기에 선물을 주는 게 부끄러워 이런 귀여운 짓을 했을 거라고 그는 생각했다. 지금까지도 중요한 사인을 할 때 사용하는, 기분이 좋아지는 펜이었다.

"네가 편지에 '오빠, 감사해요'라고 썼잖아."
"……나 아닌데."
"그럼 누구야? 나한테 오빠라고 할 사람은 너밖에 없는데."

학교 후배를 차에 태운 적도 없었고, 여자는 동갑 아니면 연상을 만났기에 현진 이외에는 자신을 오빠라고 부를 만한 사람이 없었다. 그러다 문득 서은주의 얼굴이 떠올랐다. 설마, 아니겠지. 하지만 현성은 어느덧 펜을 준 사람이 서은주일 거라고 확신하고 있었다.

"나 이거 누가 줬는지 알 것 같아."
"……누군데?"
"나 어떡하지, 오빠. 엄청난 실수를 한 것 같은데. 오해했었나 봐, 내가."

갑작스레 울먹거리며 1층으로 내려가는 현진의 뒷모습을 현성은 멍하니 바라보았다. 그리곤 현진이 떨어뜨리고 간

펜을 주워 들고 회사로 출근했다.

재킷 안에서 볼펜을 꺼내 바라보던 현성이 그것을 책상 위에 올려놓았다.

─대표님, 박서준 씨 오셨는데요.

문득 울리는 전화 소리에 버튼을 누르자 방문을 알리는 비서의 목소리가 이어졌다. 예상치 못한 일에 현성은 미간을 구겼다. 해외에서 도착하자마자 처리한 일들이 이제야 귀에 들어간 모양이었다. 그걸로도 모자랐다. 현진이 연예계 일을 하다 박서준과 마주치는 불상사가 없도록 만들 생각이었다.

"네, 1분 후에 들어오라고 전해 주세요."

피할 이유는 없겠지.

얼마 뒤 박서준이 들어섰고, 현성은 소파로 그를 안내했다. 자리에 앉은 현성은 비서가 차를 갖고 와서 내려놓는 동안 한마디도 하지 않았다. 입이 바싹 마른 건 박서준이었다.

"대표님."

"네, 박서준 씨."

"이제 와서 변명을 하는 게 웃기시겠지만."

"네, 웃깁니다."

그 오랜 시간 동안 서은주와 박서준은 잘 먹고 잘 살았겠지. 그 생각을 하니 거꾸로 피가 솟아올랐다.

"저는 몰랐습니다, 정말 몰랐어요."

❧　　❧　　❧

　레이디 시크릿 모델 후보가 되면서 서은주와 김현진이라
는 친구가 생겼다. 서준은 처음부터 은주가 마음에 들었고,
우연히 가진 술자리에서 세 사람은 꽤 친해졌다. 은주가 워
낙 철벽을 치는 탓에 다가가기 어려워 현진을 통해 친해지
려 했던 서준은 갑작스런 현진의 고백에 당황했었다. 그러
나 제 마음을 솔직히 전하고, 은주와 잘 이어 달라고 부탁
까지 했다. 현진도 그러겠다고 했기에 은주와 가까워질 타
이밍을 보고 있었다.

　그런데 한 달 후 집에 가려던 서준을 현진이 붙잡았다.
은주는 아르바이트 때문에 가 버린 상황이라 두 사람만 함
께 저녁 식사를 하게 되었다.

　"서은주가 짝사랑하는 상대가 있는데, 그게 네 매니저래."
　"뭐? 말도 안 돼!"
　"진짜야! 은주가 아르바이트를 한 개 더 늘려서 일부러 선물
까지 샀다니까. 편지에 'To. KHS'라고 이니셜도 적혀 있었어.
네 매니저 이름이 김호성 아니야? 얼굴까지 붉어져서 볼펜을
끌어안고 발을 동동 굴리더라니까? 내가 좋아하는 사람 있냐고

물어보니까, 대답도 못 하던데."

은주가 내 매니저를 좋아한다고? 앞으로 보나 뒤로 보나 김호성보다는 박서준이 훨씬 나은데. 서준은 한동안 충격에 말도 제대로 하지 못했다.

레이디 시크릿 마지막 오디션이 있던 그날도 서준은 호성에게 싸늘하게 굴었다. 영문을 모르는 호성은 쭈뼛쭈뼛 그의 눈치를 보며 음료수를 뽑아 오겠다고 건물 밖으로 나갔고, 서준 혼자서 대기실에 들어갔다. 그런데 안에 은주가 있었다.

"현진이는 어때?"

갑작스럽게 나온 현진의 이야기에 당황스러웠다. 어제 현진이 했던 이야기가 귓가에 맴돌자 안달이 났다. 제 마음을 안다면 호성을 마음에 담아 두더라도 자신을 의식할 것이다. 그러다 보면 언젠간 넘어올 거란 확신이 들었다.

"이건 확실히 하자. 좋아해, 서은주."

스무 살에게 기다림이란 너무 어려운 감정이었다. 무턱

대고 고백부터 해 버렸다. 은주의 투명한 눈이 자신을 바라 보자 서준도 점점 진지해졌다. 하지만 돌아온 대답은 기대 한 것과는 많이 달랐다.

"난 너 안 좋아해."

딱 잘라 거절하는 폼이 괘씸하기도 하고 밉기도 했다. 생 각이라도 해 달라는 말에 은주는 고개를 휘휘 저었다. 그건 일말의 가능성도 없다는 것을 보여 주는 행동이었다.

그러던 차에 음료수를 사러 갔던 호성이 대기실로 오는 게 문틈으로 보였다. 서준은 홧김에 은주의 허리를 감고 제 입술을 부딪혔다. 호성이 은주를 좋아할 리 없겠지만, 은주 가 고백을 한다면 상황은 달라질 것이다. 두 사람이 잘되는 꼴을 볼 순 없었다.

입술을 부딪히니 제어가 되질 않았다. 좋아하는 여자의 향기는 마약과 같았다. 마시고 싶고, 더 취하고 싶어 자신 도 모르게 급하게 행동했다. 은주가 정강이를 발로 차기 전 까지 서준은 이성을 잃은 상태였다. 꽤 오랫동안 힘을 줘서 은주에게 키스를 했다.

호성은 봤을 것이다. 앞으로 은주를 마음에 담는 일도, 고백을 받아 주는 일도 없겠지.

"현진아……."

한없이 떨리는 목소리로 은주가 현진을 불렀다. 그제야 서준도 문 쪽을 향해 시선을 주었다. 길쭉하고 시원하게 뻗은 다리만 봐도 누군지 알 수 있었다.

서준은 은주를 잡았다. 미안하다고 사과해야 했다. 널 아끼지 않아서 그런 게 아니라, 제어를 할 수 없었다고. 네가 그만큼 좋다고, 좋아서 데이트하는 꿈까지 꿀 정도라고. 좋아해 주진 않아도 남자로 의식해 줄 순 없냐고, 사정을 하려 했다.

그런데 은주가 정색을 하며 말했다.

"박서준, 놔. 지금 안 놓으면, 너 다신 안 봐."

싸늘한 그 목소리에 손을 놓았고, 은주는 그대로 대기실을 뛰쳐나갔다.

내가 그렇게 싫은 건가. 서준은 은주가 나간 후 의자에 털썩 주저앉아 거울 속에 비친 자신을 보았다. 아무리 좋아해도 조금 전 일은 아니었다고 자신을 욕하고 있는데 그 뒤로 호성이 몸을 빼꼼 내밀었다.

"형."

"왜?"

"나 형이 오늘 왜 이렇게 밉지?"

호성이 흠칫 몸을 굳히며 팔로 엑스 자를 만들었다. 설마 때릴 거냐는 눈빛의 호성을 보며 서준은 고개를 절레절레 저었다. 왜 저런 남자를 좋아하는 거야, 서은주. 정말 멋진 놈을 좋아하면 포기라도 하겠는데. 누가 봐도 자신이 낫다고 생각하는 서준의 눈엔 스무 살의 패기가 있었다.

그는 아역 배우 출신으로 제법 인지도가 있었으나, 탑 스타가 되고 싶은 마음에 잡지 모델에 지원한 케이스였다. 사람들이 알아보고 환호해 줬으면, 팬이 많아졌으면 하는 마음에 무턱대고 도전을 한 것이었다.

떨어지더라도 서은주 하나는 얻어야겠어, 라며 서준은 미소를 지었다. 그런데 갑자기 들이닥친 스태프가 하는 말에 그의 표정이 딱딱하게 굳어졌다.

"앞에 사고가 났는데, 김현진 씨인가 봐. 교통사고라는데."

그 후로 현진도, 은주도 볼 수 없었다. 짝사랑을 잊으려 더 열심히 일했는지도 모르겠다. 오랜 시간이 흘러 정우식품 회사에서 은주를 봤을 땐 반가움이 앞섰다. 그러나 자신과 다르게 은주의 싸늘한 시선과 말투에 놀랐다. 왜 그러는지 물어보고 싶었다.

현진이 날 좋아하고 있었다고, 우리 둘이 키스하는 장면을 봤기 때문에 사고가 난 거라고 말하는 은주의 눈이 울고 있어서 더 이상 아무런 말도 할 수 없었다. 그때 난 널 좋아하는 걸 넘어 사랑하고 있었고, 네가 없어지고 나서도 1년 동안이나 잊지 못했다고. 지금까지도 한 번쯤 널 다시 보면 어떨까 생각한 적이 수두룩하다고. 말할 수가 없었다.

♣ ♣ ♣

서준은 후련한 표정이었고, 현성은 충격을 받은 듯 보였다. 손등에 핏줄이 드러날 만큼 주먹을 꽉 쥐는 게 보였다.

"현진이에게 그런 일이 일어났는지 몰랐습니다. 죄송합니다. 그런데 그건 오해였고 제 탓도, 은주 탓도 아닙니다. 저 때문에 AH 엔터테인먼트에 피해가 가는 일은 없었으면 합니다. 정말 죄송합니다."

서준은 깍듯하게 고개를 숙였다. 말을 하는 동안 몇 번이나 목소리가 떨렸다. 김현성, 이 남자가 무서웠다. 어딘지 모르게 사람을 주눅 들게 하는 힘이 눈에서, 손에서, 행동에서 나왔다.

서준이 나간 후 현성은 한동안 책상에 앉아 볼펜을 봤다. 세 사람이 오해로 인해 겪은 일들이 안타깝게 여겨졌다. 현진을 그렇게 만든 두 사람이 용서되지는 않았지만, 두 사람 다 일부러 한 행동이 아니었다. 그걸로 가장 상처를 받은 사람은 누굴까.

아직까지도 죄책감에 제 마음조차 표현하지 못하고 뒤에서 지켜만 보던 서은주가 떠올랐다. 차마 좋아한다는 말은 못 하고 차에 볼펜과 편지를 두고 갔을 그녀를 떠올리니 어쩐지 눈물이 날 것 같았다.

바보 같은.

말이라도 하지. 오해라고, 몰랐다고.

누구의 잘못도 아니었다. 현진은 은주가 서준의 매니저를 좋아한다고 오해했고, 그것을 서준에게 전달했다. 아마 서준을 한 번이라도 더 보고 싶어서 한 행동이었을 것이다.

은주는 호성과 잘되고, 자신은 서준과 연인이 되고. 비록 서준이 은주를 좋아한다지만, 은주가 좋아하는 사람이 있다고 하면 포기할 거라고 기대하면서 말이다.

작은 오해가 부른 결과는 참혹했다. 서준은 질투와 불안에 휩싸였고, 현진을 도우려던 은주는 피해자가 돼 버렸다. 억울함을 토로할 수도 없게.

"정말 끔찍합니다. 내 회사에 당신 같은 사람이 있다는 게. 그리고 절 마음에 담았다는 것도."

은주를 마지막으로 본 날, 탕비실에서 했던 말이 떠올랐다. 현성은 몸을 벌떡 일으켜 주차장으로 갔다. 그리고 최대한 속도를 내 은주의 집 앞으로 차를 몰았다.

그녀의 집 앞에서 한참을 망설이던 현성은 결국 차에서 내렸다. 전화를 걸면 안 받을 수도 있고, 이미 번호를 바꿨을 수도 있다는 생각에 초인종을 누르려는데 뒤에서 목소리가 들려왔다.

"대표님? 여긴 어쩐 일이세요?"

어디 여행이라도 가는 사람처럼 서은주가 트렁크 손잡이를 한 손에 쥐고, 등에는 배낭을 멘 채 서 있었다. 놀란 듯 속눈썹을 파르르 떨다가 눈이 마주치니 죄인처럼 고개를 숙이는 모습에 가슴이 아려 왔다.

"서은주 씨."

"네, 대표님. 정말 죄송합니다. 할 말이 없어요, 제가. 현진이한테 미안하다고 해야 하는데, 그럴 용기도 없습니다. 너무 미안해서요."

네가 뭐가 미안해.

계속 죄송하다고 하는 서은주가 답답해 보였다.

"은주야."

다정한 음성에 그녀가 고개를 들었다. 눈에 맺혀 있는 눈물을 보자 가슴이 욱신거렸다. 서은주가 우는데, 왜 이렇게 마음이 아플까. 네가 왜 자꾸 눈에 밟힐까?

맑은 눈동자로 '오빠'라고 부르던 스무 살의 서은주가 떠올랐다. 그리곤 핸드폰 배경화면에 자신의 사진을 설정해 뒀던 스물여덟 살의 서은주가 보였다. 미안함에 입술을 질끈 물고 오해라는 말조차 못 하는 그녀가 안타까워 현성은 양손을 들었다.

"앞뒤 사정 보지 않고 못된 말만 해서 미안하다."

놀랐는지 현성을 바라보는 은주의 눈에서 눈물이 또르르 흘러내렸다. 현성은 그녀의 눈물을 닦아 주었다. 뚝뚝 떨어지는 걸 보니 많이 서러웠나 보다. 속상했나 보다.

"서은주, 은주야."

목이 막히는지 고개만 끄덕이는 은주를 보며 현성이 쓰게 미소를 지었다. 그리곤 양팔을 벌렸다.

"한 번만 안아 보자."

스무 살의 네가 아닌, 여자가 된 서은주 한 번만 안아 보자.

현성은 은주를 꽉 품에 안은 후 그녀의 어깨에 고개를 묻었다. 오빠가 많이 미안해. 네가 짊어졌을 그 죄책감을 더 들쑤셔 놔서 미안해. 현성은 눈을 감았다.

정우식품 소회의실에 홍보 팀 팀장과 최진우 이사가 참

석해 여름에 새로 선보일 신제품에 대한 회의가 이루어졌다.

"CF는 9시 뉴스 시작 전, 10시 드라마 시작 전에 한 번씩 나갈 예정입니다. 황금 시간대를 잡기가 어려웠는데 여러모로 대표님께서 손써 주신 덕분입니다. JT 기획 쪽에서도 대표님께 감사하다는 인사를 해 왔습니다."

"네, 잘하셨습니다."

"CF 모델은 대표님의 뜻에 따라 천재영 씨로 변경되었고요. 이번에 투자하는 영화에 PPL 광고로 열무김치를 요청할 예정입니다."

홍보 팀 팀장의 보고를 듣는 동안에도 현성의 머릿속엔 은주가 아른거렸다.

박서준의 이야기를 듣고 비서에게 말도 없이 급하게 나간 터라 금방 회사로 돌아와야 했다. 사과를 하고, 설명을 했어야 했는데 그럴 시간이 없어 나중에 연락한다는 말만 남기고 돌아왔다.

금방 다시 연락할 수 있으리라 생각했는데 벌써 오후 5시였고, 저녁엔 다른 회사 대표와 저녁 식사 자리가 마련되어 있었기 때문에 은주에게 찾아갈 시간적 여유가 없었다.

현성이 손가락으로 탁자를 두드리며 어떻게 해야 하나 고민하는 사이, 홍보 팀 팀장과 진우의 시선이 현성에게 쏠렸다.

"서은주 팀장이 제출한 PPT를 만든 사람이 누구라고 했죠?"

"아, 네. 품질관리 팀 신입 이준영 씨입니다."

일을 할 때는 항상 집중하는 모습을 보이는 현성인데, 오늘따라 어딘지 모르게 어수선한 듯한 느낌에 진우는 회의를 중단하려 했다.

"회의는 여기서……."

"잠깐만요. 오이소박이도 PPL 광고에 같이 넣도록 해 주세요. 여름에는 매출이 꽤 좋습니다."

아, 다 듣고 있었구나. 진우는 의심하던 눈길을 거두고 홍보 팀 팀장에게 고개를 끄덕였다. 회의는 다시 이어졌지만 현성의 머릿속에는 시시때때로 은주가 아른거렸다.

회의가 끝나고 나서 거래처 대표와 저녁 겸 술자리를 마치니 밤 10시였다. 2차도 함께하자는 권유를 정중하게 거절하고 대리운전을 불러 집으로 가던 현성은 휴대폰을 꺼냈다. 아직 자고 있을까. 창밖으로 지나가는 차를 바라보며 그는 나른하게 등을 기대고 눈을 감았다.

"전 정말 괜찮아요. 사과를 받을 거란 생각도 못 했는데. 미안해하지 않으셔도 해요."

찾아온 이유를 설명하기도 전에 그녀는 손사래를 치며 괜찮다고만 했다. 어디 하나 괜찮을 것 같지 않은데, 미안해하지 말라는 그 모습 때문에 마음이 편치 못했다. 그래서 술잔이 기울 때마다 목이 턱 막히는 기분이 들어 현성은 2차 술자리를 거절할 수밖에 없었다.

술이 더 들어가면 이 늦은 시간에 그녀를 찾아갈 것 같았다. 왜 이렇게 안아 주고 싶을까, 서은주를.

"제가 남동생이 있는데요, 제 동생한테 그런 일이 일어났다면 저도 대표님처럼 행동했을 겁니다. 전 대표님처럼 동생과 각별한 사이도 아니지만, 가족이라면 그게 정상이라고 생각해요. 죄송하지만 대표님, 현진이 연락처 좀 알 수 있을까요?"

현성은 자신의 명함을 꺼내 뒷장에 현진의 번호를 써서 은주에게 건네주었다. 두 사람의 문제는 서로 풀면 될 거라 생각했다.

"그때 못 했던 이야기는 해야겠죠."

이미 박서준에게 들어서 알고 있다고 말하려는 찰나, 은주가 입을 열었다.

"저 너무 미워하지 마세요, 대표님. 열심히 하는 것밖에 모르는데, 너무 열심히 하면 종종 오해를 사기도 하나 봐요. 변명처럼 들리실지 모르겠지만, 저 정말 그런 사람 아니에요. 정우식품에 들어간 건 부끄럽지만 절 써 준다는 회사가 거기뿐이었거든요. 다시 만나면 절 기억 못 하실 테니, 모른 척하면 될 거라 생각했습니다. 그동안 감사했어요."

말문이 막혔다. 서은주를 미워한 적은 없었다. 하필 서은주라서 속상함에 화를 내긴 했지만, 그때도 밉다는 생각이 들진 않았다. 차분히 말하는 듯했지만 그녀의 눈은 퉁퉁 부어 있었고 목소리는 떨렸다.

현성은 전화기를 꺼내 통화 버튼을 눌렀다. 조급한 마음에 수화음이 가는 동안에도 검지로 휴대폰을 두드렸다.

―네, 서은주입니다.

"서은주."

반가움에 현성이 조금 큰 소리로 그녀의 이름을 불렀다. 놀랐는지 수화기 너머로 흡, 숨을 들이마시는 소리가 들렸다. 현성은 등을 편하게 뒤로 젖히고 머리를 창문에 살며시 기댔다. 시원한 창문이 술기운을 잠식해 주는 듯했다.

"안 자고 뭐해요?"

―그러는 대표님은요?

"퇴근. 내일 뭐해요?"

─미안해서 이러시는 거면 정말 괜찮아요. 어…… 대표
님! 대……!

전화가 끊어졌다. 어두워진 휴대폰 액정을 보던 현성이
다시 통화 버튼을 눌렀지만, 은주의 목소리 대신 휴대폰이
꺼져 있다는 친절한 음성이 들려왔다. 배터리가 없어서 꺼
진 거라면 5분 정도 후에 다시 전화를 해 주겠지. 잠자코
기다리던 현성은 도착했다는 대리운전 기사의 말에 주차장
으로 안내한 후 차에서 내렸다.

집에 들어와 넥타이를 풀며 자신의 방으로 걸어간 현성
은 침대 위에 쭈그리고 앉아 있는 현진을 발견하고 다가갔
다.

"네 방 놔두고 왜 여기 있어?"

무릎에 고개를 묻고 있던 현진이 공허한 얼굴을 들어 올
렸다. 입술을 지그시 깨문 모습에서 서은주가 떠올랐다. 듣
지 않아도 두 사람이 만났다는 것을 알 수 있었다.

"오빠."

"응."

"나 몰랐어. 그게 오빠인 줄 정말 몰랐어."

입술 끝이 파르르 떨렸다. 눈동자에 물기가 차는 걸 보며
현성은 동생의 옆자리에 앉았다. 그리고 등을 톡톡 두드리
며 위로했다.

"은주가 미안하대. 자기가 잘못한 것도 없는데. 다 내 오

해로 시작된 건데. 오빠, 병원에 은주가 찾아왔을 때 내가 나가라고 했어. 다신 보지 말자고. 걔 잘못도 아닌데. 알잖아. 나 그때 정상 아니었던 거. 오빠도, 엄마도, 아빠한테도 다 보기 싫다고 꺼져 버리라고 그랬잖아. 난 은주가 정말 사라져 버릴 줄 몰랐어."

병원에 찾아왔었구나. 그런 줄도 몰랐네. 눈물을 흘리고 있는 건 현진인데, 왜 이 순간 자꾸 서은주가 떠올라 가슴이 쓰린지 모르겠다. 현성은 아무 말 없이 동생의 등을 두드리며 마음으로 위로했다.

"은주가 이제 그만하고 싶대."

"그만하고 싶다니?"

"다 두고 떠날 거래. 내가 네 잘못 아니라고, 난 내가 평생 장애인으로 살아야 될 줄 알고 그게 너무 놀라고 무서워서 그랬던 거라고 했는데, 그런데도 떠난대. 사과도 했고, 내가 사과를 받아 줬으니 마음 편히 떠날 거래. 그만……하고 싶대."

현성은 마음이 철렁 내려앉았다. 그러고 보니 은주의 행색이 이상했다. 등에는 배낭을 메고 있었고, 손에는 트렁크를 끌고 있었다. 어딘가를 가려 했어, 거기가 어딘지 물어봤어야 했는데.

현성은 벌떡 일어나 책상 위에 올려 둔 휴대폰을 확인했다. 서은주에게서는 다시 연락이 오지 않았다. 바로 전화를 걸었으나 아까와 똑같이 꺼져 있다는 안내 멘트가 흘러나왔다.

"어디 가는지 안 물어봤어?"

"물어봤는데, 웃기만 하더라. 다시 걷게 된 것도, 하고 싶던 모델이 된 것도 모두 축하한대. 그리고 김현성 같은 오빠를 둔 내가 너무 부럽대."

현진의 눈에서 굵은 눈물이 후드득 떨어져 침대보를 적셨다. 현성은 심장이 턱 막히는 것 같아 손바닥으로 제 가슴을 꾹 눌렀다.

미련하게 잘못한 것도 없는데 네가 왜 떠나. 뭘 그만둬, 서은주. 하고 싶은 말이 산더미 같았으나 그녀의 휴대폰은 꺼져 있었다.

"그게 오빠인 줄 몰랐어, 정말로. 그 미련한 게, 좋아하면 좋아한다고 말하면 될 것을. 김현성은 너무 과분한 사람이라, 안 될 거라 생각했대. 예전에도 지금도. 나 은주 때문에 너무 속상해. 왜 눈치채지 못했을까?"

조금만 일찍 눈치챘으면 그 상황까지 가지도 않았을 텐데. 현성은 자책하는 현진을 다독인 후 제 방으로 보냈다. 그리곤 은주에게 연락을 달라는 메시지를 남겼다.

🍂　　🍂　　🍂

"은주야, 동석이 전화 왔어."

"뭐래?"

"너 언제 오냐고 묻는데."

은주는 쓰게 웃었다. 가방을 싸매고 고민하다가 온 곳이 제주도였다. 외국에 나가 호화를 누릴 정도는 못 되고, 그동안 바빠 만날 수 없었던 친구도 볼 겸 비행기를 타고 곧장 날아왔다.

"너 이렇게 쉬어 본 적 처음이지?"

"응, 되게 좋네. 나도 너처럼 아예 스무 살 때 결혼할 걸 그랬나 봐."

불어오는 시원한 바람을 맞으며 은주가 벌러덩 누웠다.

"야! 여기 안 닦아서 옷에 먼지 묻어."

이 집은 미영의 남편이 지은 것이었다. 제주도 지사에서의 일정을 마치고 서울로 돌아간 남편은 주말에만 비행기를 타고 이곳으로 왔고, 평일에는 미영 혼자였다. 이제 서울로 올라갈 법도 한데, 미영은 남편이 손수 지은 집이라 떠날 수가 없다고 했다. 그러던 와중에 은주가 내려오자 미영은 기쁜 마음으로 그녀를 반겼다.

"너 여기서 아르바이트하며 지냈을 때, 나 진짜 좋았는데. 네가 죽을 것처럼 힘들어 보이긴 했지만. 난 일찍 결혼해서 외롭기도 했고, 제주도에 친구 하나 없어서 심심하기도 했거든."

"다 지난 일인데."

"근데 너 좀 달라 보여. 뭔가 훌훌 털어 버린 느낌?"

"응. 다 털었어. 이제 죽어라 열심히 일하는 대신, 적당히 웃고 즐기며 살 거야. 나 왜 그렇게 열심히 일했니. 결국 잘렸는데."

은주가 잘렸다며 베시시 웃자 미영이 놀라며 화를 냈다. 어떻게 너같이 일 잘하는 사람을 자를 수가 있냐며 소리를 지르다 앞에 놓여 있던 깡통을 뻥 찼다. 날아간 깡통이 벽을 탁 치자 얼른 달려가 흠집이 났는지 살피는 미영을 보며 은주는 픽 웃었다.

"은주야."

벽에 이상이 없는 걸 확인하고 은주의 옆으로 돌아온 미영의 표정은 평소보다 한층 어두워져 있었다.

"응?"

"나 왜 애가 안 들어설까? 서울에 올라갈 때마다 시어머니가 병원에 가자는데, 나 무서워. 오빠가 나랑 오빠를 닮은 아이들이 뛰노는 모습을 생각하면서 이 집을 지었다는데."

여기에서도 고민은 존재하는구나. 제주도에서의 삶은 팍팍한 서울과 달리 한결 여유롭고 고민이 없을 거라 생각했었다. 그런데 미영을 보니 그건 또 아닌 것 같아 씁쓸해졌다. 문득 전 세계 어디를 가도 고민 없는 곳은 없겠구나 하는 생각이 들었다.

"근데 넌 아직 혼자야? 짝사랑한다던 그 남자는? 다시 만났다고 했잖아."

"……응."

다시 만나긴 했는데. 은주는 현성을 떠올렸다. 사라지라는 현진의 말에 갈 곳이 없었던 은주는 제주도를 택했다. 여기서 수능을 보고, 대학을 가고, 4년을 넘게 없는 사람처럼 살았다.

부모님이 몇 번이나 제주도까지 내려와 설득했지만 은주는 서울로 올라가지 않았다. 현진이 두 다리로 전처럼 걸을 수 있을 때까지 서울에 가면 안 된다고 생각했다. 그게 그 아이에 대한 미안함을 대신하는 길이였으니까.

직접적인 잘못을 한 건 아니었지만, 당시에는 객관적으로 생각을 하기가 힘들었다.

그런데 현성은 자신을 기억해 주었다. 다 털어 버리려 내려왔지만 현성만큼은 잊혀지질 않았다. 왜 현성은 다시 만났을 때 더욱 설레고, 전보다 더 좋아진 걸까.

"그때 그 친구 오빠라고 했나?"

"응. 정우식품 대표야."

"……너 설마 그래서 잘린 거니?"

어이가 없다는 듯 코웃음을 치며 미영이 물었고, 은주는 고개를 절레절레 흔들었다. 그것 때문은 아닌데, 그것 때문

189

인가.

"진짜 그 두 것들이 네 인생에서 말썽이다, 그렇지? 다 털어 버려! 맞선 봤던 남자는 별로야?"

"맞선 못 봤어, 상대 쪽에서 파토 냈어."

미영은 생각난 김에 맞선남에 대해서도 물어보고, 이상형에 대해서도 물어보며 남편의 친구들을 떠올리다 아무리 생각해도 네가 아깝다며 평생 여기서 둘이 살자고 은주처럼 평상에 드러누웠다.

"여기 더럽다며."

"에이, 몰라. 너 언제까지 여기 있게?"

"앞으로 1년?"

김현성을 완전히 잊기까지, 1년이면 되겠지.

"설마 그 남자가 그 남자는 아니겠지? 아, 서동석."

미영의 아리송한 말을 은주는 미처 듣지 못했다. 다정했던 현성의 품이 잊히질 않아 은주는 살포시 눈을 감았다. 그래, 현성은 차가운 듯 보여도 남에게 못된 말을 하는 사람은 아니었다. 무신경하지만 생각보다 모든 것을 세세하게 기억했고, 결국 자신을 떠올렸다. 8년이나 지났는데도.

"서은주, 은주야."

바람결에 현성의 목소리가 들리는 듯했다. 다 알고 자신의 집에 찾아왔던 걸까. 그럴 리 없을 거야. 분명 미안해서 사과하러 온 거였겠지.

"한 번만 안아 보자, 은주야."

가만히 생각에 잠긴 그녀를 보던 미영은 조심스레 방으로 들어갔다. 은주는 하늘을 보며 눈을 감았다. 그리고 가만히 바람을 느꼈다.

"은주야."

자꾸 맴돈다, 현성의 목소리가. 이 정도면 중증이었다. 막상 떠올려 보면 그가 관심을 표한 적도 없고, 로맨틱한 일이 있었던 것도 아니었다. 그런데 왜 나는 그 사람이 그렇게 좋을까?

"서은주!"

마지막 통화에서도 그렇게 불렀었지. 미영네 부부와 함께 바비큐를 먹던 중 전화가 왔고, 전화 통화를 하다 손이 미끄러져 폰을 떨어뜨리고 말았다. 하필 미영의 남편이 모은다는 귀중한 돌에 부딪힌 휴대폰은 그대로 박살이 났다.

연락 올 곳이라곤 집밖에 없었기에 미영의 휴대폰으로 동석에게 제주도에 있다는 메시지만 남기고 고장 난 휴대폰을 가방 속에 넣어 두었다.

그리 큰일은 아니었을 거야. 궁금했지만, 거기까지라 생각했다. 현진도, 현성도.

사과를 하고 사과를 받았으니 모든 일이 해결된 것처럼 보였으나, 사람의 감정이라는 것은 그렇지 않았다. 시간이 지나도 잊히지 않고 저절로 떠올랐다.

현진이 다시 자신을 미워할 수도 있고,

그런 현진을 보며 현성이 다시 자신을 끔찍해할 수도 있다.

부부들이 이미 지나간 과거의 일을 가지고 싸우는 것과 같은 이치라 생각하며 은주는 더 이상 떠올리지 않으려 고개를 휘휘 저었다.

"서은주."

"……김, 김현성?"

방금 전까지 생각하던 사람이 눈앞에 보이자, 놀란 은주가 몸을 벌떡 일으키려 했다. 하지만 그 몸짓은 어깨를 지그시 누르는 힘에 의해 막혔다. 다시 봐도 현성이라는 사실에 놀라 은주가 입만 벙긋거렸다.

"오빠한테 말도 놓네."

전혀 화가 난 투가 아니었다. 즐거운 듯 웃던 현성이 누워 있는 은주의 얼굴을 손바닥으로 덮고 꾹 눌렀다. 숨이 막혀 켁켁거리던 은주가 입을 벌리곤 현성의 손바닥에 윗니를 박았다. 그제야 손을 뗀 현성의 얼굴엔 여전히 미소가 번져 있었다.

"……대표님, 도대체 왜?"

"책임져요."

"뭘요? 회사에 문제가 생긴 건가요?"

인수인계를 너무 급하게 했다고 생각은 했지만, 문제가 될 만한 것은 없을 거라 생각했는데. 너무 마음을 놓았나 싶어 은주의 미간에 주름이 생겼다.

"아니."

"그럼 무슨 책임을?"

누운 채 고개를 갸웃거리던 은주는 오른쪽으로 시선을 돌렸다. 그에 따라 현성도 고개를 갸웃하며 은주의 시선을 따라갔다. 어딘가 민망한 상황에 은주는 자리에서 일어나 평상에 걸터앉았다.

"나를. 나 책임져요."

정말 알쏭달쏭한 말에 은주가 얼굴을 찡그렸다. 김현성은 여기에 어떻게 온 것이며, 왜 알 수 없는 말만 늘어놓는지 전혀 짐작이 가지 않아 되레 초조해졌다.

회사를 나간 은주의 행방을 아는 사람은 어디에도 없었다. 현성도 은주의 연락처와 집 주소 외에는 그녀에 대해 아는 게 없었던지라, 3일 동안 막연하게 연락을 기다리는 것 외엔 할 수 있는 게 없었다.

하지만 시간이 지날수록 초조해지고, 다시 못 볼지도 모른다는 생각에 잠이 오지 않았다.

혹시 해외로 가 버린 건가, 정말 돌아올 생각이 없는 건가. 미칠 것 같았다. 심지어 회의를 하는 와중에 문득 정신을 놓아 버린 적도 있었다. 이래서는 이도 저도 되지 않을 것 같았다.

집으로 찾아갔던 건 그저 사과를 하기 위함이 아니었는데.

눈에 보이지 않고, 잡히지 않으니 더 답답해졌다. 그래서 현성은 은주가 없어진 지 4일째 되는 날 저녁에 그녀의 집을 방문했다.

회사 대표라는 말에 은주의 어머니는 현성에게 소금을 뿌렸다. 얼떨결에 집에서 쫓겨난 현성은 옷에 묻은 소금을 털어 내다 허탈한 웃음을 지었다. 서은주에게도 이런 대접을 받는 건 아닐까 생각하니 가슴이 아려 왔다. 그녀가 자신을 거부하는 일은 상상만 해도 괴로웠다.

시간이 지날수록 현성은 남들이 알아차릴 정도로 날카로워져 갔다. 요즘 무슨 일이 있냐며 진우가 이유를 물었으나 대답하지 않았다.

그리고 마치 결심이라도 한 것처럼 계속해서 은주의 집을 찾아갔다. 처음엔 소금, 다음 날은 무시, 그다음 날은 문전박대.

정말 나를 미워하는구나. 태어나서 이렇게 얼굴도 보기 싫다는 듯 미움을 받은 적이 있었나 싶을 정도로 은주의 부모님은 그를 거부했다. 그렇게 10일 정도가 지났을 때, 집 안에 발도 들이지 못하는 그가 안쓰러웠는지 동생으로 보이는 남자가 나와 담배를 한 대 피우며 말했다.

"누나가 돌아올 때까지 우린 아무 말도 안 할 겁니다. 저희 어머니, 누나가 정우식품 입사했을 때부터 반대했어요. 자세한 사정은 몰랐지만, 누나가 스무 살 때 좀 많이 무너졌었거든요. 그때도 4년 동안 꽁꽁 숨어서 나올 생각을 안 했어요. 이제 좀 살 만해졌나 싶었는데, 다시 도망간 거예요. 또 그쪽 집안 식구들 때문에. 어머니 입장에서 김현성 대표님은 죽일 놈인 거죠. 자기 자식 마음에 대못을 박은. 그러니까 억울해하지 마시고, 오지 마세요. 기다리면 언젠간 돌아올 거예요. 저번엔 4년 만에 왔으니, 이번엔 그거보단 짧겠죠."

4년이라고? 현성은 집으로 돌아가는 내내 손으로 관자놀이를 눌러야만 했다.

새로 출시한 오이소박이와 열무김치의 매출이 열 배로 뛰었고, 들어가는 양념은 거의 품절 상태라 공급이 수요를 따라가지 못할 지경인데 전혀 기쁘지 않았다.

서은주가 없는데, 어떻게 기뻐.

망연자실하고 있던 차에 박서준이 찾아왔다. 자신은 서은주를 갖지도 못하는데, CF 하나 정도는 찍어야 하지 않겠냐며 정우식품 다음 모델 자리를 요구하는 모습에 웃음도 나오지 않았다.

뭐 이런 미친놈이 다 있어.

더 이상 말을 섞고 싶지 않아 그대로 내쫓으려는 순간, 그가 서은주의 행방을 아는 듯한 말을 던졌다. 이틀 전 제주도로 드라마 촬영을 갔는데 거기서 우연히 서은주와 비슷하게 생긴 사람을 봤다는 것이었다.

정확한 위치는 계약서에 사인을 한 후에 알려 준다는 의미심장한 말에 현성은 주먹을 쥐었지만 결국 그의 제안을 수락했다. 박서준이 광고를 하면 매출이 올라가는 것은 물론, 모델을 바꾸는 건에 대해 계속 반대를 했었던 진우도 좋아할 게 뻔했다. 하지만 현성의 기분은 좋지 않았다.

박서준에게서 그녀를 본 곳의 주소를 얻고, 즉시 비행기 티켓을 예매해 제주도로 내려왔다. 내일 아침에 바로 올라가야 하는 빽빽한 일정에 현성은 제발 여기 있어라, 하고 속으로 빌었다.

"나를. 나 책임져요."

정말 당황한 표정을 짓는 눈앞의 은주가 너무 귀여워 현성은 자꾸 웃음이 새어 나왔다.

해외가 아니어서 다행이다. 하루면 올 수 있는 거리에 서은주가 숨어 줘서 너무 고마웠다.

"서은주가 말도 없이 제주도로 내려가서 나 2주 동안 밥도 못 먹고, 잠도 못 자고, 일도 못 했어. 그러니까 서은주가 날 책임져야죠."

현성이 은주의 흘러내린 머리를 넘겨 주려 손을 뻗자 그녀가 흠칫 몸을 굳히며 자리에서 일어나 한 발자국 뒤로 물러났다. 현성이 따라 일어서서 다시 다가가자 은주가 또 뒤로 물러났다.

"그러니까, 대표님이 저 때문에 밥도 못 먹고, 잠도 못 자고, 일도 못 했다는 거죠?"

현성이 고개를 끄덕였다.

"제가 그 정도로 일을 막 처리하고 나오진 않았는데, 품질관리 팀에 문제가 생긴 건가요?"

자신을 마음에 두고 있을 거라는 건 전혀 생각지도 않은 듯한 답변에 현성은 얼굴에서 웃음을 지웠다. 이 정도면 심각하다. 중증이다.

"김현성은 너무 과분한 사람이라, 안 될 거라 생각했대."

현진의 말이 스쳐 지나갔다. 그 말을 할 때 지었을 서은주의 표정이 저절로 떠올라 미간이 찌푸려졌다. 분명 눈가가 파르르 떨렸겠지, 안아 주고 싶은 표정을 짓고 있었을 거야.

"대표님 말이 잘 이해가 가지 않아요. 이미 회사를 나온 입장이고, 문제가 생겼어도 더 이상 제가 나설 일은 아니라고 생각됩니다."

현성에게서 아무런 대답이 없자 은주는 입술을 앙다물며 콧잔등을 찌푸렸다. 그러다 문득 자신이 여기에 있는 걸 현성이 어떻게 알았는지 궁금해졌다.

"근데 제가 여기 있는 건 어떻게 아셨어요? 정말 저 하나 만나러 여기까지 오신 거예요? 왜요?"

"서은주가 날 좋아하는 건 아는데, 하나씩 물어봐요."

"헙!"

양손으로 제 입을 막고 두 눈을 동그랗게 뜬 은주가 고개를 절레절레 흔들었다.

"저 대표님 안 좋아해요."

현성이 주머니에 손을 넣어 몽블랑 볼펜을 꺼냈다. 그리곤 은주의 손에 쥐어 주었다. 지그시 은주를 내려다보자 그녀의 눈동자가 흔들렸다.

"이거 서은주가 준 거 맞죠."

"아직도 쓰고 계셨어요? 잉크 다 닳았을 텐데."

8년 전에 줬던 걸 지금까지 갖고 있는 현성이 새삼 이상하게 보였다. 은주는 볼펜을 찬찬히 살펴보았다. '김현성 오빠에게', '김현성에게', '현성 오빠에게'. 어떤 것을 써야 할지 몰라 고민하다 이니셜로 적었던 것이 기억났다. 그 탓에 현진은 은주가 서준의 매니저인 호성을 좋아한다고 오해했다고 말했었다.

"근데 저 진짜 대표님 안 좋아해요, 이제."

은주가 볼펜을 현성의 손에 다시 넘겨주며 단호하게 말했다. 그리고 애써 제주도로 내려올 때의 심정을 기억해 냈다. 다시는 현진에게도, 현성에게도 상처를 받고 싶지 않았다. 관계를 이어 가다 보면 다시 상처를 받고, 아플 텐데. 그게 또 현성이라면 그땐 정말 무너져 내릴 것 같았다.

"그래요, 서은주는 나 좋아하지 마요."

"네."

끊어 내는 듯한 음성에 은주는 저도 모르게 설핏 인상을 썼다. 자신이 좋아하는 게 그렇게 싫었나 싶을 정도로 현성의 목소리는 단호했다. 현성의 손이 슬며시 내려와 은주의 뺨을 감쌌다. 부드럽게 닿는 감촉에 은주가 침을 꼴깍 삼켰다.

"내가 서은주를 좋아하면 되지. 서은주가 날 좋아한 만큼."

현성의 얼굴이 다가왔다. 은주는 너무 놀라 숨도 제대로 쉬지 못하고 입술을 꾹 다물었다. 그의 코가 은주의 코에 닿았다. 콕, 닿았다가 떨어지는 그 느낌에 정신이 하얘지는 기분이었다.

다음에 닿을 위치를 선정하는 듯 현성의 손이 은주의 입
가를 매만졌고, 이내 입술이 다가왔다. 따뜻하고 포근한 현
성의 입술이 닿자 은주는 두 눈을 크게 떴다.

조심스레 닿은 현성의 입술은 떨림을 가득 담고 있었다.
폭탄이 떨어진 것 같았다. 아니, 제 자신이 폭탄이 된 것 같
았다. 그가 조금만 건드리면 폭발할 것처럼 심장이 긴장을
한 채 뛰고 있었다. 그리고 이어진 말에 은주의 심장은 펑,
터져 버리고 말았다.

"보고 싶었어."

터져 버린 곳엔 현성이 웃으며 서 있었다. 긴장이 풀렸는
지 졸린 눈치였다. 상체를 숙여 은주의 어깨에 얼굴을 묻은
그가 눈을 비볐다.

"보고 싶어서 잠도 못 자고, 밥도 못 먹었어. 배고프다,
은주야."

그리고 네가 제일 고프다. 서은주야.

은주는 갑작스런 현성의 고백에 너무 놀라서 입만 빼끔
거리며 서 있었다. 어깨에 놓인 현성의 입매가 슬며시 말려
올라가는 걸 느낄 새도 없이 은주는 한참을 그 자세로 굳어
있었다.

비탈길을 내려가는 은주의 얼굴에는 황당함이 떠올라 있었다. 길 가운데 놓여 있는 돌을 발로 찬 그녀는 당혹스러운 마음을 죄 없는 돌에게 푼 것 같아 실소를 터뜨렸다.

저녁에 비빔밥을 해 먹을까 콧노래를 부르며 나오던 미영은 현성이 은주의 어깨에 얼굴을 묻고 있는 걸 보고 놀라 들고 있던 바구니를 떨어뜨렸다.

바구니에는 텃밭에서 키우는 채소가 들어 있었는데, 그 소리에 은주와 현성이 동시에 서로에게서 떨어졌다. 은주의 볼은 발갛게 물들어 있었다.

현성이 눈앞에 나타나면 한 대 쳐 줄 것 같던 미영은 실제로 그를 마주하자 손님 대접을 하겠다며 은주에게 야채를 사 오라고 시켰다. 고기는 있으니 버섯하고 파, 마늘을 사 오라며.

얼떨결에 지갑을 들고 나온 은주는 웬만한 음식 재료는 마당에 있는 텃밭에서 가꾸는 걸 떠올리고 황당해했다. 그렇지만 잠시 머릿속을 정리할 시간도 필요했던지라 집으로 돌아가지 않고 슈퍼로 향했다.

"잠도 못 자고, 밥도 못 먹었어. 배고프다, 은주야."

김현성이 나를? 정말? 생각할수록 심장이 떨리고 도저히 믿기지 않아 은주는 고개를 흔들었다. 그러다 내가 밥도 못 먹고, 잠도 못 잔 세월이 얼마인데, 하는 생각이 들어 억울하기도 했다. 감정을 털어 내려는 순간 다가온 현성이 무작정 반갑지만은 않았다.

기쁜데도 마냥 좋아하지 못하는 이율 배반적인 감정에 은주는 손바닥으로 눈을 꾹 눌렀다.

연애를 하다 보면 싸우기도 하고, 화해도 한다는데.

그녀는 현성과 싸우는 것도 화해하는 것도, 어느 것도 하고 싶지 않았다. 더 이상 상처를 받고 싶지 않다는 게 가장 맞는 말일 것이다.

가까운 슈퍼에서 있는 야채들만 골라서 나온 은주는 검은 봉지를 달랑거리며 비탈길을 올라갔다. 집은 또 왜 꼭대기에 지어서는. 해가 지기 전에 출발했는데, 비탈길을 오르다 보니 사방이 점점 어두워져 갔다.

은주는 자신이 슈퍼를 간 동안 미영과 현성 두 사람이 무슨 이야기를 했을까 궁금해졌다. 혹여 미영이 자신 대신 현성을 혼내고 있지 않을까 별의별 상상을 다 하다 보니 어느새 집이 가까워져 있었다.

"현미영! 자꾸 거짓말할래?"

"오빠, 왜 그래. 정말. 은주 손님이라니까?"

"서은주가 여기서 왜 나와!"

남자의 호통 소리가 대문 앞까지 들려오자 은주는 놀라

얼른 집 안으로 뛰어 들어갔다. 뒷마당에서 미영의 남편이 미영의 어깨를 잡고 흔들며 화를 내고 있었다.

"내가 없는 평일에 외간 남자를 들인 거야? 그런 거냐고!"

은주가 입을 떡 벌렸다. 은주가 아는 미영의 남편은 다정한 축에 속했다. 나이 차이가 있음에도 불구하고 미영을 아껴 주고, 이해해 주려 노력하는 편이었다. 지금과 같은 일은 있을 수 없는 것이었다.

"그래서 평일에 내 전화 피한 거야? 현미영. 너."

"아니야, 오빠, 아니라니까. 정말 아니야. 이 사람은……."

"이 사람은? 너 정말."

화가 나서 발로 바닥을 쾅쾅 차는 미영의 남편을 보며 우두커니 서 있던 현성이 움직였다.

"저기, 형님."

정중한 목소리로 미영의 남편에게 다가간 현성의 얼굴에 커다란 주먹이 내리꽂혔다. 퍽, 소리와 함께 현성이 바닥으로 쓰러지자 미영과 은주의 얼굴이 동시에 굳어졌다. 현성은 입가에 묻은 피를 닦으며 재빨리 자리에서 일어섰다.

다시 주먹을 휘두르는 그의 손을 한 손으로 막고 현성은 진정하라는 듯 다시 입을 열었다.

"형님."

"뭐? 형님? 내가 왜 네 형님이야! 이 여자 유부녀인 거 알아?"

꼭 유부녀를 꼬신 파렴치한 놈을 대하는 듯한 말투였다. 은주는 얼굴이 다 화끈거렸다. 손이 잡혀 버둥거리던 미영의 남편이 다리를 발로 차자, 현성은 얼굴을 찌푸렸다. 운동을 많이 한 덕분에 맷집은 좋았지만, 사람 말을 듣지도 않고 계속해서 손과 발을 사용하는 것을 더 이상 봐줄 수는 없었다.

그가 주먹을 꽉 쥐자 손등에서부터 팔까지 핏줄이 올라섰다. 그 모습을 본 은주가 그제야 위험성을 느끼고 두 사람에게로 다가갔다.

"형부! 이 사람, 제 남자 맞아요!"

미영의 남편을 진정시키려 은주가 큰 소리로 말했고, 서로 으르렁거리며 맞대고 있던 시선이 그녀에게로 꽂혔다.

"유부녀를 꼬신 게 아니라, 절 꼬시러 온 거예요. 그렇죠, 오빠?"

"어? 어."

현성의 대답에 은주가 그것 보라는 듯이 미영의 남편에게 고개를 끄덕였다. 두 사람을 바라보던 미영의 남편은 그제야 씩씩거리던 콧김이 잦아드는 눈치였다.

"왜 내 말을 안 들어? 아니라고 했잖아! 당신 없을 때마다 당신 어머니께서……!"

미영이 뒤의 말을 생략했지만 은주는 알 수 있었다. 평일마다 그녀의 시어머니가 미영에게 손이 귀한 집안임을 강조한다는 것을, 처음부터 당신 마음에 들지 않은 며느리임을 어김없이 얘기한다는 것을. 미영은 그 말에 미칠 것 같아 차라리 휴대폰을 꺼 버린 것이었다.

"미영아, 정말 미안해. 내가 정말 입이 열 개라도 할 말이 없다. 근데 네가 평일에 휴대폰 자꾸 꺼 두고, 연락도 잘 안 받으니까. 서울로 오라는데 오지도 않고. 어머니는 무슨 말이야?"

구구절절한 사과에도 미영은 진심으로 화가 났는지 대답이 없었다. 은주가 떨어뜨린 검은 봉지를 주워 미영이 집 안으로 들어가자 미영의 남편도 그녀를 따라 들어갔다. 마당에는 은주와 현성만이 남았다.

"괜찮아요, 대표님? 입술에 피 맺혀 있어요."

은주가 속이 상한 듯한 말투로 중얼거렸다. 갑자기 형부가 이렇게 올 줄은 몰랐고, 현성이 미영의 남자로 의심을 받을 상황도 생각지 못했던 터라 미안함에 한숨을 푹 쉬었다.

"왜 한숨을 쉬어?"

"아뇨, 그냥 바람 잘 날 없는 것 같아서요."

"근데 서은주는 눈치도 빠르고, 승낙도 단번에 하네요."

현성의 말에 은주가 고개를 갸웃거렸다. 이건 또 무슨 아리송한 말이야.

"내가 서은주 꼬시러 온 것도 눈치챘고, 제 남자라고 했으니 승낙한 거 아닌가."

마당에 놓인 의자에 걸터앉은 현성이 고개를 뒤로 젖혔다. 밤하늘에 박혀 있는 별도 예뻐 보이는 걸 보니, 단단히 미쳤구나 하는 생각이 들었다.

"이렇게 한가롭게 별을 보고 있는 게 얼마 만인지 모르겠네."

상황이 상황인지라 얼떨결에 한 말이었다고 하려던 은주는 현성의 옆에 놓인 플라스틱 의자에 앉았다. 현성과 똑같이 고개를 젖히자 무수한 별들이 얼굴 위로 쏟아질 것만 같았다. 이렇게 아름다운 별을 본 지 오래됐다는 현성의 말에 조금 그가 안쓰러워졌다.

"얼마 만인데요?"

"글쎄? 학창 시절을 제외하고는 이렇게 한가했던 적이 없었던 것 같은데."

대학교에 입학하자마자 회사에 출근해 일을 배워야 했다고 들었다. 졸업을 하고 나선 본격적으로 팀장 자리에 올라 여러 프로젝트를 이끌었고, 은주가 입사했을 때쯤에 그는 대표가 되어 있었다.

회사에 찾아온 위기를 이겨 낸 지금은 다신 그런 일이 일어나지 않도록 더 고군분투하며 일에 모든 것을 쏟고 있었다.

"음, 예전부터 궁금하던 건데요. 왜 대표님이 정우식품을 다 책임져요? 현진이는 지분이 하나도 없던데."

"현진이가 정우식품 주식을 갖고 있던 적이 있었는데 납치를 당했어. 그 후로는 회사에 관여 안 해. 정우식품 이야기 꺼내는 것도 싫어해서 일부러 신경 쓰고 있어."

"그때도 대표님 마음은 엄청 아팠겠네요."

선선한 바람을 타고 온 은주의 맑은 목소리가 현성의 어깨를 짓눌렀다. 한껏 젖히고 있던 목을 바로 하고 시선을 돌리자 바람에 날리는 은주의 머리카락이 보였다. 하늘하늘 움직이던 머리카락이 하얀 목 언저리에 내려앉는 모습을 그는 놓치지 않았다.

"아프다기보다 놀랐지. 그때부터 현진이 일이라면 두 손 뻗고 나서게 됐고."

"예전에 현진이가 엄청 부러웠거든요."

전 제가 가족을 짊어지는 처지였는데. 거기까진 굳이 말할 필요가 없을 것 같아 은주는 잠시 입술을 다물었다.

"지금은?"

"날 위해 화를 내 주고, 걱정해 주는 오빠가 있는 건 항상 부럽죠. 남동생은 그런 맛이 없거든요."

분위기 때문일까, 은주의 목소리도 부드러워졌다. 잔뜩 날을 세우고 있던 그녀가 가시를 접고 편하게 대하는 것같이 느껴지자 현성은 이곳으로 내려오길 잘했다는 생각이 들었다.

"그건 그렇고, 휴대폰은?"

"아, 박살 났어요."

"내일 하나 사요. 아님 사다 줄까?"

현성이 은주의 의자를 한 손으로 잡고 가까이 끌어당겼다.

"연락 올 곳도 없고, 은근 편해서 좋, 좋은데……요?"

현성이 미간을 찌푸리자 은주는 말끝을 흐렸다. 그가 얼굴 가까이 확 다가오더니 이번엔 이마를 맞대었다. 두근두근, 기분 좋게 뛰는 심장을 느끼며 은주는 땅을 보고 눈을 깜빡였다.

그녀가 눈을 깜빡일 때마다 속눈썹이 현성의 피부를 간질였다. 흠, 낮게 헛기침을 한 현성이 이마를 떼 내었다. 그제야 은주도 참고 있던 숨을 뱉었다.

"근데 내일도 오시게요?"

"네, 서은주 서울로 올 때까진 여기로 출근해야죠."

"당분간은 갈 생각 없는데요."

"회사 복귀는……."

말을 꺼내려다 현성이 입을 다물었다. 선선한 바람을 느끼며 어두운 밤하늘을 보는 은주의 표정이 정말 편하고 행복해 보였기 때문이다. 그렇게 감정적으로 대해선 안 됐는데. 미안함을 담아 현성이 은주의 손을 살며시 잡았다. 놀란 듯 그를 보던 은주의 눈매가 곱게 접혔다.

"화해했나 봐요, 저 부부."

미영과 그녀의 남편이 나오는 걸 보며 은주가 현성의 손을 놓았다. 그러자 현성이 아쉽다는 듯 조금 전까지 따스한 온기로 가득했던 손을 오므렸다 펴며 은주의 뒤를 쫓았다.

바비큐 테이블에는 미영의 남편이 구운 목살과 삼겹살이 놓였고, 은주와 미영은 젓가락질을 하며 맛있게 고기를 먹었다. 치이익, 치이익 고기가 익는 소리에 기분이 동동 떴다. 한잔하자며 네 개의 맥주 캔을 가져온 미영이 그것을 테이블 위에 늘어놓았다.

"아까는 정말 죄송하게 됐습니다."

미영의 남편이 고기를 다 굽고 자리에 앉자마자 현성을 향해 맥주 캔을 내밀었다. 두 사람의 맥주 캔이 부딪혔다.

"진짜 거기서 멈춘 걸 잘하신 거예요. 저희 대표님이 싸움을 좀 잘하는 게 아니거든요."

"은주 씨, 나도 어디 가서 싸움 못한다는 소리는 들어 본 적 없는데?"

"정말, 그냥 잘하는 정도가 아니에요. 날아다닌다니까요?"

은주가 풋 하고 웃으며 맥주 한 모금을 시원스럽게 들이켰다.

"근데 저번 주만 해도 남자 친구 없었잖아?"

"아, 그게."

은주가 어디서부터 설명을 해야 하나 고민하며 눈동자를 굴려 현성을 바라보았다. 내가 오랫동안 좋아했던 사람인데, 이제 놓아주려고 했는데 저 남자가 갑자기 좋아한다고 찾아왔다고. 그래서 좋으면서도 싱숭생숭하다고.

"내가 싸움하는 거 봤어요?"

"아뇨, 들었어요. 최진우 이사님께서 젊을 때 대표님하고 바다에 헌팅하러 놀러 갔다가 조폭을 만났었다고요. 6대 1로 싸워서 대표님이 조폭 강냉이를 다 털어 버렸다던데요."

"그거 아니에요."

"날짜, 시간, 위치까지 정확히 기억하고 있었어요."

"헌팅하러 간 거, 아니라고요."

현성이 은주의 말에서 잘못된 부분을 정정해 주었다. 최진우 이 자식은 입도 싸. 도대체 언제 어느 시점에 저런 이야기를 직원에게 한 거야. 서울에 올라가면 최진우의 입을 비틀어 버려야겠다고 생각하며 현성은 맥주 한 캔을 시원하게 다 마셨다.

"정말 죄송해요. 제 남편이 그런 사람은 아닌데."

"아니긴, 대표님 입술 봐, 저거 어쩔 거야."

미영의 말에 은주가 저도 모르게 툴툴거리듯 대답했다. 미영이 은주를 한 번 째려본 후 현성에게로 시선을 돌려 진심으로 사과했다.

"괜찮습니다."

"혹시 주무실 곳은? 호텔 예약 안 하셨으면 저희 집에 방이 많이 남는데 자고 가실래요? 제가 너무 죄송한데 대접할 건 없고."

"대표님 내일 출근하셔야 되는데 자고 가긴. 몇 시 비행기 예약했어요?"

은주가 방울토마토를 입에 쏙 넣으며 현성에게 물었다.

"내일 오전 6시 비행기요."

"아…… 호텔은요?"

현성이 고개를 절레절레 흔들었다. 그가 뭐라고 말을 하기도 전에 은주가 현성의 손을 잡고 대문 밖으로 이끌었다. 이 남자가 여기서 자고 간다고 할 것만 같아 그녀의 발걸음은 어느 때보다 더 빨랐다.

"대표님, 설마 주무시고 가려는 건 아니죠?"

"서은주 친구가 사과의 뜻으로 자고 가라는데, 성의는 받아 줘야지."

대문 밖으로 현성을 끌고 나온 은주는 그를 보며 벙쪄서 입을 벌렸다. 정말 자고 갈 생각이란 말이야? 처음 보는 사람 집인데?

"무슨 추진력이 그렇게 빨라요? 저는 아직 결정을 못 했는데요."

욕심은 나지만, 용기가 없다. 당신을 가질 용기.

내 그릇이 당신을 담을 수 있을까, 그 질문에 대한 답을 찾는 데만 해도 하루를 샐 수 있을 것 같았다. 은주는 욕심을 부리려는 제 가슴을 눌러 담으며 현성을 보았다. 그의 눈빛이 반짝이더니 입꼬리가 위로 스르르 올라갔다.

"빨리 결정하게 해 줘요?"

"네?"

"너 방금 '네'라고 했다."

나직한 목소리가 귀에 들렸고, 뒤이어 현성의 입술이 다가왔다. 담벼락에 기대고 있던 등과 허공에 떠 있던 손마저도 벽에 딱 붙었다.

너무 놀라서 숨을 들이켜자 현성의 혀가 부드럽고 유연하게 그녀를 달래며 입안으로 들어왔다.

그녀의 손이 제 허리를 감도록 만든 현성이 은주의 볼을 잡고 더 깊숙이 입안 구석구석을 맛보기 시작했다.

당혹감도 잠시, 은주는 현성의 부드러운 키스에 발끝이 쭈뼛 서는 기분이었다. 작정하고 온 게 틀림없어. 호텔 예약도 안 하고.

거기까지 생각하자 은주의 몸은 후끈 달아오르기 시작했다. 현성의 혀가 훑고 지나가는 자리마다 세포들이 아우성을 쳐 댔다.

은주가 그의 허리를 꽉 안으며 입맞춤에 응답하는 시점부터 현성의 키스는 더욱 거세졌고, 두 사람의 호흡은 거칠어졌다. 그렇게 한참을 지분거리다 현성의 입술이 천천히 떨어졌다.

"이 정도면 결정할 수 있겠지."

나직이 혼잣말을 하듯 현성이 중얼거리자 양 볼이 달아오른 은주가 땅을 보며 입을 꾹 다물었다. 현성은 부끄러워 어쩔 줄 몰라 하는 은주가 귀여웠지만, 잠시 동안 그녀가 적응할 시간을 주려 옆으로 비켜 주었다.

그때, 전화벨 소리가 눈치 없이 울렸다. 미간을 구긴 현성이 뒷주머니에서 휴대폰을 꺼내고는 등을 돌렸다. 은주는 손바닥을 가슴에 올려놓고 쉼 없이 뛰는 심장을 멈춰 보려 후우, 후우, 크게 심호흡을 했다.

전화를 끊은 현성의 눈은 아까와 달리 초점이 흐렸다. 설마 취한 건가 싶어 은주가 고개를 갸웃거렸지만, 맥주 한 캔에 취할 정도로 정우식품 대표의 주량은 약하지 않다는 결론을 내리고 걱정스런 눈빛을 보냈다.

"은주야."

"……네?"

"자고 갈까?"

"어디서요? 여기서요?"

은주가 미영의 집 대문을 가리키며 묻자 현성은 고개를 끄덕였다.

"아무래도 안 되겠지?"

혼잣말을 하던 현성이 은주의 손목을 잡고 제게로 당겼다. 갑작스레 그의 품에 안긴 은주가 두 눈을 깜빡였다. 방금 전에 했던 키스로 얼굴을 보기가 부끄러웠는데 이렇게 품에 안기는 것이 차라리 조금 나았다.

"서은주는 여기서 편히 쉬어."

"……서울 오라면서요?"

"여기가 좋아 보여서. 당분간 휴대폰도 끄고, 여기서 푹 쉬어. 내가 올게."

뒷머리를 쓰다듬는 손길이 좋아서 은주는 가만히 있었다. 얼굴에 닿는 현성의 탄탄한 가슴은 포근했고, 쓰다듬어 주는 손길은 다정했다. 현성에게서 나는 향기가 코끝을 스치고 지나갈 때마다 심장이 두근거렸다.

"다음엔 꼭 자고 가야지."

꼭 할 것처럼 단호함이 서린 현성의 웃음에 은주는 웃음을 터뜨렸다. 그러다 그가 오늘 올라갈 거라는 생각에 저도 모르게 아쉬움이 담긴 한숨을 쉬자 현성이 그녀를 더 꽉 끌어안았다.

"은주야."

가만가만 듣고 있으면 서은주야, 은주야, 부르는 현성의 음성은 달콤했다. 은주는 현성의 부름에 답하지 않고 고개만 끄덕였다.

"널 어떡하면 좋지."

코끝을 간질이는 현성의 향기와 시원한 바닷바람에 은주는 그의 말투에 담긴 의미를 알지 못했다.

"오빠가 절 책임져야죠. 입술도 훔쳐 갔는데."

은주의 말에 현성이 픽 웃었고, 은주도 눈꼬리를 접으며 소리 없이 웃었다. 처음부터 김현성을 거부하는 건 있을 수 없는 일이었나 보다.

갈 데까지 가 보자. 싸우더라도 용기를 한번 내 보자. 이 사람이 너무 좋다.

결심이 확고하게 변한 순간, 사랑이 시작되었다.

chapter 5

너,
옷 보내

일주일이나 지났다. 은주는 아침밥을 먹으면서 애꿎은 생선을 젓가락으로 콕콕 찍었다. 생선이 현성도 아닌데, 서운함을 담아 째려보기까지 하는 은주를 보며 미영이 고개를 절레절레 흔들었다.

"시내 갈까?"

"아니, 오늘은 여유로운 게 좋아."

하루는 제주도 우도에 가서 에메랄드빛 바다에 발을 담가 찰박거리는 물소리를 들었고, 하루는 미영의 서재에 있는 책들을 가져와 잔뜩 쌓아 놓고 침대에 누워 읽었으며, 또 하루는 미영과 시내에 나가서 영화를 보고 아이스크림을 먹으며 시간을 보냈다.

그러는 동안 '현성과 함께라면 더 좋을 텐데'라는 생각
이 문득문득 떠올라 은주는 부끄러움에 어깨를 부르르 떨
어야 했다. 하지만 김현성은 한 회사의 대표이고 시간적 여
유가 없는 사람이니, 한가롭게 데이트를 하는 건 불가능하
다는 결론에 도달하자 급격히 시무룩해졌다.

서울로 오지 말라고, 본인이 내려오겠다고 하던 현성은
일주일째 제주도에 발걸음을 하지 않고 있었다. 너무 바빠
연락을 못 할 수도 있지, 다른 사람도 아닌 김현성이니까.
그렇게 이해를 하려 해도 서운함은 마음 한구석에서부터
파도처럼 밀려왔다.

미영의 밥이 반이나 줄어 갈 동안, 은주는 밥알만 깨작거
렸다. 보고 싶다, 김현성이.

"맨날 나만 보고 싶어 하는 것 같아."

무심결에 내뱉은 말에 미영이 픽 웃었고, 은주는 손으로
제 입을 막았다. 주책없게 친구 앞에서 섭섭함을 드러낸 것
같아 민망함이 앞섰다. 부끄러움에 머리를 긁적이자 미영
이 다 안다는 표정으로 고개를 끄덕이는 게 보였다.

"나 전생에 원시인이었나."

현성이 제주도로 오기 전까지는 휴대폰이 박살이 났음에
도 전혀 답답하지 않았다. 오히려 편했다. TV나 신문이 없
어도 세상사가 전혀 궁금하지 않았다. 꼭 해야 한다고 생각
했던 것들을 하지 않아도 살아가진다는 것에 은주는 허무

한 감정이 들었다.

"오늘 휴대폰 개통하러 갈래?"

"아니, 네가 영화표 예약할 때 휴대폰 매장 잠깐 들렀었는데. 내가 사고 싶었던 건 신제품이라 며칠 걸린다네. 서울 가서 사려고."

"휴대폰은 다 거기서 거기 아니야?"

"이왕이면 마음에 드는 거 살래."

은주가 젓가락을 아예 내려놓고 일어섰다. 도저히 밥이 넘어가질 않았다. 현성에게 무슨 일이 일어난 건 아닐까 하는 걱정이 새어 나왔다. 생존 신고도 못 할 정도로 바쁜 건가.

"미영아."

"응?"

"나 서울 가야겠어."

김현성을 보러.

한 달 동안 여기서 머무르며 한가롭게 자유로움을 만끽하고 싶었는데, 잘 있는 사람 뒤숭숭하게 흔들어 놓고 서울로 가 버린 김현성을 만나러 가야겠다는 생각이 스쳤다. 말을 꺼내고 나니 마음이 더 급해졌다.

"안 가면 안 돼?"

"……가고 싶어, 가고 싶어졌어."

은주의 말에 미영이 쓰게 웃었다. 그리곤 한숨을 쉬더니 그녀의 팔을 붙잡고 서재로 이끌었다. 서재에 들어간 미영이 컴퓨터의 전원을 켜고 인터넷에 접속하는 동안, 은주는 그녀의 심상치 않은 표정을 느끼고 긴장을 했다.

"왜 그래? 무슨 일인데?"

시댁에서 무슨 소리를 들은 건가. 은주는 걱정스러운 마음에 미영의 어깨에 손을 올리며 나지막하게 물었다.

"난 아니고."

그럼? 고개를 갸우뚱하는 사이 모니터 화면 위에 기사가 떴다. 현성의 사진과 기사 제목을 본 은주의 손이 미영의 어깨에서 툭 떨어졌다.

🍂　　🍂　　🍂

현성은 목을 조이는 것 같은 갑갑함에 넥타이를 푼 후 크게 한숨을 쉬었다. 방송국 관계자와 만나서 정우식품의 입장을 표명한 후, 확실해질 때까지 이 이상 일을 키우지 말아 달라는 부탁을 하였다.

방송 프로그램 PD는 제가 움직이기만 하면 중소기업쯤은 거뜬히 무너뜨릴 수 있다는 식으로 말을 했고, 대화의 끝에 결국 돈을 달라는 뜻을 넌지시 비쳤다.

차 안의 공기가 후덥지근하게 느껴져 현성은 에어컨 바람을 세게 가동시켰다. 일주일간 제대로 잠을 이루지 못했다. 일주일째 일이 해결되지 않았다는 뜻이었다.

현성은 작게 한숨을 내쉬며 고개를 뒤로 젖혔다. 서은주가 보고 싶었다. 하지만 일을 해결하는 것이 먼저라 연락을 하지 않고 있었다. 친구의 연락처를 받아 오긴 했으나 꾹 참았다.

현성은 제 입술을 손으로 쓸어 보았다. 서은주의 입술과 닿았던 입술. 당시의 기억을 떠올리다가 힘없이 픽 웃었다. 부끄러운 듯 볼을 붉히며 고개를 앞으로 숙여 머리카락으로 얼굴을 가리려 했던 은주의 모습이 떠올랐다.

"오빠가 절 책임져야죠, 입술도 훔쳐 갔는데."

부끄러우면서도 제 할 말을 다하는 은주로 인해 현성은 가슴이 뛰었다. 얼른 보고 싶은데, 네가 참 보고 싶은데. 그는 운전대를 긴 손가락으로 두어 번 두드리다가 시동을 걸었다. 이제야 한숨을 돌리고 웃게 된 그녀가 다시 속상해하는 꼴은 절대 보고 싶지 않았다.

대표실로 들어서자마자 숨 쉴 틈도 주지 않고 들이닥친 홍보 팀과 마케팅 팀 팀장을 보며 현성은 미간을 구겼다. 거기다 품질관리 팀 부장까지 합세해서 올라왔고, 소식을 듣자마자 바로 온 듯 진우도 숨이 거칠었다.

"대표님."

"네, 말씀하세요."

현성은 컵에 담긴 찬물을 단숨에 마신 뒤 계속하라는 듯 고개를 끄덕였다. 홍보 팀 팀장은 인터넷 기사들을 뽑아 놓고 탁자에 늘어놓으며 여론이 잠잠해지지 않는다고 보고를 올렸다.

똑똑.

"네."

비서가 문을 살짝 열고 정재우 본부장으로부터 전화가 왔다는 사실을 알리자 현성이 알았다는 듯 손짓을 해 보였다. 이따 연락을 하겠다는 뜻을 알아들었는지 비서가 고개를 숙이고 다시 대표실을 나갔다.

할랄 식품을 전적으로 책임지고 있는 정재우 본부장은 한국이슬람교 중앙회(KMF)의 심사를 받기 위해 귀국하자마자 발 빠르게 움직이고 있었다. 서울과 가장 가까이 있는 안산 공장 부지의 반을 할랄 김치 전용으로 사용할 수 있게 계량기와 도구를 분리하였고 할랄 원료와 섞이는 것을 방지하기 위해 철저한 관리를 하였다.

할랄 인증 마크를 받기 위해서는 농산물의 잔류 농약 안정성이 확보되어야 하고, 천연 원료를 사용해야 하며, 이슬람 국가에서 금지하고 있는 것들이 포함되어선 안 되었다. 방사능 노출 여부까지 확인해야 하는 할랄 식품은 안정성 면에서 우수하다고 할 수 있었고, 국내 김치 업계도 할랄 시장에 눈을 돌리고 있는 추세였다.

그런데 KMF의 심사를 앞두고 일이 터져 버린 것이다. 고객의 제보를 받은 고발 프로그램에서 불시에 안산 공장을 방문했고, 그것이 전국적으로 방송되고 말았다. 신고 내용은 담뱃재가 김치에 섞여 있다는 것이었다.

불시에 안산 공장에 방문한 방송국 관계자들은 청결한 공정 과정을 보며 담뱃재가 섞일 만한 환경이 아니라는 걸 알았지만, 이슈를 위해 자극적인 타이틀을 달고 방송에 내보냈다.

"유성마트 측에서도 정우식품 김치를 일이 해결되는 동안 받지 않겠다며, 전부 반품한다고 연락 왔습니다."

마케팅 팀장의 말에 현성은 손바닥으로 머리를 짚었다. 마트, 백화점의 경우에 문제가 있는 식품은 그 문제가 해결되기 전까지 일단 다 반품시키는 게 의례였다. 당연한 건데, 막상 닥치니 눈앞이 캄캄해졌다. 손실이 얼마나 될지 가늠조차 되지 않았다.

"품질관리 팀 안산 공장 담당자가 서은주 씨 맞죠?"

진우의 물음에 주섭은 '네'라고 짧게 대답했고, 현성은 이를 질끈 물었다.

"아직도 연락 안 됩니까?"

"네."

"서은주 씨가 팀장으로 있을 때, 채성표 공장장의 잘못을 알면서도 덮었다는 말이 있던데, 그것도 사실입니까?"

이번엔 마케팅 팀 팀장이 채근하자, 주섭은 고개를 푹 숙인 채 고개를 끄덕였다.

은주가 사표를 내고 얼마 지나지 않아 사건이 터졌고 그후 채성표 공장장은 자취를 감추었다. 주섭이 과거의 일을 털어놓자, 은주와 채 공장장이 함께 판을 짠 것이라는 소문이 회사 내에 돌기 시작했다.

"확인되지 않은 사실입니다. 그만하세요."

현성이 진우의 어깨에 손을 올려 힘 있게 눌렀다. 감정을 가라앉히라는 뜻도 있었지만, 여기서 은주가 거론되는 걸 원치 않았다. 열심히 일한 죄밖에 없는 사람인데. 진우도 그걸 잘 알고 있을 것이다.

하지만 서은주가 사표를 낸 시점이 명백히 그녀가 범인이라고 몰고 가고 있었다. 채성표 공장장과 서은주, 두 사람 사이에 뭔가 오고 간 게 틀림없다는 의견이 강세였다.

"그러고 보니, 채성표 공장장 가정사를 소리함에 써서 올린 것도 서은주 씨 아니었습니까? 대표님께서 그것 때문에 서은주 씨를 호출하셨던 걸로 기억하는데요."

기억력은 쓸데없이 좋아서. 현성은 정확하지 않은 일을 퍼트리지 말라고 따끔하게 한마디 한 뒤 진우를 제외한 직원들을 돌려보냈다. 답답함에 서류로 부채질을 하는 진우를 향해 감정을 가라앉히고 객관적으로 보자는 이야기를

223

하는데, 휴대폰이 울렸다.

모르는 번호였지만 현성은 혹여 아까 만났던 PD인가 싶어 통화 버튼을 눌렀다.

"네, 김현성입니다."

의자에 몸을 기대고 한 바퀴 돌아 진우에게서 등을 돌린 현성은 반가운 목소리에 몸을 벌떡 일으켰다. 천천히 걸어서 창문 쪽으로 향한 현성은 훤한 도로 풍경을 내려다보며 입꼬리를 올렸다.

—저 휴대폰 개통했어요.

"번호를 아예 바꿨네?"

은주의 목소리가 밝은 것에 우선 안도의 한숨을 내쉬었다. 같은 번호로 개통을 했다면 회사의 연락을 받았을 것이고, 무슨 일이 일어났는지 알아챘을 것이다. 은주가 알기 전에 일을 해결해야 한다는 부담감이 그를 짓눌렀다.

—네. 그 번호를 오래 쓰기도 했고, 새 휴대폰 사니까 새 번호를 쓰고 싶어서요. 근데요.

"응?"

—회사 괜찮아요? 기사 봤거든요. 직원들 다 힘들어하죠? 밥은 먹었어요?

현성은 울컥거리는 감정이 솟구쳐 헛기침을 했다. 밥은 먹었냐는 질문에 울컥하다니. 지금 누가 누구를 걱정하는지.

"어디야?"

서은주는. 버릇처럼 튀어나오려는 말을 참고 현성은 진우를 향해 손짓을 했다. 진우가 대표실을 나가고 나서야 현성은 벽에 등을 기대고 편하게 전화를 받았다.

—저 회사 앞이요. 두고 간 게 있어서요.

"뭐?"

예상치 못한 대답에 현성은 기대고 있던 몸을 벌떡 일으켰다.

"서은주, 거기서 잠깐 기다려!"

대표실을 빠져나오는 현성의 음성이 다급했다. 갑자기 회사로 찾아올 줄은 전혀 몰랐다. 지금 품질관리 팀 사무실로 가면 은주는 모든 것을 알게 될 것이다. 그리고 또 한 번 큰 상처를 받겠지. 현성의 발걸음이 더욱 빨라졌다.

—저 이미 회사예요. 어? 변주섭 부장님, 안녕하세요. 나중에 통화해요.

뭐라 말을 하기도 전에 전화가 끊겼다. 현성은 품질관리 팀 사무실로 가기 위해 엘리베이터 버튼을 눌렀다. 그러나 엘리베이터가 도착할 때까지 기다릴 수가 없어 복도를 뛰어가 비상구 문을 열었다. 계단을 내려가는 동안에도 현성은 은주보다 먼저 도착하기를, 은주가 아무것도 모르기를 바랐다.

회사 내 분위기는 싸늘했다. 들어오는 순간부터 자신을 바라보는 눈초리가 곱지 않았다. 아무래도 회사에 일이 있다 보니 외부인을 경계하는 것이라 생각하며 은주는 품질 관리 팀 쪽으로 발걸음을 옮겼다.

현성과 통화를 하는 중이던 은주는 사무실에 들어서자마자 주섭을 발견하고는 전화를 끊었다. 그녀는 얼른 고개를 숙여 인사했다.

"서은주?"

주섭이 놀란 듯 은주의 이름을 크게 부르자 졸지에 사람들의 시선이 집중되었다. 쑥스러웠지만 오랜만에 찾아온 사무실이 반가워 사람들을 향해 고개를 숙이던 은주는 또다시 뭔가 이상한 분위기를 느꼈다. 자신이 팀장으로 있을 때와는 전혀 다른 분위기였다.

이해가 잘되지 않아 혜영을 향해 시선을 돌리자 자리에 앉아 있던 그녀가 얼른 일어나 다가왔다.

"저…… 팀장님."

"이제 팀장 아니에요, 저 퇴사했잖아요."

은주가 가볍게 농담을 건넸으나, 주변의 분위기는 여전히 냉담했다. 주섭을 힐끔거린 혜영이 손톱을 물어뜯다 은주를 향해 입술을 달싹였다.

"혹시 팀장님 예전에요. 안산 공장에서 국내산이 아닌, 중국산 다진 마늘 보신 적 있으세요?"

혜영은 아니길 바라는 마음으로 물었으나, 아무것도 모르는 은주는 고개를 끄덕였다.

"그때 담뱃재를 넣으셨다는데, 진짠가요?"

주섭이 아닌 혜영이 거기까지 알고 있다는 사실이 뭔가 찜찜하긴 했지만 사실인지라 은주는 고개를 끄덕였다. 중국산 재료를 다 버리라는 뜻에서 한 행동이었기에 문제가 될 것은 없었다. 그러다 은주는 설마하는 심정으로 고개를 들어 주변을 보았고, 모든 이의 눈이 자신의 입에 집중돼 있음을 발견했다. 명백한 의심이었다.

"네."

"팀장님, 그럼 채성표 공장장님 막내딸의 병원비를 지원해 줬으면 한다고 상부에 보고한 것도 진짜인가요? 채성표 공장장님과 연락을 따로 하고……."

말을 하던 혜영이 동그랗게 모여 있는 직원들 사이로 들어오는 훤칠한 키의 현성을 발견하고 입을 다물었다.

"대표님, 안녕하세요."

"다들 일 안 합니까?"

싸늘한 현성의 목소리에 다들 자리로 돌아가는 눈치였다. 그런데 주섭의 옆에 있던 마케팅 팀 덕현이 은주의 앞까지 다가오더니 갑작스레 목소리를 높였다. 자리로 돌아가려던 직원들이 일제히 걸음을 멈추었고, 두 사람에게로 시선이 집중되었다.

"서은주 씨. 바빠서 거래처 관리는 품질관리 팀에서 할 수 없다고 하더니, 다른 일로 바쁘셨나 봐?"

비아냥거리는 말투에 주섭이 덕현의 앞을 막아서며 그만하라고 했지만 그는 그럴 생각이 없어 보였다.

"아니, 변 부장. 그래도 한때 부하 직원이었다고 지금 감싸는 건가? 서은주 씨, 입이 있으면 말을 해 보세요."

"김덕현 팀장님."

현성이 은주의 앞을 가로막으며 덕현을 낮은 목소리로 불렀다. 그제야 현성의 표정이 심상치 않음을 발견한 덕현이 뒤로 한 발 물러섰다.

은주는 자신에게 꽂히는 직원들의 시선을 느꼈다. 사람들은 믿고 싶은 것만 믿고, 보고 싶은 것만 본다. 과거엔 그저 도망쳤지만, 지금은 부딪혀 보고 싶었다. 함께 일한 자신을 그렇게 못 믿냐고, 소리쳐 보고도 싶었다.

은주는 심호흡을 한 번 한 뒤 동요 없는 차분한 말투로 말문을 열었다.

"네, 제가 채성표 공장장님의 선처를 부탁한다고 변주섭 부장님께 보고했고, 막내딸의 병원비를 복지 차원에서 지원했으면 한다고 직원 소리함에 썼습니다."

"서은주 씨, 그만하세요."

현성이 몸을 돌린 후 은주를 정면으로 바라보았다. 지금 이런 분위기에서 나서는 건 옳지 못했다. 정면으로 저 원망 어린 시선들을 받겠다고?

"아니요, 전 그만 못 합니다. 대표님. 전 잘못한 게 없습니다. 정우식품에서 누구보다 열심히 일했고, 이번 일은 맹세코 저와 관련이 없습니다."

"그럼 왜 갑자기 사표를 낸 겁니까? 누구보다 열심히 일했고, 회사에 애착이 있던 분이."

은주는 현성을 한 번 보고는 손바닥으로 이마를 짚었다. 그것에 대해서는 함부로 말할 수가 없었다. 설명을 하기 위해서는 현성이 말하길 꺼려하는 현진의 상처를 다시 끄집어내야 했고, 감정적으로 직원을 해고한 것에 대해 반발이 있을지도 몰랐다. 자신 때문에 피해를 보는 건 현진 한 명으로 충분했다.

"개인적인 사정이 있었습니다."

"그러니까 그 사정이 뭐냐고?"

"김덕현 팀장님!"

"대표님, 이건 확실히 짚고 넘어가야 합니다. 열심히 일하는 다른 직원들 사기가 떨어진 게 안 보이십니까?"

덕현은 조금 더 밀고 나갔다. 처음부터 마음에 들지 않았던 여자 팀장이었다. 따박따박 말대꾸하는 게 꼴사나웠는데, 뒤에서 하는 짓은 더 기함을 토하는 일이었다.

"결백하다면 서은주 씨 명의로 된 통장, 휴대폰, 집 전부 수색해도 되겠습니까?"

현성이 말을 하려고 입을 연 순간, 은주가 한 박자 더 빨랐다.

"네, 전 결백합니다. 정식으로 요청하시면 제 통장, 휴대폰, 집 수색까지 다 응하겠습니다."

침착한 목소리로 말했지만, 은주의 시선은 하염없이 떨리고 있었다. 현성은 그녀의 손을 잡아 주고 싶었으나 직원들이 보고 있기에 아무런 행동을 취하지 못했다. 이 상황에서 은주를 위해 해 줄 수 있는 건, 직원들의 시선을 분산시키는 것뿐이었다.

"다들 뭐하는 겁니까."

구경하듯 모여 있는 직원들 한 명, 한 명과 눈을 맞추며 현성이 중얼거리자 다들 재빨리 자리로 돌아갔다.

"아직 확실한 건 아무것도 없습니다. 다들 본인 할 일에만 신경 쓰세요. 나머진 제가 알아서 합니다."

현성의 따끔한 충고에 덕현도 더 이상 왈가왈부하지 않고 자리를 떴다. 은주는 윗니로 아랫입술을 꾹 누르며 속에서부터 올라오는 속상한 감정을 애써 참아 내려 했다. 현성과 눈이 마주쳤을 때도 괜찮다는 듯 미소를 보였으나, 그런 은주를 바라보는 현성의 표정은 굳어져 있었다.

은주가 집으로 돌아간 후 현성은 유성마트 구매 팀 담당
자와의 저녁 약속을 위해 호텔 레스토랑으로 향했다. 일단
은 반품 처리를 하는 게 맞지만 그렇다고 거래처를 잃을 순
없었다. 무거운 분위기 속에서 식사가 이어졌다. 유성마트
구매 팀 담당자는 오히려 정우식품을 믿는다며 위로하였
고, 현성은 쓰게 웃어 보였다.

저녁 식사가 끝나고 회사로 돌아와 진우와 사건의 진행
과정과 해결 방안을 모색하다 보니 어느새 9시가 넘어가 있
었다. 진우와 함께 밤을 새려다 은주가 떠오른 현성은 먼저
가겠다며 그의 어깨를 두드려 주었다.

"견디자, 이겨 내자."

진우가 주먹을 불끈 쥐자 현성도 고개를 끄덕였다. 회사
를 나온 그는 망설임 없이 은주의 집으로 차를 몰았다.

30분 정도 달리던 차가 골목으로 들어섰다. 골목 어귀에
차를 세운 현성은 휴대폰을 들고 차에서 내렸다. 통화 버튼
을 눌러 귀에 갖다 대고 은주의 집 앞으로 걸어가던 현성은
익숙한 인영을 발견하고 전화를 끊었다.

"서은주."

손바닥으로 얼굴을 가린 채 바닥에 쭈그리고 앉아 있던
은주가 고개를 들었다. 한참이나 높은 곳에서 현성이 굽어
보고 있었다. 은주의 팅팅 부은 눈을 본 현성이 미간을 찌
푸렸다. 그리곤 걸음을 옮겨 그녀의 바로 앞에 웅크리고 앉

아 눈높이를 맞췄다.

"괜찮아?"

은주가 아파 보여서 현성은 어떤 말을 해야 할지 몰랐다. 이제야 겨우 찾아온 자신을 탓하며 속상함에 입을 꾹 다물었다.

"저 괜찮아요."

전혀 괜찮지 않아 보이는데. 강한 서은주가 눈이 팅팅 부을 정도로 운 걸 보면.

"대표님, 저 정말 괜찮아요."

은주가 현성을 향해 웃어 보였다. 정말 아무렇지 않다는 듯 양손을 벌리는 제스처까지 취하는 은주를 현성은 그대로 끌어안았다.

"아닌 거 알아."

"……."

"내 회사가 내 맘대로 굴러 가질 않아서 답답하네."

현성이 은주를 품에 안은 채 크게 한숨을 쉬었다. 그러자 오히려 은주가 현성을 꽉 끌어안고 등을 토닥여 주었다. 그 손길에 현성의 입에서 바람 빠진 웃음이 새어 나왔다. 은주의 양 어깨에 손을 올리고 한 뼘 정도 거리를 둔 현성이 그녀의 얼굴을 지그시 바라보다 다시 세게 끌어안았다.

"미안하다, 나 때문에."

사표를 쓰게 한 자신 때문에 오해를 받은 것 같아서 현성은 진심으로 미안해졌다. 한 회사의 대표라는 자리는 직원들 앞에서 섣불리 제 뜻을 밝힐 만큼 가벼운 위치가 아니었다. 제 여자가 의심받는데도, 나설 수 없을 만큼.

"제가 오히려 미안하죠."

눈을 꼭 감은 채 은주는 현성의 가슴에 얼굴을 파묻었다. 자신 때문에 현진은 우울증에 걸려야 했었고, 이번에 터진 일도 자신이 원인인 것 같아 미안함에 말이 나오질 않았다.

"서은주가 뭐가 미안해."

"그냥 다, 다 미안해요. 뭐가 어떻게 된 건지 모르겠어."

은주가 고개를 휘휘 저었다. 그럴 때마다 머금고 있던 눈물이 현성의 가슴을 적셨다. 울지 않으려 했는데 억울함에 감정이 솟구쳤다.

"난 잘못한 게 없는데, 너무 억울해요. 왜 내가 의심을 받아야 하는 건지도 모르겠어요."

억울함이 배어 있는 목소리는 하염없이 떨렸다. 은주의 등을 쓸어내리던 현성은 이번에는 정말 찾을 수 없는 곳으로 그녀가 멀리 가 버릴 것 같다는 생각이 들었다. 등을 쓸어내리던 손으로 은주의 양 볼을 잡아 올렸다.

"서은주."

끄덕끄덕. 은주가 고개를 아래위로 끄덕이자 현성은 그녀의 붉어진 눈 주변을 엄지로 매만지다 살며시 눈가에 입을 맞췄다.

"너, 못 보내겠다."

현성의 입술이 지그시 누르고 있어 은주는 눈을 뜰 수가 없었다. 눈을 감고 현성이 주는 감촉을 느끼며 그가 한 말을 이해해 보려 했다. 어디를 못 보내겠다는 건지, 도망갈 곳도 없는데.

"오늘 집에 가지 마라, 은주야."

흠칫 놀라 눈을 뜨자 마주하고 있는 현성의 시선이 따갑게 느껴졌다. 피하지도 못하게 옭아매고 있는 시선에는 단호함이 서려 있었다. 침을 꼴깍 삼킨 은주가 양 주먹을 꼭 쥐며 대답하려는 순간, 현성이 더 빨리 말을 이었다.

"내 옆에 있어, 서은주."

그래야 안심이 되니까. 혼자서 이불 뒤집어쓰고 울 것을 생각하니 마음이 아파서 아무것도 손에 잡히지 않을 것 같았다. 현성은 은주의 꽉 쥔 주먹을 제 손바닥으로 감싼 후 일으켜 세웠다. 앙상하게 마른 서은주가 현성에게로 밀려왔고, 현성은 은주가 쓰러지지 않도록 허리를 감싸 안았다.

정말 오늘은 집에 못 보내겠다, 서은주.

은주가 혼자 방에서 우는 꼴은 못 볼 것 같아서 호텔로 데려왔는데, 차를 몰고 가는 동안에도 현성은 표정을 풀지

못했다. 긴장한 채 두 손을 무릎 위에 올려놓고 창밖으로 고개를 돌린 은주가 귀여우면서도 저 귀여움을 무너뜨리고 싶다는 마음이 공존했다. 지금 상황이 어떤지 제일 잘 알면서.

의심을 받으면 당황하기 마련이고, 덕현처럼 은주를 몰아가는 사람이 한 명이라도 있다면 자신이 한 일이 아님에도 덜덜 떨게 되는 경우가 있다. 그런데 은주는 침착했고, 본인이 아니라고 똑 부러지게 말했다.

그게 얼마나 제 마음을 다잡아야 하는 일인지 현성은 잘 알고 있었다. 차를 세운 현성이 은주의 손을 꼭 잡자, 창밖을 바라보던 그녀가 눈을 돌려 그를 보았다. 두 사람의 눈이 마주쳤고, 현성은 상체를 기울여 은주의 이마에 입을 맞추었다.

"무슨 생각해?"

아무 생각도 하지 않았으면 좋겠다는 마음에 질문을 던졌던 현성은 뒤이어 들려온 답변에 큰 소리로 웃었다.

"늑대한테 잡혀가는 어린양?"

은주도 현성의 웃음소리에 맞춰 입꼬리를 위로 올렸다. 아까 회사에서 생각지도 못한 상황을 마주했을 때는 심장이 떨어지는 듯했다. 너무 무서워서 말을 하면서도 떨지 않기 위해 바지를 손으로 꽉 쥐었었다. 어떻게 회사를 빠져나왔는지도 생각이 나지 않았다. 어느새 집에 도착해 있었고 긴장이 풀린 순간 다리에 힘이 탁 풀려 버렸다.

내가 왜, 나한테 이런 일이 생긴 걸까.

채성표 공장장은 왜 하필 이 시점에 그런 짓을 한 걸까.

회사에서 복지 차원으로 병원비가 지원됐다고 들었다. 오랫동안 일하셨던 분이기에 그 정도는 합당하다는 이사진의 동의가 있었고, 돈이 지급되고 얼마 되지 않아 돌연 자취를 감춘 것이었다.

회사 내에 퍼진 소문은, 중국산 재료가 안산 공장에서 발견됐을 때 상부에 보고하지 않은 은주가 채성표 공장장이 자취를 감추기 바로 전, 사표를 내고 잠적해 버렸다는 내용이었다.

사실 잠적이 아니라, 제주도에서 휴식을 취하고 있었을 뿐이지만.

상황이 또다시 은주를 몰아가고 있었다. 이번엔 그 벽을 깨부수고 싶은데, 도통 방법이 떠오르지 않아 좌절하고 있던 차에 현성이 온 것이다.

"오늘 집에 가지 마라, 은주야."

얼마나 심장이 떨렸는지, 그때를 상상하던 은주는 발그레 붉어지는 뺨을 손으로 감싸 그대로 창밖으로 고개를 돌렸다. 밤임에도 불구하고 쌩쌩 달리는 차들이 보였고, 부끄

236

러움에 물들어진 자신의 얼굴이 창에 비쳤다. 고개를 살짝 틀어 운전을 하는 현성을 보다 다시금 창문으로 눈을 돌린 은주가 피식 웃었다.

"내 옆에 있어, 서은주."

얼마나 좋은지 모르겠지. 김현성 당신의 말이 날 얼마나 설레게 하는지.

현성의 옆에 있기를 소망했던 시간을 하나둘씩 머리에 새겼다. 홀로 좋아했던 시간, 포기하려 애썼던 시간, 그럼에도 불구하고 그의 뒤를 터덜터덜 걸어갔던 시간. 그리고 다시 만났을 때 또 한 번 설레게 했던 그 모습까지.

"내리실까요, 어린양 서은주 씨."

은주는 보조석 문을 열고 자신에게로 손을 내민 현성을 보았다. 혼자 생각이 깊었나 보다. 현성이 건넨 손을 꼭 잡고 로비로 걸어와 엘리베이터를 타고 위로 올라가는 동안, 심장이 내내 두근거렸다.

알 거 다 아는 나이인데도 긴장이 되었다. 아니, 김현성이어서 긴장이 되는 것 같았다. 은주는 현성의 손을 더 꽉 잡았다. 그제야 은주를 바라봐 준 현성이 몸을 숙여 그녀의 볼에 다정하게 입을 맞췄다.

"자꾸 그럼 어린양을 잡아먹고 싶어지는데."

"꿱."

놀라 사레에 걸린 은주를 보고 쿡 웃은 현성이 엘리베이터에서 내렸다. 카드 키를 대고 현관문을 연 그가 문을 잡은 채로 은주를 기다려 주었다. 그를 지나쳐 집 안으로 먼저 들어간 은주가 신발을 벗으며 집을 둘러보았다.

정말 오랜만에 오는 곳이었다. 그러다 현성의 방을 본 그녀가 고개를 갸웃거렸다.

"트윈 베드?"

제가 한 질문에 놀란 은주는 손으로 입을 막은 다음 좌우로 고개를 저었다.

"그게 아니라, 조금 놀라서요."

"뭐가 놀랐을까, 우리 은주가."

신발을 벗은 현성이 슬리퍼를 신고 그녀를 가로질렀다. 넓은 등과 어깨가 웃을 때마다 위로 들썩였다. 창문 쪽에 놓인 테이블과 의자를 향해 걸어간 현성이 편하게 웃을 걸쳐 두고 앉은 뒤 은주에게로 손짓을 했다.

"어린양, 이리 와 보시죠?"

"지금 놀리는 것 같은데요, 대표님."

"침대가 두 개라서 실망했어?"

쿡쿡 웃는 모양새가 얄미워 은주는 허리에 양손을 올리고 현성을 흘겨보았다. 그러다 오늘 있었던 일을 잊고 이렇게 투닥거릴 수 있는 게 신기해 웃어 버리고 말았다. 같이 있으면 절로 힘이 되는 사람, 서은주에게 김현성은 그런 사람이었다.

"날름 먹기엔 아까워서, 아껴 두고 먹으려고."

애틋한 표정으로 은주의 머리카락을 귀 뒤로 넘겨 준 현성이 귀 밑 볼록한 부위에 코를 가져다 대고 비볐다. 코로 새어 나오는 미약한 바람에 은주 어깨가 움츠러들었다. 아껴 두고 먹는다며, 반박하려던 차에 현성이 은주의 몸을 휙 돌려 앞으로 밀었다.

"먼저 씻고 와."

현성이 제 눈을 가리키며 입 모양으로 '팬더'라고 하자, 은주는 제 얼굴을 손으로 가리며 욕실로 쏜살같이 들어갔다.

충전기를 차에 놓고 온 것을 깨달은 현성이 주차장으로 내려갔다 다시 올라왔을 때 은주는 이미 씻고 나온 후였다. 하얀 시트 위에 살포시 앉아 있는 은주의 모습을 보던 현성은 잠시 걸음을 멈추었다.

조금 전과 똑같은 블라우스와 청바지인데. 목까지 꽉꽉 잠그고 있던 단추는 두 개가 풀려 있었고, 머리카락은 젖은 채였다. 똑똑, 물방울이 떨어져 청바지에 짙은 자국이 새겨졌다.

"서은주."

어디 갔다 왔냐는 눈빛으로 현성을 보는 은주의 눈은 본인이 말했던 대로 어린양 같았다. 방금 씻고 나와서 그런 건지 눈빛이 초롱초롱했다. 당장 달려가고 싶은 마음을 꾹 참고 느릿느릿 다가간 현성이 은주의 볼을 만지려다 만세를 하듯 손을 들었다.

"맥주 마실래?"

하, 두 사람의 입에서 동시에 웃음이 터졌다. 현성은 은주를 정말 어린양이라고 생각하며 조심스럽게 대하는 자신이 웃겨서였고, 은주는 티 날 정도로 '널 지켜 줄 거야'라고 선을 긋는 현성이 우스워서였다.

현성이 씻고 나왔을 때 은주는 이미 맥주 한 캔을 비우고 작은 침대 위에 누워 있었다.

잘 거면 큰 침대에서 자지. C자형으로 몸을 말아 이불을 얼굴까지 끌어 올린 은주가 안쓰러워 보였다. 자연스레 그쪽으로 걸음을 옮긴 현성이 슬쩍 걸터앉아 얼굴의 반을 덮고 있는 하얀 이불을 어깨까지 내렸다. 시원하게 드러난 목덜미와 살이 빠져서 날카로워진 턱 선, 부어 오른 눈이 차례대로 눈에 들어왔다.

"어떻게 해야 네가 상처 받지 않을 수 있을까?"

김덕현 팀장 외에도 은주를 의심하는 사람들은 꽤 존재했다. 채성표 공장장의 뒤가 잡히지 않는 이상, 서은주는 계속해서 의심이 대상이 될 것이다. 방송국에 제보한 사람이 누구인지만 알아도 좋을 텐데.

띠링, 문득 메시지 도착음이 울리자 현성이 침대에서 일어났다.

〈부산에서 채성표 공장장을 봤다는 제보가 있어. 나 부산으로 내려간다.〉

반가운 문자 내용에 현성이 다시 은주에게로 고개를 돌렸다. 빨리 일이 마무리돼서 널 의심하는 사람들을 혼쭐 내줄 수 있었으면 좋겠다.

웅크리고 있는 모습이 아무래도 마음에 들지 않아 은주를 번쩍 안아 든 현성은 큰 침대에 그녀를 눕히고 이불을 꼭 덮어 주었다. 정말 피곤하긴 했는지, 은주는 여전히 눈을 꼭 감고 있었다. 눈두덩이가 파르르 떨렸고, 입에선 잠에 취해 웅얼거리는 목소리가 흘러나왔다.

"늑대는 옆 침대에서 잘 테니, 긴장 풀고 자. 서은주."

불을 끈 현성은 작은 침대에 누워 은주 쪽으로 몸을 돌렸다.

"대표님."

갑자기 들린 은주의 음성에 현성이 눈을 번쩍 떴다. 어둠 속에서 얼핏 그녀의 눈동자가 보이는 듯했다.

"뒤에서 안아 주시면 안 돼요?"

떨림을 가득 담은 목소리에 현성은 은주를 마주 보았다. 은주는 그저 안아 달라고 하는 걸 수도 있겠지만 현성에게 그건 제어할 수 없는 자신을 풀어 놓으라는 소리였다.

"후회 안 해요?"

대답할 틈도 주지 않고 벌떡 일어난 현성은 은주가 누워 있는 큰 침대 위로 올라갔다. 아예 이불까지 덮고 누워서 은주를 제 품 안에 쏙 안은 현성이 그녀의 어깨에 머리를 기대었다.

"좋다, 서은주."

농담처럼 던진 물음이었다. 그저 은주를 안정시켜 주려는 마음이었는데, 막상 이렇게 안고 있으니 자꾸 비집고 나오는 욕심을 다잡을 수가 없어 현성은 잠시 숨을 참았다.

휴.

어둠 속에서 현성의 한숨 소리가 들리자, 은주는 손끝을 달싹이다 그의 큰 손을 잡아 제 허리를 감도록 만들었다. 머뭇거리던 손이 은주의 허리를 감싸 안은 순간, 이 밤이 짧게 지나가지 않을 것임을 깨달았다.

허리를 감싼 손과 넓은 가슴에 은주가 아까보다 더 몸을 말았다. 두근두근, 기분 좋은 심장 소리에 시트에 얼굴을 비비던 그녀는 자신의 엉덩이 주위에서 느껴지는 현성의 뜨거움을 느끼곤 슬쩍 몸을 피했다.

스윽.

은주가 빠져나가려는 것을 느낀 현성이 그녀를 잡아당겼다. 그리고 당황할 새도 없이 은주의 목 뒤에 입을 맞춰 갔다. 종이 한 장 들어갈 틈도 없이 밀착된 곳에서 남자로서 올곧이 저를 드러내는 현성이 있었다.

둘밖에 없는 밀폐된 공간에서 현성의 숨결이 느껴졌다. 멀리서 지켜봐야만 하는 게 아닌, 바로 등 뒤에서 자신을 원하는 현성이 있었다. 집에서는 자책만 할 것 같아 혼자 있는 게 싫었는데, 제 옆에 있으라고 하는 현성의 말에 가슴이 벅차올랐다.

이제는 혼자가 아니다. 옆에서 자신을 감싸 주는 현성이 있었다. 은주가 몸을 휙 돌렸다. 여전히 몸을 웅크린 채 양손을 가슴에 딱 붙인 채였지만, 마주 본 현성의 가슴은 더욱 넓어 보였다.

은주는 현성의 오른쪽 가슴에 손을 대고 얼굴을 왼쪽 가슴에 딱 붙였다. 귀로 소리가 들리진 않았지만, 쿵쿵 뛰는 심장박동이 볼에서 느껴졌다. 자신과 똑같이 빠르게 뛰고 있는 가슴이.

크게 심호흡을 하고 위로 고개를 들었다. 당신이 좋아서 미칠 것 같은 서은주가 여기 있다고 눈으로 말하려는 순간, 입술이 겹쳐졌다.

윗입술을 빨아들이는 그를 느끼며 은주가 현성의 목에 팔을 감았다. 아예 은주를 안고 그 위로 올라온 현성이 본

격적으로 그녀의 얼굴 전체에 입을 맞추었다.

쪼옥.

다시 현성의 입술이 짧게 입맞춤을 하였고, 그게 신호탄이 된 듯 다급해졌다. 은주의 등허리에 손을 넣어 바싹 당긴 현성이 혀로 그녀의 입안을 간질였다. 치열을 고루고루 훑으며 부드럽게 안쪽 살을 건드리는 현성으로 인해 은주의 입에서 여린 음성이 실렸다.

"으응."

블라우스를 젖히고 들어온 손이 은주의 둔덕을 감쌌다. 단단한 남자의 손안에서 가슴이 부드럽게 뭉그러졌다. 현성이 블라우스 단추를 톡, 톡 풀 때마다 은주는 긴장감이 서렸다.

어느새 블라우스를 옆으로 풀어 헤친 후 현성은 가슴골에 코를 묻었다. 깊게 숨을 들이켜다 온전히 은주를 느낄 수 없게 만드는 민소매 한 장과 브래지어까지 단숨에 벗겼다. 상체를 일으켜 자신도 옷을 벗은 현성이 깜깜한 어둠 속에서 낮게 속삭였다.

"서은주."

은주는 아랫입술을 이로 물고 고개를 끄덕였다. 대답을 요구하듯 현성이 다시금 이름을 부르자 그제야 은주는 입을 열었다.

"네."

"힘들면 말해도 되는데, 멈추진 말아 주라."

간절한 음성에 은주가 픽 웃었다. 멈출 생각도 없었는데, 현성이 그리 말하니 장난을 쳐 보고 싶어졌다. 살짝 몸을 일으키려던 은주가 손과 발로 온몸을 짓누르는 현성을 느끼며 등을 침대에 대고 누웠다. 현성은 아예 은주가 도망갈 틈을 주지 않겠다고 결심한 듯했다.

농밀하게 시작된 키스와 함께 청바지 버클이 풀렸다. 키스를 하며 바지를 잘도 벗기는 현성이 놀라워 입을 벌렸는데, 그 틈을 비집고 그의 혀가 깊숙이 들어왔다. 구석구석을 훑는 혀와 아래에서 단단한 현성이 동시에 느껴졌다.

"흡!"

놀라서 숨 쉴 타이밍을 놓친 은주가 급하게 숨을 몰아쉬었고, 현성은 그런 그녀의 허벅지를 손으로 쓸어 주었다. 천천히 내려온 입술이 은주의 가슴에 닿았다.

"아."

생경한 감각에 은주의 몸이 부르르 떨렸다. 현성은 은주의 부드러운 가슴에 입을 맞추며 그녀의 향을 만끽했다. 정말 이러려던 건 아닌데, 하는 생각은 이미 저 멀리 날아간 지 오래였다. 이 감각을 놓치고 싶지 않았다. 자신만 알게 할 거고, 자신만 알아야 한다는 생각이 뇌를 지배해 버렸다.

서은주는 오로지 김현성이어야만 한다.

이 아름다운 몸은 오로지 자신에게만 열려야 한다는 생각. 이기적이었다.

이기적인 마음을 지우려 꼿꼿한 정점을 혀로 어루만지자 은주의 허리가 들썩였다. 작은 자극에도 반응하는 그녀가 예쁘다 못해 사랑스러웠다. 현성의 가슴에서 큰 파동이 일어났다.

실오라기 하나 걸치지 않은 두 몸이 서로를 꽉 끌어안았다. 현성은 은주의 가슴에서 아래로, 더 깊숙한 곳을 향해 내려갔다. 이불 속에 있음에도 불구하고 은주는 현성의 입술이 어디로 갈지 본능적으로 인지하고 일어나려 했다.

"아, 오빠!"

놀라서 양다리를 확 빼낸 은주로 인해 현성이 이불 속에서 빼꼼 얼굴을 내밀었다. 부끄러워 죽겠는데, 정말 아무렇지 않게 '왜?'라고 묻는 통에 은주는 다리에서 힘이 턱 풀렸다. 다리가 현성의 손에 의해 붙잡혔고, 몸을 가려 주던 이불까지 바닥으로 떨어졌다.

이불 밖으로 드러난 현성의 몸이 어둠에 익숙해진 눈에 확연히 보였다. 수영으로 다져진 몸은 역삼각형이었고, 배에는 적당한 근육이 자리 잡혀 있었다. 허벅지의 근육도 적당히 단단했다.

"은주야."

"네?"

"나 하고 싶은데."

촉촉한 눈망울에 은주가 심호흡을 하고 등을 기대었다. 가끔 보여 주는 현성의 다른 면은 은주를 흐물흐물 녹이기에 충분했다. 바닥에 떨어진 이불을 보며 눈짓을 하자 현성은 고개를 단호하게 저었다. 방금 전의 그 촉촉한 눈망울은 이미 사라진 후였다.

"아."

허벅지에서 느껴지는 뜨거운 입술이 안쪽 살을 말끔히 먹어 치우려는 듯 하나하나 입속으로 빨아 당겼다. 그 야릇함에 은주가 몸을 부르르 떨며 오른손으로 아래를 가렸다. 더 이상은 정말 부끄러워서 죽을 것 같은데.

은주가 손으로 가리든 말든 현성의 입술은 거침없이 위로 올라왔다. 부끄러워하는 걸 알고 있었지만, 어차피 앞으로도 계속하게 될 테니 얼른 부끄러움이 없어지길 바라는 수밖에.

"으읏."

현성의 입술이 은주의 손가락 하나하나에 입을 맞추었다. 뒤이어 혀가 은주의 손가락을 어루만졌고, 그 사이의 틈으로 파고들었다.

혀가 갈라진 틈으로 닿는 순간 다리에 힘이 들어갔지만, 현성이 꾹 누르고 있어 다리가 모아지진 않았다.

"아아…… 읏!"

내 몸에 이런 감각이 있었구나, 처음이었다. 정말 놀란 은주가 눈을 번쩍 떴다.

현성의 손이 그녀의 손목을 잡고 옆으로 치워 냈고, 깊숙이 입술을 박았다. 은주의 다리를 꾹 누르던 손이 올라와 가슴을 쥐고 비틀었다. 이런 야릇함을 주는데도, 부끄러운데도, 그게 김현성이어서 좋았다.

상상도 못 하던 일이 현실로 일어나 벅찬 감정이 밀려왔지만 이제는 멈출 수가 없다. 몸을 섞고 나면 우린 어떻게 될까. 현진은, 정우식품은. 그 모든 것들을 잊게 할 만큼 현성의 혀는 쉴 새 없이 은주의 안을 드나들었다.

"하읏!"

현성은 은주의 다리가 침대로 푹 꺼질 때까지 충분히 그녀의 몸을 풀어 주었다. 어르고, 달래고, 만지고, 핥고. 하얗게 부서져 내린다. 은주가.

콘돔을 끼고 은주의 가운데로 자리 잡은 현성의 이마엔 땀이 송골송골 맺혀 있었다. 목에 살짝 서 있는 핏대를 만지려 은주가 손을 들자, 현성이 그녀의 손목을 잡았다.

"닿기만 해도 미칠 것 같으니까."

네가 좀 봐줘, 라며 웃는 현성이 은주는 사랑스러웠다. 그 모든 것이 자신으로 인해 비롯되었다는 생각에.

회사를 다니기 시작한 후부터 시간이 없어 몸매 관리를 못 했는데. 주변에 있는 여자들에 비해 볼품이 없는 게 분명한데도 자신이 현성을 미치게 한다는 사실에 은주는 너무 좋아 어떻게 마음을 표현해야 할지 몰랐다.

덥석 현성의 양 볼을 잡고 상체를 살며시 들어 올려 입을 맞춘 순간, 그의 몸이 딱딱하게 굳어졌다.

"서은주. 내가 분명히 만지지 말라고 했죠."

장난기를 담은 목소리였지만, 아래에 부딪히는 현성의 단단함은 장난스럽지 않았다. 이미 현성의 손과 입술로 인해 녹은 곳이었지만, 닿는 순간 두려움이 밀려왔다.

"하읍!"

조금씩 밀려들어 오는 현성을 느끼며 은주가 눈을 꼭 감았다. 아팠다. 아플 거란 걸 알고 있었지만, 그보다 더한 아픔이었다. 은주가 오른쪽으로 고개를 돌리고 입술을 꾹 물자 현성이 잠시 멈추었다.

"은주야, 아파?"

끄덕끄덕. 얼굴을 돌린 채 고개를 끄덕이는 은주를 보며 현성이 하얀 목덜미에 입술을 박고 그곳을 혀로 어루만졌다.

"아파도 참아."

은주가 다시 정면으로 고개를 돌린 순간, 아래에서 현성이 그녀를 꿰뚫고 들어왔다. 은주는 본능적으로 현성의 등에 손을 감았다. 혹여 몸에 상처를 낼까 싶어 주먹을 꼭 쥔 은주가 현성의 등을 주먹으로 꾹 누르며 아픔을 참았다. 좁은 틈을 비집고 들어온 현성은 단단했고, 제 안에서 더 부푸는 느낌이었다.

"하앗…… 으흑."

아프냐고 묻긴 했지만, 현성은 멈출 생각이 없었다. 긴장을 한 은주는 열기가 남아 있음에도 뻑뻑했기에 잠시 긴장을 풀어 주기 위해 건넨 질문이었다. 그녀의 긴장이 풀어진 순간 현성은 단숨에 들어갔다. 정말 아팠는지 은주의 눈에는 눈물이 고여 있었다. 그걸 또 참으려고 주먹을 꼭 쥐고 있는 걸 보니 마음이 아팠다.

현성은 은주에게로 몸을 숙였다. 나 때문에 참는 서은주가 너무 예뻐서 어떡하지. 네가 아픈 거 정말 싫은데, 지금은 왜 이렇게 네가 예뻐 보이는 걸까.

"아아!"

부드럽게 빠져나간 현성이 다시 천천히 안으로 밀려오자 은주는 아픔에 눈살을 찌푸려야 했다.

무관심하기도 하고 다정하기도 하고 귀엽기도 했던 평소의 현성은 어디에도 없었다. 오로지 남자 김현성, 하고 싶은 걸 과감히 실행하는 남자만이 남아 있었다.

으스러질 것 같은 골반을 붙잡은 손이 단호했다. 피할 틈도 주지 않고 저를 밀어붙이는 현성을 느끼며 은주가 눈을 꼭 감았다.

"그만할까?"

은주가 너무 아파 보여 현성은 결합을 한 채 그대로 몸을 숙여 그녀의 얼굴에 비처럼 키스를 쏟아부었다.

"응? 그만해?"

쪽, 쪽. 그러는 중에도 입맞춤은 멈출 줄을 몰랐다.

"힘들면 말해도 되는데, 멈추진 말아 주라."

은주는 쓰게 웃었다. 현성의 말대로 힘들었지만, 멈추진 않을 거다. 현성에게 사랑받는 게 너무 좋은데, 이 좋은 걸 어떻게 멈춰.

"그만하라면 그만할 수 있어요?"

은주의 질문이 끝나기도 전에 현성이 고개를 휘휘 저었다. 그러면서 뭘 물어봐, 김현성. 은주가 현성의 등을 가만가만 쓸어내렸다. 신이 빚은 듯한 몸매에 또 한 번 감탄하는데 그가 다시 움직이기 시작했다.

현성의 분신이 나오고 들어가는 자리에서 뜨거움이 피어올랐다. 분명 아픈데 다른 사람도 아닌 현성과 함께라는 사실에 이 행위가 좋아졌다.

겹쳐진 몸이 흔들리고 침대의 사각거리는 소리가 들렸다. 현성이 파고들 때마다 은주의 입에선 참지 못한 신음이 터졌다. 꿰뚫고, 또 꿰뚫리며. 통증을 동반한 충족감, 그리고 야릇함이 동시에 번져 나갔다.

"웃!"

서서히 은주의 몸에서도 반응이 오기 시작했다. 현성이 그녀의 몸을 틀어 한쪽 다리를 제 어깨에 걸쳐 놓고 다시금 파고들었다. 이미 현성은 이성을 잃은 사람처럼 보였다. 살짝 찡그린 눈, 입에서 나오는 거친 숨결, 초점을 잃은 눈동자가 지금 그의 상태를 말해 주고 있었다.

"하아, 은주야…… 서은주."

저를 부르며 가슴을 꽉 움켜쥐는 현성으로 인해 은주도 그의 움직임을 도우려 미약하게나마 움직였다. 그러나 쉬이 가라앉지 않는 아픔에 저절로 미간이 찌푸려졌다. 좋은데 아픈 이 감정이 묘했다.

고개를 돌린 은주는 역동적으로 움직이는 현성의 허벅지 근육과 상체를 감상하다 서로 딱 맞물린 아래를 보고 눈을 감아 버렸다.

"하…… 웃!"

현성이 밀려들어 왔다. 더 거세고, 더 세게. 은주를 집어 삼킬 것처럼 덮쳐 왔다. 격해지는 움직임으로 인해 찰박거리는 소리가 울렸지만, 그 소리를 부끄러워할 틈도 없었다.

"아! 현성 오빠…… 아…… ."

미약하던 은주의 신음 소리가 커졌다. 숨이 차서 죽을 것만 같던 순간에 계속해서 덮쳐 오던 파도가 멈췄다. 현성이 은주의 전체를 제 몸으로 덮었다. 완전히 제 여자가 된 은주를 오롯이 감상하고 싶은 마음에 현성이 상체만 살짝 든 순간, 두 사람을 방해하려는 듯 휴대폰의 진동 소리가 들렸다.

부르르르, 부르르르르.

은주가 현성의 어깨를 주먹으로 탁 쳤지만 그는 그녀의 둥근 어깨에 입을 맞추며 손으로 귀를 가리는 시늉을 했다. 진동 소리가 잠잠해질 때까지 현성은 은주를 안고 있었다. 지금은 어느 누구에게도 방해를 받고 싶지 않았다. 현성은 은주의 귓불을 이로 물었다.

"오빠, 전화 또 울리는데요."

은주의 귓불을 이로 물던 현성의 미간에 주름이 잡혔다. 이 시각에 두 번 연속으로 울릴 정도면 중요한 전화일 거라는 생각에 상체만 일으켜 협탁에 올려 둔 휴대폰을 집었다. 갑작스러운 움직임으로 인해 은주의 입에서 '으윽' 하고 다시금 신음이 터졌다. 현성의 그것이 여전히 제 위용을 자랑하고 있었기 때문이다.

기력이 하나도 없는 듯 은주가 팔을 침대 위에 탁 펼쳐 놓는 걸 보며 현성이 씩 웃었다. 그녀의 볼을 톡톡 두드리다가 통화 버튼을 눌렀다. '여보세요'를 하기도 전에 현진의 다급한 음성이 들렸다.

―오빠, 어디야?

"왜, 무슨 일 있어?"

현진의 음성에 현성이 은주를 내려다보았다. 통화음을
한참 줄였으나 단둘뿐인 조용한 방인지라 은주에게 들렸을
것이다.

　―회사에 갔는데 퇴근했더라고, 진우 오빠도 없고. 어딘
데?

"나 지금 중요한 일이 있는데."

현성이 은주를 내려다보며 심각한 어투로 말했다.

　―혹시 누구랑 같이 있어?

은주가 현성을 보며 기력 없이 뻗어 있던 팔을 들어 좌우
로 흔들었다. 절대 안 된다고, 말하지 말라는 간절한 표정
에 현성은 피식 웃었다.

"아니, 아무도."

안도의 한숨을 쉬는 은주를 보며 현성이 여유로운 손으
로 그녀의 가슴을 움켜잡았다. 놀라서 움찔거리는 것이 느
껴지자 그가 웃음을 지웠다. 장난을 치려 했는데, 그 장난
에 오히려 흥분이 되어 버렸다. 내가 이렇게 굶주렸었나.

　―아빠가 오빠 찾아. 병원으로 가 봐야 할 것 같아.

그러다 문득 들려오는 현진의 목소리에 현성은 표정을
굳혔다. 자신의 표정이 변했다는 것을 알아챘는지 걱정스
러운 얼굴을 하는 은주를 보며 슬며시 웃음을 보여 주었다.
그럼에도 현성이 걱정스러운지 은주의 눈동자가 하염없이
흔들렸다.

전화를 끊은 현성은 다시금 은주를 꽉 안아 주었다. 뭔가 급한 일이 생겼다는 것을 알면서도 은주는 그를 놓지 못하고 그의 품속으로 파고들었다. 서로를 마주 안아 하나인 것처럼 맞물린 두 사람은 이마를 맞대고 지그시 눈을 감았다.

"은주야."

다정한 음성에 은주가 침을 꼴깍 삼켰다.

"계속 이렇게 있고 싶다. 오빠한테 시집올래?"

무거운 분위기를 풀어 보려 장난을 치는 건가 싶어 은주가 눈을 떴다. 그런데 진심을 담은 현성의 눈이 보이자 눈가가 시큰거렸다. 나도 정말 좋은데, 너무 좋은데. 말이 나오질 않았다.

고작 한 번 몸을 섞었을 뿐이다. 짝사랑을 했던 기간은 길었지만, 서로의 마음을 확인한 건 불과 얼마 되지 않았다. 지금의 현성에겐 연애보다 중요한 것이 있었다. 그걸 떠올린 은주가 고개를 절레절레 흔들었다.

"우리 고작 이제 한 번……."

"얼마나 더 하면 시집올 건데?"

이번엔 장난스런 미소였다. 진지한 질문에 가볍게 대답한 은주를 부끄럽게 만들려는 듯 현성이 그녀의 허리를 확 잡아 끌어당겼다. 볼을 붉게 물들인 은주가 그걸 말로 어떻게 하냐는 듯 주먹으로 현성의 팔을 툭툭 치며 밀어냈다.

"서은주가 정말 좋다."

"나도요."

"이번 일 해결되면, 맨날 이러고 있자."

현성의 말에 고개를 절레절레 흔들던 은주는 이내 아래위로 끄덕였다. 이번 일만 해결된다면, 뭐든 못 하겠나 싶었다. 현성의 머리에 손을 올리고 아예 그의 위로 슥 올라온 은주가 쓰라린 아래를 느끼며 미간을 찌푸렸다.

작은 움직임에 현성의 단단한 것이 몸에서 빠져나갔지만, 아픔에 눈살이 찌푸려졌다. 곧이어 부스럭거리는 소리와 함께 현성이 자신의 아래에 씌워진 것을 제거하고 침대 위로 올라왔다. 은주의 양 볼을 잡은 그가 그녀를 제 곁으로 끌어당겼다.

"나갔다 올 테니, 서은주는 자고 있어요."

"저도 같이 나갈래요."

현성이 고개를 저었다. 아무래도 몸만 섞고 가 버리는 것 같아 마음이 좋지 않았다. 정말 예쁘고 소중한 너인데. 현성은 이마로 은주의 이마를 콩 쥐어박고는 달콤한 입술에 입을 맞추었다.

"금방 올 테니, 기다려요."

씻으러 들어가려는 은주를 저지하고 수건에 물을 묻혀와 조심스러운 손길로 닦아 내는 그의 손은 다정했다. 그 다정함에 긴장을 풀고 현성에게 몸을 맡긴 은주는 스르르 잠이 들었다. 오늘 너무 많은 일이 있었고, 육체적으로도 피곤함이 극에 달한 상황이었다. 그녀의 목까지 이불을 끌어 올려 꼼꼼히 덮어 준 후 현성이 일어섰다. 바지를 입고 셔츠 단추를 잠그면서도 시선은 은주에게로 향해 있었다.

이 일이 해결되면, 서은주랑 같이 살아야지. 살고 싶다.

몸을 웅크리고 이불 속에서 꼼지락거리는 은주를 보며 현성은 생각했다. 이제는 제 등으로 서은주를 다 막아 주겠다고.

chapter 6
~~~~~~~~~~

제
사랑입니다

하루 만에 세상이 변했다. 좌석 버스 창문에 이마를 톡 기댄 은주가 손으로 창문에 하트 모양을 그리다가 본인의 행동이 부끄러워 얼굴을 붉혔다. 어제만 해도 속이 상해서 다 떠나 버리고 싶은 기분이었는데, 단단한 버팀목 같은 현성으로 인해 기분이 좋아졌다. 세상이 달라 보였다.

〈집에 안 가고 어디 가?〉

호랑이도 제 말 하면 온다더니. 현성의 문자에 은주가 쿡 쿡 웃으며 액정 속에 화면을 계속 바라보았다. 신기했다. 현성에게 다정한 문자가 온다는 게. 상상할 수도 없는 일이었는데. 은주는 액정을 엄지손가락으로 쓸어내리며 입술을 오물거렸다.

〈음. 비밀. 용한 점집 가요.〉

'다 맞아 타로' 커피숍을 떠올리던 은주의 입가가 말려 올라갔다. 이번 사건을 해결하기 위한 실마리를 어디서부터 찾아야 할지 감이 오지 않았다. 그래도 가만히 있을 수가 없어 무작정 안산 공장으로 향하는 좌석 버스에 몸을 실었고, 그러다 보니 '다 맞아 타로' 카페가 생각났다.

〈벌써부터 비밀 만들어? 아까 허벅지에는 뭐라고 쓴 건데? 서은주, 너무해.〉

음성 지원이 되는 것처럼 현성의 목소리가 귀에 들려오는 것 같아 은주는 손가락으로 귓불을 만지작거렸다. 현성의 질문에 대한 대답을 할 수가 없었다.

사랑을 나눈 후 여운을 즐기려 했지만 현성은 전화를 받고 불편한 표정을 지으며 집을 나섰다. 아버지로부터의 호출이라고 했다. 나가면서도 미안한지 계속해서 안아 주며 망설이는 그를, 은주는 괜찮다며 보냈다.

사실 괜찮지 않았다. 어떤 이유로 불렀는지 짐작이 됐기에 걱정이 앞섰다. 그렇다고 붙잡을 수도 없어서 힘내라고 손을 꼭 잡아 주었다.

"금방 올 테니, 기다려요."

잠결에 현성이 하는 말을 들었지만, 다시 올 거라 생각하지 않았던 은주는 마음을 놓고 잠에 들었다. 고단했던 하루였고 현성과의 잠자리로 인해 몸까지 축나 버렸으니 말이다.

미약하게 켜 둔 에어컨의 바람이 춥게 느껴져 눈을 뜬 은주는 의자에 앉아 창문 쪽을 보며 골똘히 생각에 빠져 있는 현성을 볼 수 있었다.

다시 와 주었다는 기쁨보다 부끄러움이 앞서 자는 척을 하려 이불을 확 뒤집어쓰는데, 이불이 협탁에 놓여진 휴대폰을 건드렸다. 휴대폰은 바닥에 떨어졌고, 조용한 방 안에 소음을 만들어 냈다.

그 소리에 고개를 돌린 현성이 잠에서 깬 은주를 발견하고 침대에 걸터앉았다. 머리카락을 넘겨 주는 그의 손길은 부드러웠다. 은주는 현성을 보기가 부끄러워 시트를 목까지 올린 후 눈동자를 요리조리 굴렸다.

"뭘 그렇게 봐요?"

은주가 시트에서 팔을 살며시 빼내 현성의 어깨를 쿡 찌르며 물었다. 그는 그런 은주의 손을 제 큰 손 안에 겹쳐 손등을 부드럽게 쓸며 쿡쿡 웃었다. 은주의 시선이 현성의 단단한 손을 타고 위로 올라가 얼굴에 닿았다.

"어? 대표님! 얼굴에."

현성의 볼이 누군가에 맞은 것처럼 붉었다. 그걸 본 은주는 시트가 내려가는 것도 모른 채 현성의 얼굴을 자세히 보려 몸을 일으켰다. 이리저리 쳐다보며 울상을 짓다가, 화난 표정을 짓다가, 결국 한숨으로 마무리했다.

"설마 아버지한테 맞은 거예요?"
"아직도 내가 일곱 살 먹은 어린애인 줄 아나 봐."

현성은 어깨를 으쓱거리며 별거 아니라는 듯 말했으나 은주는 푹푹 한숨을 쉬며 입술을 달싹거렸다. 아플까 봐 차마 닿지도 못하는 은주를 보며 현성이 그녀의 손목을 잡고 제 볼에 붙였다.

"하나도 안 아픈데, 그리고 서은주 때문 아니니까 걱정 마."

"아버지께서 아시면 안 좋아하시겠죠."

상황이 어찌 됐든 현진이 병원에 입원하고 우울증을 앓게 된 원인은 자신에게 있었고, 이번 회사 일에도 자신이 관여되어 있었다. 분명 알면 반대하시겠지.

"서은주 예뻐서 좋아할걸."

진지한 질문에 장난스럽게 대답하는 현성을 흘깃거린 은주가 다시 한숨을 푹 쉬었다. 현성이 그런 은주를 꽉 끌어안으며 제 품으로 당겼다.

"이거 불공평한데."

가끔씩 현성은 알쏭달쏭한 말을 던질 때가 있었다. 지금처럼. 뭐가 불공평한 건지 먼저 말을 해 줘야지. 툴툴거리는 은주의 뒷머리를 잡아 제 어깨로 누른 현성이 또 쿡쿡 웃었다.

"서은주는 다 벗고 있고, 난 다 입고 있고."

그제야 은주는 자신의 상체가 고스란히 노출되어 있다는

사실을 깨닫고 현성을 힘껏 밀어내려 가슴에 손을 올렸다.

그러나 은주의 그 행동은 아주 미약한 손짓에 불과했다. 은주는 이불 속으로 숨지 못할 바엔 아예 현성에게서 몸을 떼지 않으려는 듯 그의 허리를 양손으로 감았다.

"공평하게 나도 벗을까?"

정수리를 쿡 찍는 현성의 턱을 느끼며 은주가 주먹으로 그의 허벅지를 내려쳤다. 그러다 현성이 장난을 친 이유가 방금 전 자신이 한숨을 내쉬었던 것 때문임을 깨닫곤 그를 더 꽉 끌어안았다.

"대표님, 저 정말 좋아하시는구나."

"아니면 여기 왔겠어? 서은주가 나 좋아한 것보다 더 많이 좋아하겠다고 했잖아."

에어컨의 바람이 벗은 등을 훑고 지나가자 은주가 추위에 부르르 몸을 떨었다. 현성이 골반에 아슬아슬하게 걸쳐진 시트를 쥐고 올려 그녀와 자신의 몸을 감았다. 하얀 이불 속에 들어간 두 사람은 말없이 서로의 눈을 바라보았다. 은주의 볼이 다시금 붉어졌다.

"추워요?"

도리도리. 고개를 저은 은주가 손가락으로 현성의 허벅지에 하트 모양을 그렸다. 오래된 짝사랑 상대인데, 사랑한다고 말하기가 왜 이렇게 어려운지 모르겠다.

제 마음을 표현해 보려 하트를 그리다 역시 말로 해야 할 것 같다는 생각에 은주가 현성의 얼굴로 시선을 돌렸다.

"오빠, 좋아해 줘서 고마워요. 그리고 사…… 사랑합니다!"

왜 이 남자 앞에서는 이렇게 소심해지는 걸까. 눈을 질끈 감고 말을 내뱉은 은주가 다시금 현성의 허벅지를 톡톡 건드리다 하트를 그렸다.

"그러니까 오빠한테 시집오라니까."

그 후로 현성은 자신의 허벅지에 방금 쓴 게 무슨 말이냐고 추궁했고, 은주는 모르쇠로 침묵했다. 쑥스럽기도 하고 창피하기도 해서 '비밀'이라고 했는데.

어제 있었던 일을 떠올리는 사이 '다 맞아 타로' 카페가 보였다. 정류장에 내려선 은주는 손으로 부채질을 하며 터덜터덜 걸음을 옮겼다. 여름이 끝나 갈 무렵인데도 날씨는 후덥지근했다. 카페 앞에 도착한 그녀는 문 앞에 걸려 있는 'Close' 안내판을 보고 아쉬움에 오른발로 바닥을 내리쳤다.

"아! 아파."

생각보다 세게 내리쳤는지 찌르르 울리는 아픔에 은주가 인상을 찌푸렸다. 사랑은 상처를 동반한다고 하던데, 사랑을 나누는 것도 고통이 따르는구나. 왜 사랑은 항상 아픈 걸까.

가만히 카페를 바라보고 서 있다 몸을 돌리려는데 뒤에서 툭툭 치는 손길에 은주가 고개를 돌렸다.

"짝사랑 아가씨?"

자신을 알아봐 주는 카페 주인으로 인해 놀란 은주가 한동안 눈을 깜빡거리다 이내 손바닥으로 목을 쓸며 어색하게 웃음을 지어 보였다.

"기억하시네요."

"당연하지, 내 장사 비법이여. 한 번 온 손님은 안 잊어버려."

정말인지 아닌지는 알 수 없었으나 은주는 미소를 지었다. 그리고 'Close'라는 안내판을 손가락으로 가리키며 의문의 시선을 던졌다. 그러자 주인이 털털하게 걸음을 옮겨 카페 문을 열더니 안내판을 'Open'으로 돌려놓았다.

"안 들어올 텐가? 이거 곧 국수 먹게 생겼는데? 큭큭."

이상하게 그녀에게는 사람을 끌어당기는 힘이 있었다. 점은 믿지 않는 은주였으나, 발걸음은 이미 카페 안으로 들어서고 있었다.

어제 채성표 공장장을 찾으러 부산으로 내려간 진우에게서는 아무런 연락이 없었다. 사람을 찾는 게 그리 쉬운 일이 아니라 여기고 있는데, 점심때가 되자 진우에게서 전화가 왔다. KTX 부산역에서 채성표 공장장을 찾았다는 것이었다.

바로 부산으로 내려가겠다는 현성을 진우가 말렸다. 도망가지 못하게 꽉 잡았으니 기다리라는 말에 현성은 알았다며 전화를 끊었다.

현재 현성은 진우를 대신해 그의 몫까지 회사 일을 처리하는 중이었다.

"성분 검사 결과가 나왔습니다."

주섭으로부터 보고를 받던 그는 김치에서 담뱃재가 나왔다는 말이 거짓임을 알려 주는 검사표를 받아 들고 고개를 끄덕였다. 역시 그럴 리가 없었다.

고발 프로그램이 방영된 후 정우식품 김치가 이슈화되면서 주가가 확 떨어졌다. 제보자가 잠수를 탔기에 누구인지 알아내는 데에도 시간이 걸렸다.

결국 방송사로부터 제보자의 연락처를 알아낸 후 계속

해서 통화를 시도하였고, 나중에는 죄송하다는 메시지까지 남겼다.

대표가 직접 나서서 진심 어린 사죄를 하자 잠수를 탔던 제보자가 연락을 해 왔고, 현성은 본인이 할 수 있는 선에서 최대한의 보상을 해 주기로 약속을 했다.

그런데 공정상에 문제가 있는지 확실히 하기 위해 샘플을 보내 줬으면 한다는 그의 요청에 고객은 망설였다. 혹시 샘플을 바꿔서 자신이 일부러 그런 것처럼 보도가 되면 어떡하냐는 우려를 비친 것이다. 그에 현성이 직접 만나 상황을 녹음으로 남겨 두면 어떻겠냐고 물었고, 고객은 동의했다.

현성은 변주섭 부장과 함께 고객을 찾아가 사죄를 한 후 샘플을 받아 왔다. 중간에 손해배상 청구에 관한 부분도 자세히 설명을 해 주었다.

담뱃재가 공정 과정에서 섞인 건지, 아니면 누군가가 일부러 넣은 건지 확인하기 위해 의뢰를 맡겼고, 그 결과가 오늘 도착한 것이다.

"역시 누군가가 넣은 거였네요."

"네, 대표님. 유전자 검사를 의뢰할까요? 공장 내부 직원 모두 유전자 검사를 하기 위해서는 동의를 구해야 하는데."

"일단 공문만 띄우세요."

채성표 공장장이 올라오면 굳이 검사를 하지 않아도 될

것 같아 현성은 공문만 띄우라고 지시했다. 혹여 그중에 유전자 검사를 거부하는 사람이 있다면, 그 인원만 추려도 범위가 확 좁혀지지 않을까 하는 생각에서였다.

변주섭 부장이 나간 후 의자를 반 바퀴 돌려 블라인드가 올라간 창문을 바라보던 현성은 아버지가 했던 말을 곱씹었다.

제품의 안전성을 가장 중시해 온 정우식품에 먹칠을 했다는 이유로 볼이 빨갛게 부어오를 만큼 세게 얻어맞았다. 억울하진 않았으나, 그걸 본 은주가 제 탓이라 생각할까 봐 걱정이 스쳤다. 그 순간에도 말이다.

때릴 땐 아픈 사람이라고는 생각지도 못할 정도로 힘이 넘쳐나더니 병상에 누운 아버지의 모습은 환자나 다름없었다.

그가 지친 표정으로 사건의 자초지종을 물었고, 현성은 근간 회사의 크고 작은 일들을 브리핑했다. 가만히 듣고 있던 그가 중간에 손을 들어 잠시 멈출 것을 요구했다.

"최근에 진행하는 사업이 뭐라고 했지?"

"2년 동안 준비해 온 할랄 인증 마크 관련 프로젝트입니다. 정재우 본부장이 이슬람 문화권과 타 식품사의 할랄 인증 마크의 유치와 향후 발전성에 대한 검토를 끝냈고 한 달 전에는 할랄 인증 마크를 받기 위해 안산 제1공장을 따로 다 분리시켰습니다."

말을 하다 아버지와 눈이 마주치는 순간, 현성은 머리를
둔탁하게 얻어맞은 듯한 느낌을 받았다.

"그래. 뭔가 이상하지, 너도?"
"먼저 가 보겠습니다."

가 보겠다고 나서려는 순간, 그가 현성을 다시 불렀다.

"한 대 맞은 거 억울해하지 마라. 회사에 큰일이 닥쳤는데 이
시간까지 여자랑 하하 호호 했으니 맞아도 싸지. 이번 일이 해
결되면 그 아가씨를 볼 수 있는 건가."

허를 찌르는 말에 현성은 제 옷차림을 보았다. 평소처럼
빳빳하게 다려진 바지와 자국 하나 묻지 않은 구두가 눈에
들어왔다. 도대체 무엇을 보고 알아채신 건지, 등줄기가 서
늘해지는 느낌이었다.

"저도 그러고 싶은데요, 아버지. 아직은 아껴 두고 저만 보고
싶습니다. 그 친구의 마음이 준비가 되면, 소개시켜 드리겠습니
다. 아주 예쁩니다."

입가에 절로 웃음이 걸리는 현성을 보며 그도 흡족한 미소를 지어 보였다.

다시 자신의 집으로 발걸음을 돌린 현성은 가는 길 내내 부친과의 대화를 곱씹었다. 그리고 그 생각은 진우를 기다리는 지금까지 이어지고 있었다.

이마를 짚으며 눈을 크게 뜬 현성은 책상 옆에 있는 서류 보관함의 세 번째 칸을 열었다. 주의 깊게 본 자료들을 넣어 두는 곳이었다.

은주를 대표실에서 처음 봤던 날, 그녀가 메일로 보내 준 할랄 인증 마크에 대한 PPT 자료와 정재우 본부장이 2년 동안 공을 들여 조사한 자료들이 그 안에 들어 있었다.

"네, 저희 팀 신입 사원이 만든 자료가 있습니다. 할랄 식품에 대한 것도 그 사원이 운을 뗀 거거든요. 대표님 사내 메일로 제출하겠습니다."

아무리 관심이 있다고 한들 일개 신입 사원이 갑작스럽게 만들 수 있는 자료가 아니었다. 현성은 한 손으로 서류 보관함에서 자료를 찾으며, 한 손으로는 휴대폰을 들어 은주의 번호를 눌렀다.

커피를 한 모금 마신 은주는 아예 제 앞에 자리를 잡고 앉은 주인을 보며 입을 달싹거렸다.

그녀는 타인이니 고민 상담을 해도 되지 않을까 싶다가 그래도 회사 일을 함부로 발설하면 안 될 것 같아 앞에 놓인 커피 잔만 만지작거리는 중이었다.

생각에 잠긴 사이 카페 주인이 먼저 말문을 열었다.

"말하지 못하는 거면, 말하지 마셔. 딱히 나도 궁금하지 않으니까."

고개를 휙 돌린 주인이 TV의 전원 버튼을 눌렀다. 때마침 이슬람 문화권에 대해 소개하는 프로그램이 방송되고 있었다. 조용한 카페에 TV 소리가 울렸지만 은주는 다른 생각에 정신이 팔린 상태였다.

"요새 할랄 식품이 인기인가 보네. 여기저기 다 할랄 인증 마크 받는다고 난리야."

주인의 말에 그제야 은주가 TV로 시선을 돌렸다. 프로그램은 할랄 인증 마크에 대해 소개하고 있었다. MC가 전문가로 보이는 이에게 몇 가지 질문을 하였고, 패널들은 대답을 이어 갔다.

—저희 새맛김치는 할랄 인증 마크를 받기 위해 2년간 고군분투를 하였고, 얼마 전에 겨우 마크를 받아 낼 수 있었습니다. 아마 국내에선 저희가 두 번째인 걸로 알고 있습니다. 허허.

남자의 얼굴 밑으로 '새맛김치 차성진 대표'라는 자막이 떠 있었다. 정우식품 외에도 할랄에 관심을 가지는 곳이 많구나 싶어 은주는 TV를 자세히 보았다. 그러다 갑자기 울리는 전화벨 소리에 시선은 화면에 고정한 채 통화 버튼을 눌렀다.

"네, 오빠."

—나 물어볼 게 있는데, 예전에 할랄 인증 마크 PPT 만들었다는 사원이 누구였지?

응? 갑작스런 질문에 누구인지 정확히 떠오르지 않아 말을 얼버무리던 은주가 이내 생각이 났다는 듯 얼굴에 미소를 띠었다.

"이준영 사원이요. 왜요?"

—어디 멀리 갔어? 언제 와?

"음, 서울 가려면 한 시간은 걸리는데."

—회사로 와. 그때 설명해 줄게.

바쁜 듯한 말투에 은주는 알겠다고 하며 전화를 끊었다. TV 속에서는 여전히 차성진 대표와 몇몇의 패널들이 하하호호 웃고 있었고, 주인은 은주를 보며 손을 내밀었다.

"아가씨, 여기 500원."

"네?"

"좋은 소식이 있는 것 같은데, 축하하는 의미로 저번에

272

500원 받았던 거."

"커피 한 잔 더 주문할게요."

은주는 웃으면서 빈 커피 잔을 내려 보다가 한 잔을 더 주문하였다. 텅 빈 가게를 둘러보다 여전히 장사가 안 되는 것 같다는 생각에 고개를 절레절레 흔들었다. 커피를 다시 주문한 김에 현성에게 줄 수제 쿠키도 하나 샀다.

"아가씨, 난 강매한 적 없어."

"픕, 네."

국수 먹을 일이 정말 생기려나. 그것까지 맞추면 여기 단골이 될 것 같은데. 은주는 근래 현성과 엮이면서부터 자신의 성격이 변하는 느낌이 들었다. 여자는 사랑을 받으면 귀여워지고 사랑스러워진다고 하지만 자신이 거기에 해당될 줄은 몰랐다.

제주도에서 대학을 다니며 남자 친구를 사겼을 당시엔 전혀 그런 기색이 없었으니 말이다.

현성의 전화에 공장으로 가려던 발걸음을 돌려 버스에 올라탄 은주는 그를 볼 생각에 가슴이 쿵쿵 뛰었다. 이어폰을 귀에 꽂고 저도 모르게 콧노래를 흥얼거리다 깜짝 놀라 입을 막았다. 주변 사람들을 힐끔거린 그녀가 후우, 숨을 뱉어 내며 창밖으로 고개를 돌렸다.

획획 지나가는 창문 밖 풍경을 보며 은주는 계속 현성을 떠올렸고, 그러다 현진에게로 생각이 닿았다. 언젠가 한 번은 마주할 터였다.

제주도로 내려가기 전, 현진을 만나 과거의 일을 일단락 지었지만 그래도 여전히 자신이 그녀의 상처이고 아픔이면 어떡하지 하는 생각이 들었다. 현성의 부모님께서 아시면 자신을 좋아하지 않을 게 뻔했다.

걱정이 눈앞을 가려 우울해지려던 차에 버스가 강남역에 도착했고 은주는 헐레벌떡 내렸다. 오후가 되어 해가 떨어 졌음에도 여전히 날씨는 푹푹 찌었다.

그녀는 횡단보도를 건너려다가 버스에 카디건을 두고 내 렸다는 사실을 깨달았다.

"아, 카디건. 어쩌지."

짚이는 대로 옷을 입고 나온 터라 민소매 한 장과 짧은 면바지를 입은 상태였다. 회사에 찾아가기 적당한 옷차림 은 아니었다. 그렇다고 집에 들러 다시 갈아입고 가자니 현 성이 얼른 보고 싶었기에 망설여졌다. 그의 목소리가 급하 게 느껴지기도 했고.

그냥 하나 사지, 뭐. 원피스로 살까? 현성의 취향이 무엇 인지를 모르니, 원.

일단 가까운 옷 가게로 발걸음을 돌린 은주는 길거리를 터덜터덜 걸으며 '다 맞아 타로' 카페에서 산 커피를 마셨 다. 얼음이 녹아 아메리카노의 진한 맛은 없어졌지만, 에어 컨으로 인해 시원함은 남아 있었다.

다 먹은 플라스틱 컵을 쓰레기통에 버리려는 차에 익숙한 인영이 보였다. 은주는 반가운 마음에 인사를 하러 발걸음을 옮겼다.

"이준······."

아는 척을 하려던 은주는 문득 고개를 갸웃했다. 아직 회사에 있을 시간이었다. 품질관리 팀원이 강남역 카페에 죽치고 있을 만한 일은 없을 텐데.

외근을 나왔나 싶어 준영을 뚫어지게 쳐다보던 은주는 그가 누군가와 함께인 걸 발견하고 거래처인가 보다 하며 돌아서려 했다.

신입 사원이 거래처 직원을 만난다고? 벌써?

아직 업무 능력을 평가받기도 전인데. 저렇게 혼자 거래처와의 미팅에 내보낼 리가 없었다. 아버지 같은 인자한 인상의 주섭이 농담을 자주 해도, 일할 때는 원칙을 지키는 사람이었다.

뒷걸음질을 친 은주가 준영이 잘 보이는 자리로 움직였다.

어디서 봤는데, 저 남자.

준영과 함께인 남자의 얼굴을 살피던 은주가 박수를 탁 쳤다. 아까 봤던 TV 프로그램에 나왔던 남자였다. 새맛김치 차성진 대표. 할랄 인증 마크를 받은 과정을 꽤 자세하게 설명하기에 눈여겨봤었다.

은근 눈매가 닮아 보이는 두 사람은 심각한 얼굴로 이야기를 나누고 있었다. 은주는 이로 입술을 지긋이 눌렀다. 아직 확실한 건 아무것도 없었지만 사건의 실마리를 잡은 것 같은 느낌이었다.

"예전에 할랄 인증 마크 PPT 만들었다는 사원이 누구였지?"

탁, 눈이 떠졌다. 은주는 본능적으로 가방에서 휴대폰을 꺼내 카메라 버튼을 눌렀다. 최대한 확대를 해서 두 사람의 모습을 사진으로 담았다. 화질이 좋지 않아 입술을 바싹 앞으로 내민 은주가 결국 카페 문을 열고 들어갔다.

이거 불법인데.

그러면서도 무음 카페라 어플을 켠 후 두 사람의 사진을 찍으며 쓰게 웃었다.

아닐지도 모르지만, 현성이 갑작스럽게 물었던 그 말이 계속 머릿속을 맴돌았다.

정우식품 본사로 들어온 은주는 시원한 냉기를 맞으며 크게 심호흡을 했다. 걸어오는 사이에 이마에 땀이 송골송골 맺혔다.

엘리베이터를 타러 가는 사이 마케팅 팀 직원들이 보였고, 은주를 발견한 그들은 흘깃거리며 자기들끼리 속닥거렸다. 죄를 지은 것도 아닌데 죄인처럼 절로 고개가 숙여졌다.

'난 잘못한 거 없잖아.'

허리를 곧게 펴고 엘리베이터에 오르려던 은주는 이제 아예 들으라는 듯 대놓고 큰 소리로 얘기를 나누는 두 명의 직원들에게로 고개를 돌렸다.

"무슨 낯짝으로 여길 오지? 사내에 다 소문났는데, 정말 뻔뻔하네."

"성분 조사 결과 우리 측 잘못이 아니라고 판정 나서 다행이지. 어휴, 우리가 왜 고생해야 돼? 매일 밤샘에다 이게 뭐야."

정정 보도가 나갔지만 여전히 회사 분위기는 좋지 않았다. 특히 마케팅 팀은 전체 거래처에 메일을 보내고, 전화를 통해 이번 사건에 대해 설명을 해야 했다.

상대측에서 전화를 끊는 일도 부지기수였고, 가끔은 전화 좀 그만하라고 짜증을 내기도 했다.

업무가 끝난 시간에는 블로그나 카페 등 인터넷 사이트를 돌아다니며 최대한 많은 사람들에게 정우식품 김치에서 담뱃재가 나온 것이 아니라는 정정 보도를 알려야 했다.

이런 일거리를 준 원흉이 바로 눈앞에 있다는 듯 직원들은 은주를 매서운 눈초리로 쏘아보았다.

은주의 구두 소리가 로비를 울렸다. 두 사람에게 다가간 그녀가 입술을 오물거렸다.

"저기요."

"네?"

퉁명스러운 말투와 비웃음을 던지는 듯한 시선에 은주는 자존심이 상했지만 화를 낼 순 없었다. 한때는 '팀장님'이라고 꼬박꼬박 부르던 그녀들이 대놓고 무시하는 행동을 하니 어이가 없었지만.

"내가 만만해요?"

"네?"

싸늘하게 표정을 굳힌 은주가 한 글자씩 힘주어 말했다.

심증만으로, 아니, 들려온 소문만으로 자신을 범인으로 몰아가는 건 상당히 기분 나쁜 일이었다. 예전 같았으면 속상함에 말도 제대로 하지 못했을 텐데, 지금은 가만히 있는 것이 바보 같은 행동이라는 생각이 들었다.

은주는 더 단호하게 몰아붙였다.

"제가 하는 거 당신들이 봤습니까?"

"아니, 팀장님, 퇴사한 이유가."

조금 전까지 '쟤', '걔'라고 은주를 빗대어 부르던 두 사람은 당황했는지 '팀장님'으로 호칭을 바꾸었고 나중에는 꿀 먹은 벙어리가 되었다.

"내가 퇴사한 이유가 채성표 공장장이랑 짜고 정우식품 김치에 담뱃재를 넣었기 때문이라는 거죠? 내가 정우식품 에서 일할 때 그런 일을 할 인물로 보였나 봅니다."

은주가 이번 일로 가장 상처를 받은 게 이 대목이었다. 누구보다 열심히 일했는데 그 대가가 의심이라는 화살로 되돌아왔다.

일을 크게 키울 필요는 없을 것 같아 새삼 다시 서운해지 는 마음을 억누르며 은주는 때마침 1층으로 내려온 엘리베 이터에 올랐다.

대표실 안에선 현성과 정재우 본부장이 '할랄 인증 마 크'에 관련된 PPT 자료를 놓고 한참 이야기를 나누고 있었 다. PPT를 본 정재우 본부장은 신입 사원이 만들 만한 자료 가 아니라며 놀라워했다.

도대체 이런 인재를 어떻게 뽑았냐고 좋아하다, 한층 가 라앉아 있는 현성의 모습을 발견하고는 입을 다물었다.

"대표님, 서은주 씨 오셨습니다."

"네, 들어오라고 하세요."

순간 굳어져 있던 얼굴을 풀고 미소를 머금는 현성을 본 재우는 그가 뭘 잘못 먹었나 싶어 인상을 찌푸렸다.

2년이란 공백기가 꽤 길었나. 안 본 사이에 사람이 이상 해졌다고 생각하던 재우는 안으로 들어오는 은주를 보고 벌떡 몸을 일으켰다.

"서은주!"

"어? 오빠, 아니, 본부장님! 언제 귀국하셨어요?"

한걸음에 다가간 재우가 은주에게 포옹하며 반가움을 표
시했다. 갑작스러운 스킨십에 당황한 은주는 고개를 틀어
현성의 눈치를 보다 손으로 재우를 밀어냈다.

"두 사람 꽤 친한가 봐?"

"은주가 신입 사원일 때 내가 잘 챙겨 줬지."

"제가 잘 챙겨 드린 거죠."

은주가 재우의 말을 바로 반격했다.

재우에게는 결정적인 흠이 있었는데, 바로 청소는 잘하
지만 정리는 못한다는 것이었다. 특히 책상 정리를.

은주는 어려서부터 본래의 위치에 물건이 놓여야 직성이
풀렸고, 그 성격 덕분에 정리에 능숙했다. 그렇게 재우의
어질러진 책상을 대신 정리해 주다 친해졌고, 재우는 여동
생 같은 은주에게 음료수를 끊임없이 공급하며 친목을 돈
독히 쌓았다.

재우가 이슬람 문화권에 대해 조사하기 위해 직접 해외
로 파견 근무를 나가기 전까지 말이다.

재우가 앉아 있던 자리로 돌아가 앉자 현성이 은주를 보
며 소파 한쪽을 가리켰다. 재우와 마주 보는 자리였다.

그와 눈을 마주한 은주는 어딘가 불편해 보이는 시선에

또 무슨 일이 생긴 건가 싶어 주먹을 꽉 쥐곤 자리에 앉았다.

"서은주 팀장."

"저 팀장 아니에요, 퇴사했잖아요."

은주가 양손을 펴고 손사래를 치자 현성은 고개를 끄덕였다. 이번 일이 마무리되면 다시 복귀를 시킬 생각이었지만, 현재는 팀장이 아니니 호칭을 바꿔야 했다. 다시 은주를 부르려던 현성이 멈칫하며 입을 다물었다. 무의식적으로 '은주야' 라고 부를 뻔했다.

"곧 채성표 공장장이 올 겁니다."

"잠깐만요. 설마 최진우 이사가 말했던 품질관리 팀 서은주 팀장이 제가 아는 서은주 씨? 그럼 네가?"

재우가 자신이 2년간 준비한 프로젝트를 망친 원흉이냐는 시선을 던지자 괜히 미안해진 은주는 고개를 숙였다. 자신이 한 일이 아니어도 사람들이 몰아가면 정말 자신이 한 것처럼 느껴지는 때가 있는데 지금이 그랬다.

"서은주 씨 아닙니다. 범인은 따로 있습니다. 그래서 두 사람을 부른 거고요."

현성이 책상 위에 올려진 PPT 자료를 은주에게 내밀며 보라는 듯 턱짓으로 가리켰다.

"이거 그때 분명 품질관리 팀 신입 사원 작품이라고 했죠?"

"네, 이준영 신입 사원."

"여기 놓여 있는 건 정재우 본부장이 만든 자료입니다. 비교해 보세요."

준영이 올렸던 자료는 이미 검토했던 것이기에 다시 보지 않아도 내용이 기억났다. 해외 사례들이 꼼꼼하게 정리되어 있었다. 매출이 얼마나 뛰었는지부터 시작해 시장의 가능성에 대한 의견까지. 은주는 바로 정재우 본부장의 자료를 들춰 보았다.

"이…… 이게."

"그래요, 2년 동안 준비한 자료입니다."

자료는 준영의 것과 크게 차이가 나지 않았다. 재우가 2년 동안 분석한 자료를, 일개 신입 사원인 준영은 며칠 만에 제출한 것이었다.

"서은주 팀장이 나가고 정재우 본부장이 2년 동안 준비해 온 프로젝트를 진행한 게 할랄 인증 마크입니다."

"그러니까, 김현성 대표님은 지금 채성표 공장장과 판을 짠 게 신입 사원이라는 말씀이신 거죠? 스파이를 키우고 있었다니."

재우가 이마를 짚으며 소파에 기대었다.

"최진우 이사가 채성표 공장장을 데리고 오는 모양입니다, 오면 알게 되겠죠."

두 사람의 이야기를 듣던 은주는 강남역에서 준영을 봤

던 걸 떠올리고 가방 속에서 휴대폰을 찾았다.

"아까 강남역에서 이준영 사원을 우연히 봤는데요. 새맛 김치 차성진 대표와 함께 있는 걸 확인하고 제가 사진을 몰래 찍었습니다."

두 사람을 찍은 사진을 액정에 띄워 현성의 앞에 내민 은주가 싱긋 웃었다. 현성의 긴 손가락이 은주의 휴대폰을 감쌌다. 사진을 본 그는 재우에게도 확인해 보라는 듯 휴대폰을 건넸다.

"새맛김치 차성진 대표를 어떻게 알아?"

재우의 물음에 은주는 TV 프로그램에 출연해 할랄 식품에 대한 주제로 토론을 나누는 모습을 우연히 봤다고 얘기했다.

"새맛김치는 신생 회사인데, 차성진 대표가 백화점 상무 출신이라 거래처들을 꽤 갖고 있어서 뒤에서 더러운 짓을 많이 했지. 인맥으로 기존 업체들을 빼 버리고 자회사 상품을 넣기도 하고. 거기서도 우리가 할랄에 대해 관심을 갖기 시작한 2년 전쯤부터 조사를 시작했을 거야."

현성은 이번 사건의 범인이 좁혀지는 것을 느끼고는 안도의 한숨을 내쉬었다. 회사도 회사지만, 은주가 의심을 받고 그걸로 상처 받는 것이 더 신경 쓰이고 마음 아팠다.

다시 회사를 일으킬 자신은 있었다. 한 번 성공한 적이 있기에, 두 번째는 더 빠를 거라 생각했다.

그런데 이 일로 상처 받은 은주의 마음은 치유할 자신이 없었다. 현진의 일만으로도 얼마나 오랫동안 그녀가 아파했는지 알기에, 꼭꼭 상처를 묻어 두는 그녀가 홀가분해졌으면 하는 마음이 앞섰다.

"채성표 공장장이 오면 확실해지겠지."

담배 한 대 피우겠다며 재우가 사무실을 나서자 은주와 현성만이 남았다.

"서은주."

"네?"

이리 와 보라는 듯 손을 까딱거리는 현성을 본 은주는 괜히 장난기가 발동해 네가 와 보라는 듯 똑같이 손을 까딱였다. 그 모습에 품, 하고 웃은 현성이 은주의 빈 옆자리로 가서 앉았다.

"손윗사람을 손으로 불러?"

"오빠가 먼저 손으로 까딱했잖아요. 내가 10대도 아닌데."

"30대 앞에서 주름 잡는 거야?"

은주가 뭘 해도 귀엽다는 듯 볼을 잡아당기던 현성이 붉은 입술을 보곤 살며시 입을 맞추었다.

"나한테 곧 국수 먹는대요."

"그 점집에서?"

"점집이 아니라 카페예요. 타로 카페."

은주의 말에 기분이 좋아졌는지 현성은 팔짱을 끼고 '국수'라는 단어를 두 번이나 더 내뱉었다.

"근데 재우 오빠랑 친해요? 두 사람 은근히 반말하던 것 같던데."

"오빠?"

말꼬리를 올리며 정색하는 현성을 보며 은주가 왜 그러냐는 듯 눈을 동그랗게 떴다.

"두 사람 친한 거 거슬려."

현성은 거리낌 없이 대놓고 질투를 했다. 그가 다른 여자와 친한 모습을 보면 분명 자신도 질투를 느낄 게 뻔한데, 그때 거슬린다고 말할 용기가 있을까 생각하던 은주는 고개를 절레절레 저었다.

자신은 할 수 없을 듯했다. 김현성이기에 가능한 것이다. 은주가 미소를 짓자 현성은 정색하던 표정을 풀고 그녀를 따라 웃었다.

딸깍, 문이 열리고 재우가 들어왔다. 가운데 좌석에 앉아 있던 현성이 은주의 옆자리에 앉아 있는 걸 보곤 왜 거기 있냐고 작게 내뱉은 재우가 제 자리로 돌아갔다.

"최진우 이사 회사 앞이라던데요, 대표님."

"빨리 왔네요?"

"빠르긴. 지금 퇴근 시간 다 됐습니다."

재우가 손목시계를 손으로 가리키며 말하자 시간이 그렇

게 지난 걸 몰랐다는 듯 현성이 자리에서 일어나 내려갈 채
비를 했다.

회의실에서 급하게 회의가 소집되었다. 김현성 대표, 정
재우 본부장, 변주섭 부장, 김덕현 팀장 등 각 팀 별로 책임
자들이 다 모였다.

채성표 공장장의 이야기를 듣기 위해 모인 그들은 김현
성 대표의 뒤로 은주가 들어오자 놀란 표정을 지었다가 이
내 얼굴에 불쾌함을 담았다.

채성표 공장장과 서은주가 관련이 있다는 걸 밝히기 위
한 자리인가? 그럼 그렇지. 뾰족하게 날을 세워 바라보는
눈초리가 꼭 그녀를 찌를 듯했다.

은주는 침을 꼴깍 삼켰다. 왜 자신을 부른 건지는 몰랐으
나, 퇴사한 직원으로서 이곳에 있는 것 자체가 못내 부담스
러웠다.

최진우 이사가 채성표 공장장과 함께 회의실로 들어오자
회의실 안이 술렁였다. 아예 고개도 들지 못하고 푹 고개를
숙인 채성표 공장장의 몰골은 마치 밀항을 하려다 실패한
사람처럼 초췌했다.

마음고생이 얼마나 심했는지 보여 주는 듯 얼굴은 잔뜩
상해 있었다. 하얀 수염을 깎지도 않은 채였고, 눈에는 미
안함이 가득 담겨 있었다.

"아니, 채성표 공장장님!"

"조용히 해 주십시오. 자리에 앉으시고요."

자리에서 일어서던 사람들이 현성의 말에 애써 흥분을 가라앉히며 다시 앉았다. 경찰서로 바로 가려던 그를 진우가 회사로 데려온 것이었다.

"채성표 공장장님."

현성의 목소리가 제법 날카로웠다. 자신을 부르는 목소리에 고개를 들었던 채성표 공장장은 차가운 시선을 마주하고는 잔뜩 몸을 움츠리며 다시 고개를 푹 숙였다.

그때 똑똑, 문을 두드리는 소리가 나더니 품질관리 팀 전 직원이 회의실 안으로 들어왔다.

"늦어서 죄송합니다."

꾸벅 고개를 숙인 그들은 제일 끝쪽 자리로 가서 착석을 하였다.

현성은 품질관리 팀 직원들을 바라보다가 제일 마지막에 들어온 준영을 뚫어져라 쳐다보았다. 아까 은주의 휴대폰 속에 있던 그 얼굴이었다.

"채성표 공장장님, 마지막으로 할 말 있으십니까? 독단적으로 행동을 한 건 아닐 텐데요. 만약 여기서 아무 말씀도 하지 않으시면 저는 모든 일의 책임을 채성표 공장장님께 돌릴 수밖에 없습니다. 안산 제1공장의 책임자셨으니깐요."

"저는…… 저는."

말문을 열기 위해 입을 떼려던 채성표 공장장은 반대편에 앉아 있는 준영을 발견하곤 다시 고개를 숙였다.

"혼자가 아니었습니다."

"누구와 함께였죠?"

모든 직원이 있는 앞에서 사실을 말하면 은주의 누명은 벗겨질 것이다. 상황이 이렇게까지 된 마당에 발뺌을 하진 않을 거라 생각한 현성이 그대로 몰아붙이자, 채성표 공장장이 떨리는 목소리로 대답했다.

"서…… 서은주…… 팀장."

그의 말에 회의실에 있던 모든 사람의 시선이 은주에게로 쏠렸다. 어색하게 서 있던 은주의 안색이 하얗게 질렸다. 완전히 굳어져 아무런 말도 하지 못하는 은주를 보고 현성은 입술을 질끈 물었다.

"내가 뭐랬어! 서은주가 퇴사한 이유가 여기 있었어!"

"호랑이 새끼를 키웠어, 내가. 내가, 서은주 팀장이 그럴 줄은."

마지막까지 믿으려 했던 주섭마저 책상을 탁 치며 분노의 눈길로 은주를 쏘아보았다.

은주가 자신과 같은 직책이라는 것이 늘 마음에 들지 않았던 덕현은 아예 책상을 박차고 나가서 은주의 어깨를 붙잡고 앞뒤로 흔들었다.

"회사가 졸로 보여? 네 멋대로 하도록 가만히 둘 것 같아?"

"저 아니에요, 저 아닙니다."

심장이 터질 것처럼 불쾌하게 뛰었지만, 은주는 애써 단호하게 말했다. 그러나 그 말은 덕현의 화를 더욱 부추겼고, 다른 팀장들까지 은주를 손가락질하기 시작했다.

채성표 공장장은 본사 직원들과 일면식이 별로 없던 사람이었기에 화살은 자연스레 회사 내에서 자주 마주쳤던 은주에게로 향했다.

"저 아니라고 했습니다, 김덕현 팀장님."

"와, 이거 보게. 지금 누구한테 눈을 치켜떠? 어디서 배운 버릇이야? 잘못했다고 싹싹 빌어도 용서를 해 줄까 말까인데."

순식간에 덕현의 손이 위로 올라갔고, 은주는 본능적으로 고개를 푹 숙였다.

다들 감정이 격해진 상태라 정재우 본부장은 자리에 앉으라며 팀장들을 진정시키고 있었고, 최진우 이사는 채성표 공장장이 도망갈까 싶어 그 옆에 바로 붙어 있는 상태였다.

다들 정신이 없는 와중에 덕현의 손이 위로 올라간 걸 본 몇몇이 놀라서 눈이 커진 사이, 현성이 움직였다. 뺨을 내리치려는 덕현의 손목을 확 낚아챈 그가 은주를 제 뒤로 숨겼다.

"김덕현 팀장님."

씩씩거리며 성표와 은주를 노려보던 덕현이 현성을 올려다보고는 흠칫 놀랐다. 이렇게까지 분노를 참지 못하고 사람을 죽일 것처럼 바라보는 현성은 처음이었다. 그의 눈빛이 금방이라도 자신을 한 대 칠 것처럼 분노로 가득해지자 덕현은 한 발자국 물러섰다.

"서은주, 아닙니다."

아무도 눈치채지 못했다. 현성이 은주를 부를 때 말을 놓았다는 것을. 그러나 뒤이어진 말에 모두들 자신의 귀를 의심해야 했다.

"서은주, 제 사람입니다."

날벼락처럼 떨어진 말에 그의 뒤에 서 있던 은주가 놀라서 손으로 입을 가렸다. 은주가 움직이는 바람에 팔을 놓친 현성은 뒤를 돌아 아예 그녀의 손을 꽉 잡았다.

"의심할 사람을 의심하세요. 서은주는 절대 아닙니다."

단호한 음성에 장내가 고요해졌다. 그의 오랜 벗인 진우와 재우조차 몰랐던 사실에 입을 탁 벌렸고, 채성표 공장장은 다리에 힘이 풀려 바닥으로 주저앉았다.

"채성표 공장장님, 이젠 사실을 말씀해 주셔야겠습니다. 제 여자를 또 의심받도록 몰아가셨네요. 이젠 저도 제가 무슨 짓을 할지 모르겠습니다."

현성이 미소를 띠며 채성표 공장장에게 말하자 회의장 내에는 싸한 냉기가 감돌았다. 크게 소리를 지르며 화를 내는 것보다 조용조용 말하는 그가 더 무서웠다. 한 줌 재도 남기지 않고 없애 버리려는 듯 그의 시선에는 분노와 경멸이 깃들어 있었다.

♦　　♦　　♦

쾅.

책상을 내리치는 소음에 진우와 재우는 입을 꾹 다물었다. 어떤 일에도 냉정을 잃지 않던 현성이 온몸으로 화를 내고 있었다.

분노가 가득 담긴 주먹이 책상을 내리치자 책상 위에 널려 있던 서류들이 바닥으로 우수수 쏟아졌다.

"저 혼자 했습니다, 대표님. 제가 했으니."

채성표 공장장은 끝까지 본인이 혼자 한 일이라고 주장했다. 혼자 했다고 하기에는 너무 무서워서 예전에 중국산 양념을 수입했을 때 은주가 봐준 걸 기억해 내고 본능적으로 내뱉은 거라며 고개를 숙였다.

회의실에 모여 있는 직원들의 싸늘한 시선에도 굴하지

않고, 계속 자신이 한 것이라며 죄송하다고만 하였다.

"전 그럼 채성표 공장장님께 백화점, 마트, 홈쇼핑, 그리고
그 외의 거래처에서 반품 처리를 받아 손해 본 금액을 다 청구
할 겁니다. 법적으로 할 수 있는 모든 죄목을 붙일 거고요. 그래
도 괜찮으시다면, 그렇게 하시죠."

말은 그렇게 했으나, 대표실로 돌아오는 현성의 속은 부
글부글 끓었다. 누구와 한패인지 심적으로는 증거가 있는
데 물증이 없어서 준영을 엮지 못했다.

현성이 주먹을 꽉 쥐자 손등에 새파랗게 혈관이 올라왔
다.

"그러니까 정재우 네 말은 채성표 공장장이 품질관리 팀
이준영 신입과 한패라는 거지? 이준영 신입은 새맛김치 차
성진 대표랑 관련이 있고."

진우가 재우의 설명에서 요점만을 읊조리며 다시 물었
고, 재우는 고개를 끄덕였다.

"후, 미안하다."

손바닥으로 마른 얼굴을 쓴 진우가 현성에게 미안함을
표시했다. 현성은 입을 꾹 다물고 진우를 보며 한쪽 눈썹을
꿈틀거렸다.

"뭐가."

"네가 인사권 나한테 다 넘겼잖아. 이준영 신입 내가 뽑았다. 품질관리 팀으로 배정한 것도 나고."

진우가 자책하듯이 아랫입술을 꾹 물었다. 현성이 대표로 취임한 이래 인사권은 현성과 진우, 경영지원 팀이 함께 가지고 있었다. 그러다 회사가 점점 커지면서 인사권은 진우에게로 넘어갔다. 자신이 인사권을 갖게 된 이후에 생긴 일이라는 생각에 진우는 현성에게 더 미안했다.

"이력서상 문제가 없고, 면접 때도 잘했겠지. 자기 스파이라며 광고하고 들어오는 새끼가 어디 있겠어."

조금 안정을 찾은 현성이 죄책감에 고개를 푹 숙인 진우의 어깨를 툭툭 쳐 주고 자리에서 일어나 책상으로 가 앉았다.

회사를 경영하다 보면 별의별 일이 다 있었다. 이럴 때일수록 더 머리를 맞대고 집중해야 했다. 그래야 일이 해결되니까.

"그리고 난 예전에 스파이보다 더한 사람이랑 연애했었잖아."

그 말에 진우가 얼굴을 돌려 현성을 빤히 쳐다봤다. 재우 역시 마찬가지였다. 세 사람 중 먼저 입을 뗀 건 현성이었다.

"그게 뭐 숨길 일이라고."

암묵적으로 금기시되었던 그 얘기를 현성이 먼저 언급하

자 두 사람 모두 놀란 눈치였다.

아주 오래전 현성의 아버지는 두 명의 비서를 두고 있었고 현성은 그중 한 명과 짧고 굵은 연애를 하였다.

당시 신입 사원이던 현성이 회장의 아들이라는 소문이 사내에 돌면서 여비서는 현성에게 적극적으로 들이댔었다. 야근을 하는 현성에게 야식은 물론이고 아예 옷까지 사다 날랐다.

처음엔 현성도 부담스러움에 밀어냈지만, 그게 한 달이 되고 두 달이 지나자 조금씩 달라지기 시작했다.

부담스러웠던 것들이 익숙해졌고, 조금씩 곁을 주게 되었다. 그렇게 1년이 조금 넘는 시간 동안 연애를 했다. 그런데 그 여비서가 현성을 이용해 회장실에 있는 기밀 자료를 몰래 빼돌렸고, 회사에 막대한 손실을 입혔다.

현성은 그 이후로 연애와 담을 쌓고 지냈다. 사내 여직원들에게 인사는 받되, 일절 말을 섞지 않고 서늘하게 대했다. 딱 대표로서의 예의만 갖춘 것이다.

그 일로 회장의 병이 악화되어 졸지에 현성이 대표이사 자리에 올라야 했고, 한동안은 상처를 받았다는 사실조차 잊을 만큼 일에 치여 살았다.

연애는 절대 혼자 하는 게 아니었다. 마음이 작든 크든 현성은 상처를 받았고 그랬기에 진우와 재우는 그의 앞에서 절대로 그 얘기를 입 밖으로 내지 않았다.

"그럼 서은주 씨랑은 언제부터…… 아, 그게 아니지. 이제 어떻게 하지? 채성표 공장장 혼자 뒤집어쓰게 할 거야?"

"차성진 대표, 백화점에서 사표 처리된 게 아니라 쫓겨난 거라던데. 들리는 소문에 의하면 거기서도 돈 갖고 장난 쳤나 봐."

재우가 소파를 탁 치며 생각이 났다는 듯 차성진 대표에 대한 이야기를 읊었다. 해외 파견 근무를 하면서 식품 업계 종사자들과 친분을 쌓게 되었는데, 거기서 들은 소문이 꽤 많았다.

담당자가 까다로운 곳이 어디인지, 설렁설렁 일을 하며 친분이 있는 곳으로 몰아 주는 업체는 어디인지, 각 회사가 추구하는 식품이 어떤 것인지를 자연스럽게 알게 되었다.

"여자도 엄청 많을걸. 거기 사모님이 그것 때문에 반쯤 미쳤다고 들었어."

현성이 진우와 재우를 번갈아 응시하고는 책상 위에 놓인 전화기를 들어 귀에 갖다 대었다. 그리곤 익숙하게 비서실 번호를 누른 후 잠시 기다렸다.

—네, 대표님.

"새맛김치 차성진 대표님과 근 시일 내로 약속 잡아 주세요."

전화를 끊은 후 현성은 의자에서 일어섰다.

정면 돌파. 차성진과 이준영 두 사람 사이에 어떤 게 오

갔는지, 채성표 공장장은 새맛김치로부터 무엇을 받았는
지, 자료상으로 나오지 않는다면 직접 알아내는 수밖에 없
었다.

"그런데 정재우."

등줄기에 땀이 주르륵 흐르는 기분을 느끼며 재우가 현
성을 보았다. 재우의 바로 앞까지 걸어오는 현성의 걸음걸
이가 고고한 학처럼 우아했다. 정말 부모님한테 감사해야
할 비주얼이라 느끼며 재우는 상체를 뒤로 기울였다. 왜 선
득한 느낌이 드는 건지.

"서은주랑 꽤 친하더라."

"은주? 암, 친하지. 친하고 말고."

허, 현성의 입에서 바람 빠진 웃음소리가 새어 나왔다.

"너 근데 그 자리에서 그건 좀 아니었어. 네가 은주 평생
책임질 것도 아니고."

재우가 종이컵에 있는 커피를 한 모금 들이켜곤 컵 주위
를 잘근잘근 씹으며 장난스럽게 대꾸했다.

은주가 범인으로 몰리는 상황이었지만, 대표인 현성이
굳이 나서서 제 사람이라고 밝히며 손까지 잡는 행동은 과
했다는 생각이 들었다.

꼭 표범마냥 직원들을 보는 눈초리도 제법 날카로웠었
고.

"누가 평생 안 책임진대?"

현성이 팔짱을 끼며 나른한 표정을 지어 보였다.

"그럼, 너?"

"어, 평생 책임지려고."

그 상황에서 은주가 결백하다는 걸 알려 줄 가장 빠른 방법이기도 했고.

현성은 은주의 남은 인생 전체를 갖고 싶어졌다. 제가 없는 곳에서 아파서 우는 꼴은 절대 볼 수 없었다. 은주가 웃는 순간마다 온전히 자신이 함께했으면 하는 소유의 감정이 샘솟았다.

"그러니까 정재우, 넌 서은주한테 눈길도 주지 마."

chapter 7
더 이상의
상처는 없기를

촬영장 안은 후덥지근한 열기에 휩싸여 있었다.

하얀 셔츠 단추를 다 풀어 젖힌 서준은 한 손은 청바지 뒷주머니에, 한 손은 여자 모델의 허리를 감싸고 있는 채였다. 여자 모델은 뒷모습을 보이며 고개를 살짝 옆으로 튼 상태로 뇌쇄적인 표정을 짓고 있었다.

숨 죽인 듯이 고요했다. 두 사람이 풍기는 오라는 촬영 감독마저도 침을 꿀꺽 삼킬 정도였다.

'완판녀' 라는 별명에 걸맞게 현진이 입고 있는 청바지는 완벽하게 그녀의 다리에 딱 맞아떨어졌다. 여자들로 하여금 구매 욕구를 충분히 자극할 것이라 판단되었다. 물론 서준도 마찬가지였고.

"10분만 쉬었다 갈게요."

감독의 말에 현진은 자켓을 어깨에 살짝 걸친 채로 먼저 대기실로 향했고, 서준은 매니저와 함께 흡연실로 향했다.

담배를 피우려다 현진을 떠올린 서준이 아차 싶어 주머니에 담배를 넣었다.

"형, 현진이 누나 정말 예쁘죠?"

"응."

"아까 식은땀 엄청 흘리던데, 어디 아프대요?"

그러고 보니 허리를 잡을 때 온도가 높았던 것 같기도 했다. 서준은 주변에 있는 자판기에서 시원한 음료 두 개를 뽑아서 하나는 매니저에게 주고, 하나는 손에 든 채 흡연실을 벗어났다.

걷다 보니 현진의 대기실이 보였다. 서준은 망설이다가 똑똑 문을 두드렸다.

"재희니? 들어와."

매니저를 찾는 것 같은 그녀의 음성에 들어갈지 말지 다시금 고민하다 서준은 대기실 문을 열었다.

"얼음 가져왔어?"

힘이 하나도 없는 목소리로 물은 현진은 쭈그려 앉은 채 등만 보이고 있었다. 얼음을 달라는 것처럼 그녀가 팔을 뒤로 뻗자, 서준은 저벅저벅 걸어가 시원한 음료수 캔을 하나 내밀었다.

"김현진…… 어디 아픕니까?"

너무 오랜만이라 반말을 하다가 뒤에는 존댓말을 섞은 서준이 멋쩍은 듯 머리를 긁적였다.

모든 상황을 알고 나니 현진을 마주하기가 어색했다. 오래전 자신에게 고백하던 현진의 모습이 머릿속을 맴맴 돌아서 그런 걸 수도 있고.

"박서준?"

고개를 돌린 현진의 얼굴은 하얗게 질려 있었다. 이마에 맺힌 땀방울이 얼굴로 흘러내렸다. 분명 대기실 안은 에어컨이 빵빵하게 켜져 있는데.

서준은 현진의 이마에 손을 올려 보았다.

"감기야?"

"아니, 아닌데."

현진이 몸을 일으키려다 다시 주저앉았다. 뭔가 이상한 느낌이 들어 서준이 그녀의 앞에 쪼그리고 앉았다. 현진은 오른쪽 무릎과 다리를 꼭 쥔 채 윗니로 아랫입술을 꽉 물고 아픔을 견디는 듯 보였다.

"너 다리 아파?"

"다른 사람들한테 말하지 마. 종종 이래."

익숙한 듯 현진이 소파에 앉아 다리를 쭉 폈다. 때마침 대기실로 들어온 매니저가 서준을 보고 눈이 커졌다가 재빨리 현진에게 얼음주머니를 건네주었다.

"너 안 나가? 나 바지 벗을 건데."

그 말에 서준이 몸을 뒤로 돌렸다. 그가 나갈 생각이 없어 보이자 현진은 청바지를 벗고 매니저에게 치마를 건네받아 입었다.

얼음주머니로 무릎과 다리 위를 비비며 그녀가 의심스런 눈초리로 서준을 보았다.

"그때 그 사고 말이야."

어디서부터 이야기를 해야 하나. 어쩌면 그 사건의 원인은 은주가 아니라 눈치 없는 자신이 아닐까 하는 죄책감이 조금은 들었다고, 몸은 괜찮으냐고 물으려다 서준은 입을 꾹 다물었다. 그러다 이내 천천히 말문을 열었다.

"사고 때문에 아픈 거야? 아! 감독님한테는 말 안 해."

"다리를 못 쓸 뻔했는데, 정상일 리가 없지. 종종 이래."

비가 오거나 눈이 올 땐 조금 더 통증이 심하고.

현진은 한숨을 푹 쉬었다. 이런 다리로 모델 일을 하겠다고 우기는 건 정말 무모한 것일지도 몰랐다. 주치의는 아직도 집에서 요양을 하길 원하는 눈치였지만 현진은 가족들에게 절대 말하지 말아 달라고 부탁했다. 3년을 병상에서 보냈으면 됐다.

다시 걸을 수 없을지도 모른다는 불안감을 안고 악착같이 물리치료를 받았다. 처음으로 누군가의 도움 없이 한 발자국을 걸었을 때, 절로 눈물이 났다.

내가, 내 다리가 움직이는구나, 내 의지에 의해서.

더 이상 크게 치료할 건 없는데, 이유 없는 통증은 불시에 찾아왔다. 이렇게 촬영 도중에 뼈가 돌려 깎이는 듯한 아픔이 느껴지면 현진은 할 수 있는 일이 없었다. 그저 얼음주머니로 다리를 달래는 것밖에.

"많이 아파? 주물러 줄까?"

"됐어, 촬영이나 잘하자."

여전히 자신을 좋아할 거라고는 크게 기대를 하지 않았지만, 어쩐지 서준은 서운한 마음이 들어서 입술을 삐죽였다.

서은주는 김현성을 다시 봐도 좋다던데.

제주도에서 촬영을 하다가 우연히 은주를 만났고, 그때 그녀는 현성에 대한 이야기를 모두 다 털어놓았었다. 스무 살 때부터 이어진 첫사랑이라고. 좋은데, 이제 포기한다고 했었지.

누구는 아직도 첫사랑한테 빠져 있는데, 친구인 김현진은.

거기까지 생각하던 서준은 고개를 휘휘 저었다. 은주한테 제대로 뻥 차여서 정신이 미쳐 버렸다고 생각하며 현진에게 가까이 다가가 맨다리를 큰 손으로 푹푹 주물렀다.

"야…… 야!"

"왜?"

"여자 다리 함부로 만지는 거 아니거든!"

"아프다며, 이렇게 주무르면 시원하지 않아?"

마음이 쓰려 왔다. 은주도 은주지만, 현진도 사고의 충격으로 아직까지 고통을 받고 산다는 것이 안타까웠다.

어쩌면 죽기 직전까지 이유 없는 아픔을 계속 느껴야 할지도 모르는 거니까. 자신은 두 사람이 그렇게 되는 바람에 이 자리까지 단숨에 올라왔는데 말이다.

아마 그것 때문에 더 미안함이 드는 것이라 생각하며 서준은 제 감정에 대한 결론을 내렸다.

"나 그때 너랑 서은주 때문에 뛰어나간 거 아니야."

"응?"

"넌 이미 알고 있는 것 같은데, 너랑 서은주 때문 아니라고."

현진은 자신의 무릎 위에 올려져 있는 서준의 손목을 잡아 소파에 내려놓았다. 단호한 눈빛으로 과거의 일을 전하는 그녀의 눈동자에 슬픔이 서렸다.

침대에 누워 있던 은주는 이불을 발로 뻥 차고 일어나 멍한 눈으로 방 안을 걸어 다녔다. 그러다 책상에 앉아서 턱을 괴고 볼을 붉혔다.

"서은주, 제 사람입니다."

나직하게 들려온 음성, 꽉 잡아 주던 듬직한 손.

김덕현 팀장의 거친 손길에 서러움이 복받칠 것 같았는데, 단단한 등이 자신을 숨겨 주고 감싸 주었다. 혼자 버텨내야 할 거라 생각했는데, 현성은 생각보다 대범한 남자였다.

제 사람, 김현성의 사람.

절대 그런 행동을 할 것 같지 않던 사람이었는데.

은주는 제 뺨을 양손으로 감싸며 발을 동동 굴렸다.

그런데 이준영 신입과 차성진 대표는 도대체 무슨 관계일까? 정말 이준영 신입이 스파이일까?

"서은주!"

엄마가 부르는 소리에 그제야 정신을 차린 은주는 방문을 열고 부엌으로 나갔다.

"몇 번을 부르게 만들어. 날도 더운데 이 물 좀 밖에 뿌려."

"지금?"

"어, 지금."

"이 밤에? 별로 안 더운데."

은주는 엄마가 건넨 물이 가득 담긴 대야를 들고 끙끙거리며 거실을 가로질러 현관으로 향했다. 대야를 내려 놓고 잠금장치를 푼 뒤 바닥에 놓인 대야를 다시 들고 발로 문을 뺑 열었다.

너무 무거워서 얼른 물을 뿌려야겠다는 생각에 문이 열리자마자 시원하게 마당으로 물을 뿌렸다.

물을 뿌리고 다시 집 안으로 들어가려는 그녀의 눈에, 익숙한 실루엣이 보였다. 누군지 확인하던 은주가 깜짝 놀라 소리를 질렀다.

"엄~마야!"

뒤로 자빠진 은주에게 다가선 현성이 그녀의 손을 잡고 벌떡 일으켰다.

"여자가 바닥에 그렇게 앉으면 안 돼."

"어…… 어떻게 들어왔어요?"

"대문 열려 있던데?"

"그것보다 여긴 왜?"

대문 앞이 아니라, 아예 대문을 열고 들어와 현관문 앞에 서 있는 현성을 보며 은주는 눈을 깜빡였다. 방금 던진 물에 맞았는지 그는 제법 젖어 있었다.

뭔가 짐작 가는 게 있어 부엌 쪽으로 눈을 돌려 보았다.

커튼 사이로 엄마의 얼굴이 스쳐 지나갔다. 입꼬리가 올라가 있는 것으로 보아 이건 분명 고의적인 일이었다.

은주는 인상을 찌푸리며 현성의 손목을 잡고 제 집으로 끌어당겼다.

"일단 씻고."

"안녕하십니까. 김현성입니다."

"어머, 다 젖었네. 호호."

얄밉게 웃는 엄마를 보고 은주는 허 하고 웃었다. 안 그
래도 자신이 제주도에 내려가 있을 때 현성이 집에 몇 번
왔다 갔었다는 말을 들었다. 꼬박꼬박 와서 물세례도 받고,
문전박대도 당하고, 소금도 맞았다고. 까마득하니 잊고 있
었는데.

은주는 미안함에 어쩔 줄 몰라 하며 거실을 돌아다니다
가 동석의 방으로 들어갔다.

미안하지만, 어쩔 수 없었다. 대충 손에 잡히는 추리닝을
집어서 나온 은주가 현성을 화장실로 밀어 넣은 후 옷을 건
네주었다.

"옷이 이것밖에, 일단 씻어요. 감기 걸릴 것 같아서. 아,
엄마는."

"괜찮아."

현성이 옷을 받아 들고는 괜찮다며 은주의 머리를 쓰다
듬어 주었다. 괜히 안심되는 기분에 은주가 후 하고 한숨을
쉬었다.

그가 욕실로 들어간 후 슥슥 옷을 벗는 소리가 들려오자
은주는 괜히 볼이 붉어져서 얼른 부엌으로 향했다.

"엄마!"

"왜?"

"일부러 그랬지? 커튼 사이로 다 보고 있었지?"

왠지 평소보다 큰 대야에 물을 가득 담아서 주더라. 그거 남자도 혼자 들기에 꽤 무거운 무게였는데.

성격답게 문을 열자마자 뿌릴 거라 염두에 둔 엄마의 계획이 그대로 실현된 것 같아 은주는 팔짱을 끼고 씩씩거렸다.

"너 감정 표출하는 거 오랜만에 본다."

"그래도 대표님인데."

"너 잘렸잖아. 내 딸이 감정이 있는 사람이었구나."

엄마의 말에 은주는 팔짱을 풀고 손바닥을 반바지에 비볐다. 그러고 보니 엄마에게 투정을 부린 게 참 오랜만이란 생각이 들었다. 혼자서 모든 것을 해결해야 한다는 생각에 투정도 부리지 않았다.

무뚝뚝한 딸, 무미건조한 누나, 표정 없는 사람. 그게 서은주였다.

사실 속은 한참 여리고 무서워하는 것도 많은데, 표현할 수가 없었다. 자신이 투정을 부리면, 가족들은 더 무너져 버릴 것 같아서. 항상 기둥이라고 생각했으니까 말이다.

은주는 현성을 만난 이후로 변한 자신을 또 한 번 느끼며 욕실을 힐끔 봤다가 엄마를 응시했다.

"연애하는 거 반대 안 해. 근데 내 딸이 워낙 속으로 삭이는 아이여서 뺨 한 대도 못 때려 줬을 것 같아서. 엄마로

307

서 이 정도는 해도 되지?"

농담처럼 혼잣말을 하고 있었지만 엄마의 눈가는 촉촉했다.

스무살 때, 은주는 제주도로 잠적한 상태에서 대학교를 다니며 아르바이트를 해서 번 돈을 꼬박꼬박 통장으로 보냈었다. 말도 없이 혼자 결정하고 갑자기 내려간 거였기에 당황스러울 수밖에 없었다.

원래부터 차가웠던 성격이 더 차가워졌고, 말이 없어졌다. 그럼에도 딸을 도와줄 수 없는 처지가 속상해 혼자 눈물을 삼켰던 적도 많았다.

은주가 옛날을 떠올리는 듯한 엄마를 바라보았다. 동석에게 대충 그간의 사정을 들었을 테고, 아마 현성이 많이 미워서 문전박대를 했을 텐데.

"연애해도 돼?"

"하지 말란다고 안 할 거야? 너 이렇게 화내고, 투정도 부리는 거 보니까 마음에 들었어. 대신 그간 마음고생 한 거 톡톡히 갚으라고 해."

현성에게 내줄 과일을 칼로 슥슥 깎으며 엄마가 말하자 은주는 고개를 끄덕였다. 그러는 사이 현성이 부엌으로 들어왔다.

"죽을 때까지 톡톡히 갚겠습니다. 서은주한테요. 노예처럼 살겠습니다."

"언제 다 씻었어요? 쥐 죽은 듯이 들어와요, 왜."

현성을 머리부터 발끝까지 보던 은주가 고개를 끄덕였다.

아, 추리닝도 누가 입는지에 따라 많이 변하는구나.

서동석이 입었을 때는 얼른 벗겨 버리고 싶었는데, 백수같아 보이는 차림이라 한심해 보이기까지 했었는데, 김현성이 입으니 모델이 따로 없었다.

그걸 엄마도 느꼈는지 현성을 보는 눈에 감탄이 담겨 있었다. 역시 껍데기 하나는 타고난 남자다.

"……잘 어울리네요, 추리닝."

"이런 걸 안 입어 봐서 어색하네요. 아, 어머님. 선물 사왔는데."

현성이 현관으로 가더니 쇼핑백 하나를 가져왔다. 그가 건넨 쇼핑백을 보고 필요없는 척하던 엄마는 이내 그것을 받아 식탁 아래에 내려놓았다. 그리고 방금 깎은 과일을 현성이 있는 쪽으로 밀어 주었다.

"난 아빠나 마중 나가야겠다. 넌 대표님 잘 모시고. 중요한 일 같은데."

"응?"

은주가 어디 가는지 다시 묻자 엄마는 '아빠 마중'이라며 방금 전 현성에게 받은 쇼핑백을 들고 집을 나섰다. 은주는 커피포트를 들어 뜨거운 물을 머그컵에 따르고 찻장을 열었다.

메밀차, 녹차, 홍차, 커피…… 여러 종류가 있으니 고르기가 더 어려워서 망설이다 메밀차 티백을 꺼내 머그컵 안에 넣은 후 현성에게 다가갔다.

"메밀차예요."

"고마워."

"정말 미안해요. 누가 있을 거라고는 생각 못 해서."

은주가 미안한 표정을 짓자 현성은 어깨를 으쓱하며 머그컵을 받아 들고 따뜻한 차를 한 모금 마셨다.

"벌써 퇴근해도 돼요?"

"응, 조만간 차성진 대표랑 저녁 식사할 거야. 채성표 공장장 혼자 뒤집어쓰게 하지 않을 테니까 서은주는 마음 편히 있어."

큰 손이 따스하게 은주의 손을 덮었다. '내가 알아서 해결할 테니, 넌 안심해도 돼'라고 말하는 듯한 손길에 은주의 마음이 뭉클해졌다.

"빨리 해결해 주지 못해서 미안하다."

"아니에요. 빨리 해결하고 싶다고 되는 것도 아니고. 그 일이 일어난 게 대표님 잘못도 아니고."

"의심받기 전에 해결을 했어야 했는데, 정말 미안."

미안함을 가득 담은 눈동자를 보고 은주의 손이 절로 움직였다. 큰 손을 꽉 잡고 다른 손으로 현성의 머리를 쓰다

듣다가 눈이 마주쳤다.

아, 이 손이 왜 제 맘대로 머리카락을. 당황해서 손바닥을 쫙 펴고 한 뼘 정도 물리자, 현성의 입가에 작은 미소가 걸렸다.

그가 목을 앞으로 내밀어 은주의 손바닥에 제 입술을 붙인 채 양옆으로 비볐다. 간지러움에 은주의 어깨가 움찔했다. 야릇함이 손바닥에서부터 퍼져 나갔다.

"여긴 서은주 집이니까. 그러고 보니, 오래 굶었네."

"헉."

시간상으로 따지면 불과 어제인데. 24시간 전쯤. 오래 굶었다며 입맛을 다시는 현성을 보니 등 뒤로 땀이 주르륵 흘러내렸다.

난 아직도 아래가 얼얼한데, 오래 굶었다고? 고개를 휘휘 저으며 은주가 안 된다는 의사 표시를 했다.

"그래도 서은주 아픈 건 싫으니까, 당분간은 보류."

"좋은 생각이십니다."

은주가 엄지손가락을 치켜 올렸다.

몸을 섞고 사랑을 하는 건 마음이 충만해져서 좋은데, 처음 찔러 들어올 때의 그 아픔은 다시 생각해도 몸이 부르르 떨렸다.

아팠어, 정말. 현성이 좋은 건 변함이 없으니 만약 앞으로 그런 일이 생기면 또 하겠지만, 저렇게 굶주린 표정을 보니 두려움이 앞섰다.

"근데 당분간이면 얼마나 보류하는 건데요?"

은주가 자신의 머그컵 안에 있는 메밀차를 한 모금 마시면서 현성을 향해 물었다. 그의 눈꼬리가 반으로 접히며 장난스런 미소가 감돌았다.

"하루? 이틀?"

풉. 입에 머금은 메밀차를 머그컵 안으로 뿜어낸 은주가 현성을 보며 두 눈을 크게 떴다.

당분간이라며. 당분간은 적어도 일주일, 아니, 2주일은 지나야 하는 거 아닌가.

속으로 한 말을 알아들었는지 현성은 고개를 끄덕이며 괜찮다는 표정으로 은주의 볼을 엄지손가락으로 쓰다듬어 주었다.

"그것도 길다고. 한 번 하니까, 더 못 참겠는데."

그러니 봉인 해제를 한 서은주가 잘못이야. 아니, 봉인 해제시켜 줘서 너무 고마워, 서은주.

현성은 만족스런 미소를 지으며 메밀차를 한 모금 더 마셨다.

그녀의 어머님에게 연애를 허락받은 것 같아 기분이 좋았다. 오늘 일로 은주가 많이 놀랐을 것 같아서 저녁 식사도 마다하고 집으로 찾아왔는데, 예상치 못한 수확이었다. 은주도 꽤 괜찮아 보이고 말이다.

사실 사랑하는 여자의 어머님에게 미움을 받는 건 너무 속상한 일이었다. 내가 이 정도밖에 안 되는 남자인가 싶었다. 하지만 드디어 인정받은 기분이 들었다.

　물벼락, 문전박대, 소금 세례. 그 모든 것들을 몇 번이고 더 받아도 괜찮을 정도로 날아갈 듯 기뻤다. 이제 아버님만 제 편으로 만들면 되는데.

　현성은 뒤를 돌아 아무도 없는 걸 확인하고 은주를 확 안았다. 끌어안는 김에 손으로 그녀의 엉덩이를 확 잡아서 제 앞에 딱 붙이자 양볼을 붉히는 은주가 보였다. 그 모습이 귀여워서 현성은 픽 웃었다.

　"당분간은 보류라니까, 긴장하긴."

　아예 이준영을 탈탈 털어서 진실을 파헤치기 전까진 손대지 않으려고 했는데. 홀가분한 마음으로 그녀를 안고 싶었다. 그녀도 그녀 나름대로 속이 상할 테니까.

　그리고 사건이 해결되면 서은주를 아예 제 옆에 갖다 놓을 생각이었다.

　앞으로의 일들을 떠올리며 계획을 세우는 현성의 얼굴에 절로 미소가 번졌다. 서은주 때문에 살 맛이 난다. 아직 무엇 하나 확실하게 해결된 일은 없었지만, 서은주와 함께인 이 순간은 정말 평온했다.

🌿　🌿　🌿

한국 요리 박람회가 한 달 앞으로 당겨졌다. 한국 요리 박람회는 유명한 쉐프들이 한식의 세계화를 주제로 본인의 색을 살린 요리를 선보이는 무대였다.

이번 박람회에는 전유정 쉐프가 참여하는데, 대한민국뿐만이 아닌 해외에도 한식 레스토랑을 여럿 갖고 있기로 유명했다.

전유정 쉐프가 이번에 선보이는 '오방색의 건강한 상차림'에는 매실김치가 들어갈 예정이었다.

이 매실김치는 현성과 전유정 쉐프의 합작품이라고 할 수 있는 것으로, 오직 전유정 쉐프의 레스토랑으로만 유통을 하기 때문에 정우식품에서 함께 개발한 것을 모르는 이가 많았다.

이번 기회를 통해 매실김치의 발효 과정, 공정 과정을 박람회에 오는 사람들에게 공개해 그간 깎인 정우식품의 이미지 쇄신을 기대하고 있었다.

현성은 갑자기 일주일 앞으로 당겨진 한국 요리 박람회로 인해 서울과 지방을 출퇴근하다시피 했다.

이미 정우식품 내에서 시연을 하고 기자로부터 받을 질문에 대한 답변까지 여러 번 연습했지만 현성은 빠진 부분이 없는지 더 꼼꼼히 챙겼다.

서울로 올라가는 차 안에서 현성은 피곤한 눈을 감았다

떴다. 밖은 어느새 깜깜해져 있었고, 차와 부딪히는 바람 소리만 귀를 때렸다.

차성진 대표, 채성표 공장장, 그리고 이준영.

정면 돌파를 자신 있게 외쳤지만, 실상 차성진 대표와의 저녁 식사에서 큰 성과는 없었다. 차성진과 이준영 사이의 비밀은 밝히지 못한 채 당신을 의심하고 있다는 실마리만 주고 온 셈이었다. 그래서 선택한 것이 채성표 공장장이었다.

알아본 결과 채성표 공장장의 딸은 눈빛대학병원에 입원 중이었는데, 지방 대학병원에서 수술을 받기로 되어 있었다.

그 지방 대학병원이 한국 요리 박람회가 개최되는 곳과 그리 멀지 않은 곳에 위치해 있었기에 현성은 일찍 일을 끝내고 바로 병원으로 향했었다.

채성표 공장장은 현재 경찰서에서 조사를 받는 중이었다. 변호사는 억대를 훌쩍 넘어서는 금액을 청구하는 것이 가능하다고 했다.

물론 채성표 공장장이 그렇게 큰 금액을 감당할 능력은 없기에 아마 오랜 시간 감옥에서 누군가를 대신하여 살아야 할 것이지만.

현성은 병원 앞에 도착해서도 망설였다. 들어가야 하나, 말아야 하나.

답은 하나였다. 정우식품을 물로 본 그들에게 배로 돌려 줘야 했다. 병원 창구로 가 채성표 공장장의 딸 이름을 말하며 병실을 묻자, 그쪽에서 의심의 눈초리를 보냈다.

최대한 상냥한 표정을 지으며 웃어 주자 잠깐 머뭇거리던 간호사들이 병실 호수를 말해 주었다.

수술을 앞둔 여고생은 독한 약으로 인해 머리카락이 다 빠진 상태였다. 앙상하게 말라 있는 모습을 보니 입이 떨어지지 않았다. 아무래도 이 여고생 때문에 채성표 공장장이 나쁜 마음을 먹은 거겠지. 그럴 것이다.

"정우식품 김현성 대표님 맞으시죠?"

맑은 눈동자로 물어 온 아이에게 현성은 고개를 끄덕였다.

"팬이에요! 종종 TV나 인터넷에서 봤거든요. 아버지가 저 다 나으면 대표님과 만나게 해 준다고 그랬어요. 대표님이 세계 각지에 있는 대한민국 국민을 위해 한식의 세계화를 꼭 실현시킬 거라고요."

채성표 공장장이 벌써 단단히 교육을 시킨 모양이라 생각하며 손바닥으로 마른 얼굴을 쓸어내렸다. 이러려고 온

게 아닌데.

마음만 무거워져 버린 현성은 간병인에게 자리를 잠시 비켜 줄 것을 요구한 뒤 조심스럽게 입을 뗐다.

"음, 좋은 음식이니 세계인이 알아줬음 하는 것도 있지."

아이의 이름은 이영이었다. 현성은 이영이 하는 말을 가만가만 들어 주었다.

혹시 아버지에게서 이상한 점은 없었는지, 별다른 말은 안 했는지 그런 것은 하나도 묻지 못한 채 앙상한 팔목과 핏기가 없는 얼굴만 번갈아 쳐다보았다.

어느 정도 시간이 지난 뒤 현성은 그만 가 봐야겠다며 이영에게 인사를 하고 자리를 뜨려 했다. 그러던 차에 병실 문이 열리더니 채성표 공장장이 들어왔다.

깜짝 놀란 채성표 공장장은 이영의 인사도 받아 주지 않은 채 급히 현성의 손목을 잡고 밖으로 데리고 나왔다. 순식간에 병원 로비로 내려온 채성표 공장장의 눈빛이 하염없이 떨렸다.

"대표님께서 여긴 어떻게······ 이영이에게 무슨 말을, 아니, 저한테만, 그러니까!"

두서없이 하는 말을 듣고 있자니 여간 놀란 게 아닌 듯했다. 현성은 팔짱을 끼고 성표를 차갑게 내려다보았다.

딸로 인해 나쁜 짓을 저질렀다면, 그 딸로 인해 잘못된 것을 바로 잡으면 되겠지. 정색을 한 현성은 성표가 불안함에 서성거릴 동안 가만히 서서 그를 바라보았다.

"아무것도 모르고 있더군요, 따님은."

딸 앞에서 못난 아비가 된 것에 채성표는 고개를 푹 숙인 채 좌절했다. 어쩔 수 없는 선택이었지만, 그걸 딸에게 들키고 싶진 않았다.

"선택하십시오. 전 제가 할 수 있는 모든 걸 할 거라고 말씀드렸습니다. 수술을 앞둔 채이영 씨가 모든 걸 알게 되면, 자신 때문인 걸 알고 죄책감을 느끼겠죠."

죄책감을 느끼는 것뿐 아니라 아예 무너질지도 모른다. 그러길 바라진 않지만, 이 정도의 압박은 해야 할 것 같았다. 현성은 올컥하는 감정을 가라앉히고 더 차갑게 표정을 굳혔다.

"채성표 공장장님께서 진실을 말한다고 하셔도 분명 죄에 대한 벌은 받으셔야 할 겁니다. 그러나 분명 형은 줄어들 것이고, 딸 앞에서도 떳떳해지겠죠. 병원비 정도는 지원해 드릴 수 있습니다."

손해 본 금액은 이준영과 차성진 대표에게 받고, 채성표 공장장은 몇 년 감옥에서 죄를 뉘우치면 될 것이다.

"마지막 기회입니다. 이런 기회조차 채성표 당신에겐 아깝습니다. 서은주를."

현성은 한숨을 한 번 쉬며, 감정을 조절했다. 서은주가 상처 받은 걸 떠올리면 이런 기회조차 주고 싶지 않았다.

"서은주 씨가 받은 상처를 생각하면 말이죠. 누구보다 열심히 일한 것, 채성표 공장장님이 더 잘 아실테니."

입술을 이로 씹으며 주먹을 쥐었다 펴던 채성표가 드디어 입을 열었다.

"자료…… 자료가 있습니다. 딸아이는 모르게 해 주십시오. 제발 부탁드립니다. 절 자랑스러워하고, 아픈 걸 항상 미안해하는 아이입니다. 부모에게 기쁨은 주지 못할망정, 아픈 손가락이라고 괴로워하는 아이입니다. 제가 잘못했습니다. 제가 죽을죄를 지었습니다. 대표님, 정말 죄송합니다. 우리 딸아이한테만은."

채성표가 고개를 푹 숙이고 손등으로 입을 막았다. 그동안 많이 불안했을 것이다. 범죄도 저질러 본 사람이 저지른다고, 심적 고생이 심했을 것이다.

현성은 채성표가 내미는 휴대폰 속 동영상을 본 후, 그걸 자신의 이메일로 전송하였다. 채성표에게 다시 휴대폰을 건넨 그가 어깨를 두드려 주었다.

"부끄러운 짓이라는 걸 알면 처음부터 하지 말았어야 합니다. 당신의 인생을 송두리째 바친 회사입니다. 그 회사에 흠집을 내다니요. 약속한 대로 채이영 씨에겐 비밀로 하겠습니다."

현성은 고개를 휘휘 저으며 상념에서 깨어났다. 쌩쌩 달리는 고속도로에서는 다른 생각을 하다 자칫 사고로 이어질 가능성이 있었기 때문이다. 아무래도 커피 한 잔을 마셔야 할 것 같아 휴게소로 차를 몰았다.

이럴 때 서은주가 있으면 좋을 텐데.

차를 주차해 놓고 커피 전문점으로 향한 현성은 휴대폰을 켰다. 채성표에게 받은 메일을 진우와 재우에게 전송한 후, 내일 있을 오전 회의 일정을 조정했다. 그리고 서은주에게 전화를 걸었다.

—대표님!

한 번의 신호음이 가자마자 바로 전화를 받는 걸 보니 기다리고 있었나 보다. 저절로 웃음이 새어 나왔다.

"네, 서은주 씨."

—어디예요? 오고 계세요?

"휴게소예요. 한 시간 정도 더 걸릴 것 같은데."

11시는 돼야 서울로 진입할 수 있을 것 같았다. 오늘은 평일이라 차가 많이 막히지 않으니 10시면 도착하려나.

현성은 때마침 나온 아이스커피를 한 모금 마시며 눈을 지긋이 감았다.

"우리 못 본 지 오래됐죠."

—아마도요. 한 일주일? 더 됐나?

"일주일하고도 3일이나 지났어요."

대답하던 현성은 그걸 또 세고 있던 자신의 모습에 쿡 웃었다.

"보고 싶다."

—보면 되죠. 내일 시간 돼요?

"음."

내일 준영을 불러내 정신적인 압박을 해야 하는데. 그건 그거대로 또 마음이 좋지 않아 현성은 대답을 얼버무렸다.

마음 같아서는 지금 당장 그녀의 집으로 찾아가 보쌈이라도 하고 싶었다.

얼른 데려오고 싶다, 아무 때나 보고 만지고 느낄 수 있게.

—보고 싶다는 말 다 거짓인가 봐. 그래요, 저도 바쁘니깐요.

"아니, 그런 거 아닌데."

—됐어요. 얼른 서울 오기나 해요.

삐진 투로 말하는 은주가 귀여워 현성은 주위 사람들이 쳐다보는 줄도 모르고 휴대폰을 쥐고 계속해서 웃었다. 무거운 마음이 정화되는 느낌이었다.

"곧 해결될 것 같아. 서은주 복직은 그때 얘기해요."

은주는 그럴 생각이 전혀 없어 보였지만 현성은 그녀가 탐났다. 여자로도, 직원으로도. 데려올 것이다. 다시, 원래의 자리로.

현성은 기지개를 한 번 쭉 펴고 차로 돌아왔다.

졸음을 없애려 음악 소리를 올린 뒤 액셀을 밟는 그의 입가엔 미소가 번져 있었다. 생각만 해도 좋은 서은주로 인해.

은주는 하늘하늘한 쉬폰 원피스를 만지작거리며 초조하게 손톱을 물어뜯었다. 밤 10시면 도착할지도 모른다던 사람이 11시가 되어도 도착했다는 연락 한 통 없었다. 이럴 줄 알았으면 도착했다는 연락을 기다린다고 말할 걸 그랬나.

보고 싶어서 애가 달은 건 은주도 마찬가지였다. 시작은 얼떨결이었으나, 이 연애가 소중하고 좋았다. 그냥도 좋은 김현성인데, 자신한테 미쳐 있는 김현성은 오죽 좋을까. 하루에도 몇 번이나 현성의 사진을 보는지 모르겠다.

사진을 보다 보니 실물이 보고 싶었고, 일에 지친 현성을 안아 주고 싶기도 했다. 누명을 벗고 나니 홀가분한 마음이 들긴 하는데 아직까지 현성은 그 일로 인해 힘들어 보여 속이 상했다.

현성의 기분을 좋게 해 줄 방법.

아무리 생각해도 만나는 것밖에 모르겠다. 보기만 해도 좋다니까, 얼굴만 보여 주자. 얼굴을 보여 주려니 화장도 하고, 옷도 예쁘게 입어야 할 것 같았다. 준비를 끝내자 이건 잠깐 얼굴을 보여 주는 모양새가 아니라, 아예 데이트를 하러 가는 여인네였다.

은주는 쿡 웃으며 집을 나섰다. 동석의 차가 보이자 운전을 할까 하다가 아직도 가족 보험으로 바꿔 놓지 않은 걸 생각하며 택시를 탔다.

그러고 보니 현성의 차는 어쩌지. 아직 수리비를 주지 않은 상태였다. 갑자기 여러 사건이 터져서 미처 신경 쓸 틈이 없었다. 수리 비용을 떠올린 은주는 백수가 된 제 상태에 허허 웃음밖에 나오질 않았다.

현성의 집에서 조금 떨어진 위치에 내린 은주는 가로등 불빛 아래를 서성이며 익숙한 차가 오는지 기다렸다.

한참을 기다리다 지루함에 눈을 비비던 그녀는 화장을 했다는 걸 깨닫고 얼른 손을 내렸다. 가방에서 거울을 꺼내 얼굴을 보며 눈 밑에 번진 아이라인을 슬쩍 지우는데, 때마침 차가 들어왔다.

드디어 오는구나. 한 시간이나 집 앞에 서 있던 다리가 쿡 쑤셨다. 스무 살 땐 이렇게 기다려도 아픔 따윈 없었는데. 지금은 나이가 들었는지 좋은 건 좋은 거고, 아픈 건 아픈거였다.

은주는 현성에게 전화를 걸었다.

—아직 안 잤어? 자는 줄 알았는데.

"잔다고 안 했잖아요, 아직."

그의 목소리엔 피곤함이 가득했다. 은주는 현성의 차로 서서히 걸어갔다. 한 걸음, 한 걸음 가까워질수록 심장박동이 빨라졌다. 괜히 나 때문에 더 피곤해지는 건 아니겠지, 아닐 거야. 너무 제 입장만 생각했나 싶어 은주는 걸음을 멈추었다.

"오빠."

—서은주가 오빠라 해 주니 좋네, 쿡. 나도 늙었나 봐.

그사이 차가 지하로 내려가자 은주는 발을 동동 굴렀다.

더 빨리 걸을걸. 주차장은 기계가 차를 인식해서 문을 열어
주는 식이었기에 이미 사라진 차를 따라 들어갈 순 없었다.

예전에 한번 무식하게 따라 들어가다 경호원에게 귀를
붙잡힌 채 나온 적이 있었다. 은주는 그때를 떠올리며 웃었
다.

─뭐가 웃겨?

"집에 도착했어요?"

얼른 나와요, 다시. 엘리베이터를 타고 집으로 가지 말
고, 밖으로 나와요.

─응, 이제 차 대고 집에 올라가려고.

"나 보고 싶죠."

─그걸 말이라고.

잠시간의 침묵이 흘렀다. 보고 싶어 죽겠다는 현성의 얼
굴이 절로 떠올랐다. 중증이다, 서은주.

"나 대표님 집 앞인데, 얼굴만 보여 줄래요? 너무 보고
싶어서 왔는데."

대답도 없이 전화가 뚝 끊겼다. 은주는 휴대폰을 귀에서
떼고 액정을 멍하니 보다가 다시 현성에게 전화를 걸었다.
배터리가 없는 건 아니었나 보다. 통화 연결음을 들으며 은
주는 벽에 등을 기대었다. 괜히 높은 구두를 신었어, 발목
도 아픈 것 같아.

"서은주!"

뒤에서 들리는 현성의 음성에 은주가 휴대폰의 통화 종료 버튼을 눌렀다. 그리고 돌아서서 자신에게로 뛰어오는 현성을 보며 웃었다. 그는 맞춤처럼 딱 맞는 슈트를 멋스럽게 입고 있었다.

바로 앞까지 온 현성이 팔을 벌리는 사이 은주가 먼저 움직였다.

"보고 싶었어요, 많이. 왜 이렇게 좋을까?"

양쪽으로 팔을 벌리고 있던 현성은 갑자기 덮쳐 오는 은주로 인해 당황했다. 하지만 그것도 잠시, 더 세게 그녀를 끌어안았다.

"진짜 사랑스러워 죽겠네. 서은주, 너. 미치겠다."

내가 더 미치겠는데요. 당신의 품이 그리워서. 일주일하고도 3일이나 못 봤다, 가장 사랑이 불타오르는 연애 초기에. 은주는 현성의 가슴에 볼을 비비며 그간 보고 싶었던 만큼 충분히 그를 느끼려 했다.

조금만 더 용기를 내 볼까.

은주는 현성의 허리를 감고 있던 손바닥을 피아노 치듯이 모았다. 오른쪽 손가락으로 현성의 허리를 두드리며 곧게 선 척추를 따라 톡톡 올라가자 흠칫 긴장하는 기색이 느껴졌다.

"오늘은 보류 안 해도 되는데."

"응?"

눈치 없게, 바로 딱 알아들어야지. 유혹이 너무 약했나. 은주는 손가락을 쫙 펴며 현성의 허리에서 손을 놓았다. 그래, 유혹도 하던 사람이 해야지. 한 발자국 뒤로 물러선 은주가 초조하게 치마 끝을 만지작거렸다.

"그때 그랬잖아요, 그거 보류한다고."

아. 딱 현성의 눈이 그랬다. 그 순간 빛을 본 것처럼 눈을 반짝인 그가 아기를 안듯이 은주를 안아 올렸다. 갑작스레 발이 위로 붕 뜨자 불안함에 은주가 그의 머리를 양팔로 감싸 안았고, 가슴이 현성의 볼에 살며시 닿았다.

의도한 건 아니지만 이건 너무 큰 유혹인데.

"사랑해, 서은주. 죽을 만큼 예쁘다, 지금."

처음과 같은 배려는 없었다. 불이 꺼진 순간, 은주의 등은 벽에 부딪혔고 입술은 현성으로 인해 막혔다. 입술 사이를 비집고 들어가 달콤함을 맛본 순간, 현성은 더 거칠어졌다. 숨 쉴 틈을 주려 잠시 입술을 뗀 그가 거칠게 숨을 몰아쉬었다.

"괜찮아요?"

볼이 붉게 물든 은주가 현성의 볼을 손바닥으로 만지며 물었다.

"아니, 안 괜찮아."

다른 사람도 아니고, 내가 이럴 줄은 정말 몰랐어. 잔뜩 성이 난 아래를 느끼며 현성은 고개를 절레절레 흔들었다.

은주를 번쩍 안아 올린 그가 침대로 성큼성큼 걸어갔다. 붉게 물든 그녀의 얼굴과 목을 보며 현성은 이 모습을 다른 누구에게도 보여 줄 수 없다는 듯 제 온몸으로 감쌌다.

"오빠, 저 정말 모르는 사람이에요."

은주가 현성의 어깨를 살며시 밀어내며 말했다.

호텔로 오는 내내 내비게이션 속 아리따운 여성은 속력을 줄이라고 주의를 주었다. 분명 속도위반 딱지가 날아올 것 같은데. 걱정스런 표정으로 현성을 본 은주는 웃을 수밖에 없었다. 정말 그는 급해 보였으니까.

호텔에 도착해 현성이 데스크로 갔을 때 문제가 생겼다. 로비에 앉아 있던 은주는 관광객인 듯한 외국인 몇몇을 보고 눈을 반짝였다. 그들은 프랑스인이었다.

예전에 프랑스어를 배운 적이 있었지만 써먹을 기회가 전혀 없었는데, 우연히 만난 사람들의 언어가 귀에 들리자 신기함에 은주는 그들의 대화에 참여했다.

호텔에서 가까운 맛집과 밤에 놀 만한 곳을 추천해 달라는 말에 은주는 자신의 단골 음식점을 알려 준 뒤 근처 클럽을 휴대폰으로 검색해 설명해 주었다.

그런데 하필 그때 현성이 고개를 돌려 그 장면을 본 것이다. 현성의 각도에서는 은주와 외국인이 휴대폰을 켜고 서로 무언가를 주고 받는, 이를테면 번호를 교환하는 것처럼 보였다. 현성은 두 사람 사이로 걸어가 은주의 어깨에 손을 올리며 제 곁으로 끌어당겼다.

「그대는 작고 사랑스러운 양배추!」

뜬금없는 프랑스어에 은주가 고개를 돌리자, 사랑스러운 표정으로 자신을 보는 현성이 보였다. 그 말에 프랑스인들은 휘파람을 불며 자리를 떠났고, 현성은 엘리베이터에 올라서도 은주의 어깨에 올린 손을 내리지 않았다.

은주는 그가 혹시 오해했나 싶어 현성의 양 볼을 붙잡았다.

"오빠, 맛집을 물어보길래 검색해 주려고 그랬던 거예요."

"알아, 내가 안 괜찮은 건."

사랑스러운 너 때문에. 현성이 입술을 부딪히며 은주의 옷을 벗기고, 제 옷도 벗었다.

부드러운 가슴을 쥐었다가 아래로 손을 내린 그가 물기를 머금은 곳을 어루만지자 은주의 양팔이 그의 목을 꽉 감았다. 현성의 귀에 입술을 바짝 댄 은주가 신음 섞인 호흡을 내뱉는 순간 단단한 남성이 안을 꿰뚫고 들어왔다.

부드럽게 천천히 들어오던 것이 속도를 내며 더 깊숙이 들어왔다. 그와 동시에 손가락이 볼록 솟은 둔덕의 정점을 살며시 잡았다가 놓았다. 짜릿한 감각에 은주의 몸이 위로 튕겨 오르는 순간, 현성이 제 것을 빼냈다.

"아! 오빠……?"

확 몸이 뒤집힌 은주가 고개를 뒤로 돌렸다. 저로 인해 거칠어진 현성의 모습이 좋았다. 수영을 하는 그를 보며 사내 여직원들이 했던 말이 떠올라 볼이 붉어졌다.

"저런 몸에 깔리면 어떤 느낌일까. 황홀할 거야."

절대 일어날 일이 없으니 그런 말을 했겠지만, 상상이 현실로 일어난 은주는 자신을 단단하게 허벅지로 받친 채 골반을 부여잡고 깊숙이 찔러 넣는 그로 인해 신음만 내뱉을 뿐이었다.

"은주야, 서은주."

골반을 잡고 있던 손이 배를 살며시 쓰다듬더니 더 아래로 내려왔다. 정확히 여성의 핵심을 짚고 비비며 남성을 찌르고 들어오는 현성으로 인해 은주의 머릿속은 하얘졌다. 하얘지다 못해 부서져 내렸다.

은주는 기진맥진한 표정으로 현성에게 안긴 채 손으로

하얀색 이불을 비볐다. 얇은 이불 위로 현성의 근육과 체온이 고스란히 느껴졌다.

이렇게 좋은 게 또 있을까.

사랑하는 사람을 만지고, 입 맞추고, 사랑한다는 말을 듣고. 몇 년 만에 다시 만나도 설레게 하는 현성을 보며 은주는 작게 웃었다.

"아까 그거 무슨 말이에요?"

"어떤 거?"

"그대는 작고 사랑스러운 양배추라고 했나?"

은주가 아까 전 현성이 했던 뜬금없는 말을 떠올리며 물었다. 그러자 그가 그녀를 제 품으로 당기며 정수리에 살며시 입을 맞추었다.

"나중에 찾아봐."

현성의 입매가 자연스레 위로 올라갔다. 은주는 궁금증을 못 참고 옆으로 몸을 굴려 바닥에 떨어진 핸드백을 주워 올렸다. 휴대폰을 꺼내자 현성이 은주의 손목을 잡아 딱 붙이며 다리로 몸을 옭아맸다.

"왜요?"

"일단 자고 나서."

또? 은근한 시선에 은주는 최대한 하체가 닿지 않도록 몸을 앞으로 움직였다. 그러자 뒤에서 쿡 웃는 소리가 들리더니 그가 아예 골반을 잡고 당긴 후 비비기 시작했다.

"아, 정말! 우리 앞으로 시간도 많은데."

"시간은 많은데, 지금 흐르는 이 시간도 아까우니까."

말은 청산유수다. 그냥 잠만 자기엔 아깝다는 지론에 은
주는 피식 웃다가 침대 위에 덩그러니 놓인 휴대폰을 다시
집었다. 현성이 잡을 새도 없이 침대를 벗어난 은주가 등을
돌린 채 검색을 했다.

현성은 손바닥으로 제 얼굴을 가리며 눈을 지긋이 감았
다. 내가 왜 거기서 그 말을 꺼냈을까. 온몸이 화끈거렸다.
일단 두 사람을 갈라놔야겠다는 생각뿐이었다.

휴대폰을 바라보던 은주의 어깨가 굳어졌다. 살며시 몸
을 돌린 그녀는 어설픈 웃음을 짓고 있었다. 현성은 결국
서은주가 뜻을 찾았구나 싶어 한숨을 폭 쉬었다.

진심을 담은 말이긴 한데 민망했다. 서은주와 함께 있으
면 예상치 못한 언어들이 자꾸 튀어나왔다.

"오빠."

은주가 살며시 다가와 한쪽 무릎을 침대에 올렸다. 양 손
바닥으로 침대를 짚고 마지막 한쪽 무릎까지 침대로 올린
그녀가 기어서 다가오더니, 아예 풍덩 현성의 품으로 들어
왔다.

"양배추…… 쿡쿡, 양배추."

은주가 현성의 가슴에 자잘한 웃음을 흘렸다. 그러다 입
술을 현성의 가슴에 비비곤 다시 웃었다. 몇 번 그 행동을

반복하자 현성은 은주를 눕힌 후 그녀의 위로 올라갔다.

지쳐서 이만 자려고 했는데, 뜻을 알게 된 그 문장으로 인해 은주는 마음을 바꿨다. 김현성이 귀엽고, 사랑스러워서 갖고 싶어졌다. 이런 김현성을 다른 여자들은 아무도 모르겠지. 섹슈얼한 매력 외에 귀여운 면도 있다는 걸.

"사랑해, 서은주. 그리고 그만 웃어."

다시 한 번 사랑을 나눌 때는 간간이 웃음소리가 퍼졌다. 은주도 웃고, 현성도 웃고. 그러다 웃음이 사라지고 신음 소리만 남았다가, 그 신음 소리도 잦아들었을 무렵 은주는 스르르 현성의 품에서 잠이 들었다.

꿈속에서 현성이 턱시도를 입고 나와 무릎을 꿇으며 그녀에게 양배추를 건넸다.

"그대는 작고 사랑스러운 양배추."

'검은 머리가 파뿌리 되도록 사랑하겠습니다' 라는 프러포즈가 프랑스에서는 '그대는 작고 사랑스러운 양배추' 였다.

그에게 받은 양배추가 꽃처럼 활짝 피었다가 맛있는 요리로 바뀌어 머릿속을 휘젓고 다녔고, 은주는 꿈속에서 웃음을 멈추지 않았다.

다음 날 아침 일찍부터 진우와 재우가 대표실에 모였다. 현성이 채성표 공장장으로부터 받은 메일을 두 사람에게 전송했고, 그걸 본 두 사람이 현성이 출근하자마자 찾아온 것이었다.

"채성표 공장장이 지금이라도 밝혀서 다행이네."

진우가 안타깝다는 듯 씁쓸한 표정을 짓다 다시 휴대폰 속 메일을 보고 고개를 절레절레 흔들었다.

"한순간의 실수라고 넘기기엔 너무 많이 왔고, 회사 차원에서 본보기를 보여 줘야 하니 절대 덮어선 안 된다고 생각해."

재우의 말에 고개를 주억거리던 현성은 때마침 울리는 전화벨 소리에 몸을 일으켰다. 책상으로 걸어가 한쪽 엉덩이만 걸친 채 전화를 받은 현성의 표정이 점점 굳어졌다. 걷어붙인 소매 주변의 팔근육이 도드라지게 올라왔다.

진우와 재우가 무슨 일인지 묻는 표정을 지었고, 현성은 수화기를 내려놓으며 몸을 일으켰다.

"이준영, 출근했다고 하네."

주먹을 꼭 쥔 현성이 빼도 박도 못할 증거물을 보며 입을 사리물었다.

부장이 부탁한 일을 마치고 사무실로 돌아온 준영은 대표이사의 호출이 있었다는 말에 침을 꼴깍 삼켰다.

오전에 회사 앞 문구점에 가서 필요한 용품들을 사는 사이 은주에게서 전화가 걸려 왔다. 끝내 전화를 받지 않았는데, 회사 앞에 있다고 잠깐 보자는 문자에 결국 카페로 향했다.

회사로 들어가 봐야 하기에 길게 시간을 낼 순 없었지만 직감이 은주를 만나야 한다고 말하고 있었다. 결국 그녀가 기다리고 있다는 카페로 간 준영은 차가운 은주의 모습에 숨을 훅 들이켰다.

여기서 말리면 안 된다. 준영은 사람 좋은 미소를 지으며 잘 지냈냐고 안부를 물었고, 은주는 창밖으로 고개를 돌리며 화를 가라앉히려 했다.

"팀장님."

"왜 그랬어요?"

어떻게 알았을까. 채성표 공장장이 설마 노선을 갈아탄 건 아니겠지. 준영은 불안한 감정을 숨기려 손으로 의자를 꽉 쥐었다.

"채성표 공장장이 언제까지 입을 다물 거라 생각했습니까,

이준영 씨."

결국 일이 터졌구나, 터졌어.

"더불어 차성진 대표까지."

준영의 얼굴이 굳어졌다. 휴대폰을 꺼낸 은주가 화면 위에 사진 한 장을 띄웠다. 차성진 대표와 자신이 함께 있는 그 사진을 확인한 준영은 놀란 눈으로 휴대폰과 은주를 번갈아 보았다.

"대표님도……."
"네, 알고 있습니다."

꼭꼭 숨겨 왔던 것이 들킨 순간, 허탈함에 웃음이 먼저 나왔다. 사람의 약점을 잡아 돈으로 매수했을 때부터 언젠가 들킬 수도 있다고 생각했다. 어차피 할랄 인증 마크를 받는 시기를 잠시 늦추는 게 목표였고, 그건 달성했다.
처음부터 정우식품에 스파이로 들어온 것은 아니었다. 입사한 지 얼마 지나지 않아 우연히 듣게 된 어머니와 이모의 대화가 모든 일의 시작이었다.
죽은 줄로만 알았던 아버지가 살아 있다는 사실은 견디

기 힘든 충격이었다. 그 사람이 아버지였기 때문에, 평생 어머니는 일 한 번 하지 않고 자신을 남부럽지 않게 키웠구나. 절로 이해가 갔다.

항상 궁금했었다. 사람들은 한 푼을 아까워하며 저리도 열심히 공부하고 일하는데 어머니와 저는 왜 가만히 있어도 돈이 마르지 않는 걸까, 하고.

새맛김치 차성진 대표. 그 사람도 나의 존재를 알고 있을까, 문득 궁금해졌다. 그리고 얼마 지나지 않아 궁금증은 해소되었다. 차성진 대표가 직접 집으로 찾아온 것이다.

그때 어머니의 표정은 살아온 이래로 가장 행복해 보였다. 어머니가 아닌, 한 남자로부터 사랑을 받고 싶어하는 여자의 표정이었다.

자신이 아니었다면 어머니는 아버지가 아닌 다른 사람과 새로운 인생을 시작하며 사랑받을 수도 있었을 것이다, 한 남자만을 오랫동안 기다리는 것이 아니라.

아버지가 건넨 제안을 수락할 수밖에 없었다. 우리가 같이 살 수 있는 유일한 방법이었다. 새맛김치가 정우식품보다 할랄 인증 마크를 먼저 받아 언론에 노출할 수 있도록 잠시 시간을 끌어 달라는 거였다.

안산 제1공장에 혜영과 함께 외근을 갔을 때 직원 휴게소에서 우연히 은주가 담뱃재를 양념 더미에 부은 것을 듣게 되었다.

그곳에서 있었던 사건을 이용하면 잠깐의 시간을 벌 수 있으리라 생각했다. 아픈 딸아이의 병원비로 인해 고생하는 채성표 공장장을 꾀어 내는 건 식은 죽 먹기였고.

오로지 어머니만을 생각했다. 어머니가 아닌 여자로 다시 사랑받으며 살 수 있다면 무슨 일이든 할 수 있을 것 같았다.

꽃처럼 아름다운 나이인 스무 살에 어머니는 자신을 낳았다. 어머니의 20대가 다시 돌아오진 않겠지만, 20대처럼 살 수는 있지 않을까.

더불어 일을 잘 해결한다면 아버지를 가질 수 있다는 욕심 또한 들었었다. 준영은 지그시 눈을 감았다.

"죄송합니다, 서은주 팀장님."

할 말은 그것뿐이었다. 준영은 회사로 복귀하기 전 차성진 대표에게 전화를 하였고, 상황을 전했다. 그는 놀란 듯한동안 침묵을 유지했다.

"제가 다 짊어지겠습니다. 대표님은 약속 지켜 주십시오."

아직 아버지라 부르기엔 알아 온 시간이 얼마 되지 않아 어색했다. 제가 다 짊어질 테니, 당신은 어머니만을 위해

사십시오. 어머니를 제발. 준영의 눈가에 차오른 눈물 한
줄기가 톡 떨어졌다.

스무 살의 미혼모. 지금 시대에도 눈총을 받을 테지만 예
전엔 더했다. 대대로 교수직을 이어 온 어머니의 집안은 자
식보다 명예를 중요시했다. 어머니를 이해하려 하지 않았
고 집안에 먹칠을 한다는 이유로 아예 내쳐 버렸다.

유일하게 연락하는 이모의 말에 의하면 갈 곳도 없던 어
머니가 다 쓰러져 가는 지하방에서 갓난아기인 저를 안고
수십 번은 울었다고 했다. 그러니 어머니에게 잘해야 한다
며.

그 책임을 왜 어머니 혼자 감당해야 했을까? 복수심도
들었지만, 그래도 여전히 한 남자만 바라보는 깊은 사랑에
준영은 손바닥으로 제 얼굴을 쓸어내렸다.

비서의 안내를 따라 들어간 곳엔 김현성 대표 외에 최진
우 이사와 정재우 본부장이 있었다. 자리에 앉기도 전에 주
먹이 먼저 날아왔다.

"이건 서은주의 남자로서 치는 겁니다."

정신이 멍할 정도로 강력한 주먹이었다. 이가 흔들리는
것 같았다. 준영은 꿀꺽 삼킨 침에서 피 맛을 느끼곤 손등
으로 입을 닦았다.

서은주의 남자, 라고 할 때는 살기가 등등하더니 어느새
정우식품 대표로 돌아와 차분히 앉아 있는 현성을 보고 준

영은 겁을 먹었다. 발길이 떨어지질 않았다.

"와서 앉아요, 이준영 씨."

준영은 자리에 앉았고, 세 사람을 보며 고개를 푹 숙였다. 눈을 감고 머릿속에서 어머니를 떠올렸다.

당신이 꿈꿔 왔던 세상을 만들어 드릴 수만 있다면, 더한 것도 하겠습니다. 젊은 날을 버리고 누릴 수 있는 모든 것을 포기한 당신에게 해 드릴 건 이것밖에 없네요.

"이미 알고 부르신 거 압니다. 제가 채성표 공장장을 꾀어내 회사에 해를 입혔습니다. 어떠한 벌도 받겠습니다."

"뚫린 입이라고 함부로 말하네요."

"제가 채성표 공장장의 몫까지 다……."

준영의 말을 막고 현성이 픽 웃었다.

"그건 제가 결정할 일입니다. 채성표, 이준영, 차성진 대표까지. 정우식품이 손해 본 금액을 청구하는 것은 물론이고, 법적으로 할 수 있는 모든 죄를 다 갖다 붙일 겁니다. 이 일을 저지를 때, 그 정도 각오는 했겠죠."

두려움에 흔들리는 눈동자로 준영이 고개를 확 들었다.

"대표님, 한 번만 용서해 주십시오. 제가, 제가 다……."

"증거물이 있는데도 이준영 씨를 굳이 부른 건, 철판을 두른 그 얼굴이 궁금해서였습니다. 내려가 보세요."

준영은 현성의 앞에 무릎을 꿇고 그의 손을 잡았다. 차성진 대표와 자신의 관계까지 알고 있을 줄은 몰랐다.

"이제야 찾게 된 아버지입니다. 제발, 부탁드립니다."

모든 걸 제가 짊어질 수 있게 해 주십시오. 그분께, 아니, 어머니에게 피해가 가지 않도록. 준영은 목이 막혀 뒷말을 삼켰다.

"몰랐던 사실을 술술 말해 주시니 감사할 따름이네요. 이준영 씨. 모르는 사실이 있는데, 김현성 대표가 사람 좋아 보여도 피도 눈물도 없습니다. 당신 사정 같은 건 절대 봐 주지 않을 겁니다."

탁자를 탁탁 친 재우가 상황이 종료되었다며 일어섰다. 허탈한 표정으로 주저앉아 있는 준영을 보며 진우는 휴대폰을 꺼냈다. 이제 세상에 알리기만 하면 되는 것이다.

"진정 당신이 가족을 생각했다면, 그런 방식으로 해서는 안 됐습니다. 이런 위험한 일을 차성진 대표는 자신의 딸, 아들이 아닌 왜 이준영 씨에게 제안했을까요? 기업의 대표라 해도 그 사람의 자식까지 우리가 다 알 수는 없습니다. 이력서상 숨겼다면 아마 몰랐을 겁니다."

준영은 탁, 머리를 맞은 듯한 기분이었다. 차성진 대표에겐 자신 또래의 아들과 딸이 있었다. 그들과 자신의 차이가 확연히 느껴졌다.

자신이 어머니를 위해선 뭐든지 할 수 있다는 걸 알고 차성진 대표가 일을 꾸민 것이었다.

교묘히 이용당한 걸 깨달은 준영의 눈에서 하염없이 눈

물이 흘러내렸다.

어머니에게 또 상처가 되겠구나. 내 어리석음이.

♣　　　♣　　　♣

소파에 앉아서 시계를 보던 은주가 리모컨을 집었다. 아직 연속극이 방영 중이었다. 조금 더 지나야 뉴스를 하겠군.

한 달 새에 많은 일들이 있었다. 새맛김치 차성진 대표와 L 씨의 관계가 연일 뉴스에 오르내렸다. 채성표 공장장은 언급되진 않았지만, 법의 잣대를 피해 갈 순 없었다.

결국 모든 게 제자리로 돌아갔다. 은주만 빼고.

현성은 한국 요리 박람회를 성황리에 마쳤다. 전유정 쉐프와 함께 개발한 매실김치가 해외 투자자들의 마음을 끌었는지 이곳저곳에서 연락을 받았다. 고로 그는 요즘 눈코 뜰 새 없이 바빴다.

원래도 바쁜 사람이었지만, 사업 확장 계획 때문에 더 바빠진 듯했다. 김치뿐만 아니라 전유정 쉐프와 함께 온갖 양념을 개발하는 것 같았다.

조만간 출시되는 '비빔 양념'이 오늘 뉴스에 나올 예정이었고, 현성의 짤막한 인터뷰도 함께 나온다는 소식에 은주는 리모컨으로 채널을 돌리며 기다리는 중이었다.

내가 내 남자를 보려고 하루 종일 리모컨을 잡고 기다려야 하나.

현성은 다시 복직할 것을 제안했지만 흔쾌히 다시 정우식품으로 가겠다고 할 수가 없었다. 한 번 상처를 받은 이상 시간이 지나도 그곳으로 다시 발걸음을 돌리기엔 많은 용기가 필요했다.

현성을 사랑하는데도 현진과 있었던 과거의 벽이 너무 커서 용기가 필요했는데. 정우식품으로 돌아갈 용기가 도저히 나지 않았다. 믿었던 사람들이 저를 향해 손가락질하던 순간이 잊히지 않았기 때문이다.

"누나, 전화 오잖아. 얼른 받아."

"어? 응."

은주는 그제야 울리고 있는 휴대폰 벨소리를 들으며 제 방으로 향했다. 책상 위에 놓인 휴대폰 액정을 보니 '양배추' 라는 이름이 떠 있었다.

쿡쿡. 그날 이후로 양배추라고 저장을 해 놨는데, 현성은 마음에 안 든다며 툴툴거렸다. TV에 나오는 연예인과 겹치는 것 같아 기분이 나쁘다며.

그래도 은주는 다시 바꿀 생각이 없었다. 귀여운 호칭이기도 했고, 그날 일을 민망해하는 현성도 너무 귀여웠다.

"여보세요."

—뭐해?

"오빠 보고 싶어서, 9시 뉴스 기다리고 있었어요. 오늘 나온다면서요."

은주가 의자에 앉아 책상에 턱을 괴고 전화를 받았다. 긴 시간 동안 그를 못 보면 가끔은 이게 정말 현실일까 하는 감정이 들곤 했다.

―쿡, 그럼 나와. 5분 뒤에 도착.

"네? 지금요?"

―5분 뒤.

"끊어요, 끊어!"

급하게 말한 은주는 재빨리 욕실로 들어갔다. 질끈 묶고 있던 머리를 풀고 빗으로 힘을 줘서 빗은 후, 방 안으로 뛰어가 옷장을 활짝 열었다. 정말 오랜만에 그를 만나는 거였다.

5분이 뭐야, 10분은 줘야지! 여자를 몰라도 너무 몰라!

은주는 투덜거리면서도 초스피드로 준비를 끝내고 밖으로 나갔다. 현성의 차 헤드라이트가 반짝였다. 은주는 떨리는 발걸음으로 조수석 문을 열었다.

"오빠!"

"왔어? 이건 선물."

현성이 장미꽃을 은주에게 전해 주었다. 차 안이 장미꽃 향기로 가득했다. 은주는 가뿐히 꽃다발을 받은 후 차에 올라탔다.

"벨트 매."

"벨트요?"

"보고 싶었다면서. 오늘부터 내일까지 일 다 뺐어. 실컷 보게 해 줄게."

아. 제 옷을 위아래로 내려 보던 은주는 문득 오늘 무슨 속옷을 입었는지가 떠올라 얼굴을 하얗게 굳혔다.

"저, 오늘은 좀."

"우리 얼마 만에 보는지 알아?"

보고 싶어 죽을 뻔했다는 현성의 표정 앞에서 은주는 울 상을 지었다. 그러다 운전대를 잡고 있는 그의 손을 제게로 당겨 꽉 잡은 후 그녀가 말했다.

"10분만 기다려요, 10분만!"

옷은 좀 갈아입자, 이 사람아. 화장할 시간까진 못 기다려도, 그 정도는 기다릴 수 있겠지.

현성이 탐탁지 않은 표정을 지어 보였으나, 은주는 보조석 문을 열고 이미 내려서고 있었다. 꽃다발을 들고 통통거리며 집 안으로 들어가는 게 보이자 현성은 쿡 웃었다.

오늘부터 내일까지 시간을 빼 두긴 했지만, 정말 외박을 하려던 건 아니었는데.

오랜만에 본 서은주는 한층 더 예뻐져 있었다. 회사 생활을 하는 동안엔 불규칙한 식습관에 회식 자리도 있고, 거기다 항상 앉아 있기만 해서 귀엽게 배가 볼록 나왔었는데 일을 그만두고 몸매 관리를 시작하니 현진을 곧 따라잡을 기세였다. 피부도 좋아져 생기발랄해졌다.

길거리를 같이 걸을 때 전에는 잘 어울리는 남녀 한 쌍이었다면, 지금은 남자들이 은주를 힐끔거릴 정도였다.

얼른 회사로 복귀시켜야지. 이대론 안 되겠어. 회사로 복귀시켜 회식 자리도 자주 만들어야 하나. 귀여운 배를 다시 보고 싶어졌다. 귀여운 배도, 코 옆에 난 스트레스성 뾰루지도 현성으로선 대환영이었다.

아까와 별반 다르지 않은 복장의 은주가 다시 차에 올랐다.

이럴 거면 왜 10분을? 고개를 갸웃거리다 티셔츠 사이로 보이는 속옷의 끈이 화려한 색깔로 바뀐 걸 발견한 현성이 쿡 웃었다. 이러니 더 사랑스럽지.

"대표님, 그럼 앞으로 새맛김치는 어떻게 되는 거예요?"

"인수해야지. 할랄 인증 마크를 받을 정도면 제품상의 문제는 없으니까, 임원들 다 교체할 거고."

"이준영 씨는……."

은주는 말을 흐렸다. 검찰 조사에서도 자신이 한 짓이라고, 자신이 모든 걸 책임지겠다고 했다고 들었다. 그게 또 마음이 쓰려 왔다. 채성표 공장장은 아픈 딸아이 때문에 그런 일을 했고. 그를 떠올리던 은주가 현성의 손을 세게 잡았다.

"우리 채이영 씨 보러 가요."

"왜?"

"그냥이요, 마음이 쓰여서요."

뉴스에 직접적으로 나오진 않았지만, 안산 제1공장 공장장이라고 언급은 되었었다. 이영은 분명 그 일 때문에 아버지가 병실을 방문하지 않았음을 깨달았을 것이다.

부모의 잘못된 선택으로 인해 아이가 피해를 보면 안 된다는 생각이 뇌리를 강타했다. 어쩌면 준영도 한 회사의 인재가 되었을지도 모르는데.

"오늘은 일단 자고, 내일 아침에 가자. 병원."

일단 서은주를 힘껏 안아 주고, 맛보고, 사랑해 주는 게 먼저니까. 현성의 손이 부드럽게 핸들을 움직였다.

스케줄이 또 현진과 겹쳤다. 이번엔 연속극에서 커플로 호흡을 맞추게 되었다. 두 사람이 모델인 청바지 화보를 보고, 같이 있으니 보기 좋다며 감독이 주인공으로 캐스팅한 것이었다.

연속극이 처음인 현진을 위해 베테랑인 서준은 그녀의 연기를 봐 주며 많은 조언을 아낌없이 해 주었다.

감정을 잡을 땐 어떻게 해야 하는지, 도저히 집중이 안 될 땐 어떻게 해야 하는지, 긴 대사를 쉽게 외우기 위해선 어떻게 해야 하는지 등등.

바다 안에 들어가 키스를 하는 신이 있었다. 비가 오진 않았지만 비 오는 듯한 연출을 위해 스태프들은 열심히 두 사람에게 물을 뿌렸다. 그런데 감독이 원하는 장면이 좀처럼 나오지 않았고 차가운 바닷물 속에서 두 사람은 꽤 오랜 시간 촬영을 했다.

문제는 촬영이 끝나자마자 현진이 주저앉은 것이었다. 드라마, 특히 주인공 같은 경우엔 많은 체력이 요구되었다. 서준은 현진을 안아 가까운 대학병원으로 향했다.

그놈의 다리, 다리가 말썽이었다.

"한 번 크게 사고가 난 다리입니다. 재활 치료를 했어도 무리해서는 안 됩니다. 보호자분께서 각별히 주의해 주세요."

전문의에게 상태를 듣고 나오는 서준의 표정이 어두웠다. 마음 같아선 모델도, 연기자도 어떤 것도 하지 않았으면 싶었다.

자꾸 마음이 쓰이는 게 과거의 일에 대한 안타까움 때문인 건지, 아니면 현진을 향해 다른 마음이 있는 건지 스스로도 혼란스러웠다.

터벅터벅 걷던 서준은 자신의 앞에 멈춘 운동화 한 켤레

와 남성용 구두 한 켤레를 보고 고개를 들었다.

"안녕하세요, 김현성 대표님. 안녕, 서은주."

너무 놀라서 심장이 쿵 떨어질 뻔했다. 왜 두 사람이 여기 있는 걸까. 현진은 아픈 걸 가족들에게 들키고 싶어 하지 않는다던데. 초조함에 입술을 질끈 물었다.

"박서준 씨. 드라마 잘 보고 있습니다. 현진이 잘 챙겨 주십시오."

"네, 네."

서준이 현성의 손을 양손으로 잡으며 고개를 푹 숙였다. 그러다 마치 여자 친구의 오빠에게 잘 보이려는 모양새인 것 같아 인상을 구기며 어깨를 쫙 폈다.

"축하해. 올해 남우주연상 후보에 오른다고 벌써부터 난리더라."

"그런데 어쩐 일로?"

"아, 여기 아는 사람이 입원해 있어서."

서준이 고개를 끄덕인 후 얼른 가 보라는 듯 엘리베이터 쪽을 손가락으로 가리켰다. 현성과 은주가 몸을 돌려 걸어가는 순간, 서준을 부르는 간호사의 목소리가 들렸다. 정확히는 그의 이름이 아니었지만.

"김현진 씨 보호자분!"

걸어가던 현성이 그 소리에 뒤를 돌아보았다. 서준은 난감한 표정을 지으며 이로 입술을 질끈 물었다.

살벌한 표정으로 뚜벅뚜벅 걸어온 현성이 간호사와 자신을 번갈아 보자, 서준은 머리를 긁적였다. 이 순간 생각나는 건 '망했다' 라는 한마디였다. 이건 정말 의도한 것도 아니었는데.

♣　　♣　　♣

현성의 어깨가 무거워 보여 은주는 살며시 다가가 그의 어깨를 손으로 주물러 주었다. 서준에게 촬영장으로 돌아가라고, 이제 현진의 곁에 본인이 있겠다고 말하는 현성은 얼굴에서 놀란 기색을 감추지 못하고 있었다.

놀람, 두려움, 걱정. 모든 것이 담긴 표정에 서준은 고개를 숙이고 병원을 나섰다. 은주는 현성의 손등 위로 제 손을 올려 놓으며 톡톡 힘내라는 듯 두드려 주었다.

병실 문을 열자 살이 쏙 빠져서 잠들어 있는 현진이 보였다. 팔에는 영양제로 추정되는 링겔 하나가 꽂혀 있었다. 얼마나 잠을 못 잤으면, 저리 푹 자는지.

만약 스무 살 때였으면 현진이 걱정돼 그 옆에서 한참을 서성이다가 울었을 것 같은데 지금은 아니었다.

이제야 정우식품이 잠잠해져서 겨우 한숨 돌리고 있는 현성이 아플까 봐, 그의 무거운 어깨가 더 신경 쓰였다.

"오늘 데이트 못 하겠다, 은주야. 미안해서 어쩌지?"

"데이트가 문제예요? 괜찮아요."

"나 잠깐 전화 좀 할게."

은주의 뺨을 부드럽게 쓸어내린 현성이 창 쪽으로 걸어 갔다. 은주는 바깥을 보고 있는 그에게 다가가 허리를 안았 다. 놀랐는지 휴대폰을 귀에서 떼고 은주를 보던 현성이 그 녀의 머리를 손으로 흐트러뜨렸다.

1인실은 조용했기에 휴대폰 속 음성이 은주의 귀에도 들 렸다. 자신은 신경 쓰지 말라는 듯 은주가 턱짓을 하자, 현 성은 고개를 끄덕인 후 휴대폰을 다시 귀에 갖다 대었다.

"정 교수님, 저 김현성입니다."

─그래, 아버지 때문에 전화한 건가? 점점 좋아지고 있 네. 허허, 무슨 회사 욕심이 그리도 많은지 요새는 언제 퇴 원하냐고 성화야.

정 교수는 아버지의 친구로, 아버지가 입원한 병원의 차 기 병원장 자리에 이름이 오르내리는 분이었다. 정형외과 교수였지만 그는 항상 아버지의 소식을 알고 있었다. 오늘 도 그것 때문에 전화를 한 줄 아는 그를 향해 현성이 입을 열었다.

"교수님, 여쭤 보고 싶은 게 있는데 의사로서 진실만 이 야기해 주셨으면 좋겠습니다."

─하하, 당연하지. 그렇게 물어보니 괜히 긴장되는데.

현진을 한 번 본 현성은 제 허리를 꽉 감고 걱정스런 표정을 짓고 있는 은주를 쳐다본 뒤 고개를 돌려 창문을 보았다.

"현진이 상태에 대해 자세히 알고 싶습니다."

수화기 너머로 상대방이 놀란 듯 숨을 들이켜는 소리가 들렸다. 그리고 이어진 이야기에서 현성은 손바닥으로 제 눈을 덮을 수밖에 없었다. 걱정과 근심 없이 푹 잠들어 있는 현진을 보니 마음이 아려 왔다.

전화를 끊은 후 힘없이 아래로 떨어지는 그의 손을 은주가 감싸 주었다.

"오빠, 힘내요. 이 말밖에는."

은주도 눈물이 핑 돌았지만, 자신보다 더 아플 현성 때문에 울 수가 없었다.

현진은 레이디 시크릿 파이널 오디션을 위해 일찍 집을 나섰다. 정말 우승하고 싶었지만 은주의 실력이 너무 뛰어났기에 안 될지도 모른다고 생각했었다.

그런데 그저께, 우연히 자신이 뽑힐 확률이 더 높다는 말을 듣게 되었다. 서준은 남자 모델이기 때문에 안 될 확률이 높았고, 은주보다 자신이 더 브랜드 이미지와 맞는다는 소리를.

잠도 제대로 못 잔 현진은 평소보다 일찍 레이디 시크릿 건물로 향했다.

몇몇 스태프들만 와 있는 상태였다. 시간이 많이 남아서 화장실을 가려는데 하필 공사 중이었다. 스태프에게 물어보니 5층에 레이디 시크릿 본사 직원들이 사용하는 곳이 있다며, 죄송하지만 그곳을 쓰셔야 할 것 같다는 대답이 돌아왔다.

5층까지 올라가 화장실에 들른 현진은 밖을 나서려다 사람들이 들어오는 소리에 흠칫 놀랐다. 큰일을 본 건 아니었지만 이런 데서 마주치는 건 이미지에 별로 도움이 되지 않을 것 같아 잠시 기다렸다 나가기로 했다.

난 연예인이다, 연예인이다. 모델이다, 모델.

신인이었지만 이미지 관리는 생명이었다. 부모님의 반대를 헤치고 홀로 걸어가는 길이 쉽지만은 않았지만.

"이번에 확정됐대! 그 누구였더라."

"서은주?"

"어, 걔가 된다던데. 대표님이 마음을 바꾼 모양이야."

현진이 고개를 갸우뚱하게 기울였다. 심장이 쿵쿵 빠른 속도로 뛰었다. 그저께 들었던 소식과 전혀 상반되는 내용에 주먹이 절로 쥐어졌다.

은주가 잘되는 것이 기분 나쁜 게 아니라, 확신하고 있던 결과가 바뀌었다는 사실이 충격이었다. 꼭 사탕을 받았다 뺏긴 것처럼.

"김현진 아버지가 정우식품 회장이래. 우리 대표 만나서 김현진이 모델 일 그만둘 수 있게 빼 달라고 사정했나 봐."

그 말에 손에 들고 있던 휴대폰을 놓쳤고, 바닥에 떨어진 휴대폰이 탁 소리를 냈다. 이미 본사 내 직원들은 알고 있는 사실인지 화장실에 다른 이가 있는 걸 알면서도 그들은 계속 말을 이어 나갔다. 현진의 머릿속은 이미 하얗게 빈 상태였다.

여직원들이 나가고 현진은 휴대폰을 주워 터덜터덜 화장실을 나섰다. 무거운 발걸음으로 1층까지 내려온 그녀는 대기실로 가려 움직였다.

심장이 너무 떨려서 제대로 숨을 쉬기가 어려웠다. 계속 반대를 해 왔었지만 그래도 오빠가 설득하며 버팀목이 되어 줬었고 최근엔 별다른 말도 없었다. 그런데 왜 갑자기.

현진은 휴대폰을 귀에 갖다 대었다. 몇 번의 신호음이 가고 아버지가 전화를 받았다.

—우리 막내, 무슨 일이야?

이렇게 다정한 목소리로 무슨 일을 하신 거예요, 아버지.

"아빠, 아니죠? 아버지 저 모델 하는 거 찬성한다고 하셨잖아요. 아니죠?"

목소리가 하염없이 떨렸다. 대기실로 가는 도중 무릎이 꺾였다. 이상하게 쳐다보는 스태프들의 시선을 느낀 그녀가 황급히 대기실로 향했다.

—…….
"아니죠? 아니지? 아빠, 아니잖아."

얼마나 하고 싶어했는지 아빠가 제일 잘 알잖아.
하고 싶은 일이 처음으로 생겼는데.

—알아 버렸으니 말할 수밖에 없겠구나. 그래, 난 사실 모델 반대야. 널 잃을 뻔했던 그 순간을, 너도 아직까지 트라우마로 남아 있으니 기억할 거다. 레이디 시크릿은 전에 지금까지 네가 해 온 일들과 다르게 전 세계에 얼굴을 알릴 수 있는 기회라고 하더구나.

레이디 시크릿 모델이 되면 스타가 되는 건 정말 한순간이었다. 그랬기에 현진은 이틀간 하늘을 나는 듯한 기분이었다.

─난 널 또다시 잃을까 무섭구나, 막내야. 네가 아빠 봐주면 안 되겠니?

일어나지도 않은 일이었다. 이제는 납치를 당해도 신고를 하고, 도망갈 수 있을 정도의 성인이 되어 있었다.

"아빠, 일어나지도 않은 일이야."
─스토커한테 협박을 당하거나 자살을 하는 연예인들이 뉴스에 오르내리는 걸 보며 아빠 네 걱정 때문에 잠도 못 이룰 지경이다. 현진아, 다른 거 하자. 네가 하고 싶은 모든 걸 하게 해줄 테니, 모델은 안 돼. 연예인은 안 돼.

더 이상 대꾸할 가치가 없어서 전화를 끊었다. 국내에서 할 수 없게 한다면, 해외에서 하면 된다. 스무 살의 열정을 꺾을 순 없었다.
TV에 나온 탑스타들은 꼭 그랬다. 부모의 반대가 있었다고. 집을 나가서 잘되면 되는 것이다. 아버지가 끝까지 반대하며 길을 막아도 그 벽을 부수면 될 일이었다.

그러나 그럼에도 힘이 빠지는 건 어쩔 수 없어, 현진은
굳어진 얼굴로 대기실 문을 살며시 열었다.

"……."

대기실 문을 열던 현진은 그 자리에 그대로 굳었다. 박서
준이 결국 일을 저질렀구나. 은주가 서준의 매니저를 좋아
한다는 사실을 알게 된 후 그걸 전해 준 게 문제였다. 은주
가 자신을 배신할 리는 없으니, 박서준 본인이 애가 달아서
한 행동일 것이다.

더 이상 떨어질 곳이 없다고 생각했는데, 심장이 한 번
더 쿵 떨어졌다. 현진은 놀란 가슴을 부여잡았다.

내가 하고 싶은 것은 뭐든 안 되는구나.

저들의 앞날이 부러웠다. 은주는 모델이 되어 승승장구할
것이고, 서준은 끝까지 은주에게 들이댈 테고. 그럼 두 사람
은 연인이 되겠지. 거기까지 생각이 미치자 절망적인 기분
이 들었다.

그 순간 은주와 눈이 마주쳤다. 현진은 놀라서 휙 몸을
돌렸다. 봐서는 안 될 장면을 본 것 같아서. 그녀의 두 눈에
서 눈물이 흘러내렸다.

젊은 날의 열정을 펼 수 없는, 사랑하는 이에게 사랑받을
수 없는, 그 모든 슬픔이 한데 섞여 흘러내렸다. 그래서 무

작정 뛰어나갔다.

머릿속이 뒤죽박죽이었다. 레이디 시크릿 본사 건물 앞
으로 뛰어나온 현진은 초록불이 깜빡이는 횡단보도로 뛰었
다.

깜빡이던 초록불은 순식간에 빨간불로 바뀌었고 현진은
빠른 속도로 내달려 오는 큰 차를 보고 그대로 굳었다.

삐뽀삐뽀. 위험한 경보 소리가 머릿속을 울렸지만, 발은
붙박이처럼 그곳에서 떨어질 줄 몰랐다.

"하아, 하아."

어둑한 병실이 눈에 들어왔다. 꿈이었나 보다. 몸의 감각
이 돌아오기 시작하자 욱신거리는 다리가 느껴졌다. 그러
다 따뜻하게 제 손을 잡고 있는 또 다른 이의 손을 느끼고
고개를 돌렸다.

"오빠? 서은주?"

놀란 현진이 입을 다물었다. 현성이 자신의 손등을 제 손
으로 감싸고 엎드려 누워 잠들어 있었고, 은주는 그런 현성
의 등에 고개를 묻은 채였다.

아니, 왜 두 사람이 여기에. 이게 무슨 상황이지.

현성이 깨지 않게 조심스럽게 손을 빼려 했는데, 그걸 느
꼈는지 그가 눈을 떴다. 어둠 속에서 두 눈이 마주치자 현
진은 등줄기가 싸늘해졌다.

"김현진."

"오빠가 여긴 어떻게……."

박서준, 설마 그 자식이. 절대 이야기하지 말라고 신신당부했는데.

현진이 말꼬리를 늘이는 사이 현성이 그녀의 다리를 한 번 보고 고개를 푹 숙였다. 그 기척에 은주까지 깼는지 숙이고 있던 고개를 들었다.

"나 괜찮아. 걱정했어? 촬영하다 보면 영양실조 걸리고 그런 거 흔한 일이래. 하하."

현진이 얼버무리다가 은주와 눈이 마주쳤다.

"왜 말 안 했어? 너 다리, 후유증이 심한 거 왜 말 안 했어."

현진이 현성에게 잡혀 있던 손을 빼내, 팅팅 부은 자신의 다리를 주무르며 떨리는 목소리로 말했다.

"내가 어떻게 말해. 나 때문에 오빠, 엄마, 아빠 잠도 못 자고 걱정하는데. 그리고 알았으면 반대했을 거잖아."

반대는 한 번이면 족해.

사고 이후 다리를 쓸 수 없을지도 모른다는 말에 처음엔 아빠를 제일 원망했다. 당신이 허락만 했어도 레이디 시크릿의 모델이 되어 승승장구했을 텐데.

현진은 은주를 다시금 보았다. 그땐 아무도 보고 싶지 않았다. 절망적이어서. 그래서 은주에게도 모질게 대했다. 그

땐 정말 누굴 이해할 입장이 아니었다.

은주가 그날의 사고를 제 탓이라고 생각하며 오랫동안 괴로워할 줄은 정말 몰랐다. 사실 은주의 감정까지 신경 쓸 정신이 없었다.

어떻게든 다시 걷게 되기를 아침, 점심, 저녁 내내 하늘을 보며 무작정 빌었다.

다 가져가도 좋으니, 하고 싶은 일을 하며 살게 해 주세요.

"너……."

"미안해, 오빠. 나 한 번이면 족해. 하고 싶어, 제발 아빠한테 말하지 말아 줘."

화가 난 현성의 옷자락을 은주가 쥐고 잡아당겼다. 살며시 고개를 저으며 더 이상 아무 말도 하지 말라는 은주의 신호에 현성이 숨을 크게 내쉬었다.

차마 현진을 보고 있을 수 없겠는지 현성은 은주의 어깨를 꾹 눌러 주고는 병실을 벗어났다.

"은주야."

"어."

"놀랐지?"

"응. 조금, 많이."

많이 놀랐다. 정말 괜찮아 보였는데, 자주 뼈가 깎이듯이 다리가 아프다는 얘기를 들으니 마음이 쓰였다.

"내가 용서하고 말고도 없는데 사과해 줘서 고마웠어. 미안해, 내가 먼저 말했어야 하는데. 너 때문 아니야, 그 사고."

현진이 은주를 향해 작게 웃어 보였다.

"김현성, 잘 부탁해. 오빠의 짐을 네가 덜어 줬음 좋겠어."

"내가 어떻게?"

은주가 현진을 보며 어깨를 으쓱했다. 현진도 괜찮아 보이려 노력하는데, 거기다 대고 눈물 콧물을 흘릴 수는 없어서 아무렇지 않게 그녀를 대했다.

"능력 있다며, 서은주 팀장님. 박서준한테 들었어."

"아······."

"혼자 끌고 가기 힘들 거야. 오빠 옆에는 자기 사람들이 필요해."

염치없고, 이기적이지만.

"우리 오빠를 부탁해도 될까?"

너라면, 믿음이 가서, 우리 오빠를 부탁하고 싶어.

"현진아, 나는."

"미안, 부담됐지?"

아니라고 은주가 고개를 젓는 사이 현성이 병실 안으로 들어왔다. 울음을 참았는지 눈동자가 충혈되어 있었다.

"나 정말 괜찮아, 오빠."

"매니저 한 명 더 고용해."

"응?"

"오피스텔 사 줄 테니까 여자 매니저 고용해서 같이 살아. 아프면 언제든지 연락해서 병원 가고."

현진이 눈을 깜빡였다.

그 말은, 허락하는 거 맞지?

예전이나 지금이나 자신의 편이 되어 주는 현성을 바라봤다.

"그리고 너."

"응?"

"새언니로 깍듯이 모셔, 우리 은주."

허. 바람 빠진 웃음소리가 새어 나왔다. 현진은 손으로 입을 가리고 작게 웃다가 결국 큰 소리로 웃었다.

오로지 자신의 편이라고 생각했던 현성은 어느덧 한 여자의 든든한 버팀목이 되어 있었다. 어떤 일에도 흔들리지 않을 나무가 되어 은주에게 그늘을 만들어 주고 있는 것 같아, 현진은 문득 부러워졌다.

"새언니이기 전에, 친구가 먼저였거든?"

두 사람을 밉지 않게 흘기며 현진이 말했다. 정말 잘 어울리는 한 쌍인데, 스무 살 때 은주의 마음을 알아봐 주지 못해 미안했다. 서은주가 새언니라면 대환영이지. 엎드려서 절이라도 하고 싶네.

"잘 보여, 여자 친구의 친구한테 어떻게 대해야 하는지 알지?"

"뭐? 이 녀석."

현성이 현진의 머리를 콱 쥐어박았다.

은주는 두 사람을 보며 쿡 웃었다. 현성이 결국 현진의 말을 들어줄 거라 생각했다. 그런 오빠이고, 그런 자신의 남자였으니까.

은주의 마음이 파도처럼 울렁였다. 이제 정말 모든 게 해결된 것 같은 느낌이었다.

이제 누구도 더 이상의 상처는 받지 않기를, 그렇게 간절히 바라며 은주는 현진이 보는 앞에서 현성에게 팔짱을 끼었다.

"나는 네 친구보다 새언니 하고 싶은데?"

은주의 말에 현성이 거 보란 듯이 어깨를 쫙 폈고, 현진은 두 손을 들며 항복을 외쳤다. 결국 현진에게 '새언니' 소리를 듣고 은주는 쿡쿡 웃었다.

그동안 마음 아프게 한 죄는 이걸로 퉁 쳐 주겠다며 은주가 너스레를 떨었고, 현성은 그런 그녀를 사랑스럽게 내려 보며 볼에 입을 맞추었다.

「그대는 작고 사랑스러운 양배추.」

불어로 말했으나 알아들은 은주의 귀가 빨개졌다. 현성의 팔을 손바닥으로 탁 치며 부끄러워하는 은주를 보고 현진은 알 만하다는 듯 고개를 끄덕였다.

한공간에서 현진과 다시 친구가 되고, 아니, 새언니가 되고, 현성에게 또 얼렁뚱땅 프러포즈를 받고. 은주는 행복함에 하늘을 둥둥 떠다니는 기분이었다.

정말 더 이상의 상처는 없기를. 아니, 서로에게 기대서 그 상처를 이겨 낼 수 있기를.

chapter 8

네가,
보여

매서운 바람이 불었다. 재킷을 여민 은주는 한 손을 카페의 열린 창문 밖으로 내밀어 손바닥에 떨어지는 눈송이를 잡았다 펴는 동작을 반복했다. 차가운데, 손 위에서 사르르 녹는 눈송이에 겨울 느낌이 물씬 묻어났다.

"네, 서은주입니다."

─팀장님, 윤성현입니다. 다름이 아니라 막내가 본점에서 어제 저녁에 데이트를 했는데, 음식에서 상한 맛이 났다고 합니다. 남자 친구분이 배탈이 나서 본점에 전화를 했대요. 절대 아니라는 식으로 응대를 했다는데, 보고를 드려야 할 것 같아서요.

눈송이가 내려와 창문 틈에 내리 앉았다. 은주는 테이블 위에 놓인 자동차 키를 손에 쥐고 일어섰다. 앞자리 의자에 놔둔 핸드백 속에 휴대폰을 집어 넣고, 남은 카페라테를 들고 주차장으로 향했다.

카페 주차장을 벗어난 차는 전유정 쉐프가 운영하는 레스토랑 본점으로 향했다. 달리는 동안 운전대를 톡톡 두드리던 은주는 한기가 들어 히터의 온도를 올렸다.

현성의 차를 박았던 때는 여름이었는데. 그때를 떠올리다 길 위에 소복소복 쌓이는 눈을 보자 새삼 이상한 기분에 윗입술과 아랫입술을 맞물리며 발 끝을 까딱였다.

고작 몇 달 전인데, 태양이라고 생각했던 사람이 제 곁에 있다니.

한국 요리 박람회에서 전유정 쉐프와 콜라보레이션을 한건 예상보다 더욱 정우식품에게 이득이 되었다. 연일 인터넷 뉴스에 오르내리며 사람들 뇌리에 깊이 박힌 것이다.

많은 외국인 투자자들의 이목을 집중시켰던 전유정 쉐프는 수많은 식품 회사에서 러브콜을 받았으나 결국 현성을 택했다. 신뢰가 간다는 이유 하나였다.

그런 걸 보면 현성은 식품 업계에서 꽤 유명한 남자였다. 물론 능력 외에도 여러 가지로 유명한 남자라 은주의 눈썹이 삐쭉 올라갔지만.

나이가 차서 그런지 요샌 틈만 나면 선 자리가 들어왔다. 미혼 자녀를 둔 귀부인들에게 현성은 사냥감이었다. 여자 친구가 옆에 버젓이 있는데도 말이다. 썩 유쾌한 일은 아니었지만, 그런 남자가 제 사람이라는 건 꽤 뿌듯했기에 은주가 고개를 두어번 끄덕였다.

그게 싫으면 결혼하자, 크리스마스엔 프러포즈도 받았다. 은주의 입가가 살며시 위로 올라갔다. 대목인 날이었기에 만날 수 있을 거라는 기대조차 하지 않았었는데.

박람회 이후에 전유정 쉐프와 현성이 함께 개발한 소스들은 특허권을 받았고, 곧 출시가 되었다. 정우식품은 또다른 영역까지 사업을 넓힌 것이다.

은주도 정우식품을 다녔지만 위에서 진행되는 프로젝트들은 세세히 알지 못했다. 그 프로젝트 속에 전유정 쉐프와 함께 개발한 여럿 한식 메뉴들이 있었다고 한다. 꽤 많은 비용이 투자된 영역이기에 사업개발 팀 위주로 비밀리에 진행되었다.

자기 일만으로도 바쁠 텐데, 그사이에 사업 영역을 넓힌 현성이 새삼 대단하게 느껴졌다. 은주는 마치 현성이 눈앞에 있기라도 한 것처럼 '잘했어'라고 작게 중얼거렸다.

정우식품으로 다시 오라는 제안을 받았다. 연봉도 훨씬 올려 줄 테니 사업개발 팀 팀장 자리로 오라는 그 제안을 은주는 단박에 거절했다.

현성은 여전히 아쉬운 눈치였으나, 사내 연애를 할 생각은 없었다. 그것도 대표를 상대로.

"서은주, 제 사람입니다."

품질관리 팀 전 직원, 각 부서의 팀장, 최진우 이사, 정재우 본부장이 있는 자리에서 그렇게 말했었다. 그 자리에서 듣고, 입을 닫을 직원들이 아니었다.

소문에는 발이 달렸을 테고, 분명 회사 전체에 퍼졌을 게 분명했다.

당당하게 회사를 다닐 방법은 결혼인데, 어쩐지 그건 먼 얘기처럼 느껴졌다. 현성이 함께일 땐 세상을 다 가진 것처럼 행복한데도.

때마침 신호가 바뀌자 은주가 브레이크를 밟았다. 그리곤 텀블러를 열고 따뜻한 물 한 모금을 마셨다.

결혼은 사랑하는 사람과 하는 게 맞지만, 부모님의 의견이 중요했다. 현성은 바빠도 한 달에 두 번은 꼭 은주의 집에 와서 저녁 식사를 하고 엄마에게 점수를 땄다.

식사 후에는 동석, 아빠와 함께 술자리를 가지며 남자들끼리의 돈독한 우정을 쌓아 가기도 했다.

고로 은주네 집에서 현성을 반대할 이유는 없었다. 그에 반해 그녀는 아직 현성의 부모를 만나 보지도 못한 상태였다.

현성의 부모님은 자신을 반대할 가능성이 높았다. 세상

에 비밀은 없기에 현진과의 일을 알게 될 것이고, 분명 탐탁지 않게 볼 것이다. 자신에게 잘못이 있든 없든, 그 진위 여부를 떠나서 말이다.

크리스마스가 끝나기 10분 전, 현성이 집 앞으로 찾아왔었다. 별건 없었다. 몸에 딱 맞는 슈트를 차려입고 풍성한 꽃다발을 왼손에 든 채, 오른손에는 반지 케이스를 갖고 있었다.

차에서 내린 순간 그에게서 빛이 난다고 생각했다. 그가 걸어오는 내내 설레서 은주는 침을 꼴깍 삼키며 긴장을 해야 했다.

"서은주."

이상하게 현성이 부르면 자신의 이름이 달콤한 밀어가 되는 기분에 은주가 볼을 붉혔다. 날씨는 제법 쌀쌀했지만, 현성의 주변은 따뜻한 기분이었다.

"처음엔 괘씸했고, 놀려 주고 싶었는데, 어느새 서은주가 아픈 건 도저히 볼 수가 없겠더라."

처음으로 현진에게 선물 받은 벤츠에 흠을 내고 연락이 두절돼서 괘씸했단다. 그냥 넘어가기엔 약 올라서 새벽에 출근하도록 회사 내 수영장으로 나오라고 했었다고.

그러다 회사의 평판이 좋아 다시 보게 되었고, 사건들 속에서 상처 받는 자신을 볼 수가 없었단다.

현성으로 인해 은주의 심장 한 부근에서 서서히 피어오르기 시작한 몽골몽골한 감정이 한순간에 온몸을 덮쳤다. 감동이었다.

"연애 기간이 짧아서 걱정이 많이 되지만, 서은주 씨."

잠시 말을 멈춘 현성의 눈엔 긴장한 기색이 역력했다. 거침없던 사람이 한 템포 쉬며 깊게 숨을 들이마셨다.

"평생 아껴 줄 테니, 함께합시다."

반지 케이스가 열렸다.

폭죽이 터지고 풍선이 하늘로 날아가는 프러포즈는 아니었으나 은주의 눈엔 눈물이 고였다. 믿기지가 않아서, 긴장한 현성이 건네는 반지가 눈앞에 반짝거려서, 너무 행복해서 눈물이 떨어졌다.

그러나 은주는 반지 케이스를 닫고, 당황하는 현성의 양손을 꼭 쥐었다가 놓아 주었다. 그리곤 한 발자국 다가가 현성의 재킷 사이로 손을 넣어 단단한 허리를 안았다.

"오빠, 조금만 더 기다려 줘."

차마 아직 현성의 부모님을 뵐 자신이 없다고 말할 수가 없었다. 그 후로도 현성은 결혼에 대해 넌지시 뜻을 비쳐 왔지만 웃으며 넘겨 버렸다.

은주는 레스토랑 본점 주차장에 차를 주차시킨 후 망설임 없이 문을 열었다. 그녀를 본 홀 직원이 재빠르게 매니저에게 무전을 치려 했으나 은주가 더 빨랐다. 무전기를 뺏고 버튼을 눌렀다.

—서은주입니다. 10분 뒤에 주방 들어가겠습니다.

무전기를 홀 직원에게 건넨 후 은주는 마스크를 착용하고 손을 씻었다. 만약 정말 유통기한이 지난 소스가 있거나 상한 야채들이 있다면 10분 이내에 정리를 하는 건 무리일 것이다.

보통은 어느 정도 언질을 주고 방문하지만, 이번엔 불시에 찾아왔기에 주방 매니저가 당황할 것이라 생각했다.

채성표 공장장 때의 일을 교훈 삼아 그녀는 훨씬 더 깐깐한 팀장이 되어 있었다.

전유정 레스토랑, 품질관리 팀 팀장 서은주.

그녀의 새로운 명함이었다.

어머니는 아버지의 병실에서 주무신다고 하였고, 현진은 지방으로 촬영을 가서 오늘 못 들어올 예정이었다.

현성은 쉐프들이 입는 주방장 복장을 하고 가스레인지 위에 올려 둔 냄비와 테이블 위에 차려진 음식들을 보며 팔짱을 끼었다.

한 해가 지났다. 12월이 지나고, 1월이 오는 걸 얼마나 기다렸는지. 아마도 부모님을 뵙길 부담스러워하는 것 같아서 프러포즈 후에 더 이상 진지하게 결혼 이야기를 하진 않았다. 은근히 던지긴 했어도.

기다림은 고됐다. 은주의 부모님이 무한한 신뢰를 보내주니, 외박을 하는 것도 눈치가 보였다. 제 여자를 제 맘대로 가지지도 못하고, 만나지도 못하는 것. 가장 큰 불만을 얼른 해결해야 했다.

더 이상의 후퇴는 없다. 만난 기간이 짧다고 하면 햇수로 2년이라고 할 것이고, 일 얘기를 한다면 전유정 쉐프를 협박할 생각이었다. 일 좀 작작 시키라고.

시계를 보던 현성은 저녁 8시가 넘자 더 이상 참지 못하고 휴대폰을 들었다. 전화를 걸었으나, 고객님의 전화가 꺼져 있다는 친절한 안내원의 말이 흘러나왔다. 현성의 미간에 자잘한 주름이 생겼다. 뒤이어 그는 전유정 쉐프에게 전화를 걸었다.

—네, 대표님.

"전유정 씨, 어디십니까?"

—지금 본점에 있습니다.

깔끔한 음색이었다. 본점인데 전화를 받는 걸 보면, 주방이 아니라는 뜻이었다. 현성은 싱크대에 허리를 살며시 기대고 손으로 마른 얼굴을 쓸며 말을 이어 갔다.

"서은주 씨 오늘 본점에 갔다던데, 아직 거기 있습니까?"

—아, 은주 씨. 네. 지금 주방 발칵 뒤집어 났네요. 어떻게 레스토랑 주인보다 더 똑 부러지는지. 저런 인재를 주셔서 감사합니다, 대표님.

절로 주먹이 쥐어졌다. 어떻게든 다시 회사로 데려오려 설득하던 차에, 전유정 쉐프가 은주에게 조금 더 센 연봉을 불렀고, 은주는 망설임 없이 그녀의 사람이 되었다.

인재를 빼앗긴 느낌. 레스토랑에 출시되는 신메뉴들은 앞으로 정우식품과 함께일 테니, 결과적으론 같은 식구라고 할 수 있었지만 현성은 그걸론 만족이 안 되었다. 같은 공간에 없으니, 원.

"퇴근, 언제 합니까?"

—글쎄요, 기미가 안 보이는데요.

은주는 본인의 업무가 끝나지 않으면 절대 퇴근을 하지

않을 것이다. 현성은 싱싱하던 야채의 숨이 죽어 가는 모습과 보글보글 끓고 있는 사골을 보다가 한숨을 쉬었다.

─퇴근하라고 할까요?

현성에게 중요한 일이라는 걸 눈치챈 듯, 유정은 마지막 목소리 톤을 올렸다.

"맨입으로는 안 하실 테고."

─요새 TV에 자주 나오는 독고윤 쉐프가 대표님께 뵙자는 청을 했다고 들었습니다.

아, 현성은 이해했다는 듯이 짧게 탄성을 냈다. 언제 거기까지 소문이 퍼진 건지. 독고윤 쉐프는 한식과 양식의 퓨전 메뉴로 한창 뜨는 인물이었는데, 전유정 쉐프가 경계하는 대상 1호였다.

"벌써 거기까지 소문이 퍼졌나 봅니다."

─거절, 하실 거죠?

"글쎄요, 서은주가 10분 안에 퇴근하면 생각해 보겠습니다."

현성은 엄지손가락으로 턱을 쓸며 반응을 기다렸다. 사실 정우식품이 커진 데는 전유정 쉐프의 도움이 컸으나, 그녀는 오히려 정우식품 덕에 레스토랑의 매출이 커졌다고 생각하는 것 같았다.

같이 개발한 상품 외에도 필요한 재료들의 유통까지 겸해 주고 있으니, 여러모로 믿을 만하고 편하다고 판단한 듯했다.

─저희랑만 해야 합니다, 아시죠?

피식, 현성이 웃었다. 당연한 거였다. 정우식품의 모토는 한식의 세계화였으니, 독고윤보다는 전유정 쉐프가 잘 어울렸다. 현성이 알겠다는 듯 고개를 끄덕이며 긍정의 답변을 주었고, 10분 후 은주에게서 전화가 왔다.

은주는 주먹으로 어깨를 콩콩 치며 현성의 집으로 차를 몰았다. 얼른 보고 싶은 마음에 점점 올라가던 속력이 골목을 들어서는 순간 확 줄였다.

거북이 기어가듯 천천히 움직이며 어두운 주위를 살피던 은주가 현성의 집 근처에 도착한 순간 뭔가가 앞을 지나갔다. 놀라서 브레이크를 밟은 그녀가 얼른 차에서 내렸다.

"괜찮으세요?"

놀란 가슴을 진정시키며 일단 사람부터 살폈다. 자전거와 함께 넘어진 사람이 뒷목을 잡고 있었다. 부딪히는 소리는 나지 않았는데, 너무 순식간에 일어난 일이라 은주는 일단 죄송하다고 고개를 숙였다.

"아니, 아가씨. 눈이 귀에 달렸어? 운전을 똑바로 해야지!"

40대 여성으로 추정되는 여자는 다짜고짜 손가락질을 하였다. 코너도 아니고 길가에서 거북이처럼 운전하는 차에 넘어진 걸 보면 고의의 소지가 있어 보였지만, 은주는 되도록 보험사를 부르지 않고 상황을 해결하고 싶었다.

"신상 자전거가 망가진 데다 다리까지 금간 것 같은데, 아고고. 아가씨, 어쩔 거야?"

바닥을 구르며 앓는 소리를 내는 여자의 뒤로 제법 배가 나온 아저씨가 다가왔다.

"당신, 왜 여기서 이러고 있어? 파 사러 간다던 사람이."

"자전거를 타고 가는데, 글쎄 이 여자가 와서 박지 뭐야."

"뭐?"

은주가 황당한 시선으로 바라보자 여자는 이젠 발목까지 잡으며 앓는 소리를 냈다. 그 모습에 남자가 경찰에 신고를 하겠다며 되레 큰소리를 내었고, 은주는 어이가 없어서 아무 말도 못 하고 서 있었다.

"법적으로 처리하죠."

문득 뒤에서 들려오는 소리에 은주가 고개를 돌렸다. 현성이 팔짱을 낀 채 세 사람을, 특히 바닥에 쓰러져 있는 여자와 그 옆에서 부축하는 남자를 사납게 노려보았다. 방금 도착한 듯 그의 숨은 거칠었다.

"부부 사기단으로 신고하기 전에, 여기서 그만하는 게 좋을 텐데."

현성이 은주의 어깨를 감싸며 제게로 당겼다.

"누, 누가 부부 사기단이라는 거예요!"

단호한 현성의 음성에 오히려 당황했는지 여자가 말을 더듬거렸다.

"차에 부딪혔다면 자전거랑 당신이 이렇게 말짱할 리 없고, 바퀴가 스쳤다면 자전거가 쓰러진 방향으로 봐서 왼쪽 팔과 다리에 상처가 있어야 하는데, 딱히 그런 것도 보이지 않네요."

현성의 말에 은주도 그제야 넘어진 여자를 내려 보았다. 정말 그녀는 멀쩡해 보였다.

"왼손으로 오른쪽 무릎을 붙잡고 있는데. 원래는 오른손으로 왼쪽 무릎을 감싸야 하는 거 아닌가? 서은주, 블랙박스 있죠?"

"네? 네."

"경찰서로 가서 이야기하도록 하죠, 누구 말이 맞는지."

여자가 슬며시 일어났다. 남자는 은근슬쩍 자전거를 세우더니 머리를 긁적이며 멋쩍게 웃었다. 뭐가 저리 어설프나.

"요새 이 동네에서 특히 자전거 사고가 잦다고 들었는데, 당신들이었나 봅니다."

현성의 말에 두 사람은 서로 눈치를 보다 어느 순간 냅다 달렸다. 갑작스레 도망가는 두 사람의 모습에 은주가 어, 하는 사이 그들이 달려가는 방향에서 경찰차가 모습을 드

러냈다. 반대쪽에는 현성과 은주가 서 있었기에 부부 사기
단은 중간에 멈춰 섰다.

"어떻게 알았어요?"

"요새 그런 소문이 있어서 올 시간쯤에 나와 봤지, 안 다
쳤지?"

끄덕끄덕. 은주가 고개를 위아래로 움직이자 현성이 그
녀의 머리를 쓰다듬어 주었다. 그리곤 어깨를 감싸고 본인
의 집 방향으로 이끌었다.

그 시각, 병원에선 현성의 모친이 남편에게 책을 읽어 주
고 있었다. 나른한 목소리가 병실 안을 울렸다.

"집에 가서 자."

"아니에요, 오늘 여기서 자야죠."

"일주일째야, 당분간 정 박사가 괜찮다고 했으니 들어가
서 쉬어."

회복이 되다가도 다시 악화되는 것의 반복이었다. 남편
이 걱정되어 일주일째 병실을 지키고 있는 그녀의 모습에
그는 내심 미안한 눈치였다. 집에 가서 편히 쉬고 내일 일
찍 오라는 설득에 결국 현성의 모친은 자리에서 일어섰다.

"정말, 이럴 때만 끔찍이도 챙겨 주네요. 들어갈 테니 그
만 보내요."

마지못해 일어나면서도 그녀는 남편의 침상을 한 번 더
확인했다. 목까지 이불을 덮으면 답답해서 못 자는 양반인

지라 얇은 이불을 하반신까지만 덮어 주었다.

눈을 지그시 감은 남편의 얼굴에서 치열한 삶의 흔적이
보여 마음이 쓰였다.

늙을수록 더 잘해 줘야 한다는데.

"얼른 가. 도착했다는 거 확인하고 잘 테니."

"그렇게 걱정되는 사람이 가라고 해요? 이 양반, 집에 뭐
보물 숨겨 놨나."

"늦었으니 대리 불러서 가. 위험해."

허, 걱정도 팔자다. 그럼에도 그녀는 남편의 말대로 대리
기사에게 전화를 걸었다. 아픈 사람한테 걱정을 끼치는 것
보다야 낫지.

현성의 손을 잡고 들어온 집 안에선 음식 냄새가 솔솔 풍
겼다. 레스토랑에서 일을 하는지라 음식 냄새엔 신물이 났
다고 생각했는데, 배에서 꼬르륵 소리가 났다.

은주가 제 배를 손으로 살살 쓸며 소파에 가방을 내려놓
은 뒤 그 옆에 가지런히 재킷을 올려 두었다.

"손 씻고."

자신을 따라 부엌으로 들어온 은주를 보며 현성이 싱크
대를 가리켰다. 배고파서 바로 먹으려고 했는데 봐주는 법
이 없다며 은주는 그를 흘겨보곤 비누로 뽀득뽀득 손을 씻
었다.

수건에 손을 닦은 후 은주는 가스레인지 주변으로 걸음을 옮겼다. 현성이 때마침 불을 끄는 걸 보며 옆에 놓인 국자를 들었다. 맛을 보려는 듯 국자를 냄비 안으로 넣는 은주를 보며 현성이 한 발자국 뒤로 물러섰다.

"맛있죠, 서은주 씨."

한입 꿀꺽 삼키자 뜨거움이 목 안으로 넘어갔다. 살짝 추웠던 몸이 스르르 녹는 기분. 국물에 무슨 짓을 한 건지 텁텁하지 않고 맛이 깔끔했다. 생강 향도 강하지 않았고, 인삼 향도 그다지 부담스럽지 않았다.

정말로 맛있어서 은주가 고개를 끄덕이는 사이, 현성이 뒤에서 그녀를 안았다.

"이제 좀 받아 주지."

"내가 안 받아 준 적 있었나. 다 받아 줬지."

은주는 딴청을 피우며 국물을 떠서 다시 입으로 가져갔다. 얼른 밥이랑 같이 먹고 싶었다.

"올 봄에는 서은주 주니어 기대해도 될까."

"푸흡."

사레가 걸려 기침을 하는 은주의 등을 두드리는 손길이 다정했다. 결혼도 안 했는데, 올 봄에 애를 기대해도 되냐고 묻는 현성의 능글맞음에 은주가 흘깃거렸다.

"밥부터 먹고."

"답부터 듣고."

380

"배고픈데요, 오빠."

배고프다는 말에 나약해져 손을 놓으려던 현성은 얼른 마음을 다잡고 그녀를 번쩍 안았다. 오늘은 기필코 허락을 받을 테다, 그리고 같이 맛있는 저녁을 먹을 것이다. 그의 눈빛에 단호한 기색이 서렸다.

단단한 팔에 안겨 그의 방으로 들어간 은주는 침대에 누운 채 그에게서 벗어나려 바동거렸다.

"신사답지 못하지만."

은주의 몸을 짓누른 현성이 입술을 그녀의 귓가에 가져다 대며 낮게 속삭였다. 키득, 웃음소리가 들리는 것 같기도 했다.

솜털이 바르르 서며 은주의 어깨가 위로 올라갔다. 현성의 향이 가득 배인 침대에서 달콤한 목소리를 흘리는 그에게 넘어가지 않을 재간이 없었다.

"밥보다는 이게 더."

은근하게 하체를 부딪혀 오는 현성 덕에 은주의 볼이 붉어졌다. 자주 하면 흥미를 잃는다던데, 현성은 예외인가 보다. 하면 할수록 성욕이 커지는 것 같아 걱정스러우면서도 한편으론 그런 남자라 만족스러웠다.

블라우스 단추가 풀리고 면바지의 지퍼가 내려갔다. 그리고 현성이 입고 있던 셔츠도 벗겨졌다. 사락, 사락 옷깃이 바닥에 떨어지며 겹겹이 쌓여 갔다.

밥부터 먹일 생각이었는데, 혼잣말하듯 중얼거린 현성이 은주가 대답할 새도 주지 않고 입술을 부딪혀 왔다. 입술을 빨아 당기고 그 안으로 혀를 밀어 넣었다.

치열을 핥던 그가 은주의 가슴을 꽉 움켜쥐며 고개를 틀어 입술을 깊숙이 묻었다. 두 사람의 혀가 가운데서 농밀하게 맞부딪혔다.

"하아."

은주의 신음 소리에 현성의 아래가 더 단단하게 부풀었다. 은근하게 비벼지는 곳에서 불길이 일었고, 은주도 현성의 탄탄하고 매끈한 상체를 만지며 하얗게 신음을 흘렸다.

띠디디딕.

누군가 비밀번호를 누르는 소리. 화들짝 놀란 은주가 현성을 힘껏 밀어내며 자리에서 벌떡 일어났다. 황급히 주변을 살피던 그녀는 현성의 옷장 문을 열고 그 속으로 들어갔다.

굳이 숨을 필요까진.

현성은 은주가 굳은 얼굴로 손짓을 하는 걸 보다 셔츠를 입고 거실로 나갔다. 거기 숨어도 이미 거실에 핸드백하고 재킷이 있는 걸 봤을 텐데.

어머니는 아버지의 병실에서 주무실 테니, 당연히 현진일 거라 생각했다. 지방 촬영이 일찍 끝나 집에서 푹 쉬려나 보다, 생각을 하며 현관문 쪽으로 몸을 돌린 현성은 어머니를 보고 표정을 굳혔다. 그리곤 소파에 놓인 은주의 핸드백을 보며 난감한 표정을 지었다.

집에 들어오다 멈칫한 그녀는 여자의 것으로 추정되는 재킷과 가방을 보고 현성을 향해 시선을 돌렸다..

"오셨어요?"

"어, 잘못 찾아왔나 보다."

현성이 머리를 긁적이며 딴청을 피웠다. 현성의 모친은 아들의 귀가 빨개져 있음을 확인하고 하필 이런 날 집에 돌아가라고 한 남편을 원망했다. 그 많고 많은 날 중, 왜 하필 이런 날.

현성이 여자 친구를 소개시켜 준 적은 없었다. 현진도 마찬가지였고. 그래서 이 상황을 어떻게 대처해야 할지 몰라 도리어 그의 눈치를 살폈다.

"네 아빠가 꼭 읽고 싶다는 책이 있어서."

"가져다 드릴까요?"

"어? 어, 그래."

현성의 방에 책들이 구비되어 있었기에, 그는 방으로 돌아와 평소 아버지가 즐겨 읽는 시집 몇 권을 뽑았다. 그대로 나가려다 옷장 속에 있는 은주가 신경 쓰여 흘깃거린 그는 피식 웃으며 방을 나갔다.

귀를 쫑긋 세우고 있을 것 같았다. 이미 다 들켰는데.

"조만간 소개시켜 줄 거지."

"네, 지금은 상황이, 좀."

"그래, 썩 유쾌한 상황은 아니겠구나."

그녀는 오히려 현성보다 정신이 없어 보였다. 분주하게 책을 챙기더니 신발도 짝짝이로 신기 시작했다.

"어머니."

"으응?"

"신발."

손으로 가리키자 그제야 본인이 신발을 짝짝이로 신고 있다는 걸 깨달았는지 그녀는 당황한 표정을 지었다.

"죄송해요. 예쁘게 봐주세요, 제 사람."

이런 식으로 소개시켜 드릴 수 없어 죄송하지만, 그럼에도 자신의 여자를 예쁘게 봐 달라는 아들을 보며 그녀는 고개를 끄덕일 수밖에 없었다.

현성의 눈에서 제 여자를 사랑하는 마음이 담뿍 묻어났다. 쓸쓸한 기운이 스치고 지나갔다. 왠지 남편이 더 보고 싶어지네.

어머니를 보낸 후 제 방으로 들어온 현성은 옷장 문을 열었다. 속옷만 입은 채로 옷 속에 파묻혀 있는 은주를 본 그는 큰 소리로 하하 웃었다.

"왜 웃어요?"

"그냥, 잘 어울려서."

정말 잘 어울리는 것 같았다. 그러다 문득 쪼그리고 앉아 있는 모습이 낯설지 않은 느낌에 현성은 팔짱을 끼고 눈썹을 찡그렸다. 깊은 생각에 빠졌던 그가 결국 과거의 기억을 끄집어냈다.

회사 일과 학교 과제를 병행하던 시기였다. 낮에는 차후에 정우식품을 물려받는다는 부담감에 시달렸고, 집에 와서는 리포트를 쓰느라 정신이 없는 경우가 태반이었다.

그날은 리포트 제출 일이었는데, 리포트가 저장된 USB를 집 컴퓨터에 꽂아 두고 나왔다. 회사 점심 시간을 이용해 과제를 제출할 생각이었던 현성은 불시에 집으로 돌아갔다.

현진의 신발 옆에 처음 보는 여자 운동화가 보였다. 아마 현진의 친구가 와 있는 모양이었다. 삶의 팍팍함을 느끼게 해 줄 만큼 낡은 운동화가 마음 쓰였지만, 그런 것을 챙겨 줄 정도로 친하지 않았기에 현성은 방 안으로 들어갔다.

컴퓨터에 꽂힌 USB만 챙겨 나가려던 그는 책꽂이에 꽂혀 있는 책이 평소 배열과 다른 것을 발견했다. 경영학 전공 서적은 끝에서 세 번째에 꽂아 놨었는데, 중간으로 위치가 바뀌어 있었다. 리포트를 내야 하는 순서대로 정리해서 꽂아 뒀었는데.

현진이 건드린 건가 싶어 고개를 갸웃거리던 현성은 방 안에 누군가 있는 것 같은 느낌에 휘휘 주위를 둘러보았다.

괜한 느낌인가.

USB를 주머니에 넣고 방문으로 걸어가던 현성은 옷장 앞에 드리운 그림자를 발견하고 그 앞으로 다가갔다.

옷장은 블라인드처럼 뚫린 형식으로 되어 있었기에 안이 훤히 보였다. 굳이 그 앞까지 다가가지 않아도 쪼그리고 앉아 무릎에 고개를 묻고 있는 한 인영이 보였다.

'현진이 친구?'

초조한 듯 어깨를 간헐적으로 떨고 있는 그녀를 보자 현성은 마음이 울렁였다.

사람의 손이 함부로 닿는 게 싫어 가정부도 함부로 들어오지 못하게 하는 방이었다. 자신이 있을 때만 청소를 부탁하고, 세탁물은 문 앞에 둘 정도로. 타인에게 철저히 허락되지 않은 자신만의 공간이었다.

분명 화가 나야 하는데, 전혀 기분이 나쁘지 않았다. 오히려 긴장으로 벌벌 떠는 그녀가 안쓰러웠다. 끅, 끅. 놀랐는지 딸꾹질을 참는 소리가 들렸다. 뭐, 저렇게까지. 그냥 나와서 죄송하다고 하면 되지, 둘러댈 핑계가 많을 텐데.

손버릇이 안 좋다거나 그런 쪽으로는 의심도 하지 않았다.

현성은 몸을 돌렸다. 왠지 그래야 할 것 같았다. 아는 척을 해서 곤란하게 하느니, 조용히 모른 척해 주는 게 낫다고 생각했다.

그 후 현진의 친구가 다시 옷장에 숨는 일은 없었으나, 현성은 옷장을 열 때 한동안 은주를 떠올렸다. 쿡, 웃음이 새어 나왔다. 혹여 또 들어왔나 싶어 책꽂이의 배열이 바뀌었는지 확인을 하기도 했었다.

　갑자기 그때가 떠오른 현성이 은주와 눈높이를 맞추며 앉았다.

　"서은주."

　"네?"

　"그때부터였나?"

　당시에는 그런 생각을 안 했는데, 혹시 그때부터 날 좋아했던 건가.

　"예전에도 여기 있었잖아."

　"알, 알고 있었어요?"

　"응."

　다만 네가 너무 떠는 것 같아서 못 본 척 몰래 나간 것뿐이지.

　"아, 민망해. 이왕 모른 척할 거면 계속 모른 척하지. 그때 너무 떨려서 고개도 못 들고 무릎에 박고 있었는데."

　현성이 손을 뻗어 은주의 볼을 잡아당겼다. 볼조차 왜 이렇게 부드러운지, 손안에서 녹아 버리는 것 같아 현성은 반대쪽 볼도 잡아당기다가 아예 양손으로 그녀의 볼을 붙잡았다.

"그, 그래요! 좋아서 그랬어요!"

"그래?"

"그냥 들어온 건 아니고, 현진이가 뭐 부탁을 해서. 근데 들어오니까 오빠 냄새도 나고, 여기저기 사진도 걸려 있고, 무슨 책을 읽나 궁금하기도 하고, 좋아하는데 표현은 못 하고, 뭐라도 오빠에 대해 알고 싶어서 그랬어요."

횡설수설하지만 현성은 정확히 알아차렸다. 은주는 그 당시에도 자신을 좋아하고 있었다는 것을.

다시 생각해 보면 은근 제 곁을 맴돌고, 볼 때마다 볼을 붉히던 작은 아가씨였는데. 귀여워했고, 궁금해했고, 다시 그녀를 기억해 냈을 때 설레었다.

"아, 그때 생각하면 정말. 으으. 짝사랑은 다신 안 해야지."

은주가 양팔을 손바닥으로 비비며 싫다는 듯 고개를 좌우로 저었다. 손바닥에 은주의 볼이 비벼지자 기분 좋은 감촉에 현성의 입꼬리가 위로 올라갔다.

"잊을 만도 한데, 다시 보니까 왜 또 좋은 거야. 김현성이."

손으로 제 머리를 콩콩 쥐어 박던 은주는 '에라, 모르겠다' 하며 현성을 안고 어깨에 코를 묻었다. 향을 들이마시던 그녀는 마치 여기가 제 품이라 편안하다는 듯 숨을 내쉬었다.

"서은주."

늦게 알아봐서 미안. 그때 조금만 신경 썼으면 보였을 것을.

"결혼하자."

사랑을 나누고, 맛있는 밥을 먹이고, 전에 못 줬던 반지를 주려던 계획이 무산되었다. 서은주는 항상 계획대로 되지 않는 사람이었다.

"전에 그랬지? 서은주가 날 좋아하는 만큼 좋아하겠다고."

끄덕끄덕, 은주가 현성의 어깨에 얼굴을 묻은 채로 고개를 끄덕였다.

"이제는 서은주가 날 좋아하는 것보다 더 많이 사랑할게."

그러니까 제발 이제 좀 받아 줘. 현성이 뒷말을 삼킨 채 은주의 대답을 가만히 기다렸다. 그의 등을 쓸어내리며 은주가 현성의 향을 깊이 들이마셨다.

김현성이 좋다, 좋아서 죽을 것 같았다. 그때보다 더.

"내 사랑보다 오빠의 사랑이 더 크면, 얼마나 큰 거야?"

"말 돌리지 말고."

현성의 단호한 음성에 은주가 픽 웃었다. 그리고 손바닥으로 머리를 짚었다가 현성의 양어깨를 잡고 서로 얼굴을 마주 볼 수 있을 만큼 거리를 뒀다.

"사랑해."

흠칫. 왜 아직도 이게 꿈 같은지. 현성의 입술을 가만가만 만져 보던 은주의 눈에 눈물이 고였다. 그의 입에서 이런 말을 들을 때마다 자꾸 눈물이 고였다.

"갖고 싶다, 서은주."

현성의 눈동자가 일렁였다. 눈물이 고인 은주의 눈가를 살며시 손으로 쓸어 주며 현성이 나직하게 말했다.

눈만 봐도 알 수 있었다. 그녀의 사랑이 얼마나 깊고 큰지. 시간이 아무리 지나도 곧게 서서, 흔들리지 않았다. 포기하지도 않았고.

그런 네가 보여서, 서은주가 보여서 현성은 정말로 행복했다. 이제는 제 눈 속에도 그녀와 똑같은 감정이 담겨 있을 것이다.

같은 마음으로 서로를 바라보는 눈동자가 한데 얽혔고, 은주의 입이 위로 살며시 올라갔다.

"나도 갖고 싶다, 김현성."

그때 조금만 용기를 냈더라면, 현진에게 그녀의 오빠를 좋아한다고 사실대로 털어놨더라면 그를 더 일찍 사랑할 수 있었을까 하는 생각이 들었다.

아니, 그땐 어렸으니 잠깐 만나다 헤어졌을 수도 있다. 서로 바쁘다 보면 소원해지기도 하니까.

지금은 서로가 결혼하기에 적당한 시기였다. 현성의 눈

에서, 입에서, 행동에서 자신을 사랑하는 게 느껴졌다.

그런 현성이 보여서 은주는 행복했다. 혹여 또 다른 산에 부딪히더라도 이 남자라면 견딜 수 있을 것 같은 확신이 들었다.

내가 준 사랑보다 더 큰 사랑을 앞으로 주겠다는 네가, 오빠가, 보여서 은주는 세상을 다 가진 기분에 힘껏 현성을 끌어안았다.

결혼,
참 어렵다

"봄에 결혼하자."

"봄? 너무 빨라."

"빠르긴, 겨울이 가려면 아직도 멀었는걸."

겨울이 가기엔 아직도 멀었다고 생각했는데, 어느덧 겨울의 끝자락이었다. 봄에 결혼식을 하려면 그전에 상견례를 하고, 결혼식을 준비해야 하는데 시간이 너무 촉박했다.

은주의 의견에 따라 겨울의 끝자락에 현성의 부모님께 인사를 드리고, 그 후에 상견례 일정을 잡고, 여름이나 가을쯤에 결혼식을 올리기로 합의를 봤다.

은주는 앞에 놓인 커피를 한 모금 마셨다.

여름, 가을쯤에 결혼식을 올린다 해도 두 사람이 정식으로 연애를 한 지 고작 1년밖에 되지 않았다. 현성은 테이블 위에 손을 올리고 일정한 박자를 내며 두드렸다.

"그럼 다음 주 주말에 인사 드리러 가자."

"다음 주에 싱가폴 안 가요? 전유정 대표님이 오빠도 같이 간다고 하셨는데."

"토요일 저녁에 비행기 탈 거야."

아, 은주가 고개를 끄덕였다. 싱가폴에 전유정 쉐프의 레스토랑이 론칭되면서 메뉴 개발에 참여한 정우식품 대표도 함께 테이프 커팅식에 참여한다고 했다.

은주는 현성의 어깨선을 따라 하얀 셔츠를 손바닥으로 탁탁 털어 주었다.

내 남자는 사진도 잘 나오던데.

마주 앉은 두 사람이 풍기는 달콤한 분위기에 카페에 들어선 사람들이 그들을 흘깃거렸다.

질투, 부러움, 눈 호강. 갖가지 다른 감정을 느끼면서도 현성이 환한 미소를 지으며 은주의 머리를 정리해 줄 땐, 절로 탄성이 터져 나왔다.

"잠깐만."

현성이 은주의 머리카락에서 손을 뗀 후, 진동하는 휴대폰을 손에 들었다. 액정에 뜬 이름은 '동생'이었다. 사정을 모를 때는 투정을 부리려고 전화를 했구나 싶었는데, 지금은 어디가 아픈 건가 하는 생각이 앞섰고 긴장이 되었다.

통화를 끝낸 후 자신을 빤히 바라보고 있는 은주를 보며 현성이 두 어깨를 으쓱 올렸다. 아픈 건 아니니, 은주가 걱정할 건 아니었다.

"저녁에 가족끼리 식사한대."

"그럼 지금 가 봐야 하는 거 아니에요?"

"아마도."

아버지는 병원에 계시기 때문에 오늘도 셋이서 식사를 할 텐데 굳이 현진이 가족 식사라고 강조를 한 게 꺼림칙했다. 좋은 식당에 예약까지 해 놨다고 말하는 목소리가 살짝 떨리고 있었다.

"서은주."

"응?"

"손 좀 잡아 줘."

현성이 손을 내밀자 은주가 고개를 갸웃거리다가 그의 손 위에 제 손을 살포시 포갰다.

"이상하게 불안해, 불안하단 말이야."

"뭐가요?"

뭔진 모르겠지만.

현성은 고개를 휘휘 저으며 모르겠다는 표정을 지었다. 유명한 한정식집으로 예약을 잡은 것이 마음에 들지 않았다. 홀에서 가야금 연주를 하는 데다 전통 혼례도 치러 볼

거리가 있는 곳이었다. 상견례 자리로 그곳을 생각하고 있
던 현성은 콧잔등을 찌푸렸다.

　가까운 역 앞에서 내린 은주는 미영의 집으로 가기 위해
택시를 탔다. 현성이 데려다준다고 하였으나 미영의 집에
들르면 약속 시간에 늦을 게 자명했던지라 은주는 역 앞에
서 안전벨트를 풀고 내리며 그에게 손까지 흔들어 주었다.
　택시를 잡아타고 주소를 말한 후 잠시 등을 기댔는데 금
세 잠이 들었나 보다. 눈을 뜨자 어느새 창밖으로 미영이
사는 아파트가 보였다.
　미영의 집 앞에 도착한 후, 은주가 초인종을 눌렀다. 초
인종 소리가 한 번 울리자마자 문이 벌컥 열렸다. 긴 머리
카락을 단발로 자른 미영은 전보다 좀 더 생기발랄해 보였
다.
　"왔어?"
　"응, 몸은 좀 어때?"
　"보다시피."
　미영은 머리 끝을 만지작거리며 은주를 부엌으로 안내했
다. 잘 구워진 쿠키와 김이 모락모락 나는 커피가 준비되어
있었다. 코트를 옆 의자에 걸어 놓고 자리에 조심스레 앉아
미영의 얼굴과 몸을 살펴보던 은주의 눈이 짙어졌다.
　"괜찮아, 나 정말 괜찮아."

스무 살에 결혼을 했던 친구는 스물아홉에 이혼을 결심했다. 사실 부부 관계가 삐걱거린 지는 꽤 되었다. 두 사람의 일을 다 알 수는 없지만, 시어머니의 간섭이 심했다는 건 은주도 알고 있었다.

작년에 제주도에서 현성과 미영이 함께 있는 걸 목격하고 바로 의심부터 하던 미영의 남편을 보고 어느 정도 예상은 했었다. 사랑이 다 불타 버렸구나. 정말 사랑한다면, 의심이 들어도 아닐 거라고 생각하며 믿어 주는 게 옳은 일인데.

"차라리 홀가분해. 다시 시작해도 아직 20대잖아. 끄트머리긴 하지만."

미영은 제주도에서 식물을 기르던 일이 적성에 맞았던지 서울에 와서 꽃꽂이 강의를 듣는다고 하였다. 1년 안에 꽃가게 겸 카페를 차리는 게 목표라고 했다.

"쿠키 맛있다, 완전."

"정말? 나 재능 있나 봐, 하하."

과도하게 웃는 걸 보니 아직 괜찮지 않은 것이라는 생각이 들었다. 은주는 쿠키를 하나 더 집어서 오물오물 씹었다.

미영은 은주에게 싱긋 웃어 준 후, 기왕 먹는 김에 아까 구운 머핀까지 맛을 보라며 접시에 담아 가져왔다. 은주가 머핀을 먹는 동안 휴대폰을 보던 미영은 눈을 크게 뜨며 입을 뻐끔거리다 그녀를 보았다.

"현성 씨 동생이 김현진 맞지?"

"응, 왜?"

"스캔들 났네."

스캔들? 오늘 그는 갑작스럽게 가족 식사 약속이 잡혔다며 저녁 약속을 미뤘다. 약속 장소는 현성이 상견례를 할 곳으로 점찍어 둔 곳이었다.

현진도 그와 자신이 올해 안에 결혼할 것을 알고 있을 텐데. 좋지 않은 예감에 은주의 미간에 주름이 잡혔다.

"박서준이랑 났네. 드라마 할 때도 잘 어울린다고 말 많더니."

"뭐? 박서준?"

은주는 입을 탁 벌리며 미영의 휴대폰을 건네받아서 제 눈으로 확인했다.

스무 살 때 만나 지금까지 비밀 연애를 했다며, 걸린 김에 공개 연애를 할 것이고 곧 결혼을 할 예정이라는 기사 내용을 보며 단단히 일이 터졌구나, 하는 생각이 들었다.

두 사람이 사귄다는 사실에 충격을 받는 것보다 어쩌면 올해 안에 결혼을 못 할 수도 있겠다는 걱정이 더 컸다. 은주의 입에서 아쉬움을 담은 한숨이 새어 나왔다.

결혼 참, 어렵구나.

저녁 식사 자리였지만 어느 누구도 한 상 가득 차려진 음식을 먹지 못하고, 그림의 떡처럼 바라보기만 했다.

"그러니까 현진이가 임, 임신을……."

너무 놀라 말도 제대로 못 하던 엄마가 떨리는 손으로 앞에 있는 물컵을 집었다. 물이 목 안으로 넘어가는 걸 보며 현진은 긴장감에 침을 꿀꺽 삼켰고, 서준은 떨리는 손을 들키지 않으려 옷깃을 꼭 쥐었다.

현진의 모친보다 현성의 시선이 더 무서웠다. 날카롭게 날이 서서 자신을 베어 버릴 것 같았다.

"엄마, 어쩔 수 없어. 소속사에도 이미 말해 놨어."

현진이 손바닥으로 얼굴을 쓸었다.

드라마의 시청률은 좋았지만 도덕적으로 문제가 되는 내용 때문에 방송국에선 조기 종영을 결정했다. 대본을 좀 고치면 될 터였지만 작가는 절대 안 된다고 하였고 결국 방송국과 협상에 실패했다고 한다.

종방연의 분위기는 침체되어 있었고 스태프들은 죽어라 술을 들이부었다. 그것은 주연이었던 현진과 서준도 마찬가지였다.

그날이 문제였다. 애틋하게 자신을 보는 서준 때문에, 나른하게 다리를 주물러 주는 손길에 마음이 기울었다.

임신 테스트기에 두 줄이 나왔을 때 심장이 철렁거려 화장실을 나오는 동안 몇 번이나 털썩 주저앉았다.

현진은 그리 오래 고민하지 않았다. 하나의 생명이기에 축복받아야 한다는 생각이 강했고, 바로 소속사 대표와 서준을 한자리에 불러 놓고 통보하듯이 말했다.

"죄송합니다. 제가 임신을 했고, 저는 책임질 생각이에요."

소속사 대표가 서준을 손가락으로 가리키자 현진은 고개를 끄덕였다. 서준도 놀란 듯 잠시 눈이 커졌으나 금방 차분하게 그녀의 의견에 동의했다.

대표는 두 사람의 이미지에 손상이 가지 않는 방법을 모색했다. 레이디 시크릿 잡지 모델 오디션에서 만나 그때부터 오랫동안 비밀 연애를 했고, 곧 결혼할 예정이라고 이 사건을 수습하기로 한 것이다. 결혼을 준비 중에 임신이 된 것이고, 축복을 바란다고.

며칠 뒤 기자회견을 통해 대표가 짠 시나리오대로 서준과 말을 맞추면 될 것이다.

"어머님, 책임지고 싶습니다. 현진이와 새 생명을요. 당혹스러우실 거라 생각하지만, 전부터 현진이를 마음에 두고 있었습니다. 현진이의 과거까지 다 끌어안고 사랑하겠습니다. 아픔도 다 치유해 주고요. 결혼을 하고 임신을 하는 게 맞는 순서이지만, 순서가 바뀌어도 행복할 수 있다는 걸 보여 드리겠습니다."

지금까지 쭉 입을 다물고 있던 서준이 입을 열었다. 현진
은 역시 연기자라며 누가 봐도 자신을 정말 사랑하는 줄 알
겠다고 생각하며 그를 흘깃 쳐다보았다.

좀 의외긴 했다. 서준이 아이를 지우라고 할 가능성도 있
었기에 마음의 준비를 했는데, 대표의 뜻대로 진행하는 걸
보며 의심스러웠다.

현진은 검지를 입술 끝에 갖다 대며 고개를 살며시 젖혔
다.

"네, 무슨 말인지 알겠습니다. 그런데 오늘은 이만 일어
나는 게 좋겠네요."

현진의 모친이 표정 없는 얼굴로 고개를 끄덕이며 일어
나자 현성이 그 뒤를 따라나섰다. 그녀는 남편이 있는 병원
으로 가겠다며 현성에게 들어가 보라고 하였다.

답은 정해져 있지만, 아직 받아들일 수는 없는지 그녀는
지나가는 택시를 붙잡아 타고 그 자리를 벗어났다.

현성은 어머니를 보내고 성큼성큼 한정식집 안으로 들어
왔다. 아직 무릎을 꿇고 앉아 있는 서준을 보며 주먹을 꽉
쥐었다.

"박서준 씨."

"네, 형님. 정말 죄송합니다."

고개를 푹 숙이는 서준을 보던 현성이 꽉 쥔 주먹으로 그
의 뺨을 한 대 내리쳤다. 퍽, 소리와 함께 서준이 바닥에 쓰

러졌다. 현진은 너무 놀라 그의 어깨를 붙잡고 일으켰다. 입술에 맺힌 피를 본 현진이 고개를 돌려 자신을 째려보자 현성은 인상을 팍 찡그렸다.

"현진이, 저희 집 막내이자 정말 귀한 동생입니다."

"압니다, 형님. 맞아도 싸죠, 더 때리셔도 맞겠습니다."

서준이 다시 무릎을 꿇고 앉아 두 눈을 꼭 감고 이를 악물었다. 한 대 맞아 보니 골이 울리고 이가 흔들거리는 느낌이었다.

"됐습니다, 두 사람 일인데, 두 사람이 잘 결정했겠죠. 때려서 미안합니다, 그런데 오빠로서 한 대는 때려야 속이 시원할 것 같았습니다."

그래도 아직 분한 감정은 없어지지 않는지 현성이 주먹을 폈다가 다시 꽉 쥐었다. 힘줄이 불거져 나오는 걸 보며 현진도 미안한 표정을 지어 보였다.

"제길, 내년에 해야 하겠군."

"네?"

"아니야, 나 간다."

현성이 본인의 코트를 집어 들고 방을 나섰다. 알쏭달쏭한 말에 현진이 그의 뒷모습을 보다가 입술에 피가 맺혔던 서준이 떠올라 황급히 고개를 돌렸다.

"괜찮아?"

"응."

"피 나는데."

현진이 티슈를 뽑아 그의 입술에 맺힌 피를 닦아 주었다. 퉁퉁 부은 입술을 보니 괜스레 마음이 좋지 않았다. 잘못은 같이한 건데, 박서준만 맞았으니.

"미안해."

"미안하면."

서준이 씩 웃으며 현진의 정수리에 손바닥을 올렸다. 그리고 나머지 한 손으로 제 입술 옆의 피를 닦고 있는 현진의 손을 잡아 아래로 내렸다.

"미안하면?"

현진의 반문에 서준이 환하게 웃으려다 찢어진 입술이 아픈지 인상을 찡그리며 말했다.

"나 저녁은 굶어도 아침은 꼭 먹는다, 참고해 줘."

"너 진짜 나랑 결혼하게?"

아직도 믿기지 않는 듯 현진이 자신의 배에 손을 올리며 서준을 보았다.

"잘 생각해 봐. 드라마 촬영 기간 동안."

서준은 현진에게 차를 주려다 앞에 놓인 찻잔의 차가 다 식은 걸 확인하고 손을 쭉 뻗어 백자 도자기 주전자를 집었다. 잔에 따뜻한 차를 부은 다음 현진에게 내밀었다.

"내가 따뜻한 물, 칼로리 적은 간식 챙겨 줬지."

"응, 그랬지."

"아무한테나 그럴 놈은 아니잖아."

현진은 고개를 끄덕였다. 생각해 보니 서준은 잘 웃긴 했어도 주변 사람들을 챙겨 줄 이는 아니었다.

현진은 밤샘 촬영 때마다 서준이 간식과 따뜻한 물을 보온병에 챙겨 줬던 걸 떠올리곤 정말 이상하다고 생각하며 의문스런 표정으로 그를 보았다.

그러다가 자신의 다리가 아픈 걸 알고부터 서준의 행동이 변했다는 걸 생각해 내고 휴, 한숨을 쉬었다.

"너 죄책감 때문에 그러는 거잖아."

"죄책감? 내가?"

"응, 네가."

현진이 울 듯한 표정으로 제 다리를 보았다. 이것 때문에 미안해서 그런 거잖아.

"역시 책임감 때문이구나."

"누가 그래? 네가 말했다시피 그 일에 내가 잘못한 건 없잖아."

서준의 감정이 자신에게 향했을 거라곤 생각지도 않은 현진이 이마의 머리카락을 정리하다 관자놀이를 손바닥 끝으로 꾹꾹 눌렀다.

"머리 아파? 어디? 이쪽?"

서준의 뜨거운 손바닥이 이마에 닿았고, 현진은 복잡한 표정을 지어 보였다.

임신이란 걸 안 지 일주일도 채 지나지 않아 너무 많은 일이 일어났고, 서준은 정말 자신이 남편이라는 듯 행동하고 있었다. 이게 뭐지, 다 꿈인가.

입술이 다 터져서 웃고 있는 서준을 보니 현진도 웃음밖에 나오질 않았다. 얘가 어디서 맞고 다닐 인물이 아니긴 아닌데. 촬영장에선 감독 다음으로, 어쩌면 감독과 대등하게 입김이 센 사람이었다. 대표도 서준의 눈치를 볼 정도니까.

"나 스캔들 난 것도 이번이 처음이야."

"알아."

"내가 아무리 취했어도 아무 여자나 취할 정도로 멍청하진 않아."

현진의 관자놀이를 누르던 손을 뗀 서준은 그녀의 다리를 쭉 펴게 한 다음 양손으로 정성스레 주물러 주었다. 현진이 발바닥을 바닥에 붙여서 뒤로 빼며 손길을 피하려 하자, 서준이 그녀의 발목을 잡고 잡아당겼다.

"내가 염치없고, 이제 와서 이래도 안 믿을 거라는 거 아는데."

"응."

"김현진 네가 좋아. 그래서 이 결혼, 난 좋아."

벙쪄 있는 현진의 이마를 검지로 툭 밀며 서준이 얼굴을 가까이했다. 코가 부딪힐 만큼 가까운 거리에서 그의 숨결이 느껴졌다.

"넌 뭐가 그렇게 쉬워?"

문득 현진이 툴툴거리며 물었다. 언제는 서은주가 좋다고 하더니, 갑자기 내가 좋다고? 이게 뭔 뚱딴지 같은 소리야.

"내가 쉽다고? 하나도 안 쉬워. 그러니까 종방연 할 때까지 고백도 못 했지."

"잠, 잠깐. 생각 좀 하고."

현진이 고개를 휘휘 젓자, 서준이 그녀의 양 볼을 잡아서 손바닥으로 꾹 눌렀다. 졸지에 오리처럼 입술을 앞으로 툭 내민 현진이 미간을 좁혔으나 서준은 개의치 않고 입술을 살며시 물었다가 놓아 주었다.

"너도 내가 싫지 않잖아."

당당하게 말하는 서준에게 현진은 반박할 수 없었다. 그의 말대로 취하긴 했으나, 아무하고나 할 정도로 자신이 바보는 아니었다. 연예인이기에 더 철저했고, 더 조심스러웠으니 말이다.

분명 스무 살 때처럼 서준을 보면 심장이 떨리고 그 떨림 때문에 어쩔 줄 모르는 감정이 들진 않았다. 그렇지만 촬영하는 동안 그가 건네는 따뜻한 물이 좋았고, 챙겨 주는 간식이 좋았다.

틈만 나면 대본 연습이랍시고 찾아와서 다리를 주물러

주는 것도 좋았고, 퉁명스럽게 대해도 웃어 주는 얼굴이 좋았다.

"우리 오빠가 너 가만 안 두겠다."

"왜?"

"올해 은주랑 결혼한다고 했는데, 우리 때문에 내년으로 미뤄지게 생겼잖아."

현진이 넌 죽었다는 듯이 주먹을 쥐어 보였다. 서준은 그녀의 솜방망이 같은 손을 큰 손으로 감싸고 다른 손으로 아까 맞은 곳을 만져 보았다.

"그럼 아까 맞은 게 동생 때문이 아니라, 결혼식 미뤄진 것 때문인 건가?"

"겸사겸사. 평소보다 세긴 하더라."

현진이 울상을 지었다. 배우는 얼굴이 생명인데. 조만간 기자회견도 해야 하는데. 시간이 지날수록 퉁퉁 붓기 시작하는 입술이 걱정스러웠다.

"그래도 우리가 먼저지, 암. 어쩌겠어, 혼수를 먼저 만들었는걸."

현진이 허, 바람 빠진 웃음을 지었다. 정말 넌 뭐가 그렇게 쉬우냐고 말하려다가 그만뒀다. 어찌 됐든 낳기로 결심했고, 좋은 선택을 한 것이니까.

가장 중요한 건 서준이 싫지 않다는 것과 태어나지도 않은 아이가 벌써 사랑스럽게 느껴진다는 것이었다. 정말 서준의 행동과 진심이 통한 것일까.

거기까지 생각을 하던 현진은 차려진 음식이 아깝다며 소고기말이를 젓가락으로 집어서 입 앞에 갖다 대는 서준의 행동에 헛구역질을 하며 손으로 젓가락을 쳐 버렸다.

입덧이 시작되었나 보다. 현진은 한번 올라온 구역질이 멈출 기미가 없어 보이자 입을 막은 후 매니저에게 전화를 하였다. 그걸 보던 서준도 아예 좌식 테이블을 구석으로 밀어 넣고, 뒷주머니에서 손수건을 꺼내 현진의 손에 쥐어 주었다.

현진은 뭐가 그렇게 쉬우냐고 물었지만, 서준은 정말 촬영 기간 내내 고민을 해야 했다. 과거에 준 상처가 있어 남자로서 다가가지 못하고, 주변만 맴맴 돌며 평생 안 해 보던 짓까지 했다.

현진과 후배가 키스신을 찍는데, 계속 NG가 났다. 촬영장에서 흔히 있을 수 있는 일이었지만 서준은 뚜껑이 열리는 것 같았다.

그 후배에게 별거 아닌 일로 트집을 잡아 군기를 잡는 자신을 보며 확실히 느꼈다. 자신은 현진과 그 후배가 키스한 것이 매우 기분 나빴다고.

종방연 자리에선 현진이 총감독과 카메라 감독, 스태프들과 서슴없이 어울리는 걸 보며 거지 같은 기분을 느꼈다. 그것 때문에 더 술을 마셨는지도 모르겠다.

그로부터 한 달 뒤, 현진의 임신 소식을 듣게 되었다. 조금 놀라긴 했으나, 책임지겠다고 하는 현진이 너무 예뻐 보였다. 대표가 없었다면 그 자리에서 끌어안고 입을 맞췄을지도 모르겠다. 고백이 먼저지만, 그딴 건 눈에 보이지도 않았다.

서준은 현진의 등을 툭툭 두들기다가 헛구역질이 멎기 시작하자 머리를 쓰다듬어 주었다. 앞으로가 험난할지도 모르겠다, 벌써부터 이렇게 고생이면.

"괜찮아?"

"으응."

기진맥진한 사람처럼 바닥에 풀썩 주저앉은 현진이 힘없이 대꾸했다.

서준은 그녀가 정말 고마웠다. 헛구역질로 진이 빠져 있는 얼굴조차 예뻐 보였다. 중증이다, 이건.

"잘해 보자. 아니, 잘할게. 김현진."

악수하듯 서준이 손을 내밀자 현진이 그 손을 잡았다. 굳이 손을 흔들고 도장까지 찍는 그를 보니 절로 웃음이 나왔다. 힘들어서 힘이 없는데, 바람 빠진 웃음 소리가 계속 흘러나오는 기이한 현상이 일어났다.

❦ ❦ ❦

서준과 현진의 결혼 소식은 대한민국 전체를 술렁이게 했다. 두 사람이 함께한 드라마의 시청률이 40퍼센트 가깝게 나왔던지라 인지도가 단번에 올라간 현진과 함께 전 연령층에서 두 사람을 알았기 때문이었다.

결혼 준비 중에 임신을 했다고 수줍게 볼을 붉힌 현진이 머리카락을 귀 뒤로 살며시 넘기며 미소를 지었을 땐, 그녀의 많은 남자 팬들이 TV 앞에서 털썩 주저앉았다는 소문도 돌았다.

"정재우."

회의가 끝난 후 현성이 손바닥으로 얼굴을 쓸다 아예 이마를 테이블에 박고 친구의 이름을 불렀다.

"왜? 뭐 필요한 자료 있어?"

"결혼이 이렇게 쉬운 거였어?"

얘가 무슨 뚱딴지 같은 소리야.

재우가 비서에게 사람을 들여보내지 말라고 일러 둔 후 현성에게 다가갔다. 고개를 든 현성의 눈 밑은 퀭하게 다크 서클로 덮여 있었다.

이런데도 회사 여직원들은 오히려 그 모습이 야해 보인다며 좋아했었지.

이해가 안 된다며 고개를 저은 재우가 본격적으로 현성에게 상담을 해 주기 위해 의자를 빼서 앉았다.

"뭔데."

"현진이가 다음 주에 결혼식을 한대."

한 달도 채 되지 않아 서준과 현진은 공개 커플이 되었고, 올해 최고의 커플 겸 예비 부부로 매스컴에 오르내렸다. 정확히 말하면 현진이 임신 소식을 밝히고 3주 만에 이뤄진 것이었다.

자신은 서은주와 결혼하기 위해 프러포즈를 했다 거절 아닌 거절을 당해 한동안 말도 못 꺼냈는데.

결판을 내려던 순간 어머니가 갑자기 집에 들이닥쳐서 흐지부지됐지만, 서은주도 자신을 갖고 싶다며 승낙의 뉘앙스를 비췄었다.

그 후로 올 여름이나 가을쯤에 하기로 겨우 설득을 했는데, 현진은 한 달도 안 돼서 결혼을 한단다. 결혼식 준비도 다 끝났고.

"요새 웨딩플래너 쓰면 일주일 만에도 결혼한다더라. 너무 상심 마. 시스터 콤플렉스가 어디 가나 했더니. 왜, 현진이 못 주겠냐? 나한텐 절대 안 된다고 하더니, 박서준은 마음에 들었나 봐?"

재우가 비아냥거리듯이 말했다. 현진에게 매력을 못 느낀다면 남자가 아니지 않냐고 술자리에서 한 번 말했다가 현성으로부터 현진에게 접근 금지 명령이 내려졌다.

장난이냐고 물었지만 그는 아니라고 일갈했다. 그게 대학생 때의 일이었는데, 군대를 갔다 오고 나서는 정말로 현진의 '현' 자만 꺼내도 미간에 주름을 잡았었다. 그 모습이 떠올라 재우가 픕 웃었다.

"그게 아니라, 왜 나만 결혼이 이렇게 어려운 건가 해서."

"현진이 걱정하는 게 아니라, 너랑 서은주 얘기하는 거였어?"

호쾌한 웃음소리가 재우의 입에서 나왔다. 그는 손바닥으로 턱을 받친 후 얼굴을 슥 밀어서 현성의 팔뚝 위에 올려놓았다. 목에 토독 소름이 돋은 현성이 뭐하는 짓이냐며 재우를 밀쳐냈다.

"시스터 콤플렉스로부터 해방된 김현성 좀 구경해 보려고 했지, 난."

"미친놈."

한번 발동이 걸리면 최진우보다 무서운 놈이었다. 이상한 방향으로. 지금처럼 이렇게 얼굴을 들이민다든가, 팔짱을 끼려 한다든가.

취향이 그쪽은 아니었지만 장난인데도 소름이 돋아 현성은 그의 얼굴을 밀어 버렸다.

"그래도 네가 나을걸?"

"내가?"

결혼도 못 하는 마당에, 뭐가 낫다는 거야.

"넌 서은주 씨랑 맘껏 할 수 있잖아. 박서준은 현진이가 임신했으니까 조심해야 할걸? 초기엔 초기여서 조심하고,

안정기 접어들면 배가 나오기 시작할 테니 또 불편할 테고. 야, 네가 낫다. 위안 삼아라."

재우가 복수를 한답시고 등을 세게 탁 치며 말하자 현성은 황당하다는 시선으로 그를 보았다.

너 지금 그걸 위로라고 하는 거냐.

현성의 서늘한 시선에도 불구하고 재우는 계속해서 실소를 터뜨렸다.

"그것조차 내가 졌다면 어쩔래."

현진이 혼전 임신을 한 걸 보고 자극을 받은 서은주가 내년 결혼 때까지 더 조심해야겠다고 쐐기를 박았다면 어쩔래.

현성은 한숨을 폭 쉬었다. 싱가폴 출장을 가기 전 자연스레 은주와 호텔에서 밤을 지새울 생각이었다. 은주도 당연한 듯 따라와 주었고.

그런데 분위기가 무르익고 사랑을 나누려던 찰나 은주가 현성의 손에 들린 것을 엄지와 검지로 잡아 빼서 한참 동안 들여다보았다.

현성은 이런 급한 상황에 그녀가 뭘 하나 싶어 무슨 일이냐고 물었고, 은주는 기함할 만한 대답을 하였다.

"이거 유통기간이 지났어요. 위험할 수도 있겠죠?"

초롱초롱한 눈을 깜빡이는 은주를 멍하니 바라보던 현성은 지금 상황에서 그런 걸 신경 쓸 여유가 있는 거냐며, 그녀의 손에서 놀아나는 포일을 뺏었다.

그리고 제법 심각한 표정으로 팔짱을 끼자 은주가 손으로 머리를 긁적이며 슬며시 이불 속으로 들어갔다.

"내년까지 우리 조심해야 하니까 오늘은 그냥 자요. 음, 부끄럽지만 내가 유통기한 다 확인하고 구입할게요."

차라리 미친 듯이 부끄러워했던 예전이 더 좋았다.

나는 어떡하라고? 현성이 검지로 아래를 가리켰으나 은주는 미안한 표정을 지으며 어색한 웃음을 흘렸다.

당시를 떠올린 현성이 다시 한 번 양 손바닥으로 얼굴을 쓸다 아예 한 손으로 뒷목을 집고 주물렀다.

"그건 그렇고, 네가 왜 갑자기 허락했는지 궁금하다. 현진이한테 애정이 없던 놈도 아니고. 동생 일이면 물불 안 가리는 놈이. 나 진심 궁금하거든?"

"현진이를 내가 20년도 넘게 봤어, 딱 보면 알지."

현성은 현진이 자신의 아이를 책임진다고 한 순간부터 두 사람이 결혼할 거라고 생각했다. 현진은 누구보다 일을 사랑하고, 열정이 있는 아이니까 말이다.

사고가 난 후 계절이 바뀔 때나 날씨가 변덕스러울 때마다 이유 없이 다리에 통증이 왔지만 온몸에 식은땀을 흘리면서도 촬영을 진행했다. 뿐만 아니라 아버지가 전처럼 못하게 할까 봐 가족 누구한테도 그 아픔을 말하지 않고 홀로 견뎠다.

현진에게 살면서 절대 포기할 수 없는 게 있다면 그건 일이었다. 모델, 그리고 이젠 배우까지.

대중의 관심을 먹고사는 직업이었기에 아이를 낳게 되면 전과 달라질 것이었다. 작품 선택의 폭도 확 줄어들 것이고, 더 이상 모델 일을 하지 못할 수도 있었다. 그럼에도 현진은 아이를 선택했다.

그건 갑작스럽게 생긴 아이에 대한 모성애도 있겠지만, 현진의 마음속에 박서준이 있기 때문에 가능한 것이었다.

다리를 평생 못 쓰게 될 뻔했을 때도 자신의 꿈만을 생각하며 꿋꿋이 버텼던 현진이 그 꿈보다 아이를 우선시했다는 사실에, 현성은 서준을 그녀의 남편으로 받아들일 수밖에 없었다.

서준에게서도 현진을 사랑하는 게 보이긴 했지만, 그건 차차 두고 봐야 할 문제였고.

"뭘 아는데?"

"안 가르쳐 줄 건데, 일이나 하자."

책상을 탁탁 치고는 벌떡 몸을 일으켜 정중앙 좌석에서 회의실 문까지 걸어가는 현성을 보며 재우는 윗니로 아랫입술을 물었다. 궁금한 건 알려 주지도 않고, 일이나 하라니, 정말 이기적이었다.

"내가 본때를 보여 줄까? 응? 대표인 널 대신해서, 내가."

"마음대로."

현성이 어깨를 으쓱하며 회의실을 나갔고, 재우는 뜻 모를 웃음을 지으며 실실거렸다.

"겨울이 끝난 줄 알았는데, 춥네."

은주가 콧물을 훌쩍이며 검지로 코를 비볐다. 옆에서 그 모습을 보고 있던 현성은 코트 위에 하고 있던 자신의 목도리를 풀어 은주의 목에 감아 주었다.

"어, 됐어요. 그 정돈 아닌데."

봄을 알리듯이 꽃샘추위가 기승을 부렸다. 은주에겐 겨울과 그다지 다를 바 없는 날씨였지만, 거리에는 사람이 제법 많았다.

걷고 싶다는 은주의 말에 두 사람은 차를 발레파킹한 후 거리로 나왔다. 현성은 은주의 목에 목도리를 더 단단하게 여며 주었다.

"조심!"

밖에 누가 물을 뿌렸는지 바닥이 얼어 있었고, 은주가 하필 그곳을 밟았다. 현성은 삐끗하는 은주의 허리를 재빨리 감아 끌어당겼고, 그녀는 양 손바닥으로 그의 가슴을 붙잡았다.

중심을 잡고 안도의 한숨을 쉰 은주가 입꼬리를 올리고 있는 현성을 발견하고 두 손을 내려 머쓱한 듯 탈탈 털었다.

"서은주, 너무 대범한 거 아니야?"

"내가 뭘요."

현성이 자신의 가슴을 가리키며 방금 양손으로 떡 주무르듯 만지지 않았냐는 표정을 지었다. 꼭 억지로 당한 사람마냥.

"진짜! 안 만져요, 안 만져. 됐죠?"

작게 '유치해'라고 말한 후 은주는 현성을 앞질러 걸었다. 사실 조금 전 넘어졌으면 그대로 엎어져 뇌진탕의 위험까지 있었던지라, 말은 그렇게 해도 현성에게 고마웠다.

아마 같은 상황이 온다면 자신은 또다시 김현성을 떡 주무르듯 만지겠지. 위험하지 않더라도 만질지도 몰라.

만지기 좋게 자리 잡은 적당한 현성의 근육을 떠올리며 은주는 쿡 웃었다.

데이트 장소를 잘못 골랐나 보다. 웨딩드레스 업체가 골목골목마다 자꾸 보였다. 결혼을 하고 싶어서 더 잘 보이는 건지도 모르겠지만, 차를 타고 지나갈 땐 몰랐는데 천천히 걷다 보니 유독 눈에 들어왔다.

현성도 같은 생각인지 앞의 커플을 보고 있었다. 여자가
남자의 팔짱을 끼고 어깨에 기대서 드레스 숍으로 들어가
는 모습을.

"밥이나 먹을까요?"

은주가 현성의 팔에 팔짱을 끼며 물었다.

"밥이 안 넘어갈 것 같아, 배 아파서."

"배요? 배 아파요?"

현성의 복근을 만진 은주가 손등을 그의 이마에 올리고
열이 있나 체크하다 음, 하고 인상을 찌푸렸다.

"열이 있는 것 같은데."

"그건 서은주 손이 차니까 그런 거지, 열 없어. 이 배는
그 배가 아니야."

은주를 빙그르르 돌려 뒤에서 몸을 덮듯이 안은 현성이
정수리에 턱 끝을 대고 코트를 벌려 그녀를 감쌌다.

뭐하는 거예요, 작게 투덜거리는 소리가 들렸지만 정말
주변에 있는 커플들 때문에 배가 아팠던 현성은, 내년에 꼭
이 거리를 다시 올 거라 다짐하며 나름 예비 부부의 분위기
를 풍겼다.

숨이 막힌다는 은주 덕에 로맨틱한 분위기는 날아갔지만
두 사람은 손을 잡고 레스토랑으로 들어갔다. 먼저 커피를
주문한 둘은 주말임에도 불구하고 일을 할 준비 태세를 마
쳤다.

은주는 노트북을 켰고, 현성은 휴대폰에서 펜을 꺼내 익숙하게 메일을 확인했다.

　비서가 짜 놓은 이달과 이번 주 스케줄을 꼼꼼히 확인하는 그의 입매가 꾹 닫혀 있었다. 무언가에 집중할 때 자주 나오는 표정이었다.

　마음에 들지 않을 땐 꾹 다문 입술을 실룩실룩 움직이고, 마음에 들 땐 잠시 입가에 미소가 번지는 거. 은주는 현성을 보고 있다 노트북이 켜진 걸 확인하고 인터넷 창을 열었다.

　사내 홈페이지에 로그인을 하려다 포털 사이트 메인에 가장 크게 뜬 기사를 본 그녀가 현성을 불렀다.

　"왜?"

　"이거 봐 봐요, 경유건설이 AN건설로 인수된다는데요?"

　갑작스런 속보에 은주가 놀라서 말했고, 현성은 노트북을 자신의 방향으로 돌려 인터넷 신문 기사를 확인했다.

　"여기 미영 씨 남편분 회사 아니었나? 전에 명함 받았을 때, 경유건설 대표라서 좀 놀랐는데. 신도시에 아파트 공사 수주를 따내서 유망 기업으로 뜨고 있는 중인데 AN건설로 인수된다니 이해가 안 가네."

　현성이 입술을 꾹 닫은 채 눈살을 찌푸렸다. 경유건설은 충분히 입지가 다져져 있는 회사였기 때문에 굳이 다른 곳으로 인수될 이유는 없었다.

거기다 회사 대표가 이제 서른아홉인데 돌연 대표 자리를 내려놓는다는 건, 주가를 달리고 있는 연예인이 돌연 은퇴를 선언하는 것과 다름없는 일이었다.

"혹시 해외 사업에 계획이 있는 거 아닐까요?"

"해외 사업에 투자금이 얼마나 들어가는데. 기업도 아니고 개인이 하기엔 무리가 있지."

은주는 미영에게 전화해 물어보려다 휴대폰을 내려놓았다. 두 사람, 곧 이혼 합의서를 쓸 예정이라고 했지.

"대표님."

"왜?"

"그렇게 부러워요? 결혼하는 커플들."

하필 레스토랑 앞 건물에 유명한 웨딩 업체가 있어서 정문을 통해 쉴새 없이 커플들이 오고 갔다. 투명한 창문을 멍하니 응시하는 현성을 보며 은주가 오른손으로 딱딱 소리를 냈다.

"누구보다 아쉬운 건 난데."

"서은주가 뭐가 아쉬워."

"사실 지금도 과분하다는 생각이 많이 드는데. 내년 사이에 김현성 씨 마음이 변할까, 그대로일까 걱정도 되고요."

은주가 노트북을 탁 덮고 속마음을 말했다. 당신같이 잘난 남자를 여자들이 가만둘 리 없잖아요. 이미 결혼을 앞둔 예비 신부들도 당신을 쳐다보는데. 그녀가 입을 삐죽거리며 현성을 바라보았다.

"방법이 없진 않아."

현성이 등받이에 허리를 기대고 거만한 표정을 지으며
말했다.

"약혼하자, 우리. 서은주가 걱정할 일은 없겠지만, 서은
주 말대로 여자들이 날 가만둘 리 없으니."

결혼을 약속하는 의미로 하는 그 약혼, 그거 하자. 나도
서은주 같은 예쁜 여자 친구를 탐낼 늑대들을 못 믿겠으니.
절대로 널 못 믿는 건 아니야.

속말을 삼킨 현성이 이건 거절 못 하겠지, 라는 생각으로
물었다. 은주가 대답하려는 찰나 휴대폰이 울렸다.

"현진이네."

"전화 받지 말까? 또 폭탄선언 할까 봐 무섭네."

현성이 자신의 휴대폰을 액정이 보이지 않게 엎어서 테
이블 위에 올려놓았다. 부르르, 부르르 시끄러운 진동 소리
탓에 옆 테이블 사람들이 힐끔거렸다. 현성은 어쩔 수 없이
전화를 받았다.

"왜."

—오빠, 이번 김치에 문제 있는 거 아니야?

"그럴 리가. 품질 관리에 얼마나 시간과 비용을 쏟아붓는
데."

은주는 회사에 문제가 생긴 건가 싶어 고개를 갸웃거렸

고, 현성도 자못 심각한 투로 왜 그러냐고 물었다.

─CF 촬영하고 온 서준이가 계속 설사만 해서. 먹은 게 밥이랑 김치밖에 없다는데.

현진의 말이 무엇을 뜻하는지 알 수 없어 고개를 갸웃거리던 현성이 이내 손바닥으로 제 이마를 짚었다.

"아."

미치겠다, 정재우.

"내가 본때를 보여 줄까? 응? 대표인 널 대신해서, 내가."

원래 태생이 남 괴롭히는 걸 좋아하는 놈이었다. 회사에서 중요한 직책을 맡으면서부터 장난기가 사라진 줄 알았는데. 서준이 먹은 김치를 엄청 맵게 했을 가능성이 높았다.

"우리 문젠 아니야."

분명 문제가 있어도 정우식품의 사위가 될 서준이 '정우식품 김치를 먹고 배탈이 났습니다' 라고 말할 가능성은 전혀 없었기에 그걸 알고 한 장난일 것이다.

졸지에 유치한 놈 취급을 받을 것 같아 현성은 얼른 전화를 끊었다.

"우린 하던 대화를 마저 할까?"

"회사에 문제 있는 거 아니에요?"

"없어, 본인 남편 장 안 좋은 걸 왜 회사 탓을 해."

현성의 단호한 음성에 은주도 고개를 끄덕였다. 그가 전보다 품질관리 팀에 투자를 하고 있는 걸 뻔히 알고 있었다. 다신 누구도 장난치지 못하도록 인사 팀과 합세하여 월말 평가 제도를 도입해 승진과 연봉 협상 시 반영되도록 만들었다.

대신 그만큼 사내 복지 제도에 신경을 써 주자 사표를 쓰는 직원은 없었고, 취준생들에게는 들어가고 싶은 회사로 제법 손꼽히고 있었다.

"어? 앞에 차 사고 났나 봐요."

은주가 창문 밖을 손으로 가리켰다. 국내산 차가 외제 차중에서도 비싸기로 유명한 차를 박은 걸 보고 옛 기억을 떠올리던 은주가 아직 끝내지 못한 정산을 떠올렸다.

"대표님."

"왜?"

"전에 범퍼 수리비, 정말 얼마 들었어요?"

"그건 왜?"

"15개월 할부로 낼게요."

"됐어, 이미 다 지난 일. 받을 생각도 없는데."

그러나 은주는 고개를 절레절레 저으며 꼭 받으라는 듯 현성의 손을 잡았다.

"내년에 결혼식 할 건데, 약혼하기는 좀 그렇고. 대신 채무 관계로 나 좀 묶어 놔 줘요. 어쨌든 15개월 동안은 김현성한테 채무 관계로라도 묶이고 싶어."

"뭐?"

"대표님한테 묶이고 싶다고요."

심장이 쿵 떨어지는 것 같아 현성은 손바닥으로 제 심장을 눌렀다. 무슨 말을 하는지 뉘앙스는 알겠는데, 왜 묶이고 싶다는 그 말만 들리는 건지. 분명 음란마귀가 쓰인 게 틀림없다며 현성은 주먹을 꽉 쥐었다가 폈다.

"협상 완료, 그럼 15개월 후엔?"

"음…… 김현성이 내 남자로 묶이는 거죠, 평생. 죽을 때까지."

"15개월 동안 열심히 부려 먹어야겠군."

현성은 쿡쿡 웃으며 다 식은 커피를 한 모금 마셨다. 말하는 것도 어쩜 이렇게 예쁜지. 15개월이 뭐야, 평생 묶어 두고 싶은데. 서은주를 묶든, 자신이 묶이든, 얼른 묶였으면 좋겠다고 생각하며 현성은 기지개를 쭉 폈다.

"옆으로 와."

"제가요?"

"응, 네가요."

은주의 말투를 따라 하며 현성이 제 옆자리를 툭툭 쳤다. 사람들을 의식한 은주가 주변을 휘휘 둘러보았으나 커플이 많은 곳인지라 다들 신경 쓰지 않는 듯 보였다.

현성의 옆으로 이동한 은주는 노트북을 끌어다가 제 앞에 놓았다. 그리고 덮었던 노트북을 다시 열고 주위의 시선을 차단하듯 모니터를 90도로 세웠다.

은주의 귓가를 어슬렁거리던 현성의 입술 새에서 따뜻한 입김이 번져 나왔다.

"사랑해, 서은주."

"으음, 저도요. 아마 제가 더 사랑할걸요, 기간이 얼마인데."

"사랑스럽게 태어나 줘서 고맙다."

하는 말 한마디, 한마디가 다 사랑스러워서 고맙다, 서은주. 결혼식이 미뤄져서 투정만 부리는 제게 유치하다고 할 법도 한데, 슬기롭게 채무 관계를 들먹이며 15개월 동안 묶이겠다고 해 줘서.

어쩜 작은 머릿속에서 그런 기발한 발상을 하는지, 그 발상이 자신을 얼마나 녹이는지 본인은 아무것도 모를 것이다.

현성은 은주의 볼에 촉, 짧게 입을 맞춘 후 그녀의 허리에 팔을 둘러 뒤에서 껴안은 자세로 한글 파일을 켰다.

"그럼 써 볼까, 채무 계약서."

그 시각, 미영은 초인종 소리를 듣고 문을 열었다. 당연히 은주일 거라 생각했는데, 자신의 남편이 서 있는 바람에 놀라 뒷걸음질을 쳤다.

"미영아."

뉴스를 통해 소식을 들었던지라 궁금한 게 많았으나, 이혼하는 마당에 물을 건 아니라고 생각하며 미영은 그가 집 안으로 들어오지 못하도록 현관 앞에 아무 말 없이 서 있기만 했다.

"무슨 일로 오셨어요? 만나는 건 다음 주로 알고 있는데."

"갑자기 무슨 존대야, 약속 다음 주인 거 알고 있어."

사실 그가 싫어진 건 아니었다, 결혼 생활이 힘들었던 거지. 연애만 하고 살았다면 이렇게까지 되진 않았을 텐데.

그나저나 왜 온 거지? 혹시 회사에 문제가 생겨서 이혼을 미루자거나, 위자료 때문에 그런 건가 싶어 미영은 필요 없다는 말을 하기 위해 입을 열었다.

"위자료는……."

"잠깐, 내가 마흔이 되려면 딱 1년이 남았더라고. 마흔 전에 적성을 찾거나 운명적인 일을 마주하게 되면, 모든 걸 걸고 달려들 수 있다고 하더군."

새로운 사업을 구상하고 있다는 건가? 미영은 그가 하는 말을 이해 못 하고 고개를 갸웃거렸다. 그건 마흔이 아니라 20대의 열정을 말하는 것 같은데, 뭐 어쨌든 지금 요지는 그게 아닌 것 같았다.

현관 앞에 서 있던 그가 미영을 아련한 표정으로 보았다.

"정리하느라 시간이 걸렸어. 어머니가 네게 전화할 일은 이제 없을 거야. 회사 일로 바쁘다며 네게 신경 쓰지 못할 일도 없고. 아무리 생각해 봐도 내 인생에서 가장 중요한 것은 너야. 나 아직 모든 걸 걸어도 될 나이라고 생각해."

"뭐, 뭐?"

"이혼을 하자고 하면 할게. 그래도 널 되찾기 위해 올인할 거야. 열정을 갖고 달려들 거란 거지."

미영이 숨을 훅 들이켰다. 이 순간 남편이 섹시하다고 생각하는 건 자신뿐일 거라 자책하며 정신 차리라는 의미로 제 허벅지를 꼬집었다.

"네가 없다면, 열심히 살 이유가 없잖아. 회사를 키울 필요도 없고. 이미 먹고살 정돈 되는데."

"나 때문에 대표이사를 그만뒀다는 거야?"

"아니, 네가 아니라 나 때문에."

미영은 그의 얼굴이 점점 내려와 눈높이가 같아지고, 그 뒤로 낮아지는 모습을 차례로 지켜보았다. 남편의 무릎이 바닥에 닿는 순간, 미영은 눈을 크게 떴다.

"혼자 두고 아프게 해서 미안하다, 정말. 아무것도 모를 때 데려와서 더 미안하고. 근데 내 진심은 그게 아니었다는 걸 알아줬으면 해. 네가 당연히 그 자리에 있을 거라는 안일한 생각을 했었나 봐. 더 소중히 사랑하고, 아껴 주진 못

할망정. 이제 와서 후회해서 미안하고, 또."

미영의 눈에 눈물이 찼다. 정말 당신이 미워서 그런 건 아닌데.

바쁜 사람에게 투정을 부리면 아내로서 자격이 없는 것 같이 느껴졌고, 유산이 되었을 땐 당신과 당신 가족에게 제일 미안했다. 연애만 하면 그런 감정을 느낄 이유가 없는데, 그 모든 게 결혼 때문이라 생각했다.

미영은 자신도 무릎을 꿇고 앉아서 그의 손을 꼭 쥐었다. 눈물을 닦는 그의 손은 건설사 대표치고 매우 거칠었다.

"왜 울고 그래."

"무턱대고 회사를 넘기면 어떡해."

"무턱대고는 아니야."

"나 투정 부린 거 아니야, 진짜 이혼하려고 결심했는데."

그의 사죄 한 번에 눈물을 흘리는 걸 보니, 이혼은 이미 저 멀리 날아가 버린 것 같다. 오랫동안 꾹꾹 눌러 둔 감정이라 어떤 행동을 해도 흔들리지 않을 거라 자신했는데, 그가 무릎을 꿇자 지금까지 속상했던 감정이 눈 녹듯이 녹아 버렸다.

"사랑해, 현미영."

"내 남편이 이런 사람인 줄 몰랐어."

"이혼, 할 거야?"

"어떻게 해! 무릎까지 꿇었는데!"

지금까지의 서운한 감정을 다 풀어 놓듯이 미영이 남편의 품에서 펑펑 울었다.

눈물 콧물 다 쏟아 내는 미영을 그가 따스하게 안아 주었다. 툭툭, 등을 두들겨 주면서.

미영은 모를 것이다.

다음 날, 경유건설이 합병된다는 소식은 잘못 말이 전해져 발생한 해프닝에 불과했다고, 경유건설과 AN건설이 플랜트 사업을 함께하게 되면서 불거져 나온 소문이라는 정정 기사가 뜨는 것을.

미영이 정말 이혼을 한다고 했으면 다 버릴 용기는 있었지만, 그러기에 아직 자신은 꽃다운 30대였으니. 일과 사랑을 동시에 잡을 수 있는 나이였다.

결혼 생활 참, 어렵다. 어려워서 어떻게 갈피를 잡아야 할지 모르겠다고 생각하며 그는 혀로 마른 입술을 축였다.

그녀에게 말한 대로 집안 식구들이 미영에게 해코지를 하지 못하도록 단단히 일러둔 상태였다. 거의 협박을 하듯이.

또한, 회사 역시 경영 전문가를 고용해 일거리를 나누도록 했으니 앞으로 미영과 함께할 시간은 늘어날 것이다.

더 아껴 주고, 더 사랑해 줘야지. 고작 무릎 한 번 꿇은 건데 펑펑 우는 아내를 보니 마음이 쓰렸다.

9년이란 시간이 지나도 이렇게 여린 아내를 두고 지금까지 뭘 한 건지.

여린 마음에 생채기가 나지 않게 더욱 아껴 줘야겠다고 생각하며 그는 아내의 입술에 입을 맞추었다.

사랑해, 현미영. 앞으로 더 사랑할게.

그러니 이혼은 하지 말자. 앞으로도.

작가 후기

안녕하세요, 박신우입니다.

두 번째 작품으로 인사드릴 수 있게 되어 너무 기쁩니다.
봄에 집필하기 시작한 '네가, 보여'가 여름의 끝자락에 나오
게 되어 기쁜 마음도 들고, 너무 제 감정에 치우친 글이 아니
었나 싶어 걱정도 됩니다. 제 손을 떠난 글이 독자님들께 어
떤 반응을 받게 될지 궁금하기도 하고요.

작품을 쓰는 내내 현성과 은주, 현진과 서준 덕분에 웃기
도 하고 울기도 했습니다. 제 상상 속에서 에피소드들이 엮
이고, 꼬인 과정을 풀어 가면서 등장인물의 감정 하나하나
에 몰입하다 보면 어느새 시간이 훌쩍 지나서 놀랍기도 했
죠.

글을 쓰는 일이 외롭긴 하지만, 이 재미를 잊지 않고 계속 이어 갈 수 있다면 너무 기쁠 것 같습니다.

부족한 글이 세상에 나올 수 있도록 기회를 주신 봄미디어 정수경 팀장님께 먼저 감사의 인사를 전합니다.

그리고 새벽 내내 수정에 매달리느라 두 달 동안 남편 아침밥도 제대로 챙겨 주지 못했네요. Pil:) 정말 미안하고, 고맙고, 많이 사랑합니다.

올해 3월에 제가 출산을 했는데요. 문득 나중에 딸한테 이런 말을 들으면 너무 행복할 것 같다는 생각을 하다가, 아직 그 말을 저희 부모님께 해 드린 적이 없다는 사실을 깨달았어요.

엄마, 아빠! 대한민국 국민으로 낳아 주셔서 너무 감사해요. 저는 앞으로 남은 삶의 여정을 엄마처럼, 아빠처럼 살고 싶습니다. '난 부모님처럼 살지 않을 거야'가 아닌 '부모님처럼 멋지게, 열심히 살 거야'라고 꼭 말하고 싶어요. 태어나게 해 주신 것만으로도 충분해요.

이대로 마침표를 찍으면 '네가, 보여'가 제 손에서 떠나는 것 같아 자꾸 아쉬운 마음이 드네요. 마지막 장까지 읽어 주신 독자님들께 진심으로 감사 인사를 드립니다.

팍팍한 삶 속에서 조금은 따뜻한 글이었기를, 제가 만들어 낸 주인공들의 매력에 푹 빠지셨기를 진심으로 바라봅니다.

다음 작품은 언제 찾아뵐 수 있을지 불확실하지만, 이것이 마지막이 아니었으면 좋겠습니다. 다시 뵙는 그날까지 건강 유의하시고, 항상 가정에 행복한 일들만 가득하시길 진심으로 바랍니다.

—2015년, 한여름 밤에
서경 박신우 올림.